Jürgen Breest

Die Tote vom Domshof

Jürgen Breest

Die Tote vom Domshof

Bremen-Krimi

Igel Verlag *Literatur*

Breest, Jürgen:
Die Tote vom Domshof. Bremen-Krimi
1. Auflage 2010 | ISBN 978-3-86815-507-5
Lektorat Kerstin Uhing
© IGEL Verlag Literatur & Wissenschaft, Hamburg, 2010
Alle Rechte vorbehalten.
www.igelverlag.com

Igel Verlag Literatur & Wissenschaft ist ein Imprint der
Diplomica Verlag GmbH
Hermmanstal 119 k, 22119 Hamburg
Printed in Germany

Die Deutsche Bibliothek verzeichnet diesen Titel in der Deutschen
Nationalbibliografie.
Bibliografische Daten sind unter http://dnb.d-nb.de verfügbar.

Er spürte das sanfte Stupsen der feuchten Hundeschnauze an seiner rechten Hand und tastete seufzend nach dem Schalter der Nachttischlampe. Ein Blick auf die Uhr bewies einmal mehr das erstaunliche Zeitgefühl von Sanna, der grauweißen Terrier-Hündin. Halb fünf, Zeit für den Morgengang. Es hatte lange gedauert, bis er sich daran gewöhnt hatte, so früh aufzustehen, er hatte zunächst versucht, das Tier zu einem späteren Aufbruch zu erziehen, aber Sanna hatte erbarmungslos darauf bestanden, daß nach ihren Zeitvorstellungen ausgegangen wurde, hatte mit Miefen und Bellen ihre Wünsche demonstriert und sie durch Verrichten ihrer Notdurft auf die Auslegeware unterstrichen.

Er hatte nur die Wahl gehabt, den Hund wegzugeben oder sich seinen Bedürfnissen zu unterwerfen. Da er nicht grausam sein und als verwitweter Rentner die Gesellschaft der ansonsten überaus charmanten Hündin nicht missen wollte, hatte er sich schließlich gefügt und es verstanden, für sich das Beste aus der Situation zu machen. Es hatte ja durchaus seinen Reiz, frühmorgens, wenn die Stadt noch im Schlaf lag, eine Runde durch das Zentrum zu drehen, das tagsüber wegen der vielen Passanten für einen Gang mit Hund eher ungeeignet war. Außerdem hatte er sich angewöhnt, gegen fünf wieder ins Bett zu gehen und bis halb acht noch einmal fest zu schlafen, das wohlig knurrende Tier an seiner Seite.

Also schlüpfte er jetzt schnell in seine Kleider, die er schon bereit gelegt hatte einschließlich Wollmütze und Wintermantel, zog die gefütterten Stiefel über die nackten Füße und legte Sanna Halsband und Leine an, was sie mit fröhlichem Schwanzwedeln quittierte.

Sie verließen die kleine Wohnung in der Kolpingstraße und liefen über Dechanatstraße und Balgebrückstraße zur Domsheide und an der ,Glocke' vorbei zum Dom. Sanna fand die Domtreppen, die nach Bremer Sitte von unverheirateten Dreißigjährigen gefegt werden mußten, damit sie aus ihrem Single-Dasein erlöst wurden, immer besonders interessant und schnüffelte ausgiebig. Zu dieser Tageszeit nahm auch niemand Anstoß daran, wenn sie hier schnell ein kleines Geschäft erledigte.

Trotzdem schaute er sich nach allen Seiten um, wenn Sanna zur Sache kam, besonders wenn sie ein Häufchen setzte, das er zwar mit einem Plastikbeutel entfernte, das aber doch gewisse Spuren hinterließ. Irgendwie war ihm Sannas Kreatürlichkeit in solchen Momenten peinlich, und er war jedesmal heilfroh, wenn es keine Zeugen gab.

Als sie das Bismarck-Denkmal neben dem Dom erreicht hatten, zog Sanna plötzlich heftig an der Leine und zerrte ihn über den Domshof zu einer grünen Plastikplane, in die etwas eingewickelt war. Im trüben Licht der Straßenlaternen wirkte das merkwürdig und unheimlich, zumal das Paket an einer Stelle abgelegt war, die er gut kannte, neben dem ‚Spuckstein', dem Platz, an dem Giftmörderin Gesche Gottfried hingerichtet worden war. Als er näher trat, entdeckte er eine menschliche Hand mit rotlackierten Fingernägeln, die aus dem Paket herausragte.

I

Eine Fliege brummte gegen die Windschutzscheibe und störte sie beim Fahren. Wo kam jetzt, Mitte Dezember, eine Fliege her und in ihren Wagen? Sie versuchte, das lästige Insekt am Glas zu zerdrükken. Vergebens. Es entwischte. Nur der Wagen geriet leicht ins Schlingern. Laß sie leben, sagte sie sich. Wer weiß, wie viele Tage ihr noch vergönnt sind.

Vielleicht hatte das milde Wetter das Biest aus dem Winterschlaf geweckt, nachdem es sich unter einem der Sitze häuslich eingerichtet hatte. Vielleicht hatte es sich von Brotkrümeln und anderen Speiseresten aus den Fußmatten ein Vorratslager angelegt, um das Überwintern zu sichern. Jedenfalls wirkte es munter und lebensfroh, als es jetzt seine Runden durch den Wagen drehte.

Ellen mußte lachen. Vielleicht habe ich es mit meiner guten Laune angesteckt, dachte sie, denn sie freute sich auf das Mittagessen. Benno hatte sie vor einer Stunde angerufen und gefragt, ob sie nicht über Mittag nach Hause kommen wollte, ihm sei ein Fahrschüler wegen Grippe ausgefallen, so daß er schnell einkaufen und etwas kochen könnte. Sie hatte Kollegin Kirsten um Vertretung bei einem Elterngespräch gebeten, denn ein Mittagessen außer der Reihe mitten in der Woche war sehr verlockend, zumal Benno ein fabelhafter Koch war. Normalerweise begnügte sie sich mittags mit Obst und Joghurt oder einer Kleinigkeit in einem Schnellimbiß und stillte ihren großen Hunger erst am Wochenende, wenn Benno aus der Küche nicht mehr wegzudenken war.

Sie kam aus Horn, wo sie eine junge Mutter mit drei kleinen Kindern besucht hatte, deren geschiedener Mann spurlos verschwunden war, so daß sie jetzt ohne Unterhaltszahlungen dasaß. Sie hatte ihr Mut zugesprochen und erst einmal dreihundert Euro aus eigener Tasche zugesteckt. Die Verlegenheit und Dankbarkeit der jungen Frau hatten sie gerührt. Sie half gern aus, auch wenn es den Sozialarbeitern untersagt war, mit privatem Geld einzuspringen. Die anderen konnten sich das auch gar nicht leisten bei den niedrigen Gehältern, aber warum sollte sie nicht von dem vielen Geld, das ihr Vater ihr vermacht hatte, ein bißchen an wirklich Bedürftige weitergeben? Sie summte die Arie der Violetta aus dem ersten Akt von ,La Traviata' vor sich hin, als sie von der Schwachhauser Heerstraße in den Schwachhauser Ring abbog. Nun hatte sie es nicht mehr weit bis zur Thomas-Mann-Straße, wo sie mit Benno ein Einfamilienhaus besaß. Zwar hatte sie das Haus bezahlt, denn als Fahrlehrer verdiente er nicht gerade üppig, Ellen hatte aber trotzdem ihren Mann als Miteigentümer eintragen lassen. Bis zum Tod ihres Vaters hatten sie in einer bescheidenen Wohnung in Hemelingen gewohnt und genossen nun umso mehr, ganz für sich zu sein und einen schönen Garten zu besitzen. Sie hatten viel Platz, denn Lutz war schon vor zwei Jahren ausgezogen und hatte sich in Horn eingemietet, und auch Frank wollte sich gleich nach dem Abitur etwas Eigenes suchen. Gemischte Gefühle hatte dieser Drang der Söhne, das Elternhaus nach der Schulzeit so schnell wie möglich zu verlassen, bei ihr ausgelöst. Einerseits vom Kopf her die Einsicht in die Notwendigkeit der Abnabelung, andererseits vom Bauch her Enttäuschung und die bittere Erkenntnis, daß man nicht mehr gebraucht wurde. Ach, was soll's, dachte sie und lachte. Jedenfalls hob sich jedes Mal, wenn sie den Wagen aufs Grundstück fuhr und wie jetzt neben dem Fahrschul-Golf ihres Mannes abstellte, ihre Stimmung. Ein gepflegter Winkelbungalow ganz in Weiß mit großen Fenstern wartete auf sie. Und darin ein Mann, der sie immer noch begehrte, obwohl sie schon sechsundzwanzig Jahre verheiratet waren.

Noch schnell ein Blick in den Schminkspiegel in der Sonnenblende. Alles in Ordnung. Sie fuhr einmal mit der Hand durch ihr kurzgeschnittenes, dunkelbraunes Haar, in dem sie graue Strähnen duldete. Ansonsten keine Spuren des Alters, keine Falten um Augen und Mund, und den Hals versteckte sie mit hochstehenden Kragen oder Seidentüchern. Ihre Ähnlichkeit mit der Fernsehfrau Maybritt Illner, auf die sie oft angesprochen wurde, störte sie nicht, sie war selbstbewußt genug, um sich nicht als Doublette zu empfinden. Allerdings betonte sie ihre Attraktivität überhaupt nicht, weder durch Schminke noch durch auffallende Kleidung. Sie trug mit Vorliebe Jeans und Pullover und darüber jetzt im Winter einen blauen Anorak. Teure Klamotten hätten sie in ihrem Beruf unglaubwürdig gemacht. Deshalb fuhr sie auch einen älteren kleinen Audi. Sie wollte niemandem zeigen, daß sie Geld hatte.

Als sie die Haustür öffnete, überfiel sie der Duft von gebratenem Fleisch und gerösteten Zwiebeln.

„Oh, Benno, das riecht ja fabelhaft!" rief sie und putzte sich die Füße ab, denn die toskanischen Fliesen in der Diele waren so prächtig, daß man sie kaum zu betreten wagte, schon gar nicht mit Straßenschuhen.

„Bin gleich fertig, Schatz. Du kannst dich schon an den Tisch setzen. Es ist gedeckt", tönte es aus der Küche.

„Dafür liebe ich dich!" So kam man gern nach Haus. Sie hängte Jacke und Tasche an die Garderobe, sah zwei Briefe auf der Kommode neben dem Biedermeier-Spiegel, nahm sie und betrat das Wohnzimmer, wo die tiefstehende Wintersonne ihre ganze Pracht entfaltete. Sie brachte das Mahagoni der englischen Stilmöbel zum Leuchten, ließ die Bücher in den Regalen wie neu aussehen, vergoldete die weißen Vorhänge, gab dem Parkett einen blendenden Glanz und heizte die schwarze Ledergarnitur auf, was Ellen als wohltuend empfand, als sie sich in einen der Sessel setzte.

Der eine Brief enthielt Werbung für ein Möbelgeschäft, der andere ohne Absender und mit schief aufgeklebter Briefmarke war an sie ‚persönlich' gerichtet, wie neben der gedruckten Adresse vermerkt war. Sie zögerte. Der Umschlag wirkte schmuddelig und irgendwie unsympathisch. Mit einer Schere, die in einer Schale auf dem Couchtisch lag, öffnete sie vorsichtig das Couvert. Es enthielt ein gefaltetes Din-A4-Blatt. Alles in ihr sträubte sich, sich näher mit dem Papier zu befassen. Wahrscheinlich wieder ein übler Scherz von einem ihrer Problemkinder. Seufzend zog sie das Blatt auseinander. Es enthielt nur einen Satz in riesigen Buchstaben: ELLEN PETERS, DU HURE MUSST STERBEN !!!!!

„Ach, nee", sagte sie leise und ließ den Brief fallen. Sie schaute vor sich auf den Boden. Das Rautenmuster des alten Orientteppichs verschwamm vor ihren Augen. Sie hörte Bennos Hantieren mit Geschirr von weit weg. Das Dröhnen in ihren Ohren übertönte alles. „Was ist?" Plötzlich die Stimme von Benno, der vor ihr stand und die Küchenschürze noch nicht abgebunden hatte.

„Ach, nichts!" Sie lachte und sprang auf die Füße. „Nur wieder so ein dummer Scherz von einem meiner Sorgenkinder. Da, lies." Sie hob den Brief auf und drückte ihn Benno in die Hand.

„Na, zauberhaft", sagte er kopfschüttelnd und warf das Papier angewidert auf den Couchtisch.

Sie umarmte ihn und band ihm dabei die Schürze ab. Er roch nach Zwiebeln, und sie ekelte sich davor. Der Appetit war ihr vergangen. „Du bist so lieb." Sie erschrak vor der Kläglichkeit ihrer Stimme. Sie räusperte sich. „Nicht daß ich so was ernst nähme, es ist nur so demütigend."

„Komm erst mal essen, das wird dir gut tun." Er faßte sie um die Taille und führte sie zum Eßtisch wie eine Kranke.

Sie setzte sich langsam und brauchte einige Zeit, um sich die Serviette auf den Schoß zu legen. Sie sah das perfekt gebratene Steak mit den Röstzwiebeln und dem Kartoffelgratin auf ihrem Teller und wartete darauf, daß sich der Appetit zurückmeldete.

„Du mußt das jetzt nicht essen." Benno lächelte verständnisvoll.

„Aber du hast dir soviel Mühe gegeben." Sie schüttelte sich, um sich von dem Druck in ihrem Nacken zu befreien. „Ich lasse mich doch von so was nicht einschüchtern. Denn nichts anderes ist damit beabsichtigt. Einschüchterung. Da glaubt jemand, mich auf diese Weise klein zu kriegen. Aber das läuft nicht. Nicht bei mir!" Sie griff entschlossen nach Messer und Gabel und hatte nach wenigen Bissen ihr Gleichgewicht wiedergefunden. Sie lachte und nickte Benno aufmunternd zu.

Der zuckte die Achseln und wagte ein kleines Grinsen. „Wie du meinst."

„Ach, komm. Du hast dich wieder mal selbst übertroffen mit diesen Steaks. Wenn du mal keine Lust mehr hast, Leuten das Autofahren beizubringen, könntest du ein Feinschmecker-Restaurant aufmachen. Du kochst, und ich bediene."

„Du bedienst?" Er lachte.

„Ja, ich könnte bedienen", ereiferte sie sich, „auch wenn du dir das vielleicht nicht vorstellen kannst. Schließlich muß ich ja in meinem Job so was Ähnliches wie Bedienung machen, mich unterordnen, mich anpassen. Mit Arroganz und Bevormundung kommst du da nicht weit."

„Ach, Ellen, was soll das?" Er schüttelte ratlos den Kopf.

„Es ist diese Ungerechtigkeit, die mich fertig macht. Diese fehlende Anerkennung. Da reißt man sich den Arsch auf, Tag für Tag, für diese mißratenen Blagen und deren asoziale Eltern, und als Dank dafür kriegt man solche Briefe!"

„Du sagst immer, daß es dir nicht um Dank geht. Wieso jetzt plötzlich diese Verbitterung?" Er legte das Besteck auf den Teller und griff nach der Serviette. Da war sie wieder, diese aufreizend feminine Bewegung, mit der er das weiße Tuch zum Mund führte, die Lippen abtupfte und die Mundwinkel sorgfältigst auswischte. Ja, sein Reinlichkeitsbedürfnis. Wie oft sich der Mann am Tag die Hände wusch! In Unschuld, wie es in der Bibel hieß. War er wirklich so unschuldig, wie er wirkte? Sie war sich ziemlich sicher, daß er sie noch nie betrogen hatte, obwohl er ja tagtäglich mit attraktiven Fahrschülerinnen aufs Engste im Auto zusammensaß. Aber es hätte sie nicht gewundert, wenn er eines Tages mit einem anderen Mann ins Bett gegangen wäre.

Sein Hang, sich mit teurer Kleidung zu schmücken, vor allem mit erlesensten Oberhemden und Schuhen aus Italien, sein Bedürfnis, sich stundenlang die schmalen, langfingrigen Hände, von denen sie sich so gern anfassen ließ, zu maniküren, seine allzu häufigen Besuche beim Friseur und sein Vergnügen beim Kochen und bei Hausarbeiten könnten Hinweise sein auf eine entsprechende Neigung. Daß er auch noch verdammt hübsch war mit dem üppigen schwarzen Haar und den großen, dunklen, langbewimperten Augen, machte ihn irgendwie verdächtig.

Doch sie verzieh ihm seine kleinen Eitelkeiten, denn ansonsten war er die Bescheidenheit in Person. Und er machte sich gut an ihrer Seite. Jedenfalls wurde sie immer wieder um ihn beneidet. Er galt als der ideale Mann für eine problemlose Ehe. Daß er oft verschlossen und unzugänglich war, konnten Außenstehende natürlich nicht wissen. Dann erstarb bei ihm jegliches Temperament, er hing muffig herum und war selbst zum Lesen nicht fähig. Und wenn ihm seine Leidenschaft für Literatur abhanden kam, war er einfach unerträglich. Der absolute ‚Lahmarsch‘, wie sie ihn dann gern beschimpfte. Hör auf! befahl sie sich. Immer wenn sie innerlich aufgewühlt war, hatte sie diesen grausamen Blick, wie sie es nannte. Dann sah sie alles um sich herum verzerrt und nur die häßliche Seite der Realität. Selbst wenn es ihr im Moment gut tat, ungerecht zu denken, und innerlich über ihren Mann herzufallen, zwang sie sich, ihn anzulächeln und seinen behaarten Handrücken zu streicheln.

„Magst du nicht aufessen?“ fragte sie sanft.

„Gleich, nur einen Moment sacken lassen.“ Er trank von dem Rotwein, den er sich eingeschenkt hatte, ohne sie zu fragen, ob sie auch davon wollte.

Sie griff nach der Flasche und füllte ihr Glas. „Gute Idee, ein bißchen Alkohol ist jetzt genau das Richtige.“ Sie nippte am Wein.

„Ich denke, man sollte die Sache mit dem Brief nicht auf die leichte Schulter nehmen. Vielleicht steckt doch was Ernsthaftes dahinter.“

„Aber ich bitte dich!“ Sie lachte. „Wer sollte mich denn umbringen wollen! Absurde Idee. Nein, nein, man muß so was ignorieren.“

„Wie du meinst.“ Er machte sich wieder über sein Steak her.

„Hättest du nicht Frank auch zum Essen einladen sollen?“

„Wie kommst du jetzt darauf? Es reicht doch, wenn er in der Schule ißt. Außerdem stellt er sein Handy nicht an.“

„Aber du hättest es versuchen können."

„Zu spät." Er lächelte schief. „Vielleicht wollte ich lieber mit dir allein sein."

„Das war nett gesagt." Nach einer kurzen Pause fügte sie leise hinzu: „Eigentlich könnten wir nach dem Essen noch eine kleine Siesta einlegen." Plötzlich hatte sie Lust, diesen Mann, den sie eben noch so kritisch gesehen hatte, an und in ihrem Körper zu spüren. Sie aß weiter von ihrem rosa gebratenen Steak und überspielte damit ihre Enttäuschung, weil er auf ihr Angebot nicht einging.

„Kennst du nicht einen dieser Kriminalkommissare noch von damals, von diesem Mord in Tenever?"

„Du meinst den Spengler?"

„Keine Ahnung, wie er heißt, aber du solltest zu ihm gehen. Auf jeden Fall muß der Brief untersucht werden."

„Ach, ich weiß nicht." Obwohl der Magen mittlerweile gefüllt war, fühlte sie sich leer. Wozu die ganze Aufregung? Dieser Brief war doch nicht real, auch wenn er bedrohlich auf dem Couchtisch lag. Es gab keinen Menschen weit und breit, der sich ihretwegen mit Mordgedanken herumschlug. Selbst die härtesten Typen aus der Jugendszene, mit der sie zu tun hatte, waren dazu nicht fähig. Rabauken, die sich schon mal prügelten oder mit Drogen Unfug trieben, aber keine potentiellen Mörder.

„Es wäre leichtsinnig, nichts zu unternehmen. Ich würde dich ja gern begleiten zur Polizei, aber heute nachmittag bin ich komplett ausgebucht. Vielleicht kann Kirsten mitkommen."

Als wenn wir nichts zu tun hätten, dachte sie ärgerlich. Und wenn er sich wirklich solche Sorgen machte, weshalb aß er dann mit bestem Appetit den Teller radikal leer und wischte noch die letzten Reste mit einem Stück Weißbrot zusammen, um ja nicht das Geringste übrig zu lassen?

„Ich werd's mir überlegen." Sie schob den Teller von sich weg und zerknüllte die Stoffserviette, weil sie wußte, daß ihn das störte. Servietten gehörten ordentlich aufgerollt durch die silbernen Ringe gesteckt.

„Nein, ruf jetzt gleich an, solange ich noch da bin. Das wäre mir eine große Beruhigung."

„Ich mach das vom Büro aus. Ich möchte erst mal mit Kirsten darüber sprechen. Vielleicht frag ich auch Weber um Rat."

„Was der sagt, ist doch klar. Als dein Vorgesetzter muß er verlangen, daß du sofort die Polizei einschaltest."

„Laß mich einen Moment in Ruhe überlegen." Sie sah den Mann an, der ihr absolut vertraut sein sollte. Er wich ihrem Blick aus und war ihr völlig fremd. Was ging hinter dieser makellosen Stirn vor, auf der sich eine schwarze Locke verführerisch kringelte? Wenn sie ihm zutraute, insgeheim schwul zu sein, konnte er auch noch anderes vor ihr verbergen. Vielleicht war er es, der im tiefsten Inneren ihren Tod wünschte und den Brief geschrieben hatte.

„Okay", sagte er und stand auf. „Ich werde dann mal abdecken."

„Warum läufst du vor mir davon?"

„Wie bitte?" Er erstarrte, hielt in der einen Hand die zusammengerollte Serviette und in der anderen den Silberring.

„Ach, nichts. Vergiß es. Ich bin ein wenig neben der Spur. Du hast recht, ich werde zur Polizei gehen."

„Na, also." Er machte sich an seinen Küchendienst.

Sein selbstgefälliger Ton mißfiel ihr. Sie richtete sich auf und schaute um sich, nahm mit ihren Augen wieder all das in Besitz, was ihr für eine Weile entglitten war. Wenn Benno zu diesem Besitz nicht dazugehören wollte, war das sein Problem.

Als sie im Auto saß, war sie wieder ganz sie selbst. Sie stellte ‚bremen vier' an und hörte Pop-Musik, um sich für ihre Zöglinge auf dem Laufenden zu halten. Sie war unterwegs zum Sozialdienst 5 in der Vahr, wo sie mit Kirsten verabredet war. Sie hatte noch von zu Hause versucht, Kommissar Spengler telefonisch zu erreichen, aber der war unterwegs und erst gegen vier Uhr zu sprechen.

Schon von weitem sah sie Kirsten auf dem Parkplatz stehen und rauchen. Obwohl sie übergewichtig war und zu hohen Blutdruck hatte, konnte sie sich diese Unsitte nicht abgewöhnen. Ellen hatte Verständnis dafür, hatte sie doch selbst viele Jahre geraucht und nur mit größter Anstrengung schließlich darauf verzichtet.

Kirsten winkte ihr zu und kam näher, als Ellen aus dem Auto stieg. Sie trat die Zigarette aus, warf die Kippe in einen Papierkorb und lächelte schuldbewußt, denn sie schämte sich wegen ihrer Abhängigkeit vom Nikotin. Deshalb umarmte sie die Freundin auch nur flüchtig und wandte das Gesicht zur Seite, damit diese den Geruch nicht wahrnahm.

Ellen lachte. „Nützt nichts. Nimm ein Pfefferminz."

„Du hast mir vielleicht einen Schrecken eingejagt", versuchte Kirsten abzulenken. „Hast du den Wisch dabei?"

„Klar. Aber wir sollten nicht soviel daran herumfummeln, bevor die Polizei ihn untersucht hat. Er steckt hier in der Klarsichtmappe."

Sie ließ Kirsten in ihre Aktentasche schauen.

„Widerlich. Hast du Angst?"

„Ach was! Benno macht sich mehr Sorgen als ich. Du weißt ja, wie er ist. Er muß immer auf Nummer sicher gehen. Vielleicht bringt das der Beruf des Fahrlehrers so mit sich. Bloß kein Risiko." Sie lachte und wandte sich schwungvoll dem Amtsgebäude zu.

„Deine Nerven möchte ich haben", sagte Kirsten verblüfft und folgte der forschen Freundin.

„Ist Weber auch da?" fragte Ellen über die Schulter.

„Nein, er mußte weg. Ich hab ihn kurz informiert. Er will unbedingt, daß du eine Anzeige machst. Ich soll dir sagen, daß Vorsicht die Mutter der Porzellankiste ist."

„Ach nee, gibt er mal wieder den besorgten Chef."

„Er meint das ernst. Er wirkte echt betroffen."

„Dann hat er bestimmt seine Brille geputzt, als er dir tief und bekümmert in die Augen geschaut hat. Richtig?"

„Du bist unmöglich." Kirsten lachte. „Aber genauso war's."

Sie betraten ein kleines Büro mit zwei Schreibtischen, zwei Computern, Rollschränken und einem Aktenregal. Keine Vorhänge oder gar Blumentöpfe vor den Fenstern, hier konnte und wollte man es sich nicht gemütlich machen. Hier schrieben sie ihre Berichte, erledigten Bürokram und telefonierten, wenn es nötig war. Sie zogen ihre Anoraks aus und setzten sich gegenüber. Ellen lehnte sich zurück und streckte die Beine lang aus. Kirsten beugte sich über den Schreibtisch und bettete ihre üppigen Brüste auf die Schreibunterlage. Sie hatte ihr blondes, halblanges Haar zu einem kleinen Pferdeschwanz zusammengebunden, was das runde Gesicht schmaler wirken ließ, ihre hellblauen Augen mit dunklem Lidschatten vergrößert und den üppigen Mund unter der kleinen Nase in pink geschminkt. Sie war hübsch auf eine etwas vulgäre Weise, und ihr molliger Körper hatte noch akzeptable Konturen. Da war nichts aus dem Leim gegangen, nur alles in doppelter Portion vorhanden. Und es gab Männer, die so ein Angebot zu schätzen wußten, auch solche mit Geschmack. Eine Rubensschönheit, hatte Benno mal gesagt, obwohl der die knabenhaften Frauen bevorzugte.

„Was schaust du mich so an?" fragte Kirsten verunsichert.

„Eine Frau wie dich würde bestimmt niemand umbringen wollen."

„Was soll das jetzt heißen?"

„Du bist ein Frauentyp, der bei jedermann nur positive Gefühle weckt."

„Ich weiß nicht, worauf du hinaus willst." Kirsten verzog das Kindergesicht, schaffte es aber nicht, ihre Irritation auszudrücken.

„Du bist mollig, mütterlich, sanft, fängst Aggressionen ab wie ein riesiger Wattebausch."

„Wie ein Kompliment klingt das nicht gerade." Ihr Gesicht verschloß sich.

„Ist es aber. Und ich beneide dich deswegen. Ein wenig von deiner Weichheit, deiner Nachgiebigkeit würde mir sicher sehr helfen."

„Aber du bist doch diejenige, die überall groß rauskommt. Neben dir fühle ich mich oft wie ein Mauerblümchen. Aber wie reden wir überhaupt miteinander! Haben wir es nötig, so blöde Vergleiche anzustellen?"

„Ja, ich schon. Manchmal brauche ich den Blick aufs Grundsätzliche. Jedenfalls heute. Merkst du nicht, wie sehr du mir hilfst, einfach durch deine Gegenwart?"

„Ich bin halt nicht zu übersehen mit meinen achtzig Kilo. Das meinst du doch, oder?"

Beide brachen fast gleichzeitig in Gelächter aus.

Sie erkannte Kommissar Spengler sofort wieder. Die rundliche Figur und das freundliche, breite Gesicht hatten sich kaum verändert, obwohl es Jahre zurücklag, als sie sich bei dem Mordfall in Tenever kennen gelernt hatten. Besonders die verschmitzt blinzelnden blauen Augen hatten es ihr angetan. Daß er so vertrauenerweckend väterlich wirkte, kam ihm bei seiner Arbeit sicherlich sehr zustatten, sagte aber wenig über seinen wirklichen Charakter. Er war ein Polizist und vermutlich entsprechend abgebrüht. Aber immerhin erinnerte er sich an sie, denn er begrüßte sie mit einem: „Hallo, Frau Peters."

Er teilte das Büro mit einem wesentlich jüngeren Mann, den sie nicht kannte, der aber unverkennbar ‚Bulle' war, kurzhaarig, sportlich, mit kräftiger Nase und dunklem Schnauzer, das Kinn betont durch ein markantes Grübchen. Der eine Maigret, der andere Dirty Harry, dachte sie und mußte lachen.

„Was amüsiert Sie?" fragte Spengler, der sich erhoben hatte und ihr eine feste, warme Hand reichte.

„Ach, nichts." Ellen schüttelte den Kopf. „Das ist meine Kollegin und beste Freundin Kirsten Lange."

„Spengler." Er gab seine sympathische Hand an Kirsten weiter. „Und das ist mein Kollege Friedberg." Er nickte in Richtung des anderen Polizisten. Man wünschte sich einen guten Tag. „Bitte, nehmen Sie doch Platz." Spengler wies auf zwei einfache Stühle, die vor seinem Schreibtisch standen.

Irgendwie sehen Büros alle gleich aus, dachte sie und schaute sich um. Dieses hier war wesentlich größer als das im Sozialamt, aber genauso ungemütlich, ohne persönliche Details. Nur ein Foto von einem Segelboot hing hinter Spengler an der Wand. Ansonsten vor allem Pin-Tafeln voller Notizen und Fotos, darunter auch einige von Toten, wie sie nach flüchtigem Anschauen vermutete.

„Was kann ich für Sie tun?" Spengler lehnte sich über den Schreibtisch und drehte den PC-Monitor so, daß er beide Frauen im Blick hatte, während sein Kollege ganz in seine Arbeit am Computer vertieft war. Er schien nicht zu beabsichtigen, sich das Anliegen der Frauen anzuhören. Für einen Moment war Ellen gekränkt, tröstete sich aber sofort mit dem Gedanken, daß der Brief, den sie aus der Aktentasche zog, wirklich nicht ernstzunehmen war. So was brachte einen gestandenen Polizisten eben nicht aus der Ruhe.

„Wie ich Ihnen schon telefonisch habe ausrichten lassen, geht es um eine Morddrohung."

„Richtig. Kollegin Hinrichs von der Telefonzentrale hat mich informiert. Ist das der Brief?"

Sie reichte die Klarsichtmappe über den Tisch. „Das ist er. Ich hab ihn in die Hülle gesteckt, damit eventuelle Spuren nicht verwischt werden."

„Sehr umsichtig. Das hilft uns vielleicht weiter. Ich werde ihn gleich ins Labor geben. Aber eins muß ich vorausschicken: allzu große Hoffnungen kann ich Ihnen nicht machen. Selbst wenn wir Fingerabdrücke oder sonstige Spuren finden, können wir den Briefschreiber nur ermitteln, wenn er irgendwie schon auffällig geworden ist und wir etwas über ihn in unseren Dateien finden."

„Ist mir klar." Ellen nickte und betrachtete seine kräftigen Hände, die er wenig zuversichtlich vor der Brust gefaltet hatte.

„Daß es sich um einen Scherz handelt, schließen Sie völlig aus?"

„Natürlich nicht. Wer ständig mit Jugendlichen, vor allem aus Randgruppen, zu tun hat, muß auch mit solchen dummen Streichen rechnen."

„Aber meine Freundin ist außerordentlich beliebt bei den Kids und besitzt deren volles Vertrauen. Ich kann mir nicht denken, daß so eine Gemeinheit aus der Ecke kommt", sagte Kirsten energisch.

„Ach, ich weiß nicht. Wer kann schon mit Sicherheit sagen, was in den Köpfen dieser Kinder vor sich geht."

„Und daß es jemand aus diesem Umfeld ernst meint mit solch einer Drohung können Sie sich überhaupt nicht vorstellen?"

„Nein. Ausgeschlossen." Ellen reagierte verärgert.

„Was macht Sie so sicher?" Spengler lächelte nachsichtig, als hätte er es bei ihr mit einem störrischen Kind zu tun.

„Weil ich dann meinen Beruf verfehlt hätte. Ein übler Scherz, okay, damit könnte ich leben. Aber daß mir einer von meinen Zöglingen nach dem Leben trachtet, ist so abwegig, daß ich das nicht ernsthaft erwägen kann."

„Warum sind Sie dann bei mir?"

„Weil ich Sie kenne, und weil mein Mann und mein Vorgesetzter es für richtig hielten, die Polizei zu verständigen."

„Sie von sich aus hätten nichts unternommen?"

„Nein."

„Aber das stimmt nicht", sagte Kirsten vorsichtig. "Warum redest du so, Ellen? Du hast doch Angst, gib es zu."

„Ach, was weißt du schon. Angst ist doch mehr deine Domäne."

„Sie ist überall sehr beliebt", wandte sich Kirsten an den Kommissar. „Deshalb erträgt sie es nicht, wenn man Kritik übt an ihrer Arbeit."

„Du mußt hier nicht für mich reden", fuhr Ellen sie an. „Ich kann mich allein verteidigen."

„Aber es greift Sie doch niemand an", sagte Spengler und setzte wieder sein Beschwichtigungslächeln ein.

„Und Ihr Lächeln können Sie sich auch sparen. Auf diese Masche falle ich nicht rein."

Für eine Weile wurde es ruhig im Büro. Auch der emsige Herr Friedberg hatte seine Arbeit unterbrochen und schaute erstaunt von einem zum anderen.

„Entschuldigung." Ellen gab sich zerknirscht. „Ich weiß nicht, was gerade in mich gefahren ist. Tut mir schrecklich leid. Wie ich dir schon sagte, Kirsten, ich bin ein wenig neben der Spur."

Spengler verschränkte die Arme vor der Brust und lehnte sich zurück. „Darf ich aus Ihrer Reaktion schließen, daß Sie doch beunruhigt sind, Frau Peters?"

„Mein Beruf bringt eben viel Unruhe und Aufregung mit sich, aber bei allen Problemen habe ich mich nie in irgendeiner Form bedroht gefühlt. Deshalb fällt es mir so schwer, diesen Brief mit meiner Arbeit in Verbindung zu bringen", versuchte Ellen zu erklären. „Das ist wie ein schlechter Traum."

„Es muß ja nicht mit Ihrem Job zusammenhängen. Gibt es jemanden in Ihrer Familie, in Ihrem Freundeskreis, mit dem Sie in letzter Zeit Streit hatten? Oder Nachbarn, die Ihnen Ärger machen?"

„Nein, nein, da werden Sie nicht fündig. Ich bin psychologisch genug geschult, um solche Konflikte gar nicht erst entstehen zu lassen."

„Wie ich schon sagte, Frau Peters ist überall beliebt und bestens angesehen", schaltete sich Kirsten wieder ein, was ihr einen erbosten Seitenblick von Ellen bescherte.

„Tja", seufzte Spengler, entfaltete seine Arme und legte die Hände in den Nacken. „Wenn Sie es dank Ihrer psychologischen Kenntnisse so gut verstehen, Konflikte abzuwürgen …"

„Entschuldigung", unterbrach Ellen verärgert, „von ‚abwürgen' war nicht die Rede. Durch vernünftige Gespräche entschärfen und beilegen würde es wohl besser treffen."

„Wie Sie meinen. Trotzdem bleibe ich dabei, daß man durch das Unterdrücken von Konfliktpotential Spannungen und Aggressionen auslösen kann. Oder um es einfacher auszudrücken: manchmal ist es besser, wenn mal richtig die Fetzen fliegen, als daß man alle Streitpunkte wegdiskutiert."

„Sonderbare Logik. Also man soll sich lieber mit seinem Mann prügeln, als daß man sich mit ihm ausspricht." Ellen schüttelte den Kopf und nahm den Brief wieder an sich.

„Wie kommen Sie jetzt gerade auf Ihren Mann?" fragte Spengler schnell.

„Ach nee, Herr Kommissar, das ist nun wirklich unter Ihrem Niveau. Ich könnte ebenso gut sagen, daß ich mich also lieber mit meiner Freundin Kirsten, oder mit meiner Mutter, oder mit meinen Söhnen, oder mit Herrn Wiechert von nebenan prügeln sollte, denn mit allen gibt es gelegentlich Probleme."

„Und die werden alle in Gesprächen aus der Welt geschafft?" Spengler lächelte wieder sein Lächeln.

„So ist es."

„Und Sie können sich nicht vorstellen, daß Menschen in Ihrem Umkreis vielleicht den Mut verlieren, mit Ihnen Konflikte auszutragen, weil die ja sowieso weggeredet werden?"

„Worauf wollen Sie hinaus?" Ellen spürte, wie ihre Hände feucht wurden.

„Meine Freundin ist sehr geschickt bei solchen Auseinandersetzungen", wagte sich Kirsten vor.

„Eben." Spengler schaute zufrieden. „Und ich vermute mal, Ihre Freundin hat das erste und das letzte Wort und kann sich hinterher als Siegerin fühlen."

„Jetzt reicht es!" Ellen sprang auf. „Ich verzichte auf weitere Hilfe durch die Polizei und ziehe meine Anzeige zurück. Ich muß mich hier nicht abwatschen lassen."

„Moment, Frau Peters. Sie mißverstehen mich völlig." Spengler blieb absolut ungerührt. „Ich will Ihnen überhaupt nicht am Zeuge flicken. Es tut mir aufrichtig leid, daß man Ihnen so übel mitspielt, ich versuche nur, einen Ansatzpunkt für diese Drohung, diese wie auch immer motivierte Aggression zu finden. Ich habe Sie schon damals bei dem Tötungsdelikt in Tenever als eine sehr dominante, energische Frau erlebt und frage mich, ob nicht gerade in dieser Dominanz der Grund für versteckten Haß, für verborgene Wut zu suchen ist."

Ellen setzte sich wieder und lächelte überlegen. „Wenn Sie gleich in diesem Ton mit mir gesprochen hätten, wäre es nicht zu einer unwirschen Reaktion meinerseits gekommen. Aber wahrscheinlich gehört es zu Ihrem Job, Leute zu triezen und herauszufordern, damit sie etwas von sich preisgeben, das sie lieber im Verborgenen halten. Also, Herr Kommissar, ich gestehe, daß ich ehrgeizig und sehr empfindlich bin, wenn es um meine berufliche Qualifikation geht, zu der ja Konfliktbewältigung unbedingt dazugehört. Mag sein, daß mein Verhalten bei anderen Frustrationen und Unterlegenheitsgefühle auslöst, aber wie soll gerade ich das erkennen? Ich will nur das Beste, und wenn das nicht akzeptiert wird, muß ich passen. Fragen Sie meine Freundin, ob sie sich von mir schon bevormundet gefühlt hat." Ellen zeigte auf Kirsten.

Der Kommissar wandte sich Kirsten zu.

„Bevormundet ist das falsche Wort." Kirsten rutschte auf dem Stuhl hin und her. „Ich habe deine Überlegenheit immer bewundert und mir gern von dir sagen lassen, wenn ich falsch liege. Du bist ja nie wirklich verletzend. Du meinst es gut. Das muß man einfach anerkennen."

„Noch weitere Unterstellungen, Herr Kommissar?" Ellen gab sich große Mühe, jedes Triumphgefühl zu unterdrücken.

„Nein, nein, Frau Peters. Ich glaube, es ist alles gesagt." Spengler strich sich mit der Rechten über den fast kahlen Schädel.

„Und wie geht's weiter?" Ellen stand auf. Kirsten mußte sich am Schreibtisch abstützen, um wieder auf die Beine zu kommen.

„Wir werden den Brief im Labor untersuchen und dann eventuell geeignete Maßnahmen ergreifen."

„Eventuelle Maßnahmen. Na prima! Und dafür dieses ganze Gespräch?"

„Und dafür dieses ganze sehr aufschlußreiche Gespräch." Spengler nahm ihr den Brief aus der Hand und legte ihn vor sich hin. „Einen Moment sollten Sie sich noch gedulden, ich muß schnell Ihre Anzeige aufnehmen."

Die Frauen warteten im Stehen, und Ellen gab die nötigen Auskünfte.

Nachdem sie Kirsten abgesetzt hatte und wieder allein in vertrauter Umgebung im Auto saß, in diesem abgenutzten, aber überaus gemütlichen alten Audi, der schon ihren Geruch angenommen hatte, mußte sie laut lachen. Wie hatte sie nur auf diesen gerissenen Fuchs von Kommissar reinfallen können? Ständig hatte er sie aufs Glatteis geführt und sich diebisch gefreut, wenn sie ins Rutschen kam. Das war eine Art perverser Flirt, und sie war so blöd gewesen, darauf einzugehen, statt ihm die kalte Schulter zu zeigen. Schon bei ihrer ersten Begegnung damals in Tenever hatte sie gespürt, daß sie ihm nicht gleichgültig gewesen war, daß hinter der Fassade des biederen Polizisten das männliche Tier lauerte. Was bildete sich dieser ältliche Fettwanst eigentlich ein? Glaubte er im Ernst, sie würde seine Tricks und Spielchen nicht durchschauen? Für wie naiv hielt er sie? Gut, sie war ihm ein paarmal auf den Leim gegangen, hatte aber immer noch rechtzeitig den Braten gerochen und Spengler in seine Schranken gewiesen.

Sie summte den alten Beatles-Song „All you need is love" aus dem Autoradio mit und gab ordentlich Gas auf der breiten Kurfürstenallee, denn sie wußte, daß die Radarfalle erst hinter der Kirchbachstraße wartete.

Was war das überhaupt für eine merkwürdige Veranstaltung gewesen? Sie war als Bedrohte, also als Opfer im Kommissariat erschienen, um unmittelbar danach auf der Anklagebank zu landen. Und Kirsten hatte in ihrer penetranten Art, sie zu verteidigen, das unwürdige Schauspiel noch mit inszeniert. Dabei war die Tatsache, daß ihr womöglich jemand nach dem Leben trachtete, schlicht unter den Tisch gefallen. Der Wutanfall kam so heftig, daß sie Mühe hatte, den Wagen auf der Straße zu halten. Sie riß das Stoffmäuschen ab, das Kirsten ihr mal an den Innenspiegel gehängt hatte, und warf es aus dem Fenster. Zu schade, daß sie sich das Rauchen abgewöhnt hatte.

Jetzt eine Zigarette!

Die Garagentür war verschlossen, also war Benno schon zu Hause. Das Fahrrad von Frank stand unterm Küchenfenster, und als sie auf die Straße zurückschaute, entdeckte sie auch den Smart von Lutz. Also hatte Benno die ganze Familie zusammengetrommelt.

Sie lief noch eine Weile auf der Straße hin und her, um sich zu sammeln. Sie durfte sich vor allem vor den Kindern nicht verunsichert zeigen. Nachdem sie eine Weile bewußt und intensiv geatmet hatte, konnte sie mit ruhiger Hand den Schlüssel aus der Tasche ziehen und die Haustür öffnen. Dabei summte sie den Song der Beatles, der sich in ihrem Ohr festgebissen hatte.

Benno kam ihr schon im Flur entgegen und umarmte sie stumm, bevor sie den Anorak ablegen konnte. Frank blieb in der Wohnzimmertür stehen und verschränkte die Arme, als ein „N'Abend, Mama" kaum hörbar seine Lippen verließ, während Lutz aus der Küche „Hallo, Mütterchen!" rief, gleich darauf mit einem Tetrapack Milch in der Hand erschien und sie feucht auf die Wange küßte. Mit dem Handrücken wischte sie die Milchspuren ab und sagte lachend: „Guten Abend miteinander. Schön, euch alle zu sehen. Kommt ja nicht oft vor."

„Ich mach dann mal Abendbrot." Benno schlüpfte wieder in seine Rolle als Küchenchef und verschwand.

Ellen faßte Lutz mit der Linken um die Taille und führte ihn zu Frank, den sie mit der Rechten umarmte. Ihre Söhne eng an sich gepreßt, betrat sie das Wohnzimmer. Alle Lampen waren angeknipst und verbreiteten ein warmes Licht. Ihr war, als käme sie von einer längeren Reise zurück und sähe alles wie neu. Sie versank in den Anblick der sonst so selbstverständlichen Umgebung und bemerkte nicht, wie sich die Söhne von ihr losmachten, um jeder für sich in einen Sessel zu fallen.

„Was sagt man bei der Polizei?" fragte Lutz und nahm einen langen Schluck Milch aus der Packung.

Ellen stellte sich hinters Sofa und stützte die Arme auf die Lehne. Sie mochte sich noch nicht setzen. Zu sehr war ihr die Anwesenheit ihres Körpers in diesem ebenso vertrauten wie entrückten Raum bewußt. Das war alles ihr Eigentum und würde ihr doch niemals wirklich gehören. Sie hörte ihre Mutter sagen: „Du mußt lernen, mein Kind, daß nichts auf dieser Welt von Dauer ist", als sie Ellens Lieblingspullover in die Altkleider-Sammlung gegeben hatte, ohne sie vorher zu fragen.

„Was man bei der Polizei sagt, wollte ich wissen?" wiederholte Lutz.

„Ach ja, bei der Polizei." Ellen zwang sich in die Realität des Raumes zurück und setzte sich. „Was sollen die schon sagen. Sie werden den Brief untersuchen und dann, wie es so schön heißt, eventuell geeignete Maßnahmen ergreifen."

„Also ein Schlag ins Wasser. War ja zu erwarten." Lutz nickte und grinste verächtlich. Dann bekam sein ebenmäßig geschnittenes Gesicht einen häßlichen Zug. Der verzerrte Mund ließ auch alle anderen Gesichtspartien aus dem Gleichgewicht geraten. Es war ihr schon immer ein Rätsel gewesen, wie ein gut aussehender, sympathischer Mann sich plötzlich in so einen üblen Burschen verwandeln konnte. Selbst die strahlend blauen Augen verloren dann jegliches Licht. Vielleicht war das der Grund, weshalb es die jungen Mädchen nie lange bei ihm aushielten. Quatsch, korrigierte sie sich, es war ja er, der die armen Dinger so schnell über hatte. Und dieser unschöne Umgang mit anderen Menschen spiegelte sich eben manchmal in seinem Gesicht. Von wem er das wohl hatte? fragte sie sich immer wieder, obwohl sie wußte, daß solche familiären Vererbungstheorien psychologischer Unfug waren. Jedenfalls sah Lutz ihrem Vater sehr ähnlich, so daß der Gedanke nahe lag, hier sei die Wurzel des Übels zu suchen. Immerhin war sein Großvater ein sehr erfolgreicher Wirtschaftsjurist und Bankenberater gewesen und hatte im Laufe seines Lebens viel Geld angehäuft. So etwas gelang nur, wenn man seine Ellbogen zu gebrauchen wußte. Auch wenn sie ihn sehr geliebt und in Konkurrenz mit den beiden Schwestern sehr umworben hatte, war sie doch oft von ihm zurückgewiesen worden. So hatte sie jedenfalls seine kühle distanzierte Art, sie in die Schranken zu weisen, empfunden. Vielleicht hatten ihre Schwestern es leichter mit ihm, denn die ältere genoß das Privileg der Erstgeborenen, und die jüngere war und blieb immer die ‚Kleine', die Anspruch auf besondere Zuwendung hatte. Sie selbst aber saß zwischen den Stühlen, wie es ihr oft vorgekommen war, und mußte um die Anerkennung kämpfen, die den beiden anderen quasi automatisch zufiel. „Du mußt lernen, dich einzuordnen und anzupassen", war seine Devise, wenn sie ihm zusetzte, ihm besondere Aufmerksamkeit abverlangte, zum Beispiel wenn sie ihm ein Super-Schulzeugnis präsentierte, er aber nur an dem Satz ‚Ellen stört leider oft den Unterricht durch ihr vorlautes rechthaberisches Betragen' Anstoß nahm und kein Wort über die hervorragenden Noten verlor. Erst in seinen letzten Lebensjahren hatte er sich ihr mehr geöffnet, wobei es ihr zu gute kam, daß sie in Bremen wohnte und sich um den Krebskranken kümmern konnte, während Tessi und Walli, ihre Schwestern, weit weg lebten, die eine in Südfrankreich, die andere in Amerika. Schon an den Namen konnte man erkennen, wie ungleich die Schwestern behandelt wurden. Sie war immer Ellen geblieben, während bei der älteren aus Therese Tessi wurde und bei der jüngeren aus Waltraud Walli. Wie hätte sie sich gefreut, wenn ihr Vater sie einmal Elli genannt hätte.

„Was schaust du mich so komisch an?" fragte Lutz und stellte seine Milchtüte auf den Couchtisch.

„Mir ist gerade aufgefallen, wie ähnlich du deinem Großvater siehst." Ellen hoffte, daß er ihr Lächeln mit einem eigenen erwidern würde, damit ein sympathischer Ausdruck in sein Gesicht zurückkehrte.

Aber sein Gesicht blieb verzerrt, als er sagte: „Na, du hast Probleme. Wir wollen wissen, wie es nun weitergeht. Mit der Polizei ist also nicht zu rechnen. Läßt du jetzt die Sache auf sich beruhen, oder was?"

„Ich weiß es nicht. Hast du irgendeinen Vorschlag, was ich tun soll?"

„Na, zumindest solltest du für dich entscheiden, ob du die Drohung ernst nehmen oder als Jux-Nummer abtun willst."

„Ich muß erst mal eine Nacht darüber schlafen. Ich bin heute ein bißchen durch den Wind."

„Ich jedenfalls würde die Sache ernst nehmen und mich fragen, wem ich so was zutrauen könnte."

„Laß Mama doch in Ruhe", meldete sich Frank zu Wort. „Bei dir käme sowieso keiner auf die Idee, dich umzubringen, so aalglatt, wie du durchs Leben rutschst. Wer niemanden an sich ran läßt, muß auch niemanden fürchten."

„Sieh an, Brüderchen hat was zu bemerken? Na, toll. Jetzt bin ich aber ganz schrecklich betroffen."

„Nein, Kinder, hört auf! Heute ist nun wirklich nicht der Tag, an dem ich eure Kabbeleien ertragen könnte."

„Wirf uns bitte nicht in einen Topf", protestierte Frank. „Ich versuche ja gerade, diesen Spinner von seinem hohen Roß herunterzuholen und ihm klarzumachen, wie unsensibel er sich verhält."

„Was soll ich denn machen, wenn in dieser Familie alle Sensibilität von dir beansprucht wird? Da bleibt für mich doch nur die Rolle des Grobians. Ich kann eben keine Gedichte schreiben oder mich von morgens bis abends an Schubert aufgeilen. Wäre mir auch zu öde."

„Schluß jetzt!" schrie Ellen. Daß ihr Tränen in die Augen schossen, machte sie noch wütender. Sie durfte sich jetzt nicht schwach und verletzlich zeigen, schon gar nicht vor den Kindern. Sie preßte sich ein Lächeln ins Gesicht, als sie sagte: „Eigentlich müßte es jetzt heißen: Alle beide ohne Abendbrot marsch ins Bett! Aber dafür seid ihr schon zu alt. Leider. Vor zehn Jahren habt ihr euch auch ständig gestritten, aber da wart ihr noch nicht so radikal. Da gab es trotz aller Meinungsverschiedenheiten ein grundsätzliches Zusammengehörigkeitsgefühl. Heute denke ich manchmal, ihr empfindet euch gar nicht mehr als Brüder."

„Tut mir leid, Mama." Frank war im Sessel in sich zusammengesunken.

„Mir auch, Mütterchen." Lutz sprang auf und umarmte sie.

„Guten Appetit!" rief Benno aus der Eßecke.

Und der hat sich wieder aus allem rausgehalten, dachte sie, als sie zum sorgfältig gedeckten Tisch ging. Nicht mal nach dem Polizeibesuch gefragt. „Wunderbar, Benno, mein Schatz. Wie lecker das alles aussieht. Sogar Weißbrot hast du aufgebacken. Wenn wir dich nicht hätten."

„Ich habe noch frischen Parmaschinken und italienische Salami besorgt. Der Gorgonzola ist heute besonders zu empfehlen. Absolut die richtige Konsistenz. Laßt es euch schmecken."

Sie setzten sich und breiteten die Servietten aus, auch die Söhne, die nicht wagten, gegen die Tischsitten zu rebellieren.

„Ich hoffe, wir haben dich nicht mit unserem kleinen Streit gestört", sagte Ellen fröhlich und bestrich ein Weißbrot mit Butter.

„Ach, wenn man soviel mit dem Haushalt zu tun hat, entgeht einem manches. Da ihr jetzt alle ganz entspannt wirkt, nehme ich an, es gab nichts Weltbewegendes zwischen euch."

„Es ging nur um eine Morddrohung." Ellen lächelte beinah verschämt.

Gleich nach dem Essen zog sie sich ins Schlafzimmer zurück. Auch Lutz war sofort gegangen, weil er noch für irgendeine Schwimm-Meisterschaft im Uni-Bad trainieren wollte, und Benno hatte seine Absicht kundgetan, sich ‚African Queen' mit Bogart im Fernsehen anzuschauen. Frank hatte den Tisch abgedeckt und telefonierte nun von seinem Zimmer aus mit Susi, seiner Freundin und Klassenkameradin. Das tat er jeden Abend, obwohl sich die beiden den ganzen Vormittag in der Schule sahen und auch die Nachmittage meistens zusammen verbrachten. Sie hingen wie Kletten aneinander, und Ellen fragte sich, ob sie auch miteinander schliefen. Als sie einmal vorsichtig und ungezielt über Kondombenutzung gesprochen hatte, war er ausgewichen, hatte ganz allgemein behauptet, Jugendliche würden heutzutage lieber jungfräulich bleiben bis zu dem Zeitpunkt, wo sie sich endgültig für eine Partnerschaft entschieden hätten. Ellen hatte da so ihre Zweifel, und ihr Sohn Lutz bestätigte sie darin, weil der ohne Hemmungen von seinen Eroberungen und Bettgeschichten erzählte. Auch viele ihrer ‚Problemkinder' praktizierten Sex so selbstverständlich, wie sie Alkohol tranken oder rauchten.

Sie lag angezogen auf dem Bett und starrte gegen die Decke. An Schlaf war nicht zu denken, und sie bereute, die Flucht ergriffen zu haben, denn ihr hastiger Abschied von Benno und den Söhnen kam einer Flucht gleich. Sie hatte sich zwar nicht bedroht gefühlt, aber doch irgendwie drangsaliert von soviel männlicher Gleichgültigkeit ihren Problemen gegenüber. Nur was hatte sie erwartet? Sie selbst hatte ja die Sache mit dem Brief heruntergespielt und verharmlost, so daß niemand ihrer Männer sich genötigt sehen mußte, den Panzer um sich herum zu öffnen oder gar abzulegen. Sie hatte eine gute Gelegenheit, die egozentrischen Kerle auf sich aufmerksam zu machen, ungenutzt verstreichen lassen.

Sie prügelte das Kopfkissen und streifte sich die Schuhe von den Füßen. Was für ein ärgerlicher Tag. Und dazu noch ihre betuliche Freundin Kirsten. Der mußte unbedingt mal wieder der Marsch geblasen werden. Sie war eine dieser Frauen, die ständig von sich sagten, daß sie es gut meinten. Die nur darauf aus waren, nicht anzuecken. Um bloß keinen Fehler zu machen, riskierten sie nichts, redeten jedem nach dem Munde und zeigten nie, was sie wirklich dachten. Wenn man sich mit ihnen streiten wollte, stieß man nur in Watte. Vor allem wegen Freddy mußte sie mal ein ernstes Wort mit ihr reden. Jetzt nach den Wechseljahren hatte Kirsten offensichtlich das Gefühl, sexuell abgemeldet zu sein, und sich deshalb mit diesem Taugenichts von Freddy eingelassen, der zwar passabel aussah und im Bett noch funktionierte, ansonsten aber total verschuldet und ein hoffnungsloser Alkoholiker war. Daß Kirsten sich schon mehrmals nicht unerhebliche Summen bei ihr geliehen hatte, führte sie allein auf diese unselige Liaison mit Freddy zurück. Es war überhaupt nicht einzusehen, daß dieser Mistkerl Ellens Geld verpraßte. Nein, da mußte eingegriffen werden. Morgen war Kirsten dran.

Seufzend wälzte sie sich auf dem Bett hin und her. Nur finstere Gedanken. Sie brauchte unbedingt Gesellschaft. Bis Benno nach oben kam, konnten noch Stunden vergehen. Und sich neben ihn vor den Fernseher zu setzen, wäre ihr keine Hilfe. Vielleicht sollte sie ein wenig mit Frank reden. Das Gemurmel in seinem Zimmer hatte aufgehört, das Gutenachtgespräch mit Susi war offensichtlich beendet. Zwar war Frank sehr verschlossen, aber mit seiner Sensibilität konnte er ihr im Moment besser beistehen als jeder andere. Hoffentlich schlief er noch nicht.

Durchs Schlüsselloch sah sie, daß in seinem Zimmer noch Licht brannte. Sie klopfte leise und wartete einen Augenblick, ehe sie die Tür öffnete. Er ließ das Buch sinken, in dem er las, und schaute sie aus großen Augen an. Es kam nicht oft vor, daß sie ihn in seinem Zimmer besuchte. Sie sahen sich sonst eigentlich nur bei den Mahlzeiten. Er wohnte zwar in diesem Haus, führte aber ein völlig eigenes Leben, an dem sie kaum noch Anteil hatte. Das wurde ihr in diesem Moment schmerzlich bewußt.

„Kann ich dich einen Moment sprechen?" fragte sie und blieb mitten im Zimmer stehen.

„Sicher." Er zeigte auf den Sessel, der vor dem Fenster stand, dem Bett gegenüber.

Sie setzte sich und fühlte sich zu Gast in ihrem eigenen Haus.

„Wie geht's Susi?"

„Danke, nicht so toll. Wir schreiben morgen eine Mathe-Klausur. Da mußte ich ihr noch ein bißchen auf die Sprünge helfen." Frank drehte sich auf die Seite, um seine Mutter besser zu sehen.

„Ist sie nicht gut in Mathe?"

„ Sie ist besser in Sprachen. Vor allem in Deutsch."

„Schreibt sie auch Gedichte wie du?"

„Weiß ich nicht." Frank verzog unwillig das Gesicht.

„Das weißt du nicht?" fragte sie nach. „Aber sie weiß, daß du welche schreibst."

„Nein." Er legte sich wieder auf den Rücken.

„Warum denn nicht? Ich meine, das ist doch was Schönes, über so was tauscht man sich doch aus, wenn man verliebt ist." Sein Profil konnte nicht mit dem von Lutz konkurrieren. Die Nase war zu flach und die Oberlippe zu kurz, aber dafür waren seine Augen um so ausdrucksvoller, nur daß er sie jetzt von ihr abgewandt hatte.

„Das ist zu privat. Ich würde mich schämen, sie ihr zu zeigen."

„Aber ich …"

„Du hast neulich darin gelesen, ohne daß ich es wollte. Du bist einfach an meinen Schreibtisch gegangen."

„Das Büchlein lag so herum und da …"

„Du hast in meinem Zimmer nichts zu suchen. Frau Siebert kann von mir aus putzen, aber ansonsten ist das hier für alle tabu. Das hab ich schon so oft gesagt."

„Für mich ist das was Neues. Tut mir leid. Als ich deine Gedichte gelobt habe, hast du dir das, wie mir schien, gern angehört."

„Ich war einfach perplex. Erst später ist mir klar geworden, was für ein Übergriff das war, was für eine Verletzung meiner Intimsphäre."

Ellen mußte lachen. „Ach, komm, mein Junge. Es war doch nicht bös gemeint. Wenn man einen so verschlossenen Sohn hat, muß man sich eben gewisse Informationen auf eigene Faust besorgen."

„Und in seinen Sachen rumschnüffeln." Frank drehte ihr den Rücken zu.

„Weil du nicht mit mir sprichst. Ich wüßte oft gern, was in dir vorgeht, wenn du da hockst und dein Gesicht ziehst. Morgens beim Frühstück, oder abends beim Abendbrot. Findest du es nicht auch schade, daß wir uns innerlich immer weiter voneinander entfernen?"

„Nein." Er zog die Decke bis über die Schultern.

„Aber ich bin deine Mutter."

„Du hast deinen Spaß gehabt, als ich gemacht wurde, und du hattest deinen Spaß daran, daß ich als kleiner Junge total von dir abhängig war. Das reicht ja wohl. Wieso mußt du jetzt noch wissen, was in mir vorgeht? Ich möchte es lieber für mich behalten."

„Hast du den Drohbrief geschrieben?" Ellen biß sich in die Hand. Die Frage war aus ihr herausgeplatzt, ohne daß sie es beabsichtigt hatte, überfiel sie ebenso brutal wie ihren Sohn, der den Kopf einzog, als hätte man ihn geschlagen.

Nach einer langen Pause fragte er, ohne sich zu ihr umzudrehen: „Würdest du mir das zutrauen?"

„Natürlich nicht," antwortete sie schnell und leichthin, um die Situation zu retten.

„Doch."

„Entschuldige bitte, das ist mir so rausgerutscht. Ich bin heute etwas daneben." Sie trat ans Bett und wollte ihn bei der Schulter pakken, wenigstens einen körperlichen Kontakt zu ihm herstellen. Aber er entzog sich mit einer heftigen Bewegung.

„Warum lenkst du jetzt ab? Deine Frage trifft ja einen wahren Kern. Manchmal bleibt einem nur die Wahl, sich von zu viel Druck durch eine Gemeinheit zu befreien. Ich habe den Brief nicht geschrieben, aber ich hätte es gut tun können. Und ich gönne ihn dir."

Sie setzte sich wieder, mußte irgendeinen Ausweg aus dieser verfahrenen Situation finden, konnte das Gesagte nicht einfach so stehen lassen.

„Und warum hast du dich dann vorhin gleichsam schützend vor mich gestellt, als Lutz mir so zugesetzt hat?"

„Lutz hat nicht das Recht, dich anzugreifen, weil du ihn nie hast leiden lassen. Er war immer der Sonnyboy, der dir nach dem Mund geredet und dich um den Finger gewickelt hat."

„Aber dich habe ich leiden lassen, und dafür haßt du mich jetzt."

„Ach, Mama, mit so einfachen Formeln ist dem Problem nicht beizukommen. Spielen wir wieder die normale Familie, und versuche in Zukunft lieber nicht mehr, mich auszukundschaften. Gute Nacht."

Sie schlich aus dem Zimmer.

II

Sie lief länger als sonst durch den Bürgerpark, schloß auch noch den Stadtwald mit ein bei ihrer Jogging-Tour, legte öfter Zwischenspurts ein und brachte sich mit Absicht an den Rand ihrer Kräfte. Als sie ins Haus zurückkehrte, war Frank schon in die Schule gegangen und Benno gerade im Aufbruch begriffen. So hatte sie freie Bahn für eine ausgiebige Dusche und ein ruhiges Frühstück mit Lektüre des ‚Weser Kurier'. Das körperliche Wohlbefinden nach dem Sport übertrug sich allmählich auch aufs Gemüt. Ihre trübe Stimmung, die trotz des traumlosen Schlafs die Nacht überdauert hatte, wich zurück, machte einer gewissen Heiterkeit Platz. Zudem drangen ersten Sonnenstrahlen durch graues Gewölk, so daß sie sich gestattete, mit Zuversicht an den vor ihr liegenden Tag zu denken. Sie hatte zwar am Vormittag zusammen mit Kirsten Lange einen Besuch in Tenever zu machen, der unangenehm werden konnte, denn es ging vermutlich um Verwahrlosung oder sogar Mißhandlung von kleinen Kindern. Aber solche Aufgaben reizten sie, forderten sie heraus.

Viel schwieriger war es, mit einem Sohn wie Frank fertig zu werden, dessen Auflehnung ihr letztlich unerklärlich war. Sie hatte sich nichts vorzuwerfen, so sehr sie sich auch selbst erforschte nach eventuellen Verfehlungen oder Unterlassungen, und trotzdem blieb das dumpfe Gefühl, versagt zu haben. Sie hatte sich größte Mühe gegeben, keinen der Söhne zu bevorzugen, schon allein aus der bitteren Erfahrung ihrer eigenen Kindheit heraus, doch Lutz war ihr eben immer viel mehr entgegengekommen, hatte es ihr leicht gemacht, mit ihm umzugehen, während Frank sich bereits als Kleinkind trotzig vor ihr verschlossen hatte. Alle Versuche, zu ihm vorzudringen, waren letztlich gescheitert. Sie ahnte, daß die Ursachen dafür trotz allen guten Willens bei ihr lagen, und es hatte sie tief verunsichert, daß ausgerechnet sie, die psychologisch geschulte Pädagogin, mit ihrem eigenen Kind nicht zurecht kam, während zum Beispiel Benno keine Probleme mit Frank hatte. Sie tolerierten sich freundschaftlich und konnten stundenlang über Literatur diskutieren. Daß Benno früher selber geschrieben und für eine Weile ein Leben als freier Schriftsteller geplant hatte, war die ideale Basis für ein Vertrauensverhältnis zwischen Vater und Sohn. Manchmal hatte sie den Verdacht, daß es ihnen Vergnügen bereitete, die Mutter bei ihren Literatur-Gesprächen außen vor zu halten. Bisher hatte sie das eher amüsiert, durchschaute sie doch solche familiären Konkurrenzkämpfe, aber heute morgen mischte sich Mißmut in ihr Amüsement.

„Verdammt!" Sie knallte den Kaffeebecher auf den Küchentisch. „Hast du dich nun doch wieder einfangen lassen von deinem Trübsinn!" Sie räumte den Tisch ab und stellte Honigglas und Zuckertopf absichtlich in ein falsches Fach des Speiseschranks, weil sie wußte, daß Benno sich darüber ärgern würde. Er hatte seine eigenen Ordnungsprinzipien entwickelt und erwartete von ihr, sich genau so penibel daran zu halten wie er selbst. Meist verstieß sie aus Gedankenlosigkeit dagegen, aber heute war es ihr ein Bedürfnis, den Gatten zu provozieren. Am liebsten hätte sie diese ganze geschniegelte Küche in ein Chaos verwandelt.

Im Auto verzichtete sie auf Musik, wollte sich nicht von äußeren Stimmungsmachern stimulieren lassen. Auch vom reibungslos fließenden Verkehr und dem magischen Winterlicht in den kahlen Bäumen der Kurfürstenallee ließ sie sich nicht beeinflussen, sie konzentrierte sich ganz auf ihren Trübsinn und wollte ihn mit Würde und Stolz ertragen. Das war das Wichtigste heute: ihren Stolz wiederfinden.

Im Büro traf sie auf eine Kirsten, deren Stolz offensichtlich ebenfalls in Mitleidenschaft gezogen war. Ihr Gesicht war verquollen und mit einem Veilchen geschmückt, das auch durch die Make-up-Schicht noch hindurchschimmerte.

Ellen lachte trocken. „Sieh an, sieh an. Jetzt erzähl mir nicht, du seist gegen einen Schrank gelaufen oder die Treppe heruntergefallen. Das ist eindeutig die Handschrift von Freddy, stimmt's?"

„Na ja. Dir muß ich ja nichts vorlügen. Aber es war halb so schlimm."

„Was heißt das?" Ellen hängte ihren Anorak über die Stuhllehne und setzte sich Kirsten gegenüber.

„Es hat ihm sehr leid getan. Er hat sich hinterher tausendmal entschuldigt."

„Und die liebe Kirsten im Bett getröstet."

„Dazu war er nicht mehr in der Lage."

„Also wieder mal volltrunken."

„Na ja, er hatte sich beworben für eine freie Stelle bei der Kreiszeitung in Syke und eine Absage gekriegt."

„Was'n Wunder! Daß Freddy Glaser ein Alkoholiker ist, hat sich inzwischen sogar bis zu den Provinz-Zeitungen herumgesprochen. Und warum knallt er dir eine, wenn andere ihn frustrieren?"

„Ich hab ihm die Flasche Schnaps weggenommen und in den Ausguß geschüttet."

„Zauberhaft. Mit so was kennen die Alkis eben keinen Spaß. Sicher bist du dann losgelaufen und hast für Nachschub gesorgt."

„Er hat mir auch leid getan. Er war wirklich übel drauf. Und in dem Zustand konnte er ja nicht mehr zur Tankstelle fahren."

„Ich fass' es nicht. Du läßt dich von dem verprügeln und gehst hinterher hin und holst ihm neuen Stoff?!"

„Nur einen Sechserpack Bier. Ich war ja schuld, daß er nichts mehr hatte."

„Du kannst einem leid tun, Kirsten, aber du bist selber schuld. Schmeiß den Kerl endlich raus!"

„Wenn er nüchtern ist ..."

„Ach, hör auf! Wann ist das denn mal? Ich gebe ja zu, daß es schwer ist, in unserem Alter noch einen vernünftigen Lebenspartner aufzugabeln, aber mit diesem Saufaus wirst du nie deine Ruhe finden."

„Vielleicht will ich das ja auch nicht. Es kann sehr schön und abwechslungsreich sein mit ihm. Wenn es ihm gut geht, kommt nie Langeweile auf."

„Vor allem im Bett nicht."

„Bist du neidisch?"

„Was soll das jetzt?"

Sie starrten sich an, bis Kirsten den Blick senkte. Sie zerrte an den Ärmeln ihres Pullovers und zog sie über die Hände.

„Ach, vergiß es. Ich meine nur, daß es früher anders war mit ihm. Erst seit er arbeitslos ist ..."

„Aber wegen des Suffs haben sie ihn doch rausgeschmissen!"

„Laß gut sein, Ellen. Ich kann nicht mehr. Und weinen darf ich auch nicht, sonst läuft mir die ganze Farbe aus dem Gesicht." Sie grinste kläglich und sah bedauernswert aus in all ihrem rundlichen Fleisch.

Ellen empfand Mitleid und Ekel zugleich.

„Soll ich mal mit ihm reden?"

„Was versprichst du dir davon?"

„Manchmal kann ein Außenstehender mehr erreichen."

„Du bist meine Freundin und somit befangen. Von dir nimmt er nichts an."

„Das wollen wir ja mal sehen! Ich komme heute abend einfach ganz zufällig bei euch vorbei."

„Ach, ich weiß nicht ..."

„Vertrau mir. Wirst schon sehen. Und jetzt müssen wir los. Nehmen wir meinen Wagen?"

Ellen stellte mit Genugtuung fest, daß all ihr Trübsinn verflogen war.

Sie starteten zum unangemeldeten Besuch bei der jungen Familie in Tenever, deren Nachbarn sich beschwert hatten. Angeblich hörte man ständig Weinen und Geschrei von kleinen Kindern aus der Wohnung, aber zu sehen bekam man nur die ungepflegte Mutter, wenn sie einkaufen ging oder schon nachmittags in der Kneipe saß und Alkohol trank. Da es zudem einen Hinweis der Polizei gab, die schon einmal wegen Randalierens des volltrunkenen Ehemanns hatte einschreiten müssen, mußte man Näheres an Ort und Stelle untersuchen.

Sie hatten im Melderegister in Erfahrung gebracht, daß es sich um eine sehr junge Familie handelte, die Mutter einundzwanzig, aber schon mit einer vierjährigen Tochter und einem zweijährigen Sohn gesegnet, der Vater zweiundzwanzig und arbeitslos. Man lebte von Hartz IV.

Vor dem Hauseingang des siebenstöckigen Wohnblocks spielten Kinder in einer Sandkiste. Dick vermummte Mütter verschiedenster Nationalitäten standen darum herum und bewachten ihre Sprößlinge.

Ellen und Kirsten grüßten ohne jede Resonanz. Die Haustür stand weit offen, und einen Lift gab es auch. Dem Klingelschild nach wohnte die Familie Bauer auf der fünften Etage. Also nahmen sie den Fahrstuhl, obwohl er unangenehm roch.

Durch die Wohnungstür hörte man Kindergeschrei, aber auf das Klingeln reagierte niemand. Auch als sie laut klopften und den Namen der Frau riefen, öffnete niemand. Die Tür der Nachbarwohnung wurde umständlich aufgeschlossen und entriegelt, und ein verhärmtes Altfrauengesicht erschien gleich neben der Klinke. „Sie ist vor zehn Minuten weggegangen", flüsterte die Frau und zupfte an ihrer Dauerwelle.

„Sind Sie Frau Hertel? Haben Sie beim Jugendamt angerufen?" fragte Ellen.

„Man macht sich eben so seine Gedanken. Wenn man im Fernsehen sieht, daß manche Mütter ihre Kinder einfach verhungern lassen, wird man ja mißtrauisch. Und außerdem ist der Krach nicht auszuhalten. Die Wände sind so dünn, daß man alles hört."

„Glauben Sie, daß Frau Bauer gleich zurückkommt? Vielleicht ist sie ja nur kurz einkaufen."

„Weiß man bei der nie. Meistens sind die Kinder stundenlang allein. Besonders nachmittags. Da geht sie aus. Wollen Sie so lange bei mir warten? Ich mach Ihnen einen Kaffee."

„Und wann gehen die Kinder mal nach draußen?" fragte Kirsten.

„Nie. Die hab ich schon monatelang nicht gesehen. Das ist es ja, was mir Sorgen macht. Was ist nun, wollen Sie reinkommen?" Sie öffnete die Tür und trat einladend zur Seite.

„Sie wissen ja sehr gut Bescheid über die Bauers", sagte Ellen.

„Das bleibt nicht aus, wenn man quasi in einer Wohnung lebt. Ob man will oder nicht, kriegt man alles mit, was nebenan los ist, wenn die Nachbarn so laut sind wie die Bauers. Die Kinder schreien, die Eltern brüllen rum, und der Fernseher dröhnt durchs ganze Haus. Es haben sich auch schon andere Leute beschwert, genützt hat es nichts. Ich hab mir Ohrenstöpsel gekauft, um das auszuhalten. Kommen Sie. Nun zieren Sie sich man nicht, bei mir ist alles sauber und ordentlich. Trotz meines Alters dusche ich noch täglich und wechsle die Wäsche. Und das kann wirklich nicht jedermann in dieser Gegend von sich behaupten. Wenn ich schon im Sozialbau wohnen muß, dann wenigstens sauber. Schließlich hat man schon mal bessere Tage gesehen. Als mein Mann noch lebte, hatten wir eine Wohnung in Horn. Also jetzt nichts wie rein in die gute Stube." Sie machte eine einladende Geste.

Kirsten schaute Ellen ratlos an. „Was tun wir?"

„Warten hat keinen Zweck. Wer weiß, wo die sich rumtreibt. Wir versuchen es später noch einmal. Vielen Dank für Ihre Hilfe und die freundliche Einladung, Frau Hertel."

„Ich hab schon verstanden. Ist Ihnen nicht fein genug bei mir. Guten Tag." Entrüstet schloß sie die Tür.

„Von solchen Nachbarn kann man nur träumen. Komm, wir hauen ab. Ich brauche frische Luft." Ellen wandte sich zum Fahrstuhl, während Kirsten noch unschlüssig vor Bauers Wohnungstür stand. „Aber die Kinder …"

„Die laufen uns nicht weg. Notfalls müssen wir die Polizei einschalten."

In diesem Moment hörte man den Lift stoppen, und aus der Tür trat eine junge Frau mit Einkaufstüten in beiden Händen. Sie trug eine wattierte Winterjacke und eine Pudelmütze, unter der rot gefärbtes Haar hervorstand. Das aufgedunsene Gesicht mit Aknespuren war von der Winterluft gerötet.

Ellen wußte sofort, wen sie vor sich hatte. „Sind Sie Frau Bauer?" fragte sie trotzdem.

„Ja, warum?" Die Frau stellte die Tüten vor der Tür ab und suchte nach dem Schlüssel in der rechten Jackentasche.

„Guten Tag, Frau Bauer. Ich bin Ellen Peters und das ist meine Kollegin, Frau Lange. Wir kommen vom Sozialdienst und möchten Sie einen Moment sprechen." Beide zeigten ihre Ausweise.

„Hab keine Zeit, muß mich um die Kinder kümmern."

„Es wird nicht lange dauern. Könnten wir in der Wohnung mit Ihnen reden?"

„Nee."

„Aber hier im Treppenhaus ..."

„Red' ich auch nicht mit Ihnen. Bloß weil die Alte hier ständig Terror macht, muß ich noch lange nicht mit irgendwelchen Typen reden."

„Es geht um Ihre Kinder", schaltete sich Kirsten mit sanfter Stimme ein.

„Kümmern Sie sich um Ihren eigenen Scheiß, sonst kriegen Sie womöglich noch ein Veilchen."

„Wir wollen Ihnen doch nur helfen."

„Mich muß keiner helfen. Ich komm auch so klar. Hauen Sie endlich ab. Hier gibt's nix zu schnüffeln." Sie hatte den Schlüssel gefunden, schloß auf, nahm ihre Tüten, huschte blitzschnell in die Wohnung und wollte die Tür mit einem Tritt hinter sich schließen, aber Ellen war mit einem Fuß dazwischen. „Das ist Hausfriedensbruch!" keifte die junge Frau, hob einen Kinderschuh vom Boden auf und warf ihn nach Ellen, die ihn geschickt auffing und an Kirsten weiterreichte, die neben sie getreten war. Der Anblick, der sich ihnen vom Eingang aus bot, bestätigte alle schlimmen Erwartungen. Der Boden war übersät mit Kleidungsstücken, Spielsachen und Essensresten. Durch eine offene Tür sah man in ein Wohnzimmer, wo sich leere Bierflaschen und schmutziges Geschirr auf dem Tisch stapelten, und über all dem lag ein Geruch von Müllhalde. Die beiden Kinder, die aus einem Nebenzimmer stürmten und sich an die Beine der Mutter klammerten, waren noch in schmuddeligen Schlafanzügen, zwar ungepflegt, aber nicht unterernährt. Immerhin ein kleiner Trost.

„Wenn Sie jetzt nicht sofort verschwinden, rufe ich die Polizei!"
drohte die Frau und versuchte verzweifelt, die Kinder abzuschütteln.
„Laßt mich los, verdammt nochmal! Wartet in euren Zimmer! Ich
mach euch gleich was zu essen."

„Was wollen die Frauen?" fragte das Mädchen, während der Junge anfing zu weinen. Der Rotz lief ihm über den Mund.

„Die wollen euch in ein Heim stecken!" schrie die Frau.

„Nein, das sollen die nicht!" schrie auch das Mädchen und weinte
mit dem Bruder um die Wette.

„Seien Sie doch vernünftig, Frau Bauer. Niemand redet davon,
Ihnen die Kinder wegzunehmen. Aber daß Sie Hilfe brauchen, müssen Sie schließlich selber einsehen."

„Ich seh gar nix ein. Ich ruf jetzt die Polizei!" Sie griff nach einem schnurlosen Telefon, das auf einer Kommode lag.

„Umgekehrt wird ein Schuh draus", sagte Ellen energisch. „Wir
rufen die Polizei, wenn Sie uns nicht endlich erlauben, die Wohnung
zu betreten und mit Ihnen zu reden. Man muß sich ja nur umgucken,
um zu wissen, was hier läuft. Und wenn Sie nicht bereit sind, mit uns
zusammenzuarbeiten, verschlimmern Sie bloß Ihre Situation. Also
was ist?"

Die Frau schüttelte verzweifelt den Kopf, kniete sich auf den Boden und nahm ihre Kinder in den Arm. „Eher bring ich sie um, als
daß ich sie weggebe. Kommen Sie in einer Stunde wieder, dann können wir reden."

Sie fuhren zum Weserpark und vertrieben sich die Zeit mit einem
Einkaufsbummel und belegten Brötchen in einem Schnellimbiß.

„Mir tut die Frau irgendwie leid", sagte Kirsten mit vollem
Mund.

„Nett von dir. Aber damit ist ihr wenig geholfen." Ellen wischte
sich den Mund mit der Papierserviette.

„Du bist aber heute ein Ekelpaket." Kirsten aß mit der rechten
und verdeckte das Veilchen mit der linken Hand.

„Manchmal hasse ich unseren Job. Warum muß sich so ein Mädchen schon mit sechzehn Jahren ein Kind machen lassen?"

„Weil es verliebt war, vermutlich. Hast du das Hochzeitsfoto im Flur gesehen? Sie war niedlich, und ihr Mann kann sich auch sehen lassen. Ein hübsches Paar, wenn du mich fragst."

„Worauf du auch immer achtest!"

„Was du auch immer übersiehst!"

„Ich weiß schon, worauf du hinaus willst. Es sind nur die sozialen Umstände schuld am Elend dieser Familie. Daß man selber auch was tun kann, um aus dem Elend herauszukommen, will dir nicht in den Sinn."

Kirsten seufzte. „Die alte Diskussion zwischen uns. Dein berühmtes ‚man muß nur wollen'. Ich glaube, ich möchte doch lieber nicht, daß du heute abend mit Freddy redest."

„Nun schnapp' bloß nicht ein." Ellen lachte. „Ich bezahl auch die Rechnung hier. Du bist herzlich eingeladen."

„Jaja", grinste Kirsten. „Und ich bin natürlich so blöd, das anzunehmen. Und sag jetzt nichts, ich möchte einmal das letzte Wort haben."

„Okay."

Kirsten warf mit der zerknüllten Serviette nach ihr.

Als sie die Wohnung von Frau Bauer betraten, trauten sie ihren Augen nicht. Alles war aufgeräumt, die Kinder ordentlich angezogen und gekämmt, der unangenehme Geruch weggelüftet, Frau Bauer sorgfältig geschminkt und in einem grauen Nikki-Anzug hübsch anzusehen.

Man muß nur wollen, dachte Ellen. Es entging ihr jedoch nicht, daß die Tür zur Küche geschlossen war. Vermutlich hatte die junge Frau dorthin all den Müll entsorgt. Dafür glänzten die anderen Räume geradezu: das Wohnzimmer mit Eßtisch und Polstergarnitur, das Schlafzimmer mit Doppelbett und Kleiderschrank, das Kinderzimmer mit Etagenbett und Spielzeugregal. In einer Ecke ein großer

Karton, in den offensichtlich alle herumliegenden Sachen geworfen worden waren. Immerhin herrschte Ordnung.

Die schmutzigen Gardinen und die Flecken auf den Teppichböden verrieten allerdings, daß hier nur etwas vorgetäuscht wurde. Die Möbel stammten vom Trödler, es gab keine Bilder oder Bücher, nur ein riesiger Flachbildschirm und eine Stereoanlage hoben sich ab von der tristen Ärmlichkeit der Behausung.

Sie folgten Frau Bauer ins Wohnzimmer und setzten sich nebeneinander auf das verschlissene Sofa. Auf dem Couchtisch standen Gläser, Orangensaft und Mineralwasser. Frau Bauer packte die Kinder auf einen Sessel und nahm selbst den zweiten. Sie bot den Besuchern von den Getränken an. Beide lehnten dankend ab.

„Können Sie ruhig was von trinken, ist kein Gift drin", versuchte sie zu scherzen.

„Wäre es nicht besser, Sie würden die Kinder so lange ins Kinderzimmer tun. Das was wir besprechen müssen, ist nicht unbedingt für Kinderohren geeignet." Ellen gab sich sanft, aber bestimmt.

„Nee, die bleiben hier. Und mein Mann müßte auch gleich da sein. Vielleicht sucht er noch'n Parkplatz."

„Sie haben ein Auto?"

„Warum nicht? Haben Sie keins? Er hat es von einen Freund und selbst aufgemöbelt. Ist gerade noch mal durch den TÜV. Mein Mann ist sehr geschickt mitte Hände."

„Arbeitet er denn?"

„Nicht richtig. Er find' ja nix. Hilft manchmal seinen Freund, der hat so ne kleine Werkstatt."

„Also Schwarzarbeit."

„Quatsch. Da nimmt er nix für. Vielleicht mal 'ne Schachtel Zigaretten oder 'ne Kiste Bier."

„Und wie haben Sie den Fernseher und die Stereoanlage finanziert?"

„Geht Sie 'n Scheißdreck an!"

„Frau Bauer, so kommen wir nicht weiter. Sie müssen uns schon Rede und Antwort stehen."

„Tu ich doch. Aber was interessiert Sie unser Fernseher? Hat doch heute jeder einen."

„Aber nicht so einen teuren."

„War 'ne Gelegenheit. Halber Preis. Von einem Kumpel, der …" Sie zögerte.

„Der?" setzte Ellen nach.

„Mußte für 'ne Weile nach Oslebshausen. Ich weiß gar nicht, wo mein Mann bleibt. Ich ruf mal eben an." Sie griff nach dem Telefon auf dem Couchtisch. Sie wählte und wartete. Resigniert legte sie das Gerät zurück. „Geht nicht ran. Im Auto darf er ja das Handy nicht anmachen."

„Handy hat er also auch."

„Ja! Und 'ne Armbanduhr und 'n Navi und 'ne Sonnenbrille und 'ne elektrische Zahnbürste und 'n Trockenrasierer mit Akku. Zufrieden?"

„Frau Bauer", schaltete sich Kirsten ein, „eine Nachbarin hat uns darauf hingewiesen, daß Ihre Kinder oft unbeaufsichtigt sind und mit Weinen und Geschrei auffallen."

„Die Hertel soll bloß ihre Klappe halten. Macht doch selber genug Krach. Wenn die abends ihre Glotze anstellt, wackelt die Wand. Ich kann die Kinder nicht immer mitnehmen, wenn ich einkaufen gehe oder zum Friseur. Ist doch klar."

„Aber Sie bleiben oft stundenlang weg. Sie wurden in der Kneipe oder im Café beobachtet. Sie trinken dann offensichtlich Alkohol."

„Ach du Scheiße! Jetzt kommt die Nummer wieder. Sie reden wie meine Schwiegermutter. Die Leute haben Probleme! Wenn man sich mit dem Einkaufen abgeplagt hat, darf man doch wohl einen Kaffee trinken und dazu vielleicht auch mal 'n Eierlikör. Mein Gott!"

„So kleine Kinder dürfen nicht unbeaufsichtigt bleiben."

„Nadine ist alt genug, um auf Kevin aufzupassen."

„Sie wohnen im fünften Stock. Was ist, wenn eins der Kinder ein Fenster öffnet und rausklettert und …?" Kirsten konnte es nicht aussprechen.

„Sie haben vielleicht 'ne gemeine Phantasie. Aber glauben Sie, daß wir uns über so was keine Gedanken machen? Das Kinderzimmerfenster kann man fest verriegeln, und natürlich schließ ich die beiden in ihrem Zimmer ein."

„Sie können also nicht auf die Toilette, oder sich was zu trinken holen?"

„Alles geregelt. Kevin hat noch Windeln, und Nadine geht aufs Töpfchen im Zimmer. Und Wasser und Plastikbecher sind auch da. Sonst noch was? Sehen die Kinder unglücklich, oder ungepflegt oder unterernährt aus?"

„Als wir vor einer Stunde zu Ihnen kamen, waren die Kinder nicht in ihrem Zimmer eingeschlossen."

„Zufall. Einfach vergessen. Kann ja mal vorkommen, wenn man so in Hetze ist."

„Sie haben vorhin von Ihrer Schwiegermutter gesprochen. Können denn die Großeltern nicht manchmal auf die Kinder aufpassen?"

„Gerade die! Meine Eltern wollen mit uns nichts zu tun haben, meine Schwiegermutter meckert nur rum, und mein Schwiegervater hängt morgens schon an der Flasche. Die kannste alle vier vergessen. So was überlaß ich doch nicht meine Gören."

„Gut, Frau Bauer." Ellen richtete sich energisch auf. „Ich glaube, wir haben fürs erste genug gesehen und gehört. Wir werden im Amt Ihren Fall in Ruhe besprechen und wieder von uns hören lassen ..."

„Was heißt denn hier ‚Ihr Fall'?! Sie bleiben jetzt gefälligst sitzen, bis mein Mann da ist, und dann werden Sie schon sehen. ‚Ihr Fall' – das gibt's ja wohl nicht!" Frau Bauer war vor Entrüstung rot angelaufen und atmete keuchend.

„Mama, die Frauen sind bös. Die sollen weggehen!" rief Nadine und fing an zu weinen. Kevin schloß sich ihr an und gab jaulende Geräusche von sich wie ein junger Hund.

„Da ham wir den Salat! Und Sie wollen was von Kindern verstehen?!" Blanker Haß war in ihren Augen.

Man hörte die Wohnungstür zuklappen. Frau Bauer seufzte erleichtert. Nadine sprang vom Sessel und stürzte in den Flur. „Papa,

Papa!" schrie sie. „Da sind zwei böse Frauen, die wollen uns wegnehmen!"

Ein bulliger junger Mann in T-Shirt und Trainingshose mit kahlem Schädel und Tätowierungen auf den Unterarmen tapste herein. Er war nicht mehr sicher auf den Beinen. Sein glasiger Blick versuchte, sich an die Frauen zu heften, glitt aber immer wieder beiseite. „Hier nimmt keiner was weg", lallte er, schubste seinen Sohn aus dem Sessel und ließ sich hineinfallen. „Was liegt an?"

„Mein Gott, Helmut, wie kannst du bloß …" Frau Bauer hatte entsetzt die Hände vor den Mund gelegt.

„Richtfest bei Hannes. Wird man ja wohl 'n Bier trinken dürfen. Auch wenn's hier nicht gern gesehen wird."

„Bitte, geh ins Schlafzimmer und leg dich hin. Wir kommen auch so klar."

„Ohne mich geht hier gar nichts klar, ist das klar!? Dies ist immer noch meine Wohnung! Und wem das nicht paßt, den schmeiß ich raus. Achtkantig, ist das klar?!" Er fuchtelte mit dem rechten Zeigefinger herum, richtete ihn wie eine Waffe abwechselnd auf Ellen und Kirsten.

Die Frauen nickten sich zu und standen auf. „Wie gesagt, Frau Bauer, Sie hören von uns", sagte Ellen.

„Aber Sie kriegen ja jetzt ein völlig falsches Bild von uns. So ist er nicht immer, das müssen Sie mir glauben!" flehte die junge Frau, und zum erstenmal empfand auch Ellen so etwas wie Mitleid. Da hatte sich jemand soviel Mühe gemacht, die intakte Familie vorzutäuschen, und nun brach alles wie ein Kartenhaus zusammen. Sie schob Kirsten aus der Sitzecke zum Flur. Frau Bauer folgte ihnen. Kirsten nahm sie in den Arm. „Tut mir leid, Frau Bauer", flüsterte sie.

„Lassen Sie sofort meine Frau los!" brüllte der Mann. „Und verschwindet endlich, sonst mach ich euch Beine! Raus hier! Raus hier!! Verdammtes Weiberpack! Alle in 'nen großen Sack und ab in die Weser! Das wär' mal was!"

„Er meint es nicht so. Im Grunde ist er ein guter Mensch. Würden ihn die Kinder sonst so lieben? Sehen Sie sich das an!" Frau Bauer klammerte sich an die beiden, zeigte zurück ins Wohnzimmer. Herr Bauer hatte die Kinder auf dem Schoß und drückte sie zärtlich an sich. Er hatte die Augen geschlossen, und sein Gesicht zeigte einen großen inneren Frieden.

Erst im Auto fanden sie Worte.

„Das ist wieder ein Fall, wo man absolut ratlos ist. Soll man so eine Familie auseinander reißen? Was auch immer da alles im Argen liegt, irgendwie ist das eine Familie. Und die Kinder lieben ihre Eltern." Kirsten seufzte.

„Und warum plärren die dann dauernd? Meinst du, dieses Bild des Friedens zuletzt hätte irgendwas mit der traurigen Realität zu tun? Der Kerl war einfach zu besoffen, um seiner Aggressivität freien Lauf zu lassen. Wir können froh sein, daß wir da heil rausgekommen sind."

„Du willst also die Kinder wegholen?"

„Weiß ich nicht. Wenn dieser verfluchte Alkohol nicht wäre, hätten sie vielleicht eine Chance. Denn sie trinkt auch, wie man ihr ansieht. Das sind ja keine unsympathischen Leute. Die wollen niemandem was Böses. Aber diese absolute Haltlosigkeit! Darf jemand, der sich so wenig im Griff hat, Kinder erziehen?"

„Ach, wer hat sich schon immer im Griff? Meine Fresserei und meine Qualmerei zeugen auch nicht gerade von innerem Halt. Ganz zu schweigen von Freddys Sauferein."

„Würdest du Freddy zutrauen, ein Kind zu großzuziehen?"

„Selbstverständlich."

„Na, denn Prost."

Nachdem sie ihren Bericht geschrieben hatten, in dem sie eine weitere Beobachtung der Familie Bauer empfahlen, aber auf Wunsch von Kirsten noch keine konkreten Maßnahmen vorschlugen, brach Kirsten eilig auf, um Einkäufe für das Abendessen zu machen, zu dem sie Ellen eingeladen hatte. Die plötzliche Förmlichkeit der Freundin hatte sie überrascht. Vermutlich wollte Kirsten Distanz schaffen und Ellen mit der Essenszeremonie in die Defensive drängen. Mit vollem Mund ist nicht gut streiten. Ellen lachte.

Sie saß allein im Büro, den Stuhl gegen die Wand gekippt, die Beine auf den Tisch gelegt, und überlegte. Wieder vermißte sie die Zigarette, die ihr früher in solchen Momenten des Leerlaufs weitergeholfen hatte.

Der Besuch bei Bauers hatte sie mehr mitgenommen, als sie sich eingestehen mochte. Was sie verblüffte, war dieses kleine, aber deutliche Neidgefühl, das sie in sich verspürte. Wenn sie an ihr eigenes Zuhause dachte, sah sie nur Rücken vor sich. Nur Rücken und Hinterköpfe wie auf dem Bild von René Magritte. Sie lutschte ein Pfefferminz-Bonbon gegen das unangenehme Ziehen in der Magengegend und sagte laut: „Quatsch!"

Der Raum schien zusammenzuzucken. Ellen lachte, sprang auf, knipste alle Lampen aus, verließ das Amt wie auf der Flucht und lief zu ihrem Wagen. Erst als die Tür zuklappte, fühlte sie sich in Sicherheit. Geschafft, dachte sie und ließ den Wagen beim Anfahren einen Satz machen.

Als sie das Haus betrat, hörte sie Benno in der Küche hantieren und Klaviermusik aus Franks Zimmer. Der übliche Empfang, ebenso gewohnt wie enttäuschend. Sie hängte Jacke und Umhängetasche an die Garderobe, sah mit einem Anflug von Panik nach Post auf der Anrichte und seufzte erleichtert, als sie nur Drucksachen und Rechnungen vorfand.

In der Küche stand Benno vor dem Herd und rührte in einem Topf. Er blickte sich nicht nach ihr um, sagte nur kurz über die Schulter: „Hallo, Schatz. Es dauert noch ein bißchen mit dem Essen."

„Ich esse heute abend nicht mit euch. Kirsten hat mich eingeladen."

„Ach, wie schade. Vielleicht kann ich Susi bitten. Sie ist bei Frank. Sie hören Musik."

„Ist mir nicht entgangen. Ich sag mal eben guten Abend."

„Wie du meinst. Hoffentlich störst du nicht."

„Ich werde klopfen und einen Moment warten, ehe ich reingehe."

Benno lachte. „Vielleicht solltest du Frank heute besser verschonen. Er ist nicht sonderlich gut auf dich zu sprechen."

„Aha. Hat er sich also bei dir beschwert."

„Was heißt ‚beschwert'? Er findet dich, na ja, ein wenig indiskret und egozentrisch. Und das nicht erst seit heute."

„Und das sagst du mir so zwischen Tür und Angel? Kannst du dich nicht wenigstens zu mir umdrehen, wenn du mir solche Klöpse an den Kopf knallst?"

„Ich bin gleich fertig mit der Einbrenne, dann stehe ich dir zur Verfügung."

„Danke. Ich verzichte."

Vor Franks Tür blieb sie stehen und atmete tief durch. Sie würde da jetzt reingehen, und das mit gutem Grund. Schließlich mußte sie Susi bitten, sie beim Essen zu vertreten. Sie klopfte und wartete. Die Musik wurde abgestellt. Man hörte Getuschel und erst nach einer Weile ein lautes „Herein!"

Sie trat ein und hielt den Blick gesenkt, um den Kindern Gelegenheit zu geben, nach den Kleidern auch ihre Gesichtszüge zu ordnen. Das Zimmer war überheizt und roch nach Schweiß und einem süßlichen Parfum.

„Hallo, ihr beiden, guten Abend. Ich will nicht groß stören." Zunächst fiel ihr Blick auf Susi, die kerzengerade im Sessel saß und ihren ausgeleierten Pullover über die Knie zog. Sie war ein bildhübsches Mädchen mit langen blonden Haaren. Benno hatte sie mal eine Botticelli-Schönheit genannt. Sie grüßte verlegen.

„Ich wollte Sie bitten, Susi, zum Essen zu bleiben. Ich muß gleich weg zu einer Freundin, und da mein Mann für drei kocht, wäre es schön, wenn Sie für mich einspringen würden."

„Ja, gerne. Ich müßte nur eben zu Hause anrufen und Bescheid sagen. Was meinst du, Frank?"

„Kein Problem. Da in diesem Haus Mahlzeiten die Bedeutung von Heiligen Messen haben, wollen wir doch nicht aus der Übung kommen. Sag deinen Eltern, daß ich dich dann bringe."

„Prima." Susi zog ein Handy aus der Jeansjacke, die am Boden lag, und lief aus dem Zimmer.

Ellen ließ ein paar Sekunden verstreichen, ehe sie Frank fragte: „Mußtest du unbedingt Papa von unserem kleinen Streit gestern abend erzählen?"

„Warum nicht? Hatten wir Geheimhaltung vereinbart?"

„Nein, nicht ausdrücklich. Aber ich finde, es gibt manchmal Dinge zwischen Menschen, die nicht an die große Glocke gehören."

„Papa ist also eine große Glocke."

„Du weißt genau, was ich meine."

„Eben nicht. Papa ist ebenso mein Erzeuger wie du. Warum soll ich mit dem einen nicht über den anderen reden, wenn etwas schief läuft?"

„Du hast dich bei mir noch nie über Papa beschwert."

„Dann hat er mir wohl keinen Grund dazu gegeben."

„Es macht mich traurig zu wissen, daß ihr hinter meinem Rücken über mich herzieht."

„Bitte, Mama, keine Sentimentalitäten. Die passen einfach nicht zu dir. Außerdem würde Papa es nie zulassen, daß man über dich herzieht. Der liebt dich nämlich noch, ob du's glaubst oder nicht."

„Ist es so besonders erwähnenswert, daß er mich liebt? Ist das nicht selbstverständlich?"

„Ach, Mama, du schnallst es einfach nicht. Soll ich dir als dein unreifer, lebensunerfahrener Sohn erklären, was Liebe ist? Daß die nie selbstverständlich ist, sondern jeden Tag neu erkämpft und behauptet werden muß?"

„Jetzt dichtest du wieder, mein Schatz." Sie lachte.

„Ach, Scheiße!" rief er und zog sich die Decke über den Kopf. Auch als Susi wieder hereinkam, blieb er so liegen.

„Was ist los?" fragte Susi irritiert.

Frank schlug die Decke zurück und keuchte: „Ich sag nur eins: Mutterliebe!"

Im Keller hatte sie sich einen Raum als Arbeitszimmer eingerichtet. Hierher konnte sie sich zurückziehen, wenn es ihr im Erdgeschoß zu eng wurde, wenn die Gegenwart der Männer sie zu sehr bedrängte. Man respektierte diesen Raum als ihr Versteck und nahm höchstens über Rufe von der Treppe Kontakt zu ihr auf.

Trotzdem schloß sie hinter sich ab und warf sich auf die Liege. Sie drückte ihr Gesicht in ein Plüschtier, das Lutz bei seinem Auszug als Relikt seiner Kindheit zurückgelassen hatte. Niemand wußte, daß sie es in einer sentimentalen Anwandlung an sich genommen hatte. Sie bedauerte, das Weinen verlernt zu haben, brachte nicht mehr als ein trockenes Schluchzen zustande.

Sie überlegte, ob sie Kirsten etwas mitbringen sollte, ein Buch aus ihrem ‚Vorrat für alle Fälle' zum Beispiel, oder Blumen, die sie noch schnell am Bahnhof besorgen konnte. Nein, das würde die Förmlichkeit dieser Einladung nur bestätigen. Unter Freundinnen machte man sich allenfalls zu besonderen Anlässen Geschenke. Wie weit sollte sie gehen mit ihrer Kritik an Freddy? Wenn sie zu radikal würde, riskierte sie, nicht allein den Mistkerl gegen sich aufzubringen, sondern auch die Freundin, die sich im Zweifelsfall doch mit ihrem Kumpanen solidarisieren würde. Sie mußte vorsichtig zu Werke gehen, das Gift in kleinen Dosen verabreichen, sanft aber konsequent den Keil zwischen die beiden treiben.

Warum eigentlich? fragte sie sich plötzlich. Was hatte ihr der Mann getan? Daß er das Geld durchbrachte, das sie Kirsten geliehen hatte, ließ sie ziemlich ungerührt. Im Gegenteil, das lieferte ihr gute Argumente gegen ihn. Daß er Alkoholiker war, betraf sie auch wenig. Sie mußte ja nicht miterleben, wie er abstürzte. In ihrer Gegenwart riß er sich zusammen, gab sich charmant und ihr das Gefühl, als Frau von ihm wahrgenommen zu werden. Nein, da war etwas anderes im Spiel. Sie wollte die beiden auseinander haben. Das wußte sie. Aber den Grund dafür konnte oder wollte sie sich nicht klarmachen.

Sie wurde geweckt von Bennos Stimme. „Mußt du nicht allmählich los? Es ist halb acht!"

Sie fuhr hoch und wußte im ersten Moment nicht, wo sie war. Das war nicht ihr Zimmer, und das Plüschtier auf ihrer Brust schaute sie aus Glasaugen bedrohlich an. „Mein Gott!" Sie sprang auf und mußte sich an einem Stuhl festhalten, weil ihr schwindlig wurde. Ich will da nicht hin, dachte sie, aber gleich darauf folgte der Wunsch, sich ihrer Haut zu wehren, obwohl sie, wie sie schließlich konstatierte, von niemandem angegriffen wurde.

Sie hastete die Treppe hinauf ins Bad und sah in den Spiegel. Alles in Ordnung. Der kurze Schlaf hatte die Haut gestrafft und die Augen poliert. Schnell mit der Bürste durchs Haar und etwas Lippenstift, sie war gerüstet. „Auf in den Kampf", flüsterte sie. Um Pullover und Hose zu wechseln, reichte die Zeit nicht. „Und wäre auch übertrieben", sagte sie laut.

„Ich gehe jetzt!" brüllte sie von der Diele aus, während sie in den Anorak schlüpfte, ihre Tasche nahm und die Haustür hinter sich zuwarf.

Kirsten empfing sie an der Tür. Sie hatte die Haare gewaschen, ein lockeres Kleid angezogen, das ihre Fülle kaschierte, und das lädierte Auge sorgfältig geschminkt.

„Herzlich willkommen", sagte sie förmlich und umarmte die Freundin, als habe man sich eine Ewigkeit nicht gesehen.

„Gibt's was zu feiern?" fragte Ellen belustigt.

„Laß dich überraschen", tat Kirsten geheimnisvoll.

Im engen Flur der kleinen Dreizimmerwohnung hatte sich ein Geruch von gebratenen Zwiebeln, Knoblauch und Zigarettenqualm festgesetzt und etwas geradezu Körperliches angenommen. Man hatte das Bedürfnis, ihn beiseitezuschieben, als man den Korridor durchquerte.

Im Wohnzimmer brannten überall Kerzen und sorgten auch hier für dicke Luft. Ellen hätte am liebsten sofort ein Fenster aufgerissen. Freddy Glaser erhob sich von der braunen Cordcouch, deutete eine

Verbeugung an und reichte Ellen eine angenehm trockene Hand. Er schien sich frisch rasiert und sein markantes Sportlehrergesicht in Aftershave gebadet zu haben. Er zeigte beim Lächeln ein tadelloses Gebiß und erinnerte in schwarzem Hemd und schwarzer Hose ein wenig an einen SS-Mann. Daß seine blonde Lebensgefährtin in braunem Samtkleid das passende Pendant dazu bildete, rundete den befremdlichen Eindruck des Paares ab.

Sie ließ sich in einen IKEA-Korbsessel fallen und blickte sich um. Das Wohnzimmer wirkte wie ein Ausstellungsraum des schwedischen Möbelhauses, selbst die Bilder an der Wand stammten von dort. Kirsten kam aus kleinen Verhältnissen und hatte in Bezug auf Inneneinrichtung keinen besonderen Geschmack entwickelt. Immerhin hatte sie sich von altdeutscher Schrankwand und bayrischer Sitzecke ihres Elternhauses emanzipiert und bevorzugte nun skandinavische Schlichtheit, sie hatte es aber nie verstanden, sich mit etwas Unverwechselbarem, Individuellem zu umgeben, etwas, das Rückschlüsse auf ihre Person zuließ.

Du hast heute wieder mal den bösen Blick, schalt sie sich und ließ sich ein Glas Sekt in die Hand drücken. Sie würde nur daran nippen wegen des Autos, aber anstoßen mußte sie schon, das war sie ihrer Freundin irgendwie schuldig. Freddy hatte sich wieder aufs Sofa gesetzt, und Kirsten nahm den zweiten Sessel. Die Gläser klingelten aneinander, und sogar Freddy nippte nur.

„Hier ist doch irgendwas im Busch." Ellen stellte das Glas auf den Marmortisch.

„Laß dich überraschen", wiederholte Kirsten und tauschte einen verstohlenen Blick mit Freddy.

„Wir wollen uns einfach einen schönen Abend mit dir machen, Ellen. Wir haben dir ja schließlich einiges zu verdanken." Freddy hob erneut sein Glas und prostete ihr zu.

„Was denn?" gab sie sich naiv.

„Diesen Schluck Champagner zum Beispiel. Ohne deinen großzügigen Kredit …"

„Ach, nein, Freddy," unterbrach Kirsten mit Kleinmädchenstimme, „bitte jetzt nicht von Geld reden."

„Gut, dann eben später." Freddy versprühte Lächeln nach allen Seiten.

„Eins stimmt natürlich", sagte Kirsten einschmeichelnd, „ohne meine liebe, starke Freundin Ellen wäre ich nicht das, was ich bin. Ich hab so viel von dir gelernt. Ich bewundere dich jeden Tag aufs Neue. Wie aufrecht und unbeirrbar du durchs Leben gehst, ist einfach toll. Das mußte mal gesagt werden. Prost, liebe Ellen." Kirsten zwang sie zu einem weiteren Schluck.

Ellen schüttelte nur lächelnd den Kopf. Was ging hier vor? fragte sie sich. Offensichtlich wollte man ihr den Schneid abkaufen, ihrem Vorhaben, Freddy den Marsch zu blasen, mit Komplimenten die Spitze nehmen, sie mit Liebedienerei mundtot machen. Aber da die beiden ihrem Gerede durch Übertreibungen jede Glaubwürdigkeit nahmen, war es leicht, ihnen die Suppe zu versalzen. Doch es wäre sicher sehr amüsant, zunächst einmal an dem Spiel teilzunehmen und abzuwarten, was das Pärchen noch aufzutischen hatte.

Zunächst erging sich Kirsten in Selbstkritik wegen des Besuchs bei Familie Bauer. Sie sei wieder einmal zu weich und nachgiebig gewesen und umso dankbarer, daß Ellen sich nicht hinters Licht habe führen lassen, sondern alle kritischen Punkte benannt habe. Solchen labilen Menschen sei überhaupt nicht mit Nachsicht und Milde gedient, sondern sie müßten eine harte Hand spüren.

Ellen traute ihren Ohren nicht. Dieses mollige Weibchen da vor ihr redete mit zwei Zungen. Kirsten konnte doch nicht vergessen haben, wie sie beim Verfassen des Berichts immer wieder darauf gedrungen hatte, nicht zu hart ins Gericht zu gehen mit den Bauers. Und jetzt diese Wendung um hundertachtzig Grad.

„Warum machst du einen Rückzieher? Heute Nachmittag hast du völlig anders geredet."

„Ich weiß, und das mach ich mir ja zum Vorwurf. Ich hätte mehr auf dich hören sollen. Das hab ich gemeint, als ich eben sagte, daß ich noch jeden Tag von dir lernen kann." Kirsten legte ihr die warme Hand auf den Arm, was Ellen unangenehm war.

„Es könnte doch genauso gut sein, daß man gerade bei den Bauers mit einer gewissen Nachsicht und behutsamer Führung weiter kommt als mit der harten Hand. Ich bin mir da überhaupt nicht sicher."

Kirsten drückte Ellens Arm fester, als sie sagte: „Es ist lieb von dir, daß du jetzt quasi meine Position einnimmst, aber man macht eben Lernprozesse durch, und ich bin überglücklich, in dir so eine gute Lehrerin gefunden zu haben."

„Kirsten, du spinnst!" entfuhr es Ellen.

Die Freundin lächelte verständnisvoll, als wollte sie sagen: tob dich nur aus, mein Kind, du kannst mich nicht aus der Ruhe bringen. „Ich denke, wir sollten jetzt essen. Setzt euch doch schon an den Tisch. Ich hole sofort alles rein." Sie verschwand in der Küche.

Freddy stand langsam auf und wartete, bis sich auch Ellen erhoben hatte. Er neigte leicht den Kopf und lächelte zuvorkommend. Fehlt nur noch, daß er mir den Arm anbietet, um mich zur Tafel zu geleiten, dachte sie, spurtete in die Eßecke und sicherte sich den Platz an der Schmalseite des Tisches mit dem Rücken zur Wand. So hatte sie den ganzen Raum vor sich und behielt den Überblick.

Freddy setzte sich rechts von ihr an die Längsseite, verschob aber Stuhl und Gedeck nach links, um ihr näher zu rücken. Er tat das so demonstrativ, daß sie protestieren mußte. „Was soll das?" fragte sie gereizt.

„Ist so viel gemütlicher, oder? Im Grunde willst du das doch auch."

„Unverschämtheit", flüsterte sie.

Kirsten brachte das Essen. Zunächst eine Flußkrebs-Suppe, vermutlich aus der Dose, aber mit Sahne und Gewürzen genießbar gemacht. Freddy schenkte Rotwein ein.

Während sie schweigend löffelten, entdeckte Kirsten die Asymmetrie der Sitzordnung. „Oh, da hab ich aber schlampig gedeckt", sagte sie verlegen und rückte auch näher an Ellen heran.

„Macht doch nichts. Im Gegenteil, schmeckt ja viel besser, wenn man nicht so weit auseinander sitzt." Freddy hob sein Weinglas. „Auf die Damen, auf das Traumpaar der Bremer Jugendfürsorge."

„Spinner", sagte Kirsten liebevoll und griff ebenfalls nach dem Glas.

Wieder mußte Ellen mit den beiden anstoßen, wobei Freddys Hand die ihre wie zufällig berührte. Diese flüchtige Körperlichkeit brachte sie an den Rand der Selbstbeherrschung, obwohl sie sich sofort fragte: was ist denn dabei? Schließlich hast du ihm bei der Begrüßung vorhin deine Hand freiwillig überlassen. Doch es gab eben Körperkontakte verschiedenster Wertigkeit. Wenn dich ein Mann auf einem Ball um einen Tanz bittet, ist es selbstverständlich, daß er dich aufs intimste anfassen darf, täte er das ohne die Legitimation des Tanzes, wäre es hochgradige sexuelle Belästigung.

„Woran denkst du?" fragte Kirsten und tippte ihr auf den Handrücken.

„Ach, es ist hier heute alles so sonderbar. Ihr führt doch irgendwas im Schilde."

Kirsten lachte. „Ich dachte schon, dir schmeckt die Suppe nicht, weil du so unzufrieden aus der Wäsche guckst."

„Ellen liebt eben klare Verhältnisse, stimmt's? Alles Schummrige, wie zum Beispiel dieses Kerzenlicht mitten in der Woche und ohne erkennbaren Anlaß, ist ihr suspekt." Freddy nahm einen kräftigen Schluck Rotwein.

„Also gut, liebe Freundin, dann wollen wir dich nicht länger auf die Folter spannen: Freddy und ich haben uns heute abend verlobt. Was gestern passiert ist, soll nun endgültig der Vergangenheit angehören. Freddy wird zu den anonymen Alkoholikern gehen. Dieser Abend ist also nicht nur sein Abschied vom Junggesellenleben, sondern auch vom Alkohol. Da du der Mensch bist, der mir nach Freddy am nächsten steht, solltest du auch als erste davon erfahren. Prost, liebe Ellen, wünsch uns Glück!"

„Das tu ich." Ellen war froh, daß ihr diese drei Worte einfielen. Sie hob das Glas, und wieder wurde angestoßen, wobei sie jeden

Blickkontakt vermied. Der Wein drang ihr kratzig in die Kehle, und sie mußte husten. Wenn sie nicht bald frische Luft bekäme, würde sie ohnmächtig vom Stuhl fallen.

„Alles, alles Gute euch beiden!" krächzte sie und preßte sich die Serviette auf den Mund.

„Hast du dich verschluckt?" fragte Kirsten besorgt.

„Die Freude über unser Glück ist ihr im Hals stecken geblieben", spottete Freddy.

„Bin gleich wieder da." Ellen stürzte auf die Toilette, verriegelte die Tür, riß das Fenster auf und lehnte sich hinaus. Die feuchtkalte Winterluft bohrte feine Spitzen in ihre Bronchien, aber der Sauerstoff entnebelte ihr Gehirn. So also hatte man sie entmachtet und bloßgestellt. Diese Verlobung war eine Farce, und diente lediglich dazu, ihre Kritik abzuschmettern und ins Lächerliche zu ziehen. Ja, man wollte sie erniedrigen. Nichts würde sich zwischen den beiden ändern, Freddy würde weiter saufen und auf Kirstens Kosten leben, und Kirsten würde zu allem ja und amen sagen, nur um nicht allein sein zu müssen.

Sie wusch sich die Hände, schloß das Fenster und kehrte an den Tisch zurück, wo Kirsten inzwischen den Hauptgang gedeckt hatte: gespickten Rinderfiletbraten mit Fenchel und Petersilien-Kartoffeln.

„Wann habt ihr denn beschlossen zu heiraten?" fragte Ellen.

„Ach, soweit sind wir noch nicht. Heute ist erst mal Verlobung." Kirsten verteilte das Fleisch.

„Also kam der Entschluß ganz spontan?"

„Wenn du so willst. Obwohl wir ja schon lange mit der Idee gespielt haben." Kirsten reichte die Soße herum.

„Deine Freundin will wissen, ob es einen Zusammenhang zwischen deinem Veilchen und unserer Verlobung gibt." Freddy schenkte sich Wein nach. „Ja, liebe Ellen, den gibt es. Ich wußte, daß dieser unerfreuliche Hinweis in Kirstens Gesicht für dich eine erneute Herausforderung sein würde, dich in unser Leben einzumischen. Dem wollte ich ein für allemal vorbeugen, und deshalb habe ich Kirsten einen Heiratsantrag gemacht."

Ellen flüchtete sich in ein lautes Lachen. „Ich bin also schuld, wenn ihr euch ins Unglück stürzt?"

„Was gibt's da zu lachen?" fragte Kirsten und schob ein Stück Braten in den Mund.

„Na, ernst nehmen kann man diese Verlobung nun wirklich nicht. Ich finde sie kindisch."

„Du bist schließlich auch verheiratet." Kirsten kaute gekränkt.

„Das kann man ja wohl nicht miteinander vergleichen." Ellen wußte nicht, wie sie jetzt essen sollte, aber da Freddy es sich völlig ungerührt schmecken ließ, durfte sie keine Schwäche zeigen und stopfte sich halbfeste Gegenstände in den Mund.

„Du meinst, weil ihr Kinder habt und Benno gut verdient und weil ihr schon bald fünfundzwanzig Jahre zusammen seid? Oder warum ist das bei euch anders?"

„Ja. Wir haben beide noch studiert und hatten Zeit, uns die Hörner abzustoßen, ehe wir uns zu so einem wichtigen Schritt entschlossen haben."

„Freddy und ich haben wie ihr studiert, wenn auch nicht zusammen. Und kennen tun wir uns schon über ein Jahr." Kirsten zerquetschte wütend eine Kartoffel in der Soße.

„Kirsten, hör auf mit dieser albernen Vorstellung. Ihr habt hier eine kleine Komödie inszeniert, um mich in die Schranken zu weisen. Ich gebe zu, ich bin für einen Moment darauf hereingefallen, aber nun habt ihr euren Spaß gehabt, könnt die Kostüme ausziehen und euch abschminken. Das Essen schmeckt übrigens ausgezeichnet." Sie hob das Glas und prostete den beiden zu.

„Du irrst", sagte Kirsten leise. „Wir meinen es ernst mit der Verlobung und Freddys Versprechen, einen Entzug zu machen."

„Das sehe ich." Ellen zeigte auf Freddys Glas, das er sich gerade wieder füllte.

„Das ist die letzte Flasche. Alles andere habe ich im Keller verstaut. Morgen kommt es auf den Müll. Wir glauben fest daran, daß wir es gemeinsam schaffen. Eine Heirat wird uns in unserem gegenseitigen Verantwortungsbewußtsein unbedingt stärken."

„Ihr braucht also einen Trauschein, um endlich zur Vernunft zu kommen. Ich gebe dir Brief und Siegel, liebe Kirsten, daß so ein Papier nichts, aber auch gar nichts ändern wird, außer daß Freddy dann einen gesetzlichen Anspruch auf deine Kohle hat, jedenfalls wenn ihr Gütergemeinschaft vereinbart."

„Darüber haben wir noch nicht gesprochen, und ich bin sicher, Freddy legt auch keinen Wert auf solche Äußerlichkeiten. Stimmt's, Schatz?"

Der nickte und trank.

Jetzt besitzt sie auch noch die Geschmacklosigkeit, ihn ‚Schatz' zu nennen wie ich Benno, dachte Ellen. „Da wäre ich mir an deiner Stelle nicht so sicher. Du solltest es dir unbedingt noch einmal gründlich überlegen. Einem Lebensgefährten kann man jederzeit den Stuhl vor die Tür setzen, einen Ehemann hat man gnadenlos am Hals. Und eine Scheidung ist teuer. Und auf mich kannst du finanziell nicht mehr rechnen, wenn du wirklich so leichtsinnig bist zu heiraten."

„Jetzt ist es also raus!" triumphierte Freddy. „Da hast du deine Freundin, wie sie leibt und lebt. Ihr geht es letztlich nur um die Kohle. Sie hat sich dein Wohlwollen gekauft, und nun, wo es nicht so läuft, wie sie es möchte, erpreßt sie dich mit der Drohung, dich finanziell auszutrocknen."

„Ach, was redet ihr!" rief Kirsten verzweifelt und schob ihren Teller von sich.

„Wir reden endlich Tacheles", lachte Ellen. „Dein Bräutigam zeigt unverhüllt, worum es ihm wirklich geht, um einen lebenslangen Anspruch auf das gemachte Bett und das gefüllte Portemonnaie. Und er wird munter, wenn er die Gefahr wittert, mit seinem Schmarotzerdasein könnte Schluß sein."

„Ich hau gleich ab, wenn ihr nicht aufhört, euch zu streiten. Ich hab mich so auf diesen Abend gefreut."

„Mach dir nichts vor. Du hattest Schiß vor diesem Abend, weil du die Wahrheit nicht wissen willst. Deshalb die ganze Inszenierung einer harmonischen Beziehung und demnächst Ehe. Hier stimmt nichts, und mit diesem Mann an deiner Seite wird es das niemals tun."

„Du redest, als wärst du nicht mehr meine Freundin", sagte Kirsten weinerlich, während sich Freddy den letzten Rest aus der Flasche einschenkte.

„Ich rede, wie man nur als gute Freundin reden kann und muß. Merkst du denn nicht, daß ich dich vor einem großen Fehler bewahren will?"

„Nein, so hört sich das nicht an. Ich hab das Gefühl, du willst mich fertig machen."

„Im Gegenteil, ich will dich aufbauen, dich immunisieren gegen falsche Versprechungen. Siehst du denn nicht, daß er die ganze Flasche fast allein getrunken hat?"

„Ja und?! Laß ihn doch saufen, verdammt noch mal!" schrie Kirsten. „Was geht dich das an? Mußt du ständig uns und alle Welt bevormunden? Wer gibt dir das Recht, permanent in das Leben anderer hineinzuregieren? Kein Wunder, daß man dir Morddrohungen schickt!!" Sie rannte aus dem Zimmer.

„Na fein." Seufzend folgte Freddy seiner Braut.

Ellen ordnete Fleischstücke und Kartoffeln auf ihrem Teller zu einem Muster, während in ihrem Kopf die Gedanken wild durcheinanderpurzelten. War sie zu weit gegangen? Hatte sie ihre Beziehung zu Kirsten beschädigt? Hatte sie diesen Mann nicht zu einem Popanz aufgebaut? Hatte womöglich sie selbst den Kontakt zur Realität verloren? Was trieb sie an, diesem Menschen soviel Bedeutung beizumessen? Warum brachte sie eine flüchtige Berührung von Freddy in Verwirrung?

Schluß damit. Sie würde sich bei Kirsten entschuldigen und den Dingen ihren Lauf lassen.

Aber Kirsten kam ihr zuvor. Sie stürzte wieder ins Zimmer und kniete sich neben Ellen auf den Boden. Sie griff nach den Händen der Freundin und drückte ihr tränennasses Gesicht hinein. „Es tut mir so leid, es tut mir so leid", stammelte sie. „Wie konnte ich mich so vergessen? Sei mir nicht böse."

„Wie könnte ich." Ellen streichelte Kirsten das Haar und summte beruhigend den Beatles-Song ‚All you need is love'.

So blieben sie noch ein paar Minuten beieinander, bis Ellen schließlich aufbrach und die zerknirschte Frau zum Abschied heftig umarmte und auf die Wange küßte.

Auf der Treppe kam ihr Freddy von unten entgegen, unterm Arm zwei volle Weinflaschen.

„Na, teure Freundin." Er nahm soviel Platz ein, daß sie nicht ohne Berührung an ihm vorbei gekommen wäre. Also blieb sie stehen und drückte sich an die Wand. Als er auf gleicher Höhe war, preßte er sich blitzschnell an sie und küßte sie auf den Mund. Für einen Moment spürte sie seine Zunge zwischen ihren Lippen. „Du bist ein Teufelsweib, aber ich mag dich," flüsterte er heiser und gab sie frei.

Von der Wohnungstür rief er ihr zu. „Bis bald! War doch ein interessanter Abend, alles in allem."

Sie stand wie erstarrt und brauchte mehrere Minuten, bis sie zum Auto gehen konnte.

III

Der Schlaf entführte sie immer nur für kurze Zeit aus dem Labyrinth ihrer Gedanken. Dann stieß er sie zurück in die Grübelei. Wie grotesk auch immer der Abend bei Kirsten verlaufen war, sie hatte das Schlachtfeld nicht als Siegerin verlassen. Als Sieger war eindeutig Freddy Glaser vom Platz gegangen. Sie bewunderte ihn irgendwie ein wenig deswegen, und hätte sich dafür ohrfeigen können. Daß Kirsten seinem primitiven Charme erlag, war nicht verwunderlich, aber daß sie selbst dafür anfällig war, würde sie sich nie verzeihen. Seine Machenschaften waren überaus durchsichtig und unter allem Niveau, und trotzdem war sie nicht immun dagegen. Es gab geheime Ecken in ihrem Gefühlshaushalt, die sie nicht unter Kontrolle hatte. So etwas zu erkennen, verunsicherte, und das konnte sie sich im Moment überhaupt nicht leisten. Denn da lauerte dieser Brief, und so sehr sie diese Tatsache auch bagatellisierte, die Bedrohung existierte und stellte die Selbstverständlichkeit ihrer bisherigen Existenz in Frage. Sie mußte etwas dagegen tun, aber wo anfangen?

Daß Frank sich ihr verweigerte, war in dieser Radikalität neu. Ebenso neu wie der Brief. Es mußte da einen Zusammenhang geben. Daß Benno die Selbstverständlichkeit seiner Existenz so rücksichtslos demonstrierte, war auch nicht normal. Bei ihm hatte man den Eindruck, daß der Brief nicht unwillkommen war. Vielleicht hatte er ihn geschrieben, um ein Zeichen zu setzen, um die Alltagsroutine von Ehe und Familie aufzubrechen. Aber er war es ja, der am ärgsten in Routine verkommen war. Das Schreckliche war, daß sie beiden Männern zutraute, ihr übel mitzuspielen. Beide Männer waren ihr so fremd geworden, daß sie nicht mehr beurteilen konnte, wie sie wirklich dachten und fühlten. Sie mußte mit beiden reden, und sie mußte sich von Lutz trösten lassen, zu dem sie ungebrochenes Vertrauen hatte.

Gegen halb sechs gab sie die Hoffnung auf weiteren Schlaf auf, kroch vorsichtig, um Benno nicht zu wecken, aus dem Bett, zog den Bademantel an und schlich in ihr Arbeitszimmer, wo sie sich an den kleinen Schreibtisch setzte und ihr Notebook anstellte. Sie wählte das Textprogramm und schrieb einen Brief:

Lieber Benno, lieber Frank,

dieser Brief ist ein Hilferuf. Ich richte ihn an Euch beide, weil ich mich von Euch in gleicher Weise verlassen fühle, so sehr verlassen, daß ich den Gedanken nicht los werde, der Drohbrief könnte von einem von Euch oder sogar von Euch zusammen geschrieben worden sein. Ich weiß, daß das verrückt ist, aber Euer ablehnendes Verhalten läßt einen eben auf verrückte Gedanken kommen. Natürlich ist eine Kommunikationsstörung, wie sie offensichtlich bei uns vorliegt, nie auf einseitiges Versagen zurückzuführen, sondern meist auf Gegenseitigkeit beruhend. Mir sind bestimmt viele Fehler unterlaufen als Ehefrau und Mutter, nur müßte mir jemand helfen, sie zu erkennen, damit ich Konsequenzen daraus ziehen kann. Man hat ja selbst doch immer das Gefühl, alles richtig zu machen, denn wie sollte man sich sonst ins Gesicht sehen können.

Selbstverständlich habt Ihr den Brief nicht geschrieben, selbstverständlich trachtet Ihr mir nicht nach dem Leben, und trotzdem fühle ich mich von Euch bedroht, wie man sich wohl überhaupt von Menschen bedroht fühlt, deren Verhalten fremd und unerklärlich ist. Der ganze Rassismus beruht schließlich auf diesem Phänomen.

Aber in einer Familie dürfte es solche Ängste nicht geben. Deshalb will ich mit diesem Brief mich ganz und gar öffnen vor Euch, damit Ihr Eurerseits dasselbe tun könnt. Ich hoffe, daß es noch nicht zu spät ist.

Eure Ellen und Mama

Sie speicherte den Text unter ,Hilferuf', druckte ihn aber nicht aus.

Sie legte sich auf die Liege unter eine alte Wolldecke, die sie schon als Kind benutzt hatte, drückte sich den Stoffhund von Lutz an die Brust und schlief sofort ein.

Bennos Ruf „Frühstück ist fertig!" weckte sie. Sie sprang auf und hatte das Empfinden, aus einer hellen und heiteren Welt in den grauen Alltag zurückgekehrt zu sein. Sie ordnete ihr Haar mit den Fingern, kniff sich in die Wangen und schloß den Bademantel bis zum Hals.

Der Frühstückstisch erwartete sie mit Kaffee, Ei, frischen Brötchen, Honig und Marmelade. Die beiden Männer auf ihren Stühlen schaute sie lieber nicht an. Sie gähnte demonstrativ und murmelte gespielt verschlafen: „Morgen." Sie setzte sich und hatte das quälende Gefühl, die beiden übel hintergangen zu haben.

Frank murmelte ein „Moin", und Benno fragte besorgt: „Hast du nicht gut geschlafen, Schatz?"

„Nicht so besonders."

„War es nicht nett bei Kirsten?"

„Wie man's nimmt. Sie will diesen Freddy heiraten. War 'ne Art Verlobungsfeier."

„Ach, du lieber Gott. Wenn das man gut geht. Der findet doch nie mehr einen Job." Benno schüttelte den Kopf.

„Ich dachte immer, Kirsten schmeißt ihn raus", sagte Frank mit plötzlichem Interesse.

„Sie redet mal so, mal so. Im Moment ist sie auf dem Hochzeitstrip."

„Schade."

„Wieso bedauerst du das? Ist dir Kirsten lieber als Ledige?" Ellen genoß seine Verlegenheit.

„Ach was." Frank lief rot an.

„Und warum wirst du jetzt rot?"

„Weil es mir Spaß macht." Frank stopfte sich ein halbes Brötchen in den Mund.

„Du bist ein bißchen verknallt in Kirsten, gib es zu."

„Wenn du nur nerven kannst", würgte Frank hervor.

„Laß doch den Jungen." Benno schaute sie vorwurfsvoll an.

„Okay, okay. Wäre ja auch keine Schande. Sie kommt bei vielen jungen Männern gut an. Das mollig Mütterliche hat eben seinen Reiz, gerade für etwas labile Typen."

„Danke für die Blumen." Frank warf ein halbes Brötchen, das auf seinem Teller lag, zurück in den Brotkorb.

„Sei doch nicht so schrecklich empfindlich, Junge. Ich meine das ja überhaupt nicht bös, im Gegenteil, ich freue mich, wenn dir meine beste Freundin etwas bedeutet."

„Kannst du nicht endlich aufhören?!" Diesen Ton von Benno war sie nicht gewöhnt.

„Was hab ich denn Schlimmes gesagt, verdammt nochmal?!"

„Du hast offensichtlich keinerlei Gespür mehr dafür, wie verletzend du sein kannst."

„Mein Gott, seid ihr Sensibelchen. Solche Dünnhäutigkeit kann ich mir in meinem Beruf eben nicht leisten. Da wird mehr Standfestigkeit erwartet. Also entschuldigt bitte, ich wollte euch wirklich nicht zu nahe treten."

„Doch, das willst du unentwegt." Frank verließ den Tisch und knallte Sekunden später die Haustür hinter sich zu.

„Sauberer Abgang", flüsterte Ellen. „Da hab ich wohl wieder kräftig danebengelangt."

„Ja, das hast du", bestätigte Benno. „Mir ist schlicht unbegreiflich, wieso dir all dein Talent, mit fremden Jugendlichen umzugehen, hier zu Hause abhanden kommt. Jungen in Franks Alter sind nun mal besonders empfindlich."

„Vielen Dank für den Nachhilfeunterricht."

„Siehst du, das ist genau der Ton, der jede wirkliche Kommunikation unmöglich macht. Bei dir wird alles sofort zum Schlagabtausch." Benno schenkte ihr und sich selber Kaffee nach.

„Tut mir leid." Ellen lächelte schuldbewußt und suchte Bennos Blick. Aber der schaute verdrossen auf seinen Teller. „Du scheinst vergessen zu haben, was für ein Brief mir da ins Haus geflattert ist."

„Hab ich nicht", sagte er trotzig.

„Jedenfalls habe ich das Gefühl, daß ihr euch überhaupt nicht vorstellen könnt, was so eine Drohung in einem Menschen auslöst. Ich bin zwar halbwegs sicher, daß man mich nicht umbringt, aber ich muß davon ausgehen, daß irgendjemand einen Mordshaß auf mich hat. Und so was zieht einem den Boden unter den Füßen weg. Da hat man sein ganzes Leben lang sein Bestes gegeben für die Familie, für die jungen Leute, für Außenseiter und Notleidende und sieht sich dann plötzlich mit der Tatsache konfrontiert, daß man zum Teufel gewünscht wird."

„Vielleicht brauchst du mal einen Dämpfer." Benno stand auf und begann, den Tisch abzudecken.

Ellen klammerte sich an den Tisch. „Du also auch. Erst sagt mir dein Sohn, daß er mir das gönnt, und jetzt ziehst du nach. Ihr habt euch verabredet, stimmt's? Worauf wollt ihr hinaus? Daß ich hier das Feld räume, daß ich mich von dir scheiden lasse? Steckt bei dir eine andere Frau dahinter? Hast ja den ganzen Tag mit hübschen Fahrschülerinnen zu tun, dürfte nicht schwer sein, was Jüngeres aufzureißen. Jetzt setz dich verdammt nochmal wieder hin und rede mit mir!"

„Ich muß gleich weg. Ich kann meine hübschen Schülerinnen nicht warten lassen."

„Doch, das kannst du! Merkst du denn nicht, daß ich in eine totale Krise geraten bin? Hast du den Brief geschrieben, um das zu erreichen? Dann kannst du dir gratulieren, du hast es geschafft. Willst du, daß ich vor dir auf die Knie falle, damit du dich herabläßt, mit mir zu reden?"

„Ellen, du machst dich lächerlich." Er schraubte das Honigglas zu und stellte es mit der Marmelade in den Schrank.

„Wenn du nicht sofort aufhörst, die Hausfrau zu spielen, bring ich dich um!" Sie trat mit dem nackten Fuß nach ihm, traf sein Schienbein und tat sich sehr weh. Vor Schmerz und Wut heulte sie auf. „Du verdammter Eiszapfen!"

„Beruhige dich." Er beugte sich zu ihr hinab. „Ich will gern mit dir reden, nur jetzt muß ich los." Er umarmte sie, küßte sie in den Nacken.

„Wenn du wirklich mit mir reden willst, tust du es jetzt. Setz dich!" Sie machte sich los und zeigte auf seinen Stuhl.

„Ellen, ich habe Pflichten."

„Ich auch. Setz dich!"

Seufzend gehorchte er. „Ellen, das ist Nötigung. Du kannst den Zeitpunkt für ein Gespräch nicht einfach nach deinen Bedürfnissen erzwingen. Was soll aus so einer verkrampften Situation herauskommen? Ein nützliches Gespräch ist nur möglich, wenn uns beiden der Sinn danach steht."

„Dann wird es das nie geben, so wie wir aneinander vorbei leben."

„Vielleicht hast du recht. Jetzt jedenfalls wäre der falscheste Moment, weil ich nur meine wartenden Schüler im Kopf hätte."

„Dann hau ab! Muß ich eben sehen, wie ich allein klarkomme. Ich hätte nie für möglich gehalten, daß man sich in Gegenwart seiner nächsten Familienangehörigen so verlassen fühlen kann. Du mußt nicht weiter abdecken, ich erledige das. Wenn du mich schon sonst völlig aus deinem Leben verbannst, will ich wenigstens die Küche noch ein wenig mitbesitzen." Sie versuchte, ihn mit einem kleinen Lächeln für sich einzunehmen, aber sein leerer Blick zeigte, daß er in Gedanken schon weit weg war.

Er stand auf und küßte sie flüchtig auf die Wange. „Mach's gut, Schatz!"

„Kann ich nicht versprechen. Wie du siehst, geht mir im Moment alles schief."

Während sie die Küche aufräumte, ließ sie sich Badewasser einlaufen. Nach Joggen war ihr nicht, soviel körperlichen Optimismus brachte sie an diesem Morgen nicht auf. Das warme Wasser umschmeichelte ihren nackten Körper, den sie nicht wie sonst als perfekt und attraktiv empfand, sondern als hinfällig und gefährdet. Die

Haut ihrer glatten Schenkel umschloß nur sehr notdürftig rohes Fleisch, ein kleiner Schnitt genügte, um mit ihrem Blut das Wasser rot zu färben. Benno bewahrte im Spiegelschrank noch ein Päckchen Rasierklingen auf, obwohl er sich inzwischen elektrisch rasierte. ‚Kann man vielleicht noch mal gebrauchen‘ war seine Devise, weshalb er im Keller ein großes Warenlager mit nutzlosen Gegenständen eingerichtet hatte. Benno, der Bewahrer. Die Klingen allerdings konnten durchaus noch von Nutzen sein, jetzt zum Beispiel, wenn man mit zwei kräftigen Schnitten über die Handgelenke das Badewasser dunkelrot färben wollte.

Nein, so weit war sie noch nicht. Sie stand auf und spülte die Schaumreste mit der Dusche ab. Das flauschige Frottee-Tuch hüllte sie zärtlich ein. Frische Wäsche, eine neue Jeans und ein fast neuer Pullover taten das ihre, damit sie sich ein wenig gefestigt auf den Tag einlassen konnte.

Zunächst rief sie Kirsten an, um ihr zu sagen, daß sie sich verspäten würde, denn sie mußte um jeden Preis mit Lutz reden, von dem sie sich Hilfe versprach. Anders als sein Bruder war der klar im Kopf und ohne Vorbehalte ihr gegenüber.

„Ist was mit dir?“ fragte Kirsten beunruhigt.

„Nein, nein, ich muß nur ein paar Besorgungen machen. Alles in Ordnung.“

„Der gestrige Abend ist also nicht schuld?“

„Wie sollte er? Letztlich war das doch alles sehr amüsant.“

„Findest du? Na gut, vielleicht ist es am besten, das nicht weiter ernst zu nehmen. Also bis später.“

Lutz meldete sich sofort, als habe er auf den Anruf seiner Mutter gewartet. Natürlich könne sie vorbeikommen, ein halbes Stündchen könne er sich durchaus freimachen für sie, meinte er gönnerhaft. Trotzdem belebte sie sein unbeschwerter Tonfall.

Die kleine Dachgeschoßwohnung im Vorkampsweg in Horn hatte ihr schon immer gut gefallen. Viel Licht und viel Himmel sorgten für eine heitere Atmosphäre, und die spartanische Einrichtung ließ genug Raum in den kleinen Zimmern, so daß man sich nie beengt fühlte.

Lutz empfing sie mit einer Umarmung und französischen Wangenküßchen. „Wie schön, dich zu sehen, Mütterchen." Er half ihr galant aus dem Anorak und hielt ihr die Tür ins Wohnzimmer auf. In seinen eigenen vier Wänden gefiel er sich in der Rolle des charmanten Gastgebers. Hier war er nicht mehr Sohn, sondern Mann.

„Kann ich dir was anbieten?" Er wies auf einen der zierlichen Sessel und setzte sich selbst in den anderen, nachdem seine Mutter den Kopf geschüttelt hatte. Er trug einen dunkelgrauen Rollkragenpullover, eine schwarze Hose mit Bügelfalte und elegante schwarze Schuhe. Er betonte in seiner ganzen Aufmachung den zukünftigen Akademiker und erfolgreichen Banker, der zu werden er beabsichtigte. Ellen mußte lachen. Er verdiente zwar noch keinen Cent, aber er gab sich, als habe er schon die entsprechenden Sümmchen auf dem Konto.

„Was amüsiert dich?" fragte er leicht verunsichert.

„Ach, es fällt mir nur auf, wie du dich jetzt am frühen Morgen schon so herausgeputzt hast. Früher warst du schlampiger."

„Erinnere mich nicht daran. Pubertierende Knaben lieben durchgeschwitzte T-Shirts und Ziehharmonika-Jeans. Gottseidank hab ich das hinter mir. So wie vieles andere auch, von meiner Begeisterung für Kinderschokolade bis zu den Schwärmereien für Mädchen mit dicken Brüsten."

„Stehst du heute auf schlankere?"

Er lachte. „Willst du wieder mal was herausbekommen über mein Geschlechtsleben? Mach dir keine Sorgen. Wenn es etwas Ernsthaftes zu berichten gibt, bist du die erste, die davon erfährt."

„Das will ich auch hoffen. Ich bin bloß froh, daß du nicht so ein Muffelpott bist wie dein Bruder."

„Apropos Bruder. Es tut mir leid, daß wir neulich aneinander geraten sind wegen des Briefes. Das war nicht sehr feinfühlig von mir. In so einer Situation sollte man mal die alten Konkurrenzkämpfe unter Geschwistern vergessen."

Ellen seufzte. „Allerdings. Überhaupt mache ich mir große Sorgen wegen Frank. Er läßt mich einfach nicht mehr an sich heran. Dauernd kommt es zu Reibereien und Gehässigkeiten. Und euer Vater hält sich vornehm zurück oder stellt sich ziemlich unverblümt auf Franks Seite. Ich habe oft das Gefühl, in meinem eigenen Haus nur noch geduldet zu sein."

„Ach, Mütterchen, das sind eben Gefühle, und die trügen meistens. Wenn ich mir eines angeeignet habe in den letzten Jahren, vor allem seit ich allein lebe, so ist das ein abgrundtiefes Mißtrauen gegenüber allen Gefühlen. Das menschliche Innenleben ist mir ziemlich suspekt geworden. Deshalb interessiert mich die Wirtschaft und besonders das Bankwesen, weil ich mich da nur um Bilanzen kümmern muß und nicht um das Seelenheil meiner Mitmenschen."

„Das kann ich gut verstehen. Ich wünsche mir auch oft, ich könnte diese ganze Gefühls-Scheiße einfach abstellen. Auf einen Knopf drücken und die Seele ausknipsen. Aber das schafft man nicht, leider."

„Ich schon. Ich hab das im Griff."

„Was redest du, Junge. Mit deinen zweiundzwanzig Jahren kannst du das doch überhaupt noch nicht beurteilen. Du machst dir was vor."

„Nein, Mütterchen. Ich sehe da ganz klar. Gerade wenn ich mir meinen Vater und meinen Bruder vor Augen führe. Dieses ganze verschwiemelte, gefühlige Herumwursteln mit sentimentaler Musik und lyrischen Ergüssen ist mir zutiefst zuwider. Auch das damit verbundene Selbstmitleid ist mir verhaßt. Ich habe ein klares Ziel: ein gutes Examen, eine gute Stellung und später eine Position als Manager. Das erreiche ich nur, wenn ich mir alle Eskapaden verkneife, nicht abrutsche, mich nicht verliere in billige Räusche oder in strapaziöse Weibergeschichten."

„Ich bin auch ein Weib", sagte Ellen leise.

„Nein, Mütterchen, genau das bist du eben nicht. Ich habe dich immer bewundert wegen deiner Klarheit, deiner Ehrlichkeit. Das ist ja das Verrückte in unserer Familie. Bei uns hat quasi ein Geschlechtertausch stattgefunden. Du hast den männlichen Part und Vater den weiblichen."

„Mag sein, nur im Moment nützen mir solche Erkenntnisse wenig. Seit dieser Brief da ist, bin ich irgendwie aus der gewohnten Ordnung herausgepurzelt. Ich hab keine Macht mehr über mein Innenleben. Da ist nichts mehr klar. Angst und Mißtrauen beherrschen mich. Ich brauche Hilfe."

„Tja." Lutz kratzte sich im Knie, lockerte die Bügelfalte.

„Das geht so weit, daß ich Frank oder Benno verdächtige, den Brief geschrieben zu haben."

„Armes Mütterchen."

„Wenn man in solch einen Zustand gerät, fallen sämtliche Sicherheitssysteme in sich zusammen. Alles wird möglich. Die nahestehendsten Menschen werden einem so fremd und unheimlich, daß man ihnen auch einen Mord zutraut."

„Wie unerfreulich."

„Mehr fällt dir dazu nicht ein?"

„Mütterchen, das klingt alles schlimm. Aber was kann ich da für dich tun?"

„Dich in meine Lage versetzen."

„Ich glaube, das kann ich nicht. Ich bin kein Psychiater."

„Aber du bist mein Sohn."

„Auch das Sohnsein hat seine Grenzen. Doch wenn du meinst, kann ich ja mal mit Vater oder Brüderchen reden. Obwohl Frank sich von mir nichts mehr sagen läßt. Er verachtet mich im Grunde. Daß ich klare Vorstellungen von meiner Lebensgestaltung und von meiner Karriere habe, empfindet er als primitiv und oberflächlich. Und ich fürchte, daß Väterchen mich ähnlich sieht. Wir sind halt keine sehr homogene Familie. Wir beide sind vielleicht aus einem Holz geschnitzt, du und ich, nur sind die beiden anderen Wesen von einem fremden Stern. Aliens, wenn du mich fragst."

„Aber ich habe keine klaren Vorstellungen von meinem Leben, und meine Karriere ist mir im Moment ziemlich schnuppe. Ich muß mich neu orientieren, und dabei brauche in deine Unterstützung."

„Ich habe neulich mitbekommen, daß Frank sich einen neuen Laptop wünscht. Wie wäre es, wenn du ihn damit überraschst?"

„Du meinst, eine solche Äußerlichkeit würde den Panzer zum Schmelzen bringen?"

„Warum nicht? Jeder Mensch ist käuflich. Und ein Geschenk ist abgesehen von seinem materiellen Wert auch eine Form von emotionaler Zuwendung."

„Wenn man dich so hört, müßte das Leben sehr einfach sein."

„Ist es auch. Nur haben eben viele die unselige Veranlagung, es sich unnötig schwer zu machen."

„Wie jetzt deine Mutter."

„Ja, leider. Das ist keine positive Entwicklung bei dir. Mit dir als Siegerin konnte ich besser umgehen."

„Da muß ich mich wohl bedanken, daß du mir so schonungslos die Wahrheit sagst."

„Das nicht gerade, nur denke ich, sentimentaler Schmus würde dir auch nicht helfen."

„Du solltest wissen, daß es Therapien gibt, die zwar nicht heilen, aber den Schmerz lindern. Deine Schocktherapie läßt da ein wenig zu wünschen übrig."

„Tut mir leid. Wenn ich mir nicht absolut sicher wäre, daß du mit eigener Kraft aus dieser Krise herauskommst, würde ich vielleicht anders reden. Doch so halte ich es für das Beste, deine Abwehrkräfte zu aktivieren, statt dich mit falschem Mitgefühl in deinen grundlosen Ängsten zu bestätigen."

„Na ja, klingt toll, hilft wenig." Seufzend erhob sich Ellen und fühlte ihre Beine wie schwere Klötze an ihrem Körper. „Ich werde es mit dem Laptop versuchen. Kannst du mich beim Einkauf beraten?"

„Ach, das macht jeder Verkäufer besser. Außerdem kann Frank das Ding umtauschen, wenn es ihm nicht gefällt."

„Trotzdem vielen Dank für deine Unterstützung, mein Sohn."

„Ist doch selbstverständlich, daß ich dir beistehe, Mütterchen." Er stand auf, schüttelte seine Hose zurecht und begleitete sie zur Wohnungstür. Als er sie zum Abschied umarmte und mit Wangenküßchen bedachte, roch sie sein bittersüßes Aftershave und empfand Brechreiz.

Sie fuhr in die Innenstadt und stellte den Wagen im Parkhaus ab. Die freundliche Atmosphäre bei Karstadt tat ihr gut. Das raffinierte Licht gab all den ausgestellten Waren das Fluidum des Besonderen. Man fühlte sich verwöhnt. Zwar durchschaute sie dieses ausgeklügelte System von Kundenverführung, überließ sich ihm aber gern, besonders jetzt in ihrer düsteren Stimmung.

Sie hatte dieses Kaufhaus gewählt in der Hoffnung, hier entsprechende Beratung zu erhalten und nicht wie in den Elektromärkten am Infostand in einer Schlange zu stehen. Also ließ sie sich von der Rolltreppe ins Obergeschoß bringen und betrachtete dabei andere Kunden, die mit ihr hinauf oder neben ihr hinab glitten. Die Szenerie dieser hin und her bewegten Menschen, die sich bei ihrem Transport nicht rührten und deren Gesichter eine unbestimmte Erwartung ausdrückten, hatte etwas Irreales. Je weiter man nach oben schwebte und dabei einen Blick nach unten wagte, umso verwirrender wurde der Eindruck sich überschneidender Bewegungen in einem transparenten Schacht.

Sie wurde enttäuscht. Auch hier mußte sie länger auf den einzigen Verkäufer warten, der gerade eine ältere Dame beriet, die angesichts vieler ihr unverständlicher Technik-Details nach längerer Bedenkzeit zu dem Schluß kam, doch besser ihrem Enkel einen Gutschein zu schenken, damit er sich sein Gerät selber aussuchen konnte. Der Verkäufer zeigte seinen Frust nur mit einem verärgerten Zukken der Augenlider, wandte sich dann aber beflissen der neuen Kundin zu.

Auch Ellen war nicht sehr vertraut mit Computertechnik. Zwar konnte sie einen PC als Schreibmaschine benutzen oder damit ins Internet gehen, doch Feinheiten wie Windows-Betriebssysteme, Grafikprogramme oder Blu-Ray-Technik waren ihr fremd. Aber ihr Stolz, der sich zu ihrer Genugtuung in Anbetracht der beflissenen Besserwisserei des gegelten Verkäuferjünglings zurückmeldete, ließ es nicht zu, ihre Bildungslücken einzugestehen. Sie vertraute darauf, daß ein relativ hoher Preis und eine Fülle von hochgepriesener Software Garantie genug dafür wären, keinen Fehlgriff zu tun. Sollte Frank trotzdem nicht zufrieden sein, mußte er eben umtauschen. Sie entschied sich schließlich für das Gerät mit dem größten Bildschirm und der ansprechendsten Aufmachung in schwarz.

Als der Verkäufer dann ihre Entscheidung als besonders klug lobte und ihr in Aussicht stellte, viel Freude mit dem Apparat zu haben, schickte sie ein zurückweisendes Lächeln auf ihr müdes Gesicht und sagte: „Wie wollen Sie das beurteilen, junger Mann?"

An der Kasse ließ sie den Karton noch einmal neutral einpacken, denn es störte sie, mit einem Gegenstand herumzulaufen, den jeder sofort identifizieren konnte. Außerdem wollte sie nicht Reklame für den Hersteller machen. Daß ihr solche Dinge wieder wichtig waren, gab ihr ein wenig Selbstbewußtsein zurück.

Sie fuhr über Herdentor und am Hauptbahnhof vorbei durch den Gustav-Detjen-Tunnel, während über ihr ein ICE Richtung Osten über die Brücke glitt, vielleicht nach München oder Köln, jedenfalls weit weg, und für einen Moment beneidete sie die Leute, die darin saßen und mit dieser Reise irgendwie ihr Leben veränderten. Warum sollte sie nicht selbst für eine Weile wegfahren? Nach Südfrankreich zum Beispiel, zu Tessi nach Cannes. Sie hatte noch eine Woche Urlaub übrig, die sie sich eigentlich für die Weihnachtszeit aufheben wollte, aber mit dieser Familie das Fest zu begehen, war eine wenig erfreuliche Vorstellung. Mit ihrer älteren Schwester Tessi kam sie ganz gut zurecht und hatte ein distanziert freundschaftliches Verhältnis zu deren Familie. Sie mußte ja auch nicht viel Zeit mit den Verwandten verbringen. Sie würde sich einen Mietwagen nehmen und die Côte d'Azur unsicher machen, Sonne und Meer genießen und alles vergessen, was sie im Moment bedrängte.

Als sie vom Stern in die Hollerallee abbiegen wollte, kam ihr ein Radfahrer in die Quere. Sie mußte scharf bremsen. Der junge Mann mit Rucksack, vermutlich ein Student, der zur Uni unterwegs war, hämmerte wütend auf die Motorhaube und zeigte ihr den Mittelfinger der rechten Hand.

Sie hob entschuldigend beide Hände, aber das konnte den Mann nicht besänftigen. Er stellte sich quer vor den Wagen und brüllte seinen ganzen Haß auf diese ungerechte Welt aus sich heraus. Selbst als er endlich weiterfuhr, schimpfte er immer noch laut und ordinär, während hinter ihr wütende Autofahrer hupten und eine Straßenbahn, die aufgehalten wurde durch den von ihr verursachten Stau, wild klingelte.

Mit zitternden Händen setzte sie den Wagen in Bewegung und schaffte es gerade noch bis zu einer Tankstelle auf der rechten Seite. Sie saß einige Minuten still hinterm Steuer, den Kopf auf dem Lenkrad, bis ein älterer Herr gegen die Windschutzscheibe klopfte und fragte, ob er helfen könne. Sie richtete sich auf und schüttelte den Kopf. Der Mann zog sich in seinen Opel zurück und verließ die Zapfsäule.

Sie fuhr sich mit beiden Händen durchs Haar und überprüfte ihr Aussehen im Schminkspiegel. Sie sah nicht so schlecht aus, wie sie sich fühlte. Also stieg sie aus und betrat den Verkaufsraum. Sie nahm eine Packung Kekse aus einem Regal und verlangte an der Kasse eine Schachtel ‚Auslese‘ und ein Feuerzeug. Im Wagen rauchte sie ihre erste Zigarette seit Jahren. Daß ihr dabei fast übel wurde, mußte sie aushalten. Spätestens nach der zehnten wäre der alte Genuß wieder da.

Im Büro war sie allein. Kirsten hatte ihr einen Zettel hingelegt mit der Nachricht, daß sie einen Besuch im Jugendgefängnis in Oslebshausen mache und von dort aus direkt zum Heim in der August-Bebel-Allee käme.

Sie war froh, nicht reden zu müssen, kochte sich eine Kanne Kaffee und leerte die Packung Kekse. Sie erledigte liegengebliebenen Schreibkram und ließ einfach Zeit verstreichen. Sie versuchte, in ihrem Kopf aufzuräumen und kam zu der Einsicht, daß es besser war, einiges an Gedanken einfach wegzuschließen, statt sich mit dessen Entwirrung herumzuquälen. So verbot sie sich, dem Einfall, ihr Sohn Lutz könne eventuell schwul sein, irgendwelchen Platz in ihrem Hirn zuzugestehen, und schalt sich eine Närrin. Wenn dem so wäre, hätte sich Lutz ihr längst offenbart.

„Nein, Schluß jetzt", befahl sie sich und griff nach dem Telefon, um Wladimir anzurufen.

Wladimir gehörte zu den Jugendlichen ihrer Gruppe, hatte sich aber durch besonderes Engagement hervorgetan und sich bei ihr eine Art Vertrauensstellung erkämpft. Er war befreundet mit Daniel, einem alkoholgefährdeten Jungen, der einen Computer des Heims ramponiert hatte, indem er im Suff eine Flasche Bier darüber gegossen hatte. Daniel sollte sich heute nachmittag vor der Gruppe verantworten, und Wladimir hatte sich verpflichtet, den Übeltäter herbeizuschaffen.

„Groenefeld", meldete sich der Junge sofort, als hätte er auf den Anruf gewartet.

„Hallo, Wladi! Ellen Peters. Ich wollte mich nur erkundigen, ob alles klar geht mit Daniel. Wird er kommen?"

„Wenn ich es dir versprochen habe, Ellen, kannst du dich auch darauf verlassen. Notfalls lege ich ihn dir als Paket verschnürt zu Füßen. Er sieht ja ein, daß er Scheiße gebaut hat, und will das aus der Welt haben."

„Hoffentlich trinkt er sich keinen Mut an."

„Tja, das kann man bei ihm nie genau vorhersagen. Aber er will sich ja bessern. Jedenfalls hole ich ihn zu Hause ab, und dann schau'n wir mal."

„Okay, Wladi. Besten Dank. Wenn wir dich nicht hätten …"

„Tu ich doch gern für Sie."

„Für mich? Für die Gruppe, denke ich."

„Klar. Alles für die Gruppe!" Wladimir mußte husten.

„Bis gleich, Wladi." Sie legte schnell auf.

Sie mochte den Jungen. Es störte sie nur manchmal, daß sein Eifer, sich ihr nützlich zu erweisen, von den übrigen Gruppenmitgliedern als übertrieben und ‚uncool' empfunden wurde. Sie mußte ihn auf Distanz halten, um ihre Autorität nicht zu gefährden.

Trotz des Aushangs und der Telefonkette, die Wladimir organisiert hatte, waren nicht alle Mitglieder zur Vollversammlung erschienen, vor allem einige Mädchen fehlten. Das mochte damit zusammenhängen, daß sie sich vor Daniel fürchteten. Mehrere von den Eltern der Mädchen hatten sich schon bei Ellen über Daniel beschwert und seinen Ausschluß aus der Gruppe verlangt. Zwar hatte Daniel sich bisher noch nie an jemandem vergriffen, aber seine Pöbeleien unter Alkoholeinfluß waren durchaus beängstigend. Doch Ellen und Kirsten waren sich darin einig, daß ein Ausschluß nur als ultima ratio in Betracht gezogen werden durfte, denn der hätte ihre ganze Gruppenarbeit in Frage gestellt. Es ging ja gerade darum, solchen labilen Außenseitern in der Gruppe Halt zu geben, sie so fest zu integrieren, daß sie Selbstvertrauen und innere Stabilität entwickeln konnten.

Man hatte im großen Zimmer die Stühle im Kreis aufgestellt, aber ein geschlossenes Bild bot sich trotzdem nicht. Auf der linken Seite der Runde saßen Wladimir und Daniel, dann folgten einige leere Stühle und danach der Rest der Gruppe, wobei die Mädchen die Plätze rechts außen einnahmen. Es war erstaunlich ruhig im Raum, wenn überhaupt, unterhielt man sich nur flüsternd.

Kirsten stand am Fenster und winkte Ellen zu sich, die auf dem Weg vom Parkstreifen zum Heim noch schnell eine Zigarette gerauch hatte. „Er hat wieder geladen", flüsterte sie der Freundin ins Ohr. „Und du rauchst wieder. Sieh mal an. Man riecht's."

„Beides ist Scheiße. Aber das mit Daniel die größere. Willst du reden?"

„Nee, mach du mal. Ich bin dem Kerl nicht gewachsen."

„Ich dachte, du kennst dich aus mit Alkoholproblemen." Ellen kicherte.

„Sehr witzig."

Die Frauen setzten sich. Vor ihnen eine Ansammlung mehr oder weniger verwegener Gestalten zwischen sechzehn und achtzehn Jahren alt, die Jungen größtenteils in drei Nummern zu großen Jeans und Pullovern bis in die Kniekehlen, Schals mehrfach um den Hals geschlungen, die Füße mit klobigen Joggingschuhen weit in den Raum gestreckt, die Haare zumeist gegelt oder bunt gefärbt. Die Mädchen ebenso überwiegend in hautengen Jeans und knappen Tops, die mehrere gepiercte oder tätowierte Bauchnabel freiließen, und das bei Außentemperaturen von knapp über null Grad. Auch die Mädchen liebten phantasievolle Frisuren, wobei die asymmetrischen überwogen. In den Gesichtern viel Piercing und auf den teilweise nackten Armen Tattoos. Die Anoraks hingen über Stuhllehnen, oder lagen auf dem Boden. An den Kleiderhaken neben der Eingangstür sah man nur die Jacken von Kirsten und Ellen.

Ellen wußte, daß sie zunächst einmal für eine gewisse Entspannung sorgen mußte. Sie spürte geradezu körperlich die Ablehnung, die dem Sünder Daniel entgegengebracht wurde. Da hatte sich eine Front der ‚Anständigen‘ gebildet, um einen Störenfried zu eliminieren.

„Hiermit eröffne ich unsere Vollversammlung und stelle fest, daß wir beschlußfähig sind. Ich erspare mir die Frage, ob jemand von euch Protokoll führen will, wie immer werden Kirsten und ich uns darum kümmern. Außer ‚Verschiedenes‘ gibt es nur einen Tagesordnungspunkt: das Verhalten von Daniel Schneider im Zusammenhang mit der mutwilligen Beschädigung eines PC. Zunächst einmal freue ich mich, daß ihr die Sache für so wichtig haltet, daß ihr hier erschienen seid. Außerdem freue ich mich, daß ihr durch die Sitzordnung schon mal klar gemacht habt, wie ihr die Situation einschätzt. Da sitzt das strenge Richterkollegium“, sie zeigte auf die geschlossene Mehrheit, „und da in gehörigem Abstand auf der Anklagebank der Verbrecher Daniel und sein Verteidiger Wladimir.“ Sie hörte leises Tuscheln und Kichern und wußte, daß sie auf dem richtigen Weg war.

„Ich nehme an, Wladimir, daß du gegen die Rolle des Verteidigers nichts einzuwenden hast.“

Wladimir schüttelte den Kopf.

„Gut, dann fehlt uns jetzt nur noch der Ankläger. Wer von euch möchte den spielen? Am besten jemand, dessen Eltern sich schon bei mir für einen Ausschluß Daniels aus der Gruppe eingesetzt haben. Wie wär's, Verena?" Sie zeigte auf ein besonders aufgedonnertes Mädchen, das sich bei ihren letzten Worten abgewandt und weggeduckt hatte. Verena schüttelte ihre schwarzrot gestreifte Mähne und winkte mit üppig beringten Händen ab.

„Bringt niemand von euch den Mut auf, das auszusprechen, was er oder sie denkt oder von zu Hause aus mit auf den Weg bekommen hat?" Halt, sagte sie sich. Wenn du sie zu sehr unter Druck setzt, machen sie dicht. Laß ihre Eltern aus dem Spiel.

„Also gut. Dann bin ich der Ankläger. Doch zunächst einmal möchte ich Daniel fragen, ob er uns was zu sagen hat. Daniel?"

Daniel wollte aufstehen, aber Wladimir zog ihn zurück auf den Stuhl. „Ich möchte mich entschuldigen. Es tut mir leid, was ich angestellt habe. Meine Mutter kriegt den alten PC von einem Bekannten, der hat sich einen neuen gekauft. Und der ist noch super okay. Ich mache den Schaden wieder gut."

Das hat er prima einstudiert, dachte Ellen. Nur schade, daß seine wacklige Stimme seinen Zustand verrät. „Das klingt ja schon mal vielversprechend. Damit wäre das Problem des Schadenersatzes gelöst, doch das andere, grundsätzlichere bleibt: dein Umgang mit Alkohol. Wenn mich nicht alles täuscht, hast du jetzt auch wieder getrunken."

„Dazu möchte ich gern was sagen", meldete sich Wladimir. „Ja, Daniel hat ein bißchen getrunken. Und das kann ich verstehen. Wenn ich mich hier vor versammelter Mannschaft rechtfertigen müßte für irgendeinen Scheiß, den ich verzapft habe, würde ich mir auch vorher Mut antrinken. Wir haben uns doch alle, wie wir hier sitzen, schon mal fürchterlich besoffen. Ich finde es scheinheilig, wenn wir jetzt einen von uns deswegen an den Pranger stellen oder sogar rausschmeißen. Daniel gehört zu uns, gerade weil er Probleme hat."

Gut gebrüllt, Löwe, dachte Ellen, nur hat sich dein Freund bisher jedem Einfluß entzogen, wenn es um seine Eskapaden ging. Was hab ich schon auf ihn eingeredet. Aber sei's drum. „Ich sehe das genauso, doch dazu müßte sich erst einmal Daniel selbst äußern. Könntest du dir denn vorstellen, in Zukunft gemäßigter mit Alkohol umzugehen?"

„Klaro." Daniel nickte.

„Ist das alles, was du dazu zu sagen hast?"

„Was denn noch mehr? Soll ich hier so'n feierliches Gelübde ablegen wie die beim Bund?"

„Oh ja!" feixte einer aus der Gruppe. „Er soll auf seine Fahne schwören."

Großes Gelächter.

Wladimir reagierte empört. „Ich finde das nicht witzig. Wenn Daniel verspricht, in Zukunft besser aufzupassen auf sich, dann ist das okay und kein Grund, blöde Bemerkungen zu machen."

„Der schafft das doch sowieso nicht", sagte Verena mehr zu sich selbst. Sie war bei weitem das attraktivste Mädchen der Gruppe und sich dessen auch überaus bewußt. Es machte ihr Spaß, die Jungen mit besonders engen Tops, unter denen sie keinen BH trug, und aufreizenden Hüftbewegungen herauszufordern, ihnen kesse Blicke aus kajalumrandeten Augen unter getuschten Wimpern hervor zuzuwerfen, aber im letzten Moment immer zu kneifen. Sie weigerte sich standhaft, eine festere Beziehung einzugehen, und Ellen war sich sicher, daß sie noch Jungfrau war, was man von den meisten anderen nicht behaupten konnte. Verena war als Einzelkind sehr stark auf ihren Vater fixiert, der jede Gelegenheit nutzte, sich kritisch in die Arbeit von Ellen und Kirsten einzumischen.

„Hast du was gesagt, Verena? Dann bitte etwas lauter." Ellen nickte ihr betont freundlich zu.

„Hat ja sowieso kein' Wert." Verena schüttelte den Kopf.

„Du bist der Meinung, daß bei Daniel ohnehin Hopfen und Malz verloren ist."

„Hopfen und Malz ist gut", feixte wieder der Witzbold und erntete Gelächter.

„Genau." Verena nickte.

„Die Schlampe soll bloß die Fresse halten!" entfuhr es Daniel. Wladimir legte ihm beschwichtigend die Hand auf den Arm. Es entstand allgemeine Unruhe.

„Da siehst du es!" Verena zeigte wütend mit dem Zeigefinger auf den keuchenden Daniel. „Der schnallt es nie!"

„Fick dich, du Nutte!"

„Fick dich selber, du Hinterwäldler!" schrie Verena.

„Ich mach dich alle, du Drecksau!!" Daniel sprang auf und schüttelte den Arm von Wladimir ab, der ihn zurückhalten wollte.

„Schluß! Aus!!!" schrie Ellen in einer Lautstärke, die alle im Raum erstarren ließ. Nur Verena nutzte die Gelegenheit, blitzschnell nach ihrem Anorak zu greifen und zu verschwinden.

„Jetzt hast du keine Wahl mehr", flüsterte Kirsten.

„Weiß ich selber", zischte Ellen und stand auf. Sie wandte sich an Daniel, den Wladimir auf seinen Stuhl zurückgezerrt hatte. „Tja, Daniel, das war wohl ein Eigentor."

„Mir doch egal", knurrte der Junge.

„Du kannst hier niemanden derart beschimpfen oder bedrohen."

„Die Nutte hat's nicht besser verdient."

„Was hat sie dir getan?"

„Sie ist eine Schlampe. Das reicht."

„Hat sie dich gekränkt oder beleidigt?"

„Ich laß mir nicht sagen, daß ich ein Hinterwäldler bin, schon gar nicht von so einer."

„Daniel, wenn du nichts weiter zu deiner Entschuldigung vorbringen kannst, lasse ich jetzt abstimmen über deinen Verbleib in der Gruppe. Wenn wir dich ausschließen, erhältst du für alle Zeiten ein Hausverbot. Ist dir das klar? Ich sag dir ehrlich, daß ich eine solche Entscheidung sehr bedauern würde."

„Da scheiß ich drauf!"

„Verdammt nochmal, Daniel, was ist in dich gefahren?!" Ellen verlor die Beherrschung. „Wie kann man sich so verrennen!"

„Geht dich'n Scheißdreck an! Solche Schwachhausen-Weiber wie dich sollte man auf den Mond schießen. Wenn du nicht endlich Ruhe gibst, stech ich dich ab!" Blitzschnell hatte er ein Messer gezogen und die Klinge aufschnappen lassen. Ein vielstimmiger Schrei gellte durch den Raum. Ein wildes Durcheinander entstand, Stühle flogen um, alles drängte zur Tür und hinaus, Kirsten mitten drin, ihr Handy hoch haltend, um zu zeigen, daß sie die Polizei rufen würde.

Ellen blieb ganz ruhig. Sie fühlte sich geradezu innerlich befreit. Endlich wußte sie, wer den Brief geschrieben hatte. Und sie wußte auch, daß Daniel es niemals fertigbringen würde, ihr etwas anzutun. Vielleicht haßte er sie, weil sie schon oft mit ihm ins Gericht gegangen war, aber sie war sich sicher, daß sie ihn allein mit Blicken würde bezwingen können. Sie hatte immer gespürt, daß sie ihm auch als Frau etwas bedeutete. Daß jetzt seine Zuneigung in Haß umgeschlagen war, änderte nichts an der Tatsache, daß sie ihn in der Gewalt hatte.

Es war unheimlich still im Raum. Man hörte nur das aufgeregte Atmen von Daniel. Wladimir stand dicht hinter ihm, jederzeit bereit, dem Freund in den Arm zu fallen, doch Ellen hielt auch ihn mit Blicken zurück.

„Leg das Messer auf den Boden und setz dich, Daniel", sagte sie so sanft wie möglich. „Ich verstehe ja, daß du wütend bist. Nur mußt du einsehen, daß du alles verschlimmerst, wenn du jetzt durchdrehst. Würde es dir gefallen, im Jugendknast zu landen?"

„Da lande ich sowieso. Dafür wird schon Verenas Alter sorgen. Der hat mich auf dem Kieker." Daniel rührte sich nicht.

Gott sei Dank, er redet, dachte sie und lächelte. Du mußt ihn im Gespräch halten, bis Hilfe kommt. Reden, reden, reden. „Warum eigentlich?"

„Da mußt du Verena fragen. Sie hat ihn aufgehetzt. Erst hat sie mich dauernd angebaggert, und mir dann ihren Alten auf den Hals geschickt. Ich hab gedacht, sie meint es ernst, und dann sagt sie mir, daß sie mich nur verscheißert hat."

„Du bist verliebt in sie, stimmt's?"

„Schnauze, verdammt!" Er hob wieder das Messer.

„Deshalb hast du in letzter Zeit so viel getrunken, weil sie dich verladen hat."

„Halt dich da raus, Alte! Du redest über Menschen wie über'n Stück Dreck! Geilt dich auf, deine Nase überall reinzustecken, was?"

„Warum hast du mir den Brief geschrieben?"

„Frag dich doch selbst. Vielleicht braucht eine wie du mal'n Tritt in den Arsch."

„Hat dich das aufgegeilt?" Sie achtete nicht auf Wladimirs warnende Blicke. Jetzt wollte sie wissen, was in diesem Jungen vor sich ging.

„Warum sollte es? Du bist älter als meine Mutter. Nee, so kriegst du mich nicht. Ich bin nicht so blöd, wie du denkst. Ich wollte, daß du Schiß hast, endlich mal kapierst, wie es ist, wenn einem dauernd die Fresse poliert wird."

„Wer poliert dir die Fresse? Ich etwa?"

„Alle, alle! Jeder hackt auf mir rum."

„Ach, du meinst das bildlich mit dem Fresse polieren. Du willst nicht damit sagen, daß dir körperliche Gewalt angetan wird. Du meinst das in übertragenem Sinn."

„Du solltest dich mal reden hören. ‚In übertragenem Sinn' – was ist das für eine Megascheiße!"

„Okay, Daniel, tut mir leid. Es ist manchmal schwierig, sich mit Worten zu verständigen. Du hast mir in dem Brief gedroht, um mich irgendwie aufzurütteln, mich zu sensibilisieren, hab ich recht?"

„Recht hast du doch immer."

„Unsinn. Ich weiß nur zu gut, daß ich oft völlig daneben liege. Ich will dir nicht verheimlichen, daß mich der Brief sehr beunruhigt hat. Du hast dein Ziel erreicht, ich habe in den letzten Tagen nur in Angst gelebt. Aber ich möchte jetzt von dir wissen, was konkret du mir vorwirfst. Was hab ich dir getan?"

„Nichts hast du mir getan, das ist es ja. Und jetzt laß mich in Ruhe. Die Sprechzeit ist vorüber. Ich weiß doch genau, daß du mich nur hinhalten willst, bis die Polizei kommt. Da!!" Er schleuderte das Messer nach ihr, verfehlte sie jedoch, riß seine Jacke vom Stuhl und stürzte hinaus. Wladimir wollte ihm folgen, aber Ellen rief ihn zurück: „Nein, Wladimir! Bleib hier! Laß ihn laufen. Er muß erst mal zur Besinnung kommen. Er wird sich schon freiwillig stellen. Komm, wir rauchen eine."

Sie traten vor die Tür in die feuchtkalte Abendluft und rauchten schweigend. Über der Wiese hin zur Straße lag ein feiner Dunstschleier, und Krähen hüpften darin herum. In den Fenstern des Hochhauses rechts glänzten schon Weihnachtssterne und Lichterketten.

„Mensch, Wladimir, was ist bloß in den Daniel gefahren?"

„Das mit Verena hat ihn völlig fertiggemacht."

„Aber warum schreibt er mir dann so einen Brief?"

„Vielleicht hat er von dir Hilfe erwartet. Stattdessen kamen bloß Vorwürfe von dir."

„Ich hatte doch keine Ahnung, was hinter seinen Rüpeleien steckt. Nicht mal du hast mich ins Vertrauen gezogen."

„Ich mußte ihm schwören, niemand davon zu erzählen."

„Ach, Scheiße!"

„Jedenfalls mußte er Dampf ablassen. Und weil er es niemals gewagt hätte, Verena zu bedrohen, mußtest du eben herhalten. So seh ich das."

„Ganz schön pervers."

„Du bist für uns alle etwas Besonderes, und da vergißt man sich schon mal."

Ellen lachte laut. „Mit anderen Worten: dieser Drohbrief ist so etwas wie eine Liebeserklärung. Na, Prost Mahlzeit."

Vom Minigolfplatz her näherte sich eine Frauengestalt. Es war Kirsten. Schon von weitem rief sie: „Die Polizei muß jeden Moment kommen. Wo ist Daniel?"

„Abgehauen."

„Auch das noch. Ich hab mich lieber solange versteckt."

„Prima. Du kriegst bestimmt die Ehrennadel für besondere Zivilcourage. Da sind ja unsere Freunde und Helfer."

Ein Streifenwagen näherte sich von der August-Bebel-Allee. Die Beamten hörten sich an, was passiert war, hielten es jedoch für besser, wenn die drei sie wegen der Schwere des Vorfalls auf die Vahrer Wache begleiten und dort alles zu Protokoll zu geben würden.

Da es sich um eine Morddrohung handelte und wegen des Briefes auch schon eine Anzeige vorlag, wurde im Revier sogar Spenglers Kollege Friedberg vom Morddezernat hinzugezogen, der zufällig noch im Präsidium anwesend war. Er versprach, den Jungen so schnell wie möglich festnehmen zu lassen, notierte sich dessen Adresse und beauftragte einen Streifenwagen.

Mit einem Taxi kehrten sie zum Heim zurück, wo sie ihre Wagen abgestellt hatten. Kirsten verabschiedete sich schnell. Sie schämt sich, weil sie sich feige in die Büsche geschlagen hat, dachte Ellen und amüsierte sich.

Wladimir stand mit hochgezogenen Schultern, die Hände tief in den Taschen vergraben, zitternd neben ihrem Audi.

„Ist dir nicht gut?"

„Mir ist zum Kotzen."

„Komm. Ich fahr dich nach Hause." Sie legte ihm den Arm um die Schultern, öffnete die Wagentür und drückte ihn auf den Beifahrersitz.

„Gibst du mir noch eine Zigarette?" fragte er leise.

„Im Wagen wird nicht geraucht. Gleich, wenn ich dich abgesetzt habe."

„Danke."

„Glaubst du, daß Daniel nach Hause gegangen ist?"

„Keine Ahnung. Aber eher nicht. Der wird sich erstmal verkriechen."

„Hältst du ihn für wirklich gefährlich?"

„Weiß man's? Ich renn' jedenfalls nicht mit einem Messer in der Hose rum."

„Ich denke, da ist viel heiße Luft im Spiel. Daniel ist schwierig, zugegeben, aber kein Krimineller."

„Wenn du dich da man nicht täuschst."

„Wieso, hat er schon mehr auf dem Kerbholz?"

„Ich bin keine Petze. Außerdem sagt er mir nicht alles."

„Jetzt spiel nicht den Geheimnisvollen. Raus mit der Sprache."

„Nee, nicht hier im Auto."

Sie schwiegen, bis sie vor dem Mietshaus in der Geschwister-Scholl-Straße anhielten.

„So, da wären wir. Hier hast du deine Zigarette." Sie hielt ihm die Schachtel hin.

„Wir können oben rauchen. Vater ist noch auf der Arbeit und Mutter besucht ihre Schwester."

„Also sturmfreie Bude." Ellen lachte. „Nee, Wladi, da wird kein Schuh draus. Ich muß jetzt schnell nach Hause, weil ich mit meinem Sohn noch was vorhabe."

„Nur auf eine Zigarettenlänge. Ich möchte dir so gern mal mein Zimmer zeigen."

„Und deine Briefmarkensammlung, was?"

„Wie kommst du darauf? So was hab ich nicht."

Ellen lachte. „Vergiß es, war nur'n Spruch. Mach's gut, Wladi."

„Dann erfährst du auch nichts mehr über Daniel."

„Das nennt man Erpressung, mein Lieber. Ach, was soll's. Aber wirklich nur fünf Minuten." Sie sprang aus dem Wagen. Warum nicht nach einem so verrückten Tag noch etwas Unsinniges zum krönenden Abschluß?

In der Wohnung roch es muffig nach Kohlsuppe und abgestandenem Rauch. Die Einrichtung war einfach, aber ordentlich. Die Bilder und Fotos an den Wänden machten deutlich, daß die Familie aus Rußland stammte. Spätaussiedler, die erst seit einigen Jahren hier wohnten. Umso erstaunlicher, daß Wladimir perfekt und akzentfrei deutsch sprach.

Er führte sie in sein Zimmer, sorgte für schummriges Licht und zeigte auf einen ziemlich abgenutzten Sessel. Er hockte sich vor ihr auf den Boden und stellte einen Aschenbecher vor ihre Füße. Sie rauchten schweigend, während sie das Zimmer betrachtete, in dem vor allem die vielen Bücher auffielen. Die Luft war stickig.

„Kannst du ein bißchen das Fenster aufmachen?"

„Gleich. Im Moment möchte ich dich nur ansehen."

„Wladi, was soll das? Ich bin älter als deine Mutter."

„Ja und? Siehst aber jünger aus. Darf ich dich anfassen?"

„Nein!" Sie sprang auf. „Wladi, du bist dabei, etwas sehr Schönes zwischen uns kaputt zu machen. Laß uns vernünftig sein und über Daniel reden."

„Was ist schön zwischen uns?" Er starrte sie von unten an.

„Wir sind uns sympathisch, mögen uns gern, aber …"

„Aber warum darf ich dich dann nicht anfassen?" unterbrach er und griff nach ihrer Hand.

„Weil es nicht geht, verdammt noch mal!"

Sie warf die brennende Zigarette in den Aschenbecher und rannte aus dem Zimmer.

Im Wagen zündete sie sich eine neue Zigarette an, lehnte sich weit zurück und starrte gegen das Verdeck. „Warum nun auch das noch? Ist der völlig übergeschnappt?" flüsterte sie. „Und ausgerechnet an so einem chaotischen Tag." Sie lachte kurz auf und schlug sich gegen die Stirn. „Natürlich an so einem Tag, wo sowieso alles drunter und drüber geht. Unter normalen Umständen hätte er das nie gewagt."

„Und womit hab ich das verdient?" Frank hatte das Papier vom Paket gelöst und starrte ungläubig auf den Notebook-Karton.

„Es geht nicht immer nach Verdienst." Kaum hatte sie die Floskel ausgesprochen, bereute sie sie, denn dieser Satz hatte sie in ihrer Kindheit bis zum Überdruß begleitet.

Benno atmete laut durch die Nase, und Frank grunzte etwas unverständlich Unfreundliches.

Ich hätte die Übergabe auf morgen verschieben sollen, dachte sie. Heute kann nur noch alles schief gehen. „Lutz hat mir verraten, daß du dir einen neuen Computer mit modernster Technik wünschst, und da dachte ich, warum nicht heute."

„Ich hatte so was für Weihnachten geplant. Ist ja nicht mehr lange hin", sagte Benno, und die Mißbilligung war nicht zu überhören.

„Die weihnachtlichen Schenkrituale sind doch eher öde. Dieser Zwang zur Freude hat was von Nötigung. Ich finde es viel schöner, unerwartete Geschenke zu machen oder zu erhalten."

„Na ja." Benno setzte sich in einen Sessel und wandte den beiden am Eßtisch den Rücken zu.

Frank hatte den Laptop aus dem Karton gezogen, von der Plastikhülle befreit und aufgeklappt. Vorsichtig fuhr er mit den Fingern über die Tastatur.

„Hab ich den richtigen ausgesucht?" fragte Ellen und legte ihm die Hand auf die Schulter.

„Ist schon okay." Frank drehte die Schulter unter ihrer Hand weg. „Ab einem bestimmten Preis bieten sie alle ziemlich dasselbe. Festplatte und Arbeitsspeicher sind groß genug, und die Software reicht auch fürs Erste. Danke, Mama."

Könntest mich wenigstens anschauen, wenn du dich bedankst, dachte sie.

Frank packte das Zubehör aus und schloß das Stromkabel an.

„Ich hab mich ausführlich beraten lassen." Ellen stand neben Frank und kam sich überflüssig vor.

„Das will ich hoffen." Frank spielte mit der Maus und wartete, bis der Computer hochgefahren war. „Hast ja nicht viel Ahnung von so was."

„Das will ich nicht sagen. Unser PC im Büro verlangt auch einiges an Kenntnissen."

„Laß gut sein, Mama. War nicht bös gemeint."

„Klingt aber fast so. Jedenfalls hält sich deine Freude über das Geschenk wohl eher in Grenzen."

„Ach nee, jetzt geht das wieder los. Was erwartest du denn? Daß ich dir vor Freude um den Hals falle, oder was?"

„Zum Beispiel. Wäre mal was Neues. Vergiß es, lieber Sohn."

Frustriert stellte Frank den Computer aus und klappte den Deckel zu. „Ich hab ja geahnt, daß die Sache einen Haken hat. Du schenkst nicht einfach mal so, nee, das ist immer mit bestimmten Erwartungen verbunden. Und du redest von Nötigung zu Weihnachten. Ich gehe auf mein Zimmer. Gute Nacht." Er verschwand ohne den Laptop.

„Da haben wir den Salat." Benno nahm den ‚Weser Kurier' und schlug ihn auf.

Seufzend setzte sich Ellen in einen Sessel Benno gegenüber und wartete. Nach etwa zehn Minuten fragte sie ihn: „Hast du etwas dagegen, wenn ich rauche?"

„Wie bitte?" Er ließ die Zeitung sinken und starrte sie an. „Seit wann rauchst du wieder?"

„Seit heute. Seit Daniel versucht hat, mich umzubringen."

„Was redest du?" Benno schaute sie ratlos an.

„Daniel hat den Brief geschrieben und mich heute mit dem Messer bedroht. Während der Vollversammlung im Heim."

„Wer ist Daniel?"

„Wer ist Daniel? Typisch Benno. Ich hab dir doch von ihm erzählt neulich. Der hat eine Flasche Bier in einen PC geschüttet."

„Ach ja. Ich erinnere mich. Der Rußlanddeutsche."

„Nein, das ist Wladimir. Ach, lassen wir das, war ja auch nicht schlimm. Ich hab ihn mit Reden so lange hingehalten, bis die Polizei kam. Leider konnte er im letzten Moment türmen."

Benno schüttelte konsterniert den Kopf. „Ich hab dir ja immer gesagt, daß dieser Job viel zu gefährlich ist für dich. Frauen sind diesen Brutalos nicht gewachsen."

„Okay, Benno. Ich hab's überlebt und bin jetzt rechtschaffen müde. Ich leg mich schon mal hin. Wäre schön, wenn du auch bald kämst. Ich brauche noch ein paar Streicheleinheiten."

„Ich mache nur noch schnell in der Küche klar Schiff und bringe Frank den Laptop."

„Nein, den läßt du da stehen. Entweder holt er ihn sich selbst, oder er bleibt da bis zum Sankt-Nimmerleins-Tag."

„Wenn du meinst." Er faltete die Zeitung sorgfältig zusammen, so daß sie wie neu wirkte.

„Ja, ich meine."

Sie ging betont laut auf die Toilette und anschließend ins Schlafzimmer. Sie knallt die Tür hinter sich zu und wartete.

Es dauerte nicht lange, bis sie Franks Tür hörte, die ein wenig quietschte. Ein paar Minuten später kam er zurück und schloß vorsichtig hinter sich ab. „Na also", flüsterte sie.

Sie zog sich nackt aus und kroch unter die kühle Decke. Das Zittern ließ erst nach, als Benno kam.

„Er hat ihn geholt", sagte er leise.

„Jaja, ich kenne meine Pappenheimer." Sie drehte sich zur Wand, um nicht sehen zu müssen, wie Benno seine Kleider ebenso sorgfältig zusammenlegte wie vorher die Zeitung.

Sie schliefen miteinander. Ellens Wildheit überraschte sie beide.

IV

Bennos Geburtstag fiel auf ein Wochenende. Deshalb hatte Ellen mehr Gäste eingeladen, als es Benno recht war, denn größere Feiern waren ihm zuwider, besonders wenn es um seine eigene Person ging. Dem konnte und wollte Ellen sich nicht fügen, deshalb hatte sie die Organisation übernommen und Kuchen- und Aufschnittplatten bei einem Party-Service bestellt. Auch Geschirr ließ sie mitliefern, damit Benno nicht wieder Stunden in der Küche zubrachte.

Nicht nur sein Vater und Ellens Mutter waren gebeten, sondern auch Kirsten mit Freddy und Bennos alter Schulfreund Gunther Hillebrecht mit Ehefrau Sonja. Da Frank auf Susi nicht verzichten wollte, saßen also elf Personen ziemlich dicht gedrängt um den großen Eßtisch, den Ellen quer ins Wohnzimmer gestellt und ausgezogen hatte.

Benno, den sie auf einen längeren Spaziergang geschickt hatte, damit er bei den Vorbereitungen nicht störte, war als letzter zu der Gesellschaft gestoßen, weil Ellen ihm gesagt hatte, der Kaffeeklatsch beginne um halb fünf, die Gäste aber schon für vier Uhr eingeladen waren. So konnte ihre kleine Inszenierung mit dem Lied ‚Happy Birthday‘ und ‚standing ovations‘ glatt über die Bühne gehen.

Der Gefeierte wand sich vor Verlegenheit und improvisierte mehr schlecht als recht eine kleine Dankesrede. Er endete mit dem Hinweis, daß er die Geschenke erst später auspacken würde, um die Tafelfreuden nicht noch länger hinauszuzögern.

Ellen überwachte die Kuchenverteilung und das Ausschenken von Kaffee und Tee. Als alle Gäste versorgt waren, nickte sie Lutz zu, den sie beauftragt hatte, einen Toast auf den Vater auszubringen.

Lutz klopfte an seine Tasse, erhob sich und salutierte, wie er es beim Bund gelernt hatte. Sein Bruder verdrehte angewidert die Augen.

Lutz wünschte Glück, Gesundheit, beruflichen Erfolg und noch viele erfüllte Ehejahre, Gemeinplätze, die eher Verlegenheit als Zustimmung auslösten. Auch die weiteren Ausführungen über die Begeisterung des Vaters für Musik und Literatur klangen wenig überzeugend. Hier sprach jemand über einen Menschen, mit dem ihn kaum etwas verband.

Bruder Frank wurde kleiner und kleiner auf seinem Stuhl, Vater Benno studierte intensiv die Früchte auf seinem Obstkuchen, und das Lächeln der anderen Gäste wurde immer bemühter.

Lutz endete mit dem Satz: „Benno Peters hat es weit gebracht in seinem Leben, wenn man bedenkt, wie viele hundert Kilometer er Tag für Tag in seinem Fahrschulwagen zurücklegt. Sicherlich hat er rein kilometermäßig schon vielfach die Erde umrundet wie ein Astronaut in seinem Raumschiff. Und diese Perspektive aus dem All, aus dem All der Musik und Literatur möge ihm immer erhalten bleiben. Nochmals herzlichen Glückwunsch, lieber Papa!"

Ellen rief: „Bravo!" und klatschte so laut, daß die anderen sich am Beifall beteiligen mußten.

Nur Alfred Peters, Bennos Vater, rührte keine Hand und schaute grimmig aus seinen kleinen alten Augen unter buschigen Brauen auf den alerten Enkel. Wie immer wirkte er leicht schmuddelig in Norwegerpullover und ausgebeulten Hosen. Die wenigen weißen Haare standen wirr vom Kopf ab, und eine Rasur war schon länger überfällig. Ein proletarischer Opa Hoppenstedt. Er schnauzte: „Sag mal, meine Junge, wo hast du denn gelernt, so geschwollen daher zu reden? Etwa auf der Uni? Hast wohl vergessen, daß Bennos Vater nur ein einfacher Schweißer beim ‚Vulkan' war."

Benno lächelte gequält. „Laß gut sein, Papa. Lutz meint das nicht so."

„Wie denn sonst? Wenn man die Menschen heute reden hört, weiß man sowieso nicht mehr, woran man ist. Haben deine Blagen auch so eine frisierte Schnauze, Gunther?" wandte er sich an Bennos Jugendfreund.

Gunther Hillebrecht, ein unscheinbarer Mittfünfziger, dessen tief herabgezogene Mundwinkel vom ständigen Frust als Studienrat kündeten, verschränkte die feisten Arme vor dem gut gefüllten Anzugjackett, warf seiner ebenfalls korpulenten Frau, deren rassiges Gesicht und pechschwarze Haare ihre chilenische Abstammung verrieten, einen hilfesuchenden Blick zu, und lächelte gequält, weil seine einst so schöne Sonja im Moment ganz und gar mit Kuchenessen beschäftigt war. Also stellte er sich Alfred Peters Frage, indem er ihr auswich. „Ach, Papa Peters, die Mädchen sind ja nun schon erwachsen und aus dem Haus. Haben eben andere Sachen im Kopf."

„Sag ich doch. Haben nur andere Sachen im Kopf. Es hat noch nie eine Zeit gegeben, wo Väter und Söhne oder gar Großväter und Enkel so aneinander vorbeigelebt haben. Man spricht ja nicht mal mehr dieselbe Sprache. Wenn ich im Bus diesen Halbwüchsigen zuhören muß, verstehe ich kein Wort. Noch nie hat man alte Leute derart spüren lassen, daß sie überflüssig sind."

Ellen schaltete sich ein. Wenn man dem Alten keine Grenzen setzte, würde er wieder endlose Tiraden über Gott und die Welt von sich geben. „Papa, jetzt übertreibst du aber. Die jungen Leute sind nicht anders, als wir es waren, oder ihr damals. Ich hab ja nun tagtäglich mit ihnen zu tun, und erfahre immer wieder, daß hinter dieser modischen Fassade von Schnodderigkeit und scheinbarer Kaltherzigkeit dieselben Ängste, Unsicherheiten und Verletzlichkeiten stecken. Man muß nur genau hinhören."

„Und warum schlagen sie dann Leute in München tot?" fauchte der Alte.

„Und warum bedroht dich einer von diesen netten jungen Menschen mit einem Messer?" fragte Ellens Mutter pikiert.

„Woher weißt du denn davon, Mutti?" Ellen spürte ihr Herz schmerzhaft.

„Ist das jetzt wichtig?" fragte Helene Vollmer und verzog ihre spitze Nase, als rieche sie etwas Unangenehmes. Sie hatte ihr üppiges weißes Haar zu einem Knoten gesteckt und ihrem blassen, welken Gesicht mit Rouge und Lippenstift etwas Leben eingehaucht.

„Ja, es ist wichtig. Ich wollte nämlich, daß das geheim bleibt. Auch die Polizei hat um Vertraulichkeit gebeten." Das war zwar gelogen, klang aber bedeutsam.

„Ich bin ja nun nicht irgendwer, sondern deine Mutter." Helene Vollmer schneuzte sich verärgert in ein Spitzentaschentuch.

Gut, daß dir das gelegentlich wieder einfällt, dachte Ellen und sagte: „Natürlich, Mutti. Aber der Fall ist ja noch nicht abgeschlossen. Der Junge ist flüchtig. Und deshalb ist es wichtig, sich an die Auflagen der Polizei zu halten."

„Auflagen?" fragte Kirsten verwirrt. „Seit wann gibt es Auflagen?"

„Erzähl ich dir später. Also wer hat dich informiert, Mutti?"

„Ich", sagte Frank aufmüpfig. „Oma hat gestern angerufen, als ihr nicht da wart, und da hab ich sie eingeweiht. Schließlich gehört sie ja zur Familie."

„Das will ich meinen", trumpfte Helene Vollmer auf.

„Gehör ich ja auch zu und weiß trotzdem von nichts", murrte Alfred Peters.

„Darf man mal ganz bescheiden anfragen, worum es hier geht?" meldete sich Jugendfreund Gunther.

„Ach, viel Lärm um nichts", versuchte Ellen das Thema zu beenden, „ein dummer kleiner Vorfall im Jugendheim. Einer meiner Zöglinge ist ein bißchen durchgedreht. Aber ich hatte die Sache fest im Griff, so daß nichts Schlimmes passiert ist."

„Warum verharmlost du das Ganze?" fragte Benno konsterniert.

„Weil du Geburtstag hast, mein Gott. Weil ich nicht möchte, daß wir uns jetzt alle die Stimmung verderben und über die böse Jugend von heute lamentieren. Hätte dein Vater sich seine gehässigen Bemerkungen über Lutz' kleine Rede verkniffen, könnten wir jetzt unbeschwert unseren Kuchen genießen."

„Ich bin also wieder mal schuld," raunzte Alfred Peters.

„Ja, das bist du, Papa. Dein ewiges Gemecker über die schlechte Welt von heute macht jedes Familienfest zur Qual."

„Laß dir zum Trost sagen, lieber Alfred, daß es nur ein Zufall ist, daß du heute auf der Anklagebank sitzt. Normalerweise macht sie mir die Hölle heiß. Ellen weiß eben, wie man Menschen behandelt. Das lernt sie im Umgang mit ihren jungen Kriminellen." Helene Vollmer schaute ihre Tochter herausfordernd an.

Ellen rettete sich in lautes Gelächter. „Kinder, was treiben wir hier eigentlich? Da seht ihr mal, wie solche Themen das Klima vergiften. Es tut mir leid, ich bitte um Entschuldigung, wenn ich jemandem zu nahe getreten sein sollte. Wie wär's mit einem Likörchen oder einem Cognac zur Versöhnung? Wir müssen ja auch auf Benno anstoßen."

Sie holte von der Anrichte ein Tablett mit Flaschen und Gläsern. Während sie einschenkte, herrschte am Tisch ein Schweigen, das sie wie eine Drohung empfand. Sie hörte nur ihre eigene Stimme, als sie nach Getränkewünschen fragte, denn die Angesprochenen reagierten stumm, indem sie nickten oder auf die Flasche zeigten. Nur Susis Stimmchen unterbrach die quälende Stille mit einem: „Eierlikör", wofür ihr Ellen sehr dankbar war.

„Also dann auf das Wohl von Benno!" Sie hob ihr Glas mit Cognac. Zustimmendes Gemurmel, aber niemand schloß sich ihrer Fröhlichkeit an. Was geht hier vor? fragte sie sich. Solche familiären Reibereien waren doch nichts Besonderes. Sie wandte sich an Gunther Hillebrecht.

„Wie läuft's in der Schule, Gunther?"

„Ach, weißt du, da gibt es auch nichts Erfreuliches zu berichten. Stress, Stress und nochmals Stress. Vor allem natürlich für die Schüler, denn uns fehlt einfach das dreizehnte Schuljahr."

„Gunther oft is verzweifelt, macht nich Spaß mehr die Schule" erklärte Sonja. Obwohl sie schon dreißig Jahre in Deutschland lebte, sprach sie noch immer schlechtes Deutsch mit starkem Akzent. Sie war seinerzeit als Dienstmädchen mit einer deutschen Familie aus Chile gekommen und hatte später in der Uni-Mensa gearbeitet. Da sie sehr hübsch war, wurde sie von Studenten geradezu umschwärmt, hatte aber kein Interesse für kurzfristige Flirts gezeigt, sondern auf den Mann fürs Leben gewartet, und der erschien ihr in der Gestalt des schüchternen und unscheinbaren Gunther Hillebrecht, des Philologiestudenten mit der großen Aktentasche. Der war zwar kein Adonis, aber grundsolide, ein Mann zum Heiraten und Kinderzeugen. Als sie merkte, daß sie ihm nicht gleichgültig war, schenkte sie ihm bei der Essensausgabe nicht nur jedesmal ein hübsches Lächeln, sondern auch ein besonderes Stück Fleisch oder Fisch. Es dauerte zwar Monate, bis er den Mut fand, sie ins Kino einzuladen, aber danach lief alles wie von selber. Sie zogen zusammen in eine kleine Wohnung im Steintor-Viertel, und sie bemutterte ihn und bewunderte seine Klugheit. Sie unterwarf sich völlig seinen Bedürfnissen, diente ihm am Herd und im Bett, blieb auch in der Ehe eigentlich immer das Dienstmädchen und war völlig zufrieden mit ihrer Rolle. Daß sie ungebildet war und keinerlei Anstrengung unternahm, etwas dagegen zu tun, störte beide nicht und die Töchter erst, als sie sowieso schon dabei waren, sich von zu Hause abzunabeln. Bis dahin war sie auch die perfekte Mutter. Eine ideale Familie also und eine glückliche Ehe. Beneidenswert, dachte Ellen, wohl wissend, daß das politisch nicht korrekt war, denn das Glück der beiden wurde erkauft mit dem totalen und bewußten Verzicht auf Gleichberechtigung. Daß Sonja relativ viel Geld für sich ausgab und auch einiges für ihre Familie in Chile abzweigte, mochte ein gewisse Kompensation sein. Doch Gunther war das egal, um finanzielle Dinge kümmerte er sich sowieso nicht. Er hatte sein Taschengeld für Bücher, und das reichte ihm völlig.

Wenn sich bei Ellen manchmal gewisse Neidgefühle meldeten, tröstete sie sich damit, daß ihr wenigstens das Matronenhafte dieser so selbstzufrieden in sich ruhenden Person erspart geblieben war, auch wenn sie ihre unveränderte Attraktivität oft mit Selbstzweifeln und Vereinsamung bezahlen mußte. Seelische Deformationen waren Gott sei Dank nicht sichtbar.

Was ihr allerdings mißfiel, war das Betonen der Zusammengehörigkeit dieses Paares, wie zum Beispiel jetzt gerade das Spiel ihrer linken Hand mit seiner rechten, wobei sie seinen Ehering hin und her schob.

Ellen und Benno trugen schon seit vielen Jahren keine Ringe mehr, fanden solche Äußerlichkeiten unter ihrem Niveau. Vielleicht ist das ein Fehler, dachte sie und kehrte zurück in die Realität am Tisch. Sonja hatte Ellens Geistesabwesenheit dazu genutzt, um in gebrochenem Deutsch von der Problemschwangerschaft einer ihrer Töchter zu erzählen, Alfred Peters, um sich mit einem zweiten Glas Cognac zu bedienen, und Kirsten, um ihren Freddy davon abzuhalten, dem Beispiel vom alten Peters zu folgen.

„Wie wäre es mit einem kleinen Verdauungsspaziergang?" fragte Helene Vollmer. „Schließlich muß man Platz schaffen für das Abendessen."

„Aber Mutti, es ist doch schon dunkel und wenig verlockend draußen. Es soll ja noch richtig stürmisch werden."

„Umso besser. Dann wird der ganze Autodreck weggeblasen und man riecht das Meer. Mir kann es gar nicht windig genug sein."

Wenn du mir nur widersprechen kannst, dachte Ellen und übersah, daß zunächst einmal sie ihrer Mutter widersprochen hatte. Da Helene Vollmer somit das Zeichen zum Auflösen der Kaffeetafel gegeben hatte, bat Ellen die Gäste in die Sitzecke mit der Bitte, ihre Gläser mitzunehmen. Letzterer Aufforderung folgten nur der alte Peters und Freddy. Ellen stellte deswegen die Cognacflasche lieber zurück auf die Anrichte.

Nun hockte man eng beieinander, Sonja und Gunther im Zweiersofa, Frank und Susi im Schneidersitz auf dem Teppich, die beiden Alten jeweils in einem Sessel, Benno in seinem Fernseh-Ohrensessel, Ellen mit Kirsten und Freddy auf dem Dreiersofa und Lutz auf einem Stuhl. Daß er damit alle anderen überragte, schien ihm nicht unangenehm zu sein. Er lächelte zufrieden und schlug die Beine übereinander, so daß jeder sein prächtiges Schuhwerk sehen konnte.

Ellen fragte sich verzweifelt, wie man die zwei Stunden bis zum Abendessen überstehen sollte, wenn weiterhin kein richtiges Gespräch in Gang kommen wollte. Was war passiert, daß alle um sie herum in sich gekehrt und kommunikationsunwillig dasaßen? Es mußte an ihr liegen. Hatte sie etwas Falsches gesagt? Hatte sie es an dem nötigen Respekt gegenüber den beiden Alten fehlen lassen?

„Wie ist es nun, Mutti? Willst du noch raus?"

„Nein, hab's mir anders überlegt. Es sei denn, jemand begleitet mich." Sie schaute sich auffordernd im Kreis um. „Siehst du. Niemand fühlt sich angesprochen. Ich hätte zwar Lust, doch meine Arthrose meldet Bedenken an. Wie das eben so ist: der Geist ist willig, aber das Fleisch ist schwach."

„Wie bei mir, Helene", bestätigte der alte Peters. „Ich schaffe es kaum noch, meinen Garten in Ordnung zu halten. Wahrscheinlich muß ich demnächst meine Parzelle verkaufen."

„Ist es jetzt nicht sowieso zu kalt im Gartenhaus?" fragte Helene besorgt.

„Im Moment geht's noch. Ich hab ja einen Ofen. Aber wenn es richtig frostig wird, ziehe ich um ins Souterrain in Hastedt. Außerdem kann man ja auch von innen heizen. Warum hast du die Flasche so weit weggestellt, Ellen? Gönnst du deinem Schwiegervater kein Schlückchen mehr? Am besten versorgt man sich selbst." Er wollte sich aus seinem Sessel stemmen, aber Frank kam ihm zuvor und holte den Cognac. Der Alte bediente sich und hielt dann die Flasche in die Höhe. „Sonst noch jemand?"

„Ja, ich." Freddy nahm ihm die Flasche ab und goß sich sein Glas randvoll.

Sie prosteten sich zu und tranken auf ex. Kirsten stöhnte, und Ellen spürte Zorn in sich aufsteigen. Zorn vor allem auf Benno, dessen Geburtstag schließlich gefeiert wurde und der lächelnd zusah, wie da etwas seinen Lauf nahm, das die ganze Feier am Ende ruinieren würde. Nicht nur Freddy, auch der alte Peters verlor jede Kontrolle über sich, hatte er erstmal begonnen zu trinken. Als Werftarbeiter hatte er das Saufen von seinen Kollegen gelernt und war ein eifriger Kneipengänger geworden, zum Leidwesen seiner Frau, die schon vor Jahren an Krebs gestorben war. Und zum Leidwesen seines einzigen

Sohns, der einem ständigen Wechselbad ausgesetzt war zwischen einem weinerlich sentimentalen, betrunkenen und einem bis zur Brutalität strengen, nüchternen Vater. Da er mit diesem Widerspruch nicht zurechtkam, hatte er sich abgekapselt und sich in die Welt der Literatur geflüchtet. Zudem hatte er einen gewissen schulischen Ehrgeiz entwickelt, um diesem tristen Milieu zu entkommen. Zu seiner Mutter hatte er ein ambivalentes Verhältnis gehabt. Einerseits hatte er Mitleid mit ihr gehabt, andererseits hatte er sie verachtet, weil sie es nicht geschafft hatte, sich von dem Haustyrannen zu trennen, und statt dessen lieber den Krebs riskiert hatte.

Um so weniger konnte Ellen verstehen, weshalb Benno jetzt nichts dagegen unternahm, daß sein Vater wieder mal zu entgleisen drohte, daß von nun an die Flasche regelmäßig zwischen dem Alten und Freddy hin und her wandern würde, bis sie leer war.

Kirsten neben ihr rückte näher an sie heran. Ellen spürte das warme Fleisch durch die Kleidung hindurch und wäre am liebsten weggelaufen. Sie brauchte eine Zigarette. Sie flüsterte Kirsten ins Ohr: „Magst du kurz mit runter kommen? Ich will eine rauchen."

„Gern. Ich auch", erwiderte die Freundin.

„Würdet ihr Kirsten und mich bitte einen Moment entschuldigen? Wir müssen schnell etwas Dienstliches besprechen." Es gab weder Widerspruch noch Zustimmung.

„Mein Gott, jetzt geht das wieder los mit Freddy", stöhnte Kirsten. Sie saßen nebeneinander auf dem Bett und saugten gierig an ihren Zigaretten.

„Warum nimmst du ihm nicht einfach das Glas weg?"

„Warum nimmst du es deinem Schwiegervater nicht weg?"

„Um ihn nicht bloßzustellen."

„Siehst du. Jedenfalls werde ich Freddy nicht heiraten. Er wird nie aufhören."

„Siehst du."

„Ja, du hast wieder mal recht. Was hast du da vorhin mit Auflagen von der Polizei gemeint?"

„Alles Quatsch. Ich wollte nur meine Mutter bremsen. Weil sie sich dauernd überall einmischt."

Kirsten lachte. „Die Petersche Krankheit: Sicheinmischen."

„Womit ich gemeint bin." Ellen lachte ebenfalls. „Nur vergißt du, daß ich keine Peters von den Genen her bin, sondern eine Vollmer. Benno ist da erblich nicht belastet. Der mischt sich nie ein. Sieht seelenruhig zu, wie sich sein Vater, dieser alte Penner, wieder mal vollaufen läßt."

„Hast du Angst wegen Daniel? Der läuft ja immer noch frei rum."

„Dauernd willst du mir Angst einreden. Ich hatte nie Angst und hab sie auch jetzt nicht. Viel schlimmer ist, daß Wladimir Probleme macht."

„Wie das?"

Plötzlich empfand Ellen Scham. Irgendwie war es entwürdigend, von so einem Jungen begehrt zu werden. Sie war doch keine x-beliebige Schlampe. Und gerade gegenüber Kirsten kam sie sich herabgesetzt vor, als bedeute dieser Vorfall einen Autoritätsverlust. Eine Frau wie sie durfte verehrt aber nicht begehrt werden.

„Ach, nichts von Belang", versuchte sie abzuwiegeln.

„Doch, wo du's jetzt sagst, kann ich nur bestätigen, daß Wladi sich in den letzten Tagen merkwürdig verhalten hat. Ich war zwar nur zweimal kurz im Heim, aber mir ist aufgefallen, daß er üble Stimmung verbreitet hat und ziemlich aggressiv war. Er hat dich ja sogar einmal richtig angeschnauzt."

„Stimmt." Ellen verfluchte sich, daß sie das Thema angeschnitten hatte, aber nun war es zu spät, nun mußte sie Kirsten einweihen. „Er wollte mir neulich nach Daniels großem Auftritt an die Wäsche."

„Das gibt's nicht", flüsterte Kirsten. „Du hast ihn nach Hause gebracht, und …" Sie zögerte.

„Und war so blöd, mit ihm in die Wohnung zu gehen. Wir waren ja alle etwas neben der Spur, und deshalb habe ich mir nichts dabei gedacht. Seine Eltern waren nicht zu Hause, und er hat mich in sein Zimmer gelotst, Schmuselicht gemacht und gefragt, ob er mich anfassen dürfte."

„Mein Gott, was für ein Schlawiner! Immerhin hat er gefragt und ist nicht einfach über dich hergefallen."

„Wäre vielleicht ehrlicher gewesen. Diese sanfte Tour ist mir besonders unheimlich. Da ist so etwas Verdrucktes an diesem Menschen, das mir überhaupt nicht gefällt. Daniel ist offen aggressiv, aber bei Wladi kommt alles von hinten durch die kalte Küche. Ich bin jedenfalls sehr enttäuscht, auch von mir selbst, weil ich naiv wie ein kleines Mädchen auf seine Freundlichkeit hereingefallen bin. Stell dir vor, ich hatte sogar die Absicht, ihn hier nach Hause einzuladen und ein wenig in die Familie einzubinden."

„Wie schade. Ich hab bisher auch viel von ihm gehalten, obwohl er sich mir gegenüber distanzierter gezeigt hat. Wie soll's denn nun weitergehen?"

„Keine Ahnung. Rausschmeißen können wir ihn nicht, denn ich will den Vorfall keinesfalls öffentlich machen, weil das für uns beide absolut blamabel wäre, und eine weitere Zusammenarbeit kann ich mir auch nicht vorstellen, denn seine Aggressivität mir gegenüber ist unerträglich und untergräbt meine Autorität bei den anderen Kids. Ich fürchte, ich muß meine Arbeit im Heim aufgeben."

„Bist du verrückt? Dann bricht dort alles auseinander. Du hast die Gruppe gegründet, du bist quasi die Seele des Betriebs."

„Hast du's nicht eine Nummer kleiner? Ich fänd's ja auch traurig, aber ich bin nicht unentbehrlich. Erst einmal könntest du dich mehr einbringen, und später müßte man Ersatz für mich finden, am besten einen Mann, der die Knaben etwas mehr an die Leine nimmt."

„Soll ich mal mit Wladi reden?"

„Da sei Gott vor! Nicht daß du mich mißverstehst, du würdest das sicher sehr gut und einfühlsam machen, aber wie blamiert müßte er sich fühlen, wenn eine andere Frau ihn auf etwas anspricht, das nur ihn und mich etwas angeht."

„Vielleicht hast du recht", sagte Kirsten wenig überzeugt. „Dann rede selbst noch mal mit ihm. So was läßt sich doch aus der Welt schaffen, wenn man ein solches Vertrauensverhältnis zueinander aufgebaut hat wie ihr beide."

„Gerade dieses Vertrauensverhältnis macht es unmöglich, weil Wladi es mißbraucht hat. Für ihn jedoch bin ich die Verräterin, weil ich mich ihm verweigert habe. Er hat alles riskiert und verloren. Das schafft Haß. Ich habe ihn in seiner männlichen Ehre verletzt, das wird er mir nie verzeihen."

„Siehst du das nicht etwas zu dramatisch?"

„Nein. So wie er mich seitdem mit verletzenden Worten und haßerfüllten Blicken attackiert, glaube ich nicht an irgendeine Form von Versöhnung. Junge Männer in dem Alter sind sich ihrer Männlichkeit so wenig sicher, daß eine, in seinen Augen, persönliche Katastrophe wie diese eine radikale Trennung unausweichlich macht. Wenn es überhaupt eine Lösung gibt. Ich sage dir ehrlich, ich fühle mich im Moment von Wladimir mehr bedroht als von Daniel. Für den war ich nur ein Pappkamerad, weil ihm das eigentliche Ziel nicht zur Verfügung stand, aber Wladis Haß richtet sich direkt auf mich."

„Ich verstehe ja, daß du beunruhigt bist und enttäuscht von Wladi, aber irgendeine Gefahr geht doch von dem Jungen nicht aus."

„Kannst du einen Eid darauf leisten?"

„Natürlich nicht."

„Siehst du. Ich eben auch nicht. Diesen Wladi, den ich jetzt erlebe, hätte ich nie für möglich gehalten. Wie soll ich da sicher sein, daß nicht noch Schlimmeres in ihm steckt? Der schreibt vielleicht keine Briefe, sondern handelt gleich."

Schwer atmend lehnte sich Ellen zurück und zündete sich und Kirsten eine zweite Zigarette an. Sie war überrascht, mit welch unerbittlicher Konsequenz sie sich in ein Gefahrenszenarium hineingesteigert hatte, das ihr nach einigen Sekunden der Besinnung selber übertrieben vorkam. Dieser gutmütige Schlaks ein potentieller Mörder? Zeigte seine momentane Ruppigkeit nicht einfach nur seine Verlegenheit? Jedenfalls hatte sie es bisher so gesehen, und erst Kirstens Gegenwart hatte sie dazu angeregt, ein Drama daraus zu machen.

Sie inhalierte den würzigen Rauch und hoffte auf Beruhigung.

Kirsten griff nach ihrer kalten Hand und drückte sie kurz und fest. „Arme Ellen. Womit hast du das verdient? Setzt dich so ein für diese Burschen und fürchtest nun um dein Leben."

Aus Kirstens Mund klang das so lächerlich, daß Ellen aufsprang, ihre und Kirstens Zigarette ausdrückte und rief: „Was für einen Quatsch reden wir da zusammen! Alles nur Spinnereien! Komm, gehen wir wieder auf Bennos fabelhafte Geburtstagsparty. Wer weiß, was da inzwischen passiert ist." Sie dachte an die Cognac-Flasche.

Während sie die Treppe hinaufstiegen, meldeten sich ihre Ängste zurück. Und was, wenn Wladimir nicht der harmlose Schlaks war? Was, wenn Daniel immer noch finstere Gedanken mit sich herum trug? Ohne es zu wollen, hatte sie sich zwei junge Männer zu Feinden gemacht, zwei junge Männer, die auch noch miteinander befreundet waren und gemeinsam etwas aushecken konnten.

Im Wohnzimmer wurde lebhaft parliert. Man redete kreuz und quer und hin und her, es wurde gelacht und getrunken, denn Benno hatte inzwischen Wein ausgeschenkt. Die Cognac-Flasche war leer.

Da sieht man, wie gut die ohne mich zurechtkommen, dachte Ellen und nahm ihren Platz neben Kirsten wieder ein. „Kann ich auch einen Schluck Rotwein haben?" fragte sie Benno.

„Aber sicher, Schatz. Kannst du gut gebrauchen. Du bist ganz blaß. Kommt vom Rauchen." Er reichte ihr ein volles Glas, aus dem sie sofort trank.

„Du rauchst wieder?" fragte Helene Vollmer streng.

„Ja, Mutti. Willst du es mir verbieten?"

„Am liebsten ja. Nur würdest du dich sowieso nicht daran halten. Sie war die einzige von meinen Töchtern, die schon in jungen Jahren mit dieser lästigen und ungesunden Unsitte angefangen hat", erklärte sie der Allgemeinheit.

Und die allen Grund dazu hatte, dachte Ellen. Wenigstens konnte ich dadurch in unserer Familie auffallen, wenn auch unangenehm. Tessi und Walli hatten das nicht nötig, denen wurde genug Aufmerksamkeit geschenkt.

„Ja, du hattest es schwer mit mir, Mutti." Ellen lachte.

„Kann man wohl sagen. Dein Vater und ich waren oft völlig ratlos in Anbetracht deiner Renitenz."

„Ich denke, ich werde mal ein bißchen den Tisch abdecken," schaltete sich Benno ein.

„Das hätte gerade noch gefehlt." Ellen sprang auf. „An deinem Geburtstag hast du absolutes Küchenverbot."

„Kannst du ihm doch nicht antun", grunzte der alte Peters. „Wenn der nicht die Minna machen darf, fühlt er sich nicht wohl."

„Und du fühlst dich nicht wohl ohne deine Gehässigkeiten, Papa. Solltest nicht soviel trinken."

„Aha, meine Schwiegertochter zählt mir wieder die Schnäpse in den Hals. Es ist schon toll, wie du für gute Stimmung sorgen kannst. Als du eben unten warst, hat hier niemand rumgemeckert."

„Wer hat denn angefangen mit der Meckerei? Dein ganzes Leben lang hast du an Benno herumkritisiert, bloß weil er nicht so ein Macho war wie du."

„Aufgepaßt, liebe Leute, hier spricht die emanzipierte Frau!" höhnte der Alte.

„Da kann ich nur lachen", sagte Helene Vollmer verächtlich. „Die und emanzipiert. Wie die ihren Vater umgarnt hat mit allen Spielarten der Koketterie, das war schon große Klasse. Fehlte nur noch, daß sie ihn zum Inzest verführt hätte."

„Man mußte eben um Vati kämpfen, so unzugänglich wie er war."

„Und warum haben das Walli und Tessi nicht getan?"

Weil sie es nicht nötig hatten, verdammt nochmal, dachte Ellen. Weil meine Schwestern immer ein offenes Ohr bei ihm fanden. „Die waren eben souveräner als ich. Litten nicht unter einem Aschenputtelkomplex."

„Was soll das denn nun heißen?" Helene Vollmer schüttelte pikiert den Kopf.

„Ach, hören wir damit auf, Mutti. Ich merke schon, ich bin heute nicht gesellschaftsfähig. Deshalb mache ich jetzt die Minna und überlasse euch eurer fröhlichen Feier." Sie lief zum Tisch und stellte

Geschirr zusammen. Als Lutz ihr helfen wollte, schickte sie ihn mit einer heftigen Kopfbewegung weg. Als Kirsten ihr zur Hand gehen wollte, wurde die ebenfalls abgewiesen.

Das Schweigen in der Runde dauerte an, bis sie sich in die Küche zurückgezogen hatte, dann wurde es wieder lebhaft. Ich strahle im Moment etwas aus, das die Menschen provoziert. Ich finde nur falsche Worte, wecke Aggressionen oder abwegige Gelüste wie bei Wladimir. Was ist mit mir passiert? Ich verhalte mich doch nicht anders als sonst auch.

Sie räumte die Spülmaschine ein, stellte den Herd an, um Brot aufzubacken, und stellte Geschirr für das Abendessen bereit. Sie zündete sich eine Zigarette an, setzte sich auf den Küchenstuhl und schaute aus dem Fenster. Sie wünschte sich mehr Betrieb auf der wochenendöden Straße, mehr Leben, mehr Ablenkung.

Sie spürte eine Hand auf ihrer Schulter und fuhr erschrocken herum. „Freddy, was soll das? Wieso schleichst du dich hier an wie ein Indianer?"

„Wollte nur mal sehen, wie's dir geht. Mußt ja im Moment ganz schön was einstecken. Kirsten hat mir gerade erzählt, was dir mit Wladimir passiert ist. Das ist ja wohl der Hammer."

Verdammtes Klatschmaul, dachte Ellen wütend. „War eigentlich nicht für deine Ohren bestimmt."

„Weiß ich. Aber du kennst Kirsten. Sie vertraut mir nun mal, auch wenn dir das nicht recht ist."

„Du hast schon wieder zu viel getrunken."

„Benno schenkt fröhlich ein. Soll ich ihn kränken und ablehnen?"

„Klar, schuld sind nur die anderen."

„Wie auch immer, ich wollte dir bloß sagen, daß du jederzeit auf mich zählen kannst. Wenn ich dich so anschaue, muß ich zugeben, daß ich Wladimir verstehen kann. Halt die Ohren steif." Er küßte sie auf die Stirn und zog sich schnell zurück.

Sie stand auf und schüttelte sich. Sie drückte die Zigarette aus und wusch sich die Hände, obwohl sie Freddy gar nicht berührt hatte. Zeit, die Aufschnittplatten aus dem Keller zu holen, dachte sie.

Sie schob mehrere Weißbrote in den heißen Herd und wandte sich zur Tür, als Susi herein huschte, wie üblich auf Socken. „Kann ich helfen?" fragte sie mit einem unwiderstehlichen Lächeln.

„Das ist sehr lieb, Susi, aber ich komme schon zurecht."

„Sie haben mir so leid getan wegen der beiden alten Herrschaften. Die sind ja nun wirklich nicht pflegeleicht."

„Da haben Sie recht. Aber es war ja auch mein Fehler. Ich hätte mich auf diese Gespräche nicht einlassen sollen."

„Kann man nicht immer kontrollieren. Plötzlich steckt man mitten drin im Streit. Ich kenne das nur zu gut. Mit Frank geht mir das auch oft so."

„Mit Frank? Ich dachte, ihr seid ein Herz und eine Seele."

„Ach, das täuscht. Ich mag ihn wirklich sehr gern. Doch letztlich läßt er mich nicht an sich heran."

„Aber ihr schlaft doch miteinander?"

Susi wurde rot. „Ja, das auch. Gehört ja irgendwie dazu. Aber das meine ich nicht. Er hält immer mit etwas hinterm Berg. Er sagt zwar, daß er mich liebt, aber das klingt bei ihm wie eine unverbindliche Floskel. Ich weiß bis heute nicht, was er wirklich für ein Mensch ist. Und das ist irgendwie unheimlich." Susi hatte Tränen in den Augen.

Ellen nahm das Mädchen in den Arm. „Ach, Susi, das hört sich gar nicht gut an. Nur leider kann ich Ihnen da wenig helfen, ich habe selber große Schwierigkeiten mit Frank. Vor mir verschließt er sich total. Und ich frage mich immer, was in Franks Entwicklung falsch gelaufen ist. Bestimmt liegt es an mir, denn sein Vater kommt ja gut mit ihm zurecht."

„Ich glaube, das täuscht. Frank akzeptiert seinen Vater, weil er ihn nicht ernst nimmt. Er macht sich oft lustig über ihn."

„Über mich auch?"

„Nie. Wenn ich mit ihm über Sie reden will, blockt er sofort ab und wird todernst."

„Todernst. Wenigstens das." Ellen lachte. „Ach, wissen Sie, Kindchen, vielleicht sehen wir beide einfach zu schwarz in Bezug auf Frank. Junge Männer erscheinen oft viel komplexer, als sie in

Wirklichkeit sind. Sie geben sich als Buch mit sieben Siegeln, um zu verbergen, daß sie im Grunde außer schlechter Laune nichts zu bieten haben. Sind Sie so lieb, mir beim Aufdecken zu helfen? Sie können schon mal das Geschirr rein tragen und verteilen, während ich mich um die Aufschnittplatten kümmere."

„Gerne. Aber Sie müssen nicht glauben, daß ich Ihnen das abnehme mit der schlechten Laune. Bei Frank steckt mehr dahinter."

„Vertrauen Sie der Lebenserfahrung einer alten Strategin in Sachen Jugendpsychologie. Oder lassen Sie es bleiben, wenn Ihnen das besser in den Kram paßt. Wir müssen mit den Schrullen unserer Partner leben, auch wenn's schwer fällt. Also, auf in den Kampf!" Ellen drückte Susi einen Stapel Teller in die Hände.

„Schade, daß Sie jetzt alles so wegwischen. Ich wäre wirklich dankbar für ein wenig Beistand."

„Susi, heute ist nicht mein Tag. Entschuldigen Sie. Ich mag Sie sehr, und ich freue mich aufrichtig, daß Frank eine so nette Freundin gefunden hat. Lassen Sie nicht locker bei ihm. Wenn irgendjemand es schafft, ihn zu knacken, dann Sie."

„Wenn ich mir nur sicher wäre. Können Sie sich vorstellen, daß ein Kind ihn weicher machen würde?"

„Ein Kind?" Ellen nahm ihr die Teller wieder aus den Händen und stellte sie auf den Tisch. „Wollen Sie damit andeuten, daß Sie schwanger sind?"

Susi nickte.

„Ach, du lieber Gott. Weiß Frank davon?"

Susi schüttelte den Kopf.

„Oder sonst irgendjemand?"

Susi schüttelte den Kopf.

„Gut. Das sollte auch so bleiben. Ich bin froh, daß Sie sich mir anvertraut haben. Sie müssen sich um nichts kümmern. Ich organisiere alles und komme auch für die Kosten auf."

„Sie meinen …" Susi schlug die Hände vors Gesicht.

„Ja, Kind, ich meine. Was haben Sie für Vorstellungen? Wollen Sie die Schule aufgeben und sich Ihre Zukunft verbauen?"

„Das Kind käme erst nach dem Abi."

„Gut. Und was dann? Wer soll das Kind großziehen? Wollen Sie mit dem Kinderwagen in die Uni? Und Frank? Glauben Sie, dieser unreife Bengel könnte schon Vaterpflichten übernehmen?"

„Vielleicht würde ihm das gut tun. Vielleicht braucht er einfach Pflichten, um aus seinem Schneckenhaus herauszukommen."

„Nein, Susi, da wird kein Schuh draus. Dazu würde ich nie meine Zustimmung geben. Ich weiß nicht, was aus Frank mal wird, aber ich muß um jeden Preis verhindern, daß ihm durch eine viel zu frühe Vaterschaft ein so gewaltiger Klotz ans Bein gehängt wird. Wollen Sie selbst denn ernsthaft dieses Kind?"

„Wenn Frank ..."

„Bauen Sie nicht auf Frank!" unterbrach sie Ellen. „Dieser Kindskopf wäre mit einer solchen Entscheidung völlig überfordert. Was haben Sie davon, wenn er jetzt ja sagt und Sie in ein paar Jahren mit dem Kind sitzen läßt?"

„Aber ich liebe ihn."

„Tja, Pech für Sie. Es tut mir leid, daß mein Sohn Sie in diese unerfreuliche Lage gebracht hat ..."

„Nein, nein", begehrte Susi auf. „Wir haben uns gemeinsam in diese Lage gebracht, und müssen das Problem auch gemeinsam lösen."

„Susi, ich flehe Sie an, tun Sie nichts Unüberlegtes. Schlafen Sie ein paar Nächte darüber und lassen Sie uns dann weiter reden. Und bis dahin zu niemandem ein Wort. Versprechen Sie mir das?"

„Ich weiß nicht. Mir ist nicht wohl dabei, wenn ich Frank hintergehe."

„Aber das tun Sie doch nicht, mein Kind. Sie bewahren ihn nur davor, einen schweren Fehler zu machen. Wenn Sie ihn wirklich lieben, verschonen Sie ihn mit dieser Sache, und wir Frauen regeln das unter uns. Kann ich mich auf Sie verlassen, werden Sie schweigen?"

„Wenn Sie unbedingt wollen. Aber richtig finde ich es nicht."

„Vertrauen Sie mir. Und Kopf hoch, Kindchen. So ein Abbruch ist heutzutage eine Kleinigkeit. Einen Zahn gezogen zu bekommen, ist schlimmer. Und jetzt an die Arbeit. Wir wollen ja unsere Gäste nicht verhungern lassen." Sie umarmte das verschüchterte Mädchen und streichelte sein duftendes Haar. Für einen Moment beneidete sie das unglückliche Wesen, weil dessen Not einen so konkreten und lösbaren Anlaß hatte.

Sie deckten gemeinsam den Tisch, und Ellen fühlte sich diesem Menschen sehr nahe, weil sie ein Geheimnis verband, von dem sonst niemand wußte. Eine Tochter zu haben, hätte ihr womöglich viel im Leben erspart. Und eine Enkeltochter? Diesen Gedanken verwarf sie sofort und atmete befreit auf, als das fremde Mädchen sich wieder zu dem fremden Jungen auf den Boden setzte.

Als sie in die Küche zurückkehrte, empfing sie dicker Qualm. „O mein Gott, das Brot!" Sie riß den Backofen auf und sah durch noch mehr Qualm nur verbrannte, ungenießbare Klumpen.

„Du lieber Himmel!" Benno stürzte herein. „Was ist denn hier los?"

„Das Brot!" stammelte sie. „Ich hab es vergessen. Stell dir vor, ich habe es schlicht vergessen."

„Gibt Schlimmeres", beruhigte Benno sie und öffnete das Fenster weit.

„Nein, nein, Benno, so etwas darf einfach nicht passieren. Und schon gar nicht an deinem Geburtstag. Benno, was geht nur mit mir vor?" Sie klammerte sich an ihn.

„Bist etwas mit den Nerven runter, Schatz. Wird schon wieder." Er klopfte ihr auf den Rücken.

„Nein, Benno, das wird nicht wieder. Ich hab Angst, den Verstand zu verlieren. Schick die Leute alle nach Hause und laß uns ins Bett gehen."

Benno lachte. „Wie stellst du dir das vor? Wir haben jetzt zwar kein Brot, aber die Party muß weitergehen."

„Du sagst es!" schrie sie. „Wir haben kein Brot, und es ist meine Schuld! Ich hab es vergessen, eben mal so vergessen, als wäre es nicht wichtig, daß Brot da ist. Ich kann mir das nicht erklären,

Schatz. Wie kann man so versagen? Wie kann man sich derart blamieren?!" Sie schüttelte ihn.

Er machte sich frei. „Das ist doch kein Beinbruch, Ellen. Ich fahre eben zum Bahnhof und kaufe frisches Brot, und währenddessen legst du dich ein Viertelstündchen hin und erholst dich. Einverstanden?"

„Wenn du das für eine Lösung hältst, bitte. Ich finde, ich muß mich bei allen entschuldigen. Laß ich doch einfach das Brot verbrennen, verdammt nochmal!"

„Ellen, jetzt übertreibst du."

„Sag das nicht, Benno!" schrie sie. „Sag genau das nicht!"

„Willst du, daß die Leute auf der Straße mithören?" Er zeigte auf das offene Fenster.

„Das ist mir scheißegal! Wie kannst du meine Verzweiflung so lieblos abtun?! Ich übertreibe nicht, Benno!"

„Aber es geht doch nur um ein bißchen Brot, mein Gott."

„Eben, um ein bißchen Brot! Und das ist eine Katastrophe! Wie stehe ich denn jetzt da? Hast du dich das mal gefragt? Nein, natürlich nicht. Du fährst zum Bahnhof, und damit ist alles im Lot. Okay, verzieh dich. Hol dein Brot, bring die Welt wieder in Ordnung, in deine kleinkarierte Spießerordnung."

„Ellen, du weißt nicht, was du redest."

„Da hast du recht. Mein Kopf galoppiert mir davon. Also mach, was du für richtig hältst, und ich sage zu allem ja und amen. Ich gehe jetzt in mein Zimmer, rauche eine nach der anderen und vergifte mich mit Nikotin." Sie wankte aus der Küche.

Sie rauchte nicht. Sie warf sich aufs Bett, das noch nach Kirstens Parfum roch, und weinte in das Stofftier von Lutz. Zum erstenmal seit vielen Jahren konnte sie wieder Tränen vergießen und war glücklich darüber.

Als sie Benno zurückkommen hörte, wartete sie noch eine Weile, bis sie sicher sein konnte, daß man sich am Tisch versammelt und mit dem Abendessen begonnen hatte. Sie murmelte ein Entschuldigung, als sie sich auf den einzigen freien Platz zwischen Benno und seinem betrunkenen Vater setzte.

„Geht's dir wieder besser?" lallte der Alte, der jetzt einen Alkoholpegel erreicht hatte, der ihn milde stimmte.

„Danke, Papa. Nur ein kleiner Schwächeanfall. Ich hatte in der letzten Zeit ein bißchen viel Stress", sagte sie so laut, daß alle anderen es ebenfalls hören mußten. Sie schaute in die Runde, aber niemand reagierte, alle waren intensiv damit beschäftigt, sich Nahrhaftes einzuverleiben. Wie Schweine am Trog, dachte sie, nicht wie kultivierte Menschen, die die Nahrungsaufnahme als geistreiches Ritual gestalteten und den trivialen Vorgang hinter witziger Konversation verbargen. Sie suchte den Blick von Susi, die merkwürdig klein und kümmerlich wirkte. Doch das Mädchen war ganz auf ihren Teller konzentriert, den zu leeren ihr offensichtlich sehr schwer fiel. Auch Frank starrte unerreichbar vor sich hin. Lutz hingegen schien ihren Blick gespürt zu haben, hob sein Weinglas und prostete ihr zu. „Gute Besserung, Mütterchen!" rief er quer über den Tisch. Das ermunterte Kirsten, ihr ein Lächeln zu schenken, während Freddy nur nach der Weinflasche Ausschau hielt. Gunther und Sonja waren besonders heftige Esser, deren Augen ständig über die Tafel hin und her flitzten auf der Jagd nach fetter Beute. Nur Helene Vollmar bewahrte Haltung. Sie saß kerzengerade und kam der zum Munde geführten Gabel auch nicht einen Zentimeter entgegen. Dabei schaute sie mit leerem Blick ins Weite.

Ellen legte Benno die Hand auf den Arm. „Ich danke dir", flüsterte sie.

„Wofür?" fragte er leise.

„Daß du es mir nicht übel nimmst, wenn ich dir deinen Geburtstag versaue. Das Brot sieht gut aus."

„Willst du es nicht mal probieren? Du mußt jedenfalls was essen."

„Unmöglich. Aber vielleicht sollte ich was trinken." Sie griff nach einer Weißweinflasche, gerade als Freddy den Arm danach ausstreckte. Ein kleiner Triumph, seine Enttäuschung zu sehen, als er für den Moment verzichten mußte.

Sie schenkte sich ein und stellte die Flasche neben sich.

„Ich auch." Der alte Peters hielt ihr sein Glas hin, in dem sich noch ein Rest Rotwein befand.

„Aber das ist Weißwein."

„Macht nichts." Er leerte sein Glas. „Gut so, mein Engel?"

Ellen lachte. „Dein Engel?" Sie goß ihm Weißwein ins Glas.

„Gewiß doch. Sagen ja alle, daß du ein Engel bist. Die wandelnde Herzensgüte."

„Ob da wohl jemand ein bißchen zu viel getrunken hat?" Sie sprach zu ihm wie zu einem Kind.

„Die wandelnde Herzensgüte. Dabei bleib ich. Was sagt denn die Mutter dazu? Ist sie nicht die wandelnde Herzensgüte?" wandte er sich an Helene Vollmer.

„Ach, das ist ein weites Feld." Die Verachtung war nicht zu übersehen bei der Angesprochenen.

„Die Vollmerschen Frauen sind einfach eine Sonderklasse. Schön sind sie sowieso alle, aber dazu noch dieses edle Gemüt. Edles Gemüt klingt gut, oder? Vor allem aus dem Mund von einem Werftarbeiter. Hab ich irgendwo mal gelesen. Edles Gemüt und Herzensgüte."

„Papa, ich glaube, wir sollten allmählich an Aufbruch denken", schaltete sich Benno ein. „Ich bringe dich auch nach Hause."

„Bemüh dich nicht, mein Sohn. Ich werde wie immer mit der Bahn fahren. Aber jetzt ist es zu früh. Ehrlich gesagt, möchte ich noch ein bißchen Wein trinken. Halb besoffen ist weggeworfenes Geld. Du kennst ja meine Art: wenn schon, denn schon. Prost, liebe Gemeinde, ich trinke auf all die schönen Frauen hier am Tisch!" Er hob sein Glas und leerte es in einem Zug. „Ist was, Helene? Täusche ich mich oder sehe ich Mißbilligung in deinen edlen Zügen?"

Helene verzog keine Miene. Sie legte das Besteck auf den Teller und faltete ihre Serviette zusammen. Sie wandte sich an Benno. „Vielen Dank für die Einladung, lieber Benno. Es war sehr schön bei euch, aber jetzt ist meine Zeit gekommen. Du weißt ja, ich gehe immer mit den Hühnern ins Bett. Würdest du mir bitte ein Taxi rufen."

„Aber nicht doch, Mutti. Du wolltest dir ja noch die Fotos von unserer Irlandreise anschauen. Und sicher wird uns Frank dazu ein wenig irische Folklore bieten auf seiner Gitarre. Hab ich mir nämlich extra zum Geburtstag gewünscht."

„Siehste, so ist das!" polterte der alte Peters los. „Helene soll unbedingt bleiben, und ich werde vor die Tür gesetzt. Aber so läuft das nicht, mein Sohn. Ich will auch Fotos sehen und Musik hören. Frank, sag ehrlich, willst du mich dabei haben oder nicht?"

Frank schreckte hoch, als hätte er geschlafen. „Bitte? Was ist, Opa?"

„Ob du mich dabei haben willst, wenn du Gitarre spielst?"

„Ich spiele Gitarre? Seit wann das denn?" fragte Frank irritiert.

„Wir hatten doch darüber gesprochen, Frank. Wenn wir die Fotos anschauen, solltest du ein bißchen irische Folklore dazu bieten." Benno schaute ihn bettelnd an.

„Was? Das hab ich versprochen? Ich kann gar keine irischen Lieder. Soll ich den ganzen Abend ‚Letzte Rose' klimpern?"

„Mein Gott, ist das eine Familie", konnte Ellen sich nicht verkneifen.

„Also, ich möchte jetzt ein Taxi haben, Benno." Helene Vollmer erhob sich. „Vielleicht ist Lutz so nett und hilft mir in den Mantel."

„Selbstverständlich, Oma. Aber das Taxi braucht bestimmt zehn Minuten." Auch Lutz stand auf, zückte sein Handy, wählte den Taxiruf und bestellte einen Wagen.

„Ich geh schon nach draußen. Ich krieg hier keine Luft mehr. Guten Abend allerseits." Helene Vollmer verließ das Zimmer hoch erhobenen Hauptes. Benno und Lutz folgten ihr.

Ellen fragte sich, ob sie an der Verabschiedung der alten Dame teilnehmen sollte, wurde aber sofort abgelenkt von ihrem Schwiegervater, der ihr die Hand auf den Arm legte und sich dabei an ihre Schulter lehnte. „Hast es sicher nicht leicht gehabt als Kind bei so einer Kratzbürste. Armes Mädchen. Konnte mich nie leiden, deine

Mutter. In ihren Augen hast du dich weggeworfen an Benno und seine ordinäre Familie. Und ein bißchen hast du wohl selbst das Gefühl. Ich bin zwar besoffen, aber ich merke alles. Sogar deutlicher, als wenn ich nüchtern bin. Ihr ladet mich nur noch ein, damit der gute Schein gewahrt bleibt, aber eigentlich wünscht ihr mich zur Hölle. Und da werde ich auch bald landen. Die Ärzte haben mich schon abgeschrieben. Schrumpfleber, Zucker und Angina pectoris – was will man mehr?" Sein Druck auf ihren Arm verstärkte sich. Er klammerte sich an sie.

„Ach, Papa, du siehst zu schwarz. Die ganzen Leiden bildest du dir nur ein. Bisher hast du noch nie davon gesprochen."

„Hat ja auch niemand danach gefragt. Ist aber alles Tatsache. Die letzte Untersuchung war eine Katastrophe."

„Aber warum, um Gottes Willen, trinkst du dann so viel?"

„Ja, gerade deswegen. Wenn schon, denn schon, sag ich immer. Wenn schon sterben, dann wenigstens im Suff."

Benno und Lutz kamen zurück. Lutz rief: „Hat jemand Lust auf eine Runde Doppelkopf?"

Gunther Hillebrecht, Kirsten und Freddy erklärten sich bereit. Benno räumte eine Tischecke frei, und die vier setzten sich.

Ellen half Benno beim Abdecken, während sich Susi und Frank auf sein Zimmer zurückzogen. Hoffentlich hält sie Wort, dachte Ellen und beneidete Sonja Hillebrecht, die sich in einen Sessel gesetzt hatte und sofort eingeschlafen war. Der alte Peters weigerte sich, vom Tisch aufzustehen, vermutlich weil er seiner Standfestigkeit nicht mehr traute.

Ellen und Benno verstauten die Essensreste im Kühlschrank oder legten sie in die Gefriertruhe. Das Geschirr packten sie in die Spülmaschine. Ellen bewunderte einmal mehr die Fingerfertigkeit von Benno. Die Geschwindigkeit, mit der er Ordnung schaffte, war verblüffend.

„Weißt du, daß dein Vater schwer krank ist?" fragte sie.

„Was heißt schwer krank? So wie ich informiert bin, hat er Herzprobleme und ein bißchen Alterszucker. Aber er nimmt Medikamente."

„Was nützen die, wenn er sich mit Alkohol systematisch zerstört. Er sagt, die Ärzte hätten ihn schon abgeschrieben und nun wolle er sich zu Tode saufen."

„Er übertreibt mal wieder. Hat zu viel getrunken und faselt dummes Zeug."

„Wenn du es dir nur immer schön leicht machen kannst. Wenn jemand auf Probleme hinweist, beschwichtigst du jedesmal mit dem Argument, daß man übertreibe. Schau dir den Alten doch an! Er ist ein Wrack! Verludert und verloddert wie ein Penner. Der Mann gehört unter Aufsicht. Wir müssen so schnell wie möglich einen Heimplatz für ihn suchen."

Benno seufzte. „Ach, Ellen ..."

„Sag jetzt nicht, daß ich übertreibe!" unterbrach sie ihn. „Er ist dein Vater, und du hast verdammt nochmal die Pflicht, dich um ihn zu kümmern."

„Mußt du Menschen immer so unter Druck setzen?! Ich weiß ja, daß er zunehmend ein Problem wird ..."

„Nicht zunehmend, sondern hier und jetzt ist er ein Problem. Ich will so einen haltlosen Mann nicht länger um mich haben. Ich sag dir noch einmal: schau ihn dir an. Und dann sag du mir bitte, ob du es verantworten kannst, dieses Wrack weiter allein leben zu lassen!"

„Gut, ich bringe ihn jetzt nach Hause. Und dann sehen wir weiter."

„Und dann sehen wir weiter!" echote sie voller Wut.

Als sie ins Wohnzimmer zurückkehrten, war der alte Peters verschwunden. Die vier anderen am Tisch waren völlig in ihr Kartenspiel vertieft, und die Chilenin schlief fest.

„Lutz, wo ist Opa?" fragte Ellen.

„Keine Ahnung. Ich dachte, er wäre bei euch in der Küche."

„War er nicht. Ihr müßt doch gemerkt haben, wenn er rausgegangen ist. War doch sowieso nicht mehr fest auf den Beinen."

„Vielleicht ist er im Bad." Benno verschwand.

„Kirsten, hast du was gesehen?" Ellen konnte es nicht fassen, daß ein Volltrunkener den Raum verlassen konnte, ohne daß vier Anwesende Notiz davon nahmen. Kirsten schüttelte den Kopf. Freddy lachte. „Schläft sicher irgendwo seinen Rausch aus."

„Danke für den Tip. Mit so was kennst du dich ja aus." Ellen schaute unter den Tisch und entdeckte einen Schuh des Alten. Plötzlich war ihr klar, wie er sich davon gemacht hatte: auf allen Vieren. Vermutlich war er vom Stuhl gerutscht und dann aus dem Zimmer gekrochen.

Sie lief in die Diele und rief nach Benno, der inzwischen das ganze Haus absuchte. Sie öffnete die Eingangstür, die zu ihrer Überraschung nur angelehnt war, und sah den zweiten Schuh im Vorgarten.

„Da!" rief sie und zeigte Benno, der atemlos neben ihr auftauchte, den Fund. „Er ist auf Strumpfsocken los, vermutlich auf allen Vieren."

Sie rannten auf die Straße und sahen den alten Mann an einen Laternenpfahl gelehnt auf dem Bürgersteig sitzen.

„Ich will zur Straßenbahn", lallte er, als sie ihm hoch halfen. „Ihr wollt mich ja nicht mehr haben."

Sie schleppten ihn zurück ins Haus und brachten ihn ins Gästezimmer. Als sie ihn aufs Bett legten, bemerkten sie, daß er sich eingenäßt hatte. Benno holte frische Wäsche und eine Hose, während sie den alten Mann entkleidete. Er wehrte sich schwach und flüsterte: „Du sollst mich nicht anfassen. Du hast den bösen Blick."

Der Anblick, der sich ihr bot, war erschreckend. Die Wäsche war völlig verdreckt, der Bauch bedeckt mit Pusteln und Schorf. „Bedarf es noch eines weiteren Beweises, daß hier sofort gehandelt werden muß?" fragte sie Benno, als der zurück kam und wie erstarrt am Bett stehen blieb.

V

Ihr erster Gedanke galt Susi, als sie gegen fünf Uhr wach wurde. Hoffentlich hat sie den Zettel gefunden, den ich ihr in die Jackentasche gesteckt habe, dachte sie. Da sie Susi zu Hause nicht anrufen wollte und ihre Handy-Nummer nicht kannte, bat sie sie um einen Anruf gegen zwei Uhr mittags im Büro.

Erst danach stürmten die Erinnerungen an den Zusammenbruch des alten Peters auf sie ein. Ekel mischte sich mit Wut über soviel Haltlosigkeit. Für Mitleid blieb da wenig Raum. Wenn junge Menschen entgleisten, konnte man noch an Überlebenswillen und Zukunftshoffnungen appellieren, aber bei derart verkommenen Alten mußte man einfach passen. Sie hatte nie nachvollziehen können, daß sich Menschen freiwillig der Altenpflege widmeten. Tagtäglich mit allgegenwärtigem Verfall umzugehen, schien ihr das Trostloseste, das sich denken ließ. Sie konnte sich nur engagieren, wenn sich irgendeine positive Perspektive auftat, und wenn es auch nur eine hauchdünne Chance für Besserung gab. Schwierigkeiten konnte man aus dem Weg räumen, aber unappetitliches Sterben konnte man nur resigniert begleiten. Und Resignation hatte sie sich nie gestattet.

Deshalb mußte etwas geschehen. Die Sache mit Susi würde sie gleich heute vormittag in Angriff nehmen, damit sie dem Mädchen möglichst schnell aus der Klemme helfen konnte. Doch das Problem mit dem Alten war nicht so einfach aus der Welt zu schaffen. Peters würde sich mit Händen und Füßen gegen einen Umzug ins Heim wehren, und Unterstützung von Benno durfte sie nicht erwarten.

Kommt Zeit, kommt Rat, versuchte sie sich zu beruhigen und noch ein wenig Schlaf zu finden. Sie lauschte auf die regelmäßigen Atemzüge von Benno, der wie immer den Schlaf des Gerechten schlief. Nie hatte er Schwierigkeiten mit der Nachtruhe, hatte in seinem Leben noch keine Schlaftablette genommen. Sie seufzte. Ja ja, der Schlaf des Gerechten.

So sehr sie sich auch bemühte, ihre Gedanken zu bändigen, das Bild des alten Mannes, der mit entblößtem Unterleib auf dem Gästebett lag, wollte ihr nicht aus dem Kopf. Benno hatte ihn flüchtig gewaschen und ihm einen Slip von sich übergestreift. Danach hatten sie ihn mit vereinten Kräften auch von Pullover und Hemd befreit und in einen frischen Schlafanzug gesteckt. Sie hatte noch immer den strengen Körpergeruch, gemischt mit Alkoholdunst, in der Nase.

Jetzt schlief er nebenan dem nächsten Rausch und einem trostlosen Ende entgegen. Lieber Gott, schenke mir ein würdiges Alter, betete sie.

Gegen sechs stand sie leise auf und ging ins Bad. Sie duschte ausführlich und wusch sich die Haare. Sie lackierte Finger- und Fußnägel neu und betrachtete sich lange im Spiegel. Ja, sie war noch vorhanden. Sie konnte noch schauen, riechen und schmecken, und das Blut floß wie immer wärmend unter der Haut dahin.

In der Küche stank es noch nach verbranntem Brot, was ihr einen Stich versetzte und das gerade im Bad erworbene innere Gleichgewicht wieder ein wenig ins Wanken brachte. Sie deckte für vier Personen und stellte die Kaffeemaschine an. Der Kaffeeduft siegte über die Ausdünstungen des Backofens. Brot war noch genug vorhanden, so daß sie nicht zum Bäcker fahren mußte.

Benno erschien als erster, küßte sie auf die Stirn, fragte: „Gut geschlafen?" und verschwand im Bad, ohne eine Antwort abzuwarten.

Frank tauchte als nächster auf, knurrte: „Moin. Papa im Bad?"

„Ja, geh ins Gästebad."

„Und Opa?"

„Hat sich noch nicht gerührt."

„Okay." Er verdrückte sich.

Völlig unerwartet stand gleich darauf der alte Peters in der Tür, komplett angezogen, die struppigen Haare notdürftig geordnet. „Guten Morgen, Ellen", sagte er höflich. „Kannst du mir sagen, wo meine Hosen geblieben sind?"

„In der Wäsche, Papa. Die hatten's bitter nötig."

„So so. Dann sind das wohl Sachen von Benno?" Er zeigte an sich herunter.

„Ja. Und bevor du frühstückst, solltest du erst mal ein heißes Bad nehmen. Benno muß jeden Moment fertig sein."

„Später gern. Aber jetzt brauch ich erst mal einen Kaffee. Bist du so lieb?" Er setzte sich an den Tisch und hielt ihr die Tasse ohne Untertasse hin. Sie schenkte ein.

„Ich finde es nett, daß ihr mich für die Nacht zum Bleiben eingeladen habt. Ist wohl spät geworden gestern abend." Er trank schlürfend.

„Spät war's noch nicht, und eingeladen haben wir dich auch nicht. Du hattest so viel getrunken, daß du nicht mehr transportfähig warst."

„So so." Er grinste. „Ich sag immer: wenn schon, denn schon. Benno hat ja auch dauernd nachgeschenkt. Ein großzügiger Gastgeber, mein Herr Sohn."

„Papa, wir müssen mal ein ernstes Wort reden."

„Klar. Du liebst ja ernste Worte. Später, wenn ich gebadet habe, können wir alles besprechen. Der Kaffee ist prima. Es ist nett bei euch."

„Papa, erinnerst du dich überhaupt an gestern abend?"

„Selbstverständlich. Wir haben gegessen, und ein paar Leute haben Doppelkopf gespielt."

„Und dann?"

„Bin ich wohl ins Bett gegangen."

„Nein, du bist auf allen Vieren nach draußen gekrochen. Wir mußten dich auf der Straße auflesen."

„So so. Ja, jetzt wo du's sagst, fällt es mir wieder ein. Ich wollte ein bißchen frische Luft schnappen. Im Sommer auf der Parzelle gehe ich jeden Abend noch einmal durch den Garten. Wußtest du schon, daß die Pflanzen abends besonders intensiv duften?"

„Papa, du erinnerst dich an gar nichts mehr, weil du sinnlos betrunken warst."

„So so. Wie du meinst. Dann soll ich jetzt wohl um Entschuldigung bitten."

„Nein, du sollst mir nur versprechen, daß wir gemeinsam überlegen, wie wir eine Lösung für dich finden."

„Was für eine Lösung? Ist ja alles gelöst. Ich fahre jetzt gleich nach Hause, und du hast deine Ruhe."

„Papa, du kannst nicht mehr allein leben. Du brauchst Betreuung."

„Quatsch. Natürlich kann ich allein leben. Seit Lisbeth tot ist, tu ich nichts anderes. Ich gebe ja zu, daß ich gern mal einen über den Durst trinke, aber was ist dabei? Bisher hat sich noch niemand darüber beschwert."

„Und was ist mit deiner Gesundheit?"

„Alles bestens wie immer."

„Gestern hast du gesagt, die Ärzte hätten dich aufgegeben."

„So so. Ja, was man so alles quatscht, wenn der Tag lang ist. Nee, mach dir keine Sorgen. Das mit dem Zucker und dem Herz hab ich prima im Griff."

„Nimmst du denn regelmäßig deine Medikamente?"

„Was denkst du wohl? Nee, mein Deern, du redest mich nicht krank."

„Hast du deine Tabletten dabei?"

„Ja, wie denn, wenn ihr mich hier einfach festhaltet. Gleich zu Hause schluck ich brav, was nötig ist. Darf ich jetzt mal ein Brot essen?"

„Selbstverständlich. Bedien dich." Sie reichte ihm den Brotkorb.

Er griff zu und berührte nicht nur die Scheibe, die er heraus zog. Ellen wandte sich ab.

Benno setzte sich neben sie und duftete nach Aftershave. „Guten Morgen, Papa. Hast du gut geschlafen?"

„Klar. Wenn man so nett aufgenommen wird, soll man wohl gut schlafen. Und du, mein Sohn?"

„Auch. Danke. Apropos nett aufnehmen, Papa. Du warst gestern abend gar nicht gut drauf. Wir haben uns wirklich Sorgen gemacht."

„Hab schon gehört. Tut mir leid."

„Wie wäre es, wenn du erst mal einige Zeit bei uns bleiben würdest. Im Gästezimmer ist ja Platz genug, und wir könnten uns um dich kümmern, bis du wieder richtig auf die Beine kommst."

Ellen biß sich in die Hand, um nicht aufzuschreien. Wie konnte Benno so ein Angebot machen, ohne vorher mit ihr zu sprechen? Weil er genau weiß, daß ich nein sagen würde. Also die Überrumplungstour, war ihr zweiter Gedanke.

„Nee, mein Sohn, bei aller Liebe, das würde nie gut gehen. Ich muß so leben, wie ich es für richtig halte. Außerdem wäre das bestimmt nicht im Sinne von Ellen, oder?" Er schaute sie neugierig an.

„Ich finde die Idee gar nicht so schlecht. Sicher finden wir dann bald einen Heimplatz für dich."

„Na, endlich ist es raus. Ihr wollt mich abschieben ins Heim. Das steckt also dahinter."

„Davon habe ich kein Wort gesagt." Benno schüttelte den Kopf und warf Ellen einen vorwurfsvollen Blick zu, den sie genauso vorwurfsvoll erwiderte.

Frank schlurfte herein und ließ sich auf seinen Stuhl fallen. „Hier riecht's nach Stunk", murrte er, füllte sich den Teller mit Schokoflakes und schüttete Milch darüber. „Morgen, Opa. Hast du deine Gardinenpredigt wegen gestern abend schon hinter dir?"

„Die wollen mich ins Heim stecken."

„Sauber. Aber tröste dich, im Heim ist es sicher nicht so ätzend wie hier."

„Frank, ich bitte dich." Benno sprach für seine Verhältnisse ungewöhnlich streng. „Ich habe lediglich vorgeschlagen, daß dein Großvater zunächst einmal bei uns wohnt, bis sich sein körperlicher Zustand wieder gebessert hat."

„Und ich habe vorgeschlagen, daß wir uns parallel dazu nach einem Heimplatz umschauen."

„Hab ich nicht anders erwartet."

„Und was würdest du tun, wenn du an unserer Stelle wärst?"

„Bin ich aber nicht. Bis ihr mal soweit seid, hab ich ja noch ein bißchen Zeit."

„Du bist herzig!" Ellen mußte ihren Zorn bremsen, um die Situation nicht zu verschlimmern.

„Kennst mich doch. Herzigkeit ist mein Markenzeichen. Ich kann nur sagen: in ein paar Monaten wird mein Zimmer frei, dann hab ihr Platz. Man könnte auch den Keller und den Boden noch ausbauen, dann macht ihr eine Seniorenresidenz auf für jede Menge Opas. Papa kann für alle kochen, und Mama sorgt für Ordnung."

Der Alte kicherte und nickte seinem Enkel begeistert zu.

„Wie kann man nur so zynisch sein." Ellen mußte die Augen schließen, weil ihr schwindlig wurde.

Frank warf den Löffel auf den leeren Teller und sprang auf. „Ich muß los. Opa, halt die Ohren steif und laß dich nicht unterkriegen. Ich bin ganz auf deiner Seite, wenn du auf deine Freiheit nicht verzichten willst." Er wandte sich an seine Mutter. „Hast du schon mal was von Senioren-WG's oder von betreutem Wohnen gehört, du Weltverbesserin?" Frank klopfte mit der Faust auf den Tisch und verließ die Küche.

„Der Junge hat Humor. Das hat er bestimmt von mir. WG heißt Wohngemeinschaft, oder?"

Benno nickte und kaute mißmutig an einem Marmeladenbrot.

„Und betreutes Wohnen heißt, daß jemand auf einen aufpaßt wie in der Schule, denke ich. Macht euch keine Sorgen, Kinder, das ist beides nichts für mich. Ich bin ganz zufrieden, so wie es jetzt ist. Ich hoffe nur, daß ich nicht an Krebs sterben muß wie Lisbeth, aber ansonsten ist es mir ziemlich egal. Abends einschlafen und morgens nicht mehr aufwachen, das wäre schön. Ich will jetzt nach Hause."

„Aber du hast ja noch gar nichts gegessen, Papa", protestierte Ellen.

„Hab keinen Appetit."

„Und was ist mit baden?"

„Keine Lust. Habt ihr meine Schuhe gesehen?"

„Die stehen in der Diele. Die hast du gestern verloren bei deinem Abendspaziergang."

„So so. War ja Gott sei Dank nicht so kalt. Zu Haus gehe ich auch meist auf Strumpfsocken und auf der Parzelle barfuß. Tut mir leid, Ellen, daß ich dir nicht zu Diensten sein kann. Ich weiß, du meinst es gut, aber am Ende muß ich selbst entscheiden, was für mich das Richtige ist. Vielen Dank für die Einladung, Benno. Ich gehe mal davon aus, daß wir uns zu Weihnachten wiedersehen." Er wollte aufstehen, aber Ellen war schneller und drückte ihn zurück auf den Stuhl.

„Nein, Papa, so kommst du mir nicht davon. Du hast uns hier gestern ein derart klägliches Schauspiel geliefert, daß wir nicht einfach zur Tagesordnung übergehen können. Es ist eindeutig, daß du nicht mehr allein leben kannst. Dein körperlicher und dein geistiger Verfall sind erschreckend. Wir müssen unsere Verantwortung dir gegenüber jetzt wahrnehmen, wir können nicht einfach zusehen, wie du mehr und mehr verkommst."

„Ellen, achte auf deine Wortwahl", flüsterte Benno gequält.

„Wozu? Man kann es ihm doch gar nicht deutlich genug sagen. Wenn einer sich so stur stellt, muß er sich nicht wundern, wenn man grob wird."

„Laß uns noch mal alles in Ruhe bedenken und eine Nacht darüber schlafen."

„Nein, ich will heute eine Entscheidung. Du willst dich ja wieder nur drücken, dich pflaumenweich aus der Affäre ziehen. Ich kenne meine Pappenheimer."

„Ellen, ich bitte dich, jetzt aufzuhören. Ich muß gleich los. Bringst du Papa nach Hause?"

„Ich fahre allein. Mit der setze ich mich nicht ins Auto. Die will mich ja doch nur fertig machen."

„Papa, bitte sei vernünftig. Wir wollen wirklich nur dein Bestes", flehte Benno.

„Dann laßt mich endlich in Ruhe!" schrie der Alte.

Für den Moment wurde es still in der Küche. Ellen nahm ein Ei aus dem Körbchen und klopfte es auf. Sie fing an zu löffeln, obwohl sich ihr Magen heftig dagegen sträubte, Nahrung aufzunehmen.

Benno trank seinen Kaffee aus und stellte die Tasse geräuschlos auf die Untertasse. Er seufzte und rieb sich die Nase. „Entschuldige bitte, Papa. Ich wollte nicht, daß wir im Krach auseinander gehen."

„Schon gut," knurrte der Alte. „Hau ab, und bring deinen Gören das Autofahren bei, damit die Welt noch mehr zum Himmel stinkt." Er grinste und hob die Hand.

Benno stand auf. Er wandte sich an Ellen, die die leere Eierschale in der Faust zerdrückte. „Kann ich euch jetzt allein lassen, ohne daß ihr wieder übereinander herfallt?"

„Wer weiß? Leider kann ich dir da keine Gewißheit mit auf den Weg geben. Wenn dein Vater zum Beispiel die lästige Schwiegertochter mit einem dieser Dinger erdolcht", sie zeigte auf den Messerblock neben dem Herd, „wirst du bedauern, nicht dabei gewesen zu sein."

„Deinen Humor möchte ich haben." Er wandte sich zur Tür.

„Ich meine das nicht witzig."

Achselzuckend verließ Benno Küche und Haus. Kurz darauf hörte man den Motor seines Wagens aufheulen, als wollte der Mann seinen ganzen Frust mit dem Gaspedal ausdrücken.

„Ich muß auf'e Toilette," sagte der Alte nach langer Pause.

„Gut, und dann fahren wir. Ich hab nämlich auch ein paar Termine heute morgen. Ich will dir wirklich nicht wehtun, Papa. Aber du mußt auch mal unsere Lage bedenken."

„So so, muß ich das. Na gut. Aber in dein Auto steig ich nicht."

„Jetzt geh erst mal ins Bad, und dann sehen wir weiter."

Er schlich hinaus. Sie deckte den Tisch ab und lauschte auf seine Verrichtungen. Nachdem er die Wasserspülung bedient hatte, wurde es ruhig, bis sie plötzlich die Haustür zuklappen hörte.

Sie ließ alles stehen und liegen, warf sich in ihren Anorak, griff nach der Umhängetasche, stürzte aus dem Haus und in den Wagen.

Sie sah den Alten mehr rennen als gehen in Richtung Schwachhauser Ring.

Sie stoppte neben ihm und stieß die Wagentür auf. „Papa, bitte steig ein!"

„Ich denke nicht daran. Hau endlich ab!" Er lief weiter.

„Mach hier bitte keine Szene!" Sie fuhr im Schrittempo neben ihm und drehte das Fenster herunter. „Papa, was soll ich denn Benno sagen, wenn er mich fragt, wie du nach Hause gekommen bist?"

„Nicht mein Problem."

„Doch, verdammt nochmal. Du stellst dich an wie ein störrisches Kind!" Vor einer Einfahrt fuhr sie quer auf den Bürgersteig und versperrte dem Alten den Weg. Sie sprang aus dem Wagen und packte den Alten am Arm. „Bitte bitte, lieber Papa, steig jetzt in den Wagen."

„Wenn eine schöne Frau mich so charmant bittet, kann ich nicht nein sagen. Aber kein Wort mehr über Altenheime."

„Ich schwör's. Und schnall dich bitte an."

Er summte vor sich hin, während sie den Wagen durch den dichten Verkehr lenkte. Warum immer montags so viel Betrieb war, konnte sie sich nicht erklären. Schließlich mußte man montags nicht mehr arbeiten als an anderen Wochentagen. Auf der Georg-Bitter-Straße reichte der Stau zurück bis zum ADAC. Zehn Minuten brauchte sie bis zur Suhrfeldstraße, wo der Alte in einer winzigen Souterrain-Wohnung hauste. Ellen hatte es bisher möglichst vermieden, das düstere Domizil zu betreten, sondern den Alten lieber zusammen mit Benno auf der Parzelle besucht, wo man draußen sitzen konnte.

Sie fand einen Parkplatz nicht weit von der Wohnung und stieg mit dem Alten aus. Der schaute sie mißtrauisch an. „Vielen Dank, aber ich finde den Weg alleine."

„Ich komme noch schnell mit rein und mach dir einen Kaffee."

„Nein, das tust du nicht", sagte er entschieden und wandte ihr den Rücken zu. „Bis bald", knurrte er.

„Aber, Papa, warum willst du dich nicht ein wenig von mir verwöhnen lassen?"

„Du willst nur rumschnüffeln."

„Unsinn. Nun sei nicht kindisch." Sie hakte ihn unter. „Ich kann erst beruhigt zurückfahren, wenn ich weiß, daß du gut aufgehoben bist."

„Papperlapapp. Ich bin gut aufgehoben, wenn ich dich endlich los bin." Er machte sich wütend von ihr frei.

„Also gut. Ja, ich will mir deine Wohnung ansehen. Ich will wissen, ob alles seine Ordnung hat. Und deshalb komme ich zu dir rein, ob du willst oder nicht."

„Ich will nicht. Wenn du's trotzdem tust, ist das Hausfriedensbruch. Dann rufe ich die Polizei."

Ellen lachte. „Aber Papa, ich bin deine Schwiegertochter, die Frau deines einzigen Sohnes."

„Ja, leider. Ich war immer dagegen, daß er dich heiratet. So eine Frau wie du ist nichts für meinen Benno. Hau endlich ab, oder ich schreie."

Sie begleitete ihn durch den Vorgarten eines geklinkerten Reihenhauses bis zur kleinen Seitentreppe ins Souterrain. Er zog den Schlüssel aus der Jackentasche. „Ich sag's nicht nochmal. Wenn du jetzt nicht verschwindest, schreie ich das ganze Viertel zusammen."

Sie seufzte resigniert. „Muß ja wirklich schlimm aussehen bei dir, wenn du so ein Theater machst."

„Geht dich nichts an!"

„Okay, der Klügere gibt nach."

„Hochmut kommt vor dem Fall. Lern endlich mal, andere Menschen zu respektieren. Weißt du, was ich gleich tue, wenn ich dich nicht mehr sehen muß?" Er grinste sie höhnisch an. „Ich kaufe mir eine Flasche Korn und trinke sie auf dein Wohl. Sich jemand schönsaufen, nennt man das. Wenn schon, denn schon, das ist meine Devise. Geh zum Teufel." Er wieselte die Treppe hinunter, schloß schnell auf und knallte die Tür hinter sich zu.

Jeder ist für sich selbst verantwortlich, dachte sie, als sie wieder im Auto saß. Wenn der Alte unbedingt in Krankheit und Verwahrlosung verrecken wollte, mußte er das eben tun. Außerdem war es nicht ihr Vater, der sich jeder Unterstützung widersetzte. Sie fühlte sich nicht nur vom Alten brüskiert und gedemütigt, sondern vor allem von Benno im Stich gelassen. Sollte der sich nun kümmern. Für sie war der Fall erledigt.

Während der Autofahrt wuchs ihr Zorn auf Benno ständig, so daß sie am ADAC-Haus auf dem Parkplatz eine Pause einlegen mußte, um eine Zigarette zu rauchen. Wie kam Benno überhaupt auf die Idee, diesen störrischen alten Kotzbrocken ins Haus zu holen? Und wer sollte sich da um ihn kümmern? Fremde Betreuer? Polen womöglich? Oder ging er davon aus, daß seine Ehefrau treu und brav die Altenpflegerin spielte? Er selbst würde sich doch die Finger nicht schmutzig machen. Sein Vorschlag lief nur darauf hinaus, sich selbst aus der Verantwortung zu stehlen und ihr das Problem zuzuschieben. Der Drückeberger, wie er im Buche stand. Aber diesmal würde sie nicht nachgeben, diesmal würde sie sich zur Wehr setzen bis zum bitteren Ende.

Im Büro war sie allein. Kirsten hatte schon wieder einen Termin. Das war ihr nur recht, denn so konnte sie in Ruhe mit der Frauenärztin in Vegesack sprechen, bei der sie einen Termin für Susi festmachen wollte. Sie kannte die Ärztin schon seit vielen Jahren und hatte ihr immer wieder mal Abbrüche vermittelt bei jungen Mädchen oder Frauen, die sich in einer Notsituation befanden und sich hilfesuchend an Ellen gewandt hatten. Die Ärztin, die sich auch in der Frauenbewegung engagierte, war absolut zuverlässig und medizinisch kompetent. Es hatte bisher noch nie Probleme mit ihr gegeben.

Da bei dem Bürotelefon die Nummern gespeichert wurden, benutzte sie ihr Handy. Sie mußte eine Weile warten, bis sie durchgestellt wurde. „Hallo, Vera, hier ist Ellen Peters. Wie geht's?" Sie plauderten eine Weile über ihre Familien, wobei Ellen eine Idylle beschrieb, die mit der Wirklichkeit nichts zu tun hatte. Schließlich kam sie zur Sache. „Ich habe da wieder mal einen Fall für dich. Eine

Schülerin kurz vor dem Abi aus problematischen Familienverhältnissen. Sie kann und will mit ihren Eltern nicht über die Schwangerschaft reden, und erst recht nicht mit dem Erzeuger, einem älteren verheirateten Mann. Ob es sich um eine Vergewaltigung handelt, weiß ich nicht. Könnte aber sein, das Mädchen ist sehr verschlossen, was die Details anbetrifft. Jedenfalls ist sie in einer verzweifelten Lage und braucht deine Hilfe. Sie kommt als Privatpatientin, und die Rechnung geht an mich. Ich werde sie begleiten und mich auch hinterher um sie kümmern. Es wäre schön, wenn du möglichst schnell einen Termin freimachen könntest, denn das Mädchen leidet sehr unter der psychologischen Belastung." Sie einigten sich auf einen Termin am kommenden Donnerstag um elf Uhr.

Geschafft, dachte Ellen und konnte wieder etwas freier atmen. Mit Susi würde sie bestimmt keine Schwierigkeiten haben, allenfalls mit der genauen Planung des Donnerstages, denn es mußte ja alles so arrangiert werden, daß weder Susis Eltern noch Frank etwas mitbekamen. Sie würde Susi nach dem Eingriff zunächst in einem Hotel unterbringen, damit sie sich erholen konnte, und erst am Abend nach Hause fahren. Am besten überlege ich das alles zusammen mit Susi. Hoffentlich ruft sie um zwei an.

Ellen erledigte einigen Schriftverkehr, mehrere Anrufe, einen Kurzbesuch bei einer Pflegefamilie, die ein kriegsverletztes Kind aus dem Kongo aufgenommen hatte, aß etwas zu Mittag in der Berliner Freiheit und saß pünktlich um kurz vor zwei vor dem Telefon.

Susi ließ auf sich warten, wenn sie sich denn überhaupt meldete. Vielleicht hatte sie den Zettel in der Jackentasche nicht gefunden, oder sie hatte es sich anders überlegt. Was war dann zu tun? Frank durfte auf keinen Fall in eine Lage gebracht werden, die eine vernünftige berufliche Entwicklung erschwerte.

Um zwanzig nach zwei klingelte endlich das Telefon. Susis Stimmchen war noch schwächer geworden, als sie sich wegen der Verspätung entschuldigte. Sie hätte so viel Zeit gebraucht, Frank abzuwimmeln, der einfach keine Lust gehabt habe, nach Hause zu gehen.

„Aber jetzt sind Sie allein und können sich frei bewegen? Oder müssen Sie noch zu Ihrer Mutter?"

„Ich bin jetzt hier zu Hause in der Buchenstraße. Frank hat mich hergebracht. Ich hab Zeit bis fünf. Dann bin ich mit Frank in der Stadt verabredet."

„Gut, dann könnten wir uns in einer halben Stunde so gegen drei in der Meierei im Bürgerpark treffen. Wäre Ihnen das recht?"

„Okay, ist ja nicht weit. Ich komm mit dem Rad."

„Bis gleich." Ellen legte auf. Leichtsinnig, als Schwangere mit dem Rad fahren, dachte sie.

Sie fanden einen freien Tisch direkt am Fenster mit Blick über die Wiesen des Bürgerparks bis zum Parkhotel und darüber hinweg auf die Domtürme. Ellen überredete Susi zu einem Stück Kuchen, bestellte Kaffee für sich und Schokolade für das Mädchen.

Sie saßen sich gegenüber, aber Susi vermied jeden Blickkontakt. Sie hatte die Ellbogen auf den Tisch und den Kopf in die Hände gestützt und starrte auf die Adventsdekoration mit brennender Kerze.

„Schauen Sie nicht so unglücklich drein, mein Kind", sagte Ellen leise. „Was Ihnen passiert ist, passiert vielen jungen Frauen, vor allem jetzt, wo die Pille wieder aus der Mode kommt. Gottlob ist das heutzutage keine große Affäre. Ich habe Kontakt zu einer sehr guten Frauenärztin, die bereit ist, sich Ihrer anzunehmen."

„Sie haben schon was unternommen?" fragte Susi erschrocken.

„Warum nicht? Uns allen ist doch nur damit gedient, wenn wir die Sache so schnell wie möglich aus der Welt schaffen."

„Aber ich bin mir überhaupt nicht sicher, ob ich das will."

„Vertrauen Sie mir, mein Kind. Vielleicht ist es gar nicht schlecht, wenn in diesem Fall, wo Sie selbst so unsicher sind, die Entscheidung von außen an Sie heran getragen wird. Es ist doch kein Zufall, daß Sie sich mir offenbart haben, bevor Sie Ihre Eltern oder Frank eingeweiht haben."

„Meine Eltern sind in so was etwas altmodisch, und Frank ... na ja."

„Sehen Sie. Aber wie auch immer, ich lege meine Hand dafür ins Feuer, daß keiner von den dreien meine Entscheidung mißbilligen würde."

„Ihre Entscheidung?"

Der Kellner brachte den Kuchen und die Getränke. Ellen war froh, daß sie sich mit Essen und Trinken ein wenig entspannen konnten. Aber Susi rührte die Torte nicht an, nippte nur an der Schokolade.

„Wir haben am Donnerstag um elf einen Termin in Vegesack", sagte Ellen nach einer Weile.

„Schon in drei Tagen?" fragte Susi entsetzt. „Nein, nein, nein, das geht mir viel zu schnell. Ich muß das in Ruhe überlegen. Vielleicht auch noch mal jemand andern um Rat fragen."

„Das halte ich für keine gute Idee. Je mehr Leute davon wissen, um so größer die Gefahr, daß Frank oder Ihre Eltern davon erfahren."

„Mit Frank muß ich auf jeden Fall reden. Es ist ja auch sein Kind. Ich kann ihn nicht einfach übergehen."

„Nein, Susi, das wäre ein Fehler. Warum wollen Sie ihm weh tun? Natürlich würde er sich letztes Endes auch für den Abbruch entscheiden, aber welchen Gewissensqualen sähe er sich zuvor ausgesetzt. Wenn Sie ihn wirklich lieben, dann ersparen Sie ihm diese Tortur. Sie wissen doch, wie sensibel er ist und wie sehr er sich das zu Herzen nehmen würde. Es reicht wirklich, wenn wir beide leiden, und daß ich das mit Ihnen tue, können Sie mir glauben. Seit gestern abend ist mir nur noch zum Heulen zumute. Sie können sich nicht vorstellen, wie sehr ich mir ein Enkelkind wünsche, und besonders von Ihnen, aber im Moment wäre das der absolute Wahnsinn. Machen Sie beide Ihr Abitur, studieren Sie in aller Ruhe, suchen Sie sich einen schönen Job, und wenn Sie dann immer noch zusammen sind, schenken Sie mir so viele Enkelkinder, wie Sie wollen. Dann wird jedes willkommen sein." Sie lächelte sanft, griff nach der Hand der jungen Frau und drückte sie fest.

„Ich habe Angst, schreckliche Angst", flüsterte Susi.

„Deshalb werde ich Ihnen ja beistehen. Ich werde Sie in die Praxis begleiten und hinterher mit Ihnen für ein paar Stunden in ein Hotel gehen. Und abends sind Sie wieder zu Hause, und alles ist vergessen."

„Was soll ich zu Hause sagen, wo ich bin?"

„Sie müßten natürlich die Schule schwänzen und sich für den Nachmittag eine Ausrede überlegen."

„Wenn ich nicht in der Schule auftauche, wird Frank mich sofort anrufen."

„Stellen Sie das Handy ab. Und nachmittags, wenn es Ihnen wieder besser geht, melden Sie sich bei ihm."

„Inzwischen hat er zehnmal meine Mutter angerufen, und die weiß dann von nichts. Nein, so geht das nicht."

„Okay, dann sagen Sie Frank vorher, daß Sie einen längeren Zahnarzttermin hätten und verabreden sich mit ihm für den Spätnachmittag. Wenn Sie sich dann noch nicht wohl fühlen, können Sie ihm absagen und das mit Zahnschmerzen begründen. Für Ihre Mutter sind Sie morgens in der Schule und am Nachmittag mit Frank fürs Kino verabredet, so daß Sie bis zum Abend entschuldigt sind."

„Ich kann so schlecht lügen. Wie leicht kann das alles auffliegen. Frank braucht nur einmal meine Mutter anzurufen und fragen, wie's mir geht, und schon bin ich geliefert."

„Aber Kindchen, man kann so etwas nicht durchziehen, ohne ein gewisses Risiko einzugehen. Ein bißchen muß man auch auf sein Glück vertrauen."

„Ich hab nie Glück." Susi hatte Tränen in den Augen.

„Was reden Sie. Ich will ja meinen eigenen Sohn nicht loben, aber ich halte es schon für ein Glück, von diesem originellen Burschen geliebt zu werden. Und um dieses Glück nicht zu gefährden, wollen wir beide tapfer sein und die Sache in Angriff nehmen."

Susi nickte und ließ ihren Tränen freien Lauf. Ellen schärfte ihr ein, am Donnerstag um viertel nach zehn an der Ecke Buchenstraße Schwachhauser Heerstraße auf sie zu warten. Susi versprach es und brach hastig auf. Ihren Kuchen zog Ellen zu sich herüber und fiel mit wahrem Heißhunger darüber her, nachdem sie ihr eigenes Stück bereits verschlungen hatte.

Es kam ihr also gelegen, daß Benno nichts Besonderes zum Abendessen zubereitet hatte. Brot und Aufschnitt schmucklos auf den Küchentisch gestellt, das war alles. Sie aß nur eine halbe Scheibe mit Kochschinken, während er sich ausführlicher bediente.

„Alles gut gegangen mit Papa?" fragte er mit vollem Mund.

„Wie man's nimmt. Zu Hause ist er, aber er hat mich nicht in die Wohnung gelassen."

Benno lachte.

„Findest du das komisch?"

„Er ist eben ein komischer Kauz."

„Auch eine Möglichkeit, seine Unleidlichkeit zu entschuldigen."

„Ich fand ihn heute morgen eigentlich wieder relativ stabil. Daß er sich gegen deine Pläne wehrt, ist ja leicht nachzuvollziehen. Wer geht schon freiwillig in ein Altenheim."

„Sag mal, höre ich richtig? Der Alte ist stabil? Warum läßt der mich wohl nicht in sein Rattenloch? Weil es darin aussieht wie Sodom und Gomorrha!"

„Möglich. Aber es könnte doch auch sein, daß er sich ein wenig Privatsphäre erhalten möchte."

„Daß ich nicht lache! Privatsphäre. Ich bin schließlich die Frau seines Sohnes und gehöre wohl dazu. Zu dieser Privatsphäre."

„Alles eine Frage der Perspektive. Deine besitzergreifende Art hält vielleicht manchen davon ab, dich zu nahe an sich heranzulassen."

„Sag mal, willst du Krach?" Sie spürte, wie ihr der Hals eng wurde, und schnappte nach Luft.

„Nein. Doch ich finde, deine Sucht, sich in das Leben anderer Menschen einzumischen, nimmt inzwischen beängstigende Ausmaße an."

„Könntest du etwas konkreter werden?" keuchte sie.

„Ach, lassen wir das. Ich will mich nicht streiten. Nützt ja auch nichts."

„Typisch. Erst mir eine kränkende Behauptung an den Kopf knallen und dann den Schwanz einkneifen. Was bist du bloß für ein Waschlappen."

„Ellen, bitte." Er wischte sich den Mund und stellte Geschirr zusammen.

„Wenn du nicht sofort aufhörst, die Minna zu spielen, kratze ich dir die Augen aus!" schrie sie.

Er fuhr erschrocken zurück. „Ich möchte gleich die ‚Tagesschau' sehen. Wenn du abdecken willst, bitte."

„Ich werde jetzt nicht abdecken, und du wirst nicht die ‚Tagesschau' sehen, sondern hier Rede und Antwort stehen. Ich bin es leid, mir dauernd Vorwürfe machen zu lassen, meistens nur in Andeutungen oder durch beredtes Schweigen, denn darin bist du groß, einen mit kleinen Spitzen und stummen Gesten ins Unrecht zu setzen, eine Atmosphäre von hinterhältiger Mißbilligung zu schaffen, so daß man sich ständig fragen muß: was hab ich nun wieder angestellt? Jetzt ist Schluß damit, ich will hier und heute reinen Tisch machen."

„Ellen", stöhnte er, „wir sind jetzt bald fünfundzwanzig Jahre verheiratet. Ist es da nicht an der Zeit, sich mit den Schwächen des Partners zu arrangieren?"

„Nein. Bei so fundamentalen Gegensätzen kann man sich nicht arrangieren. Im Gegenteil, je älter wir werden, umso krasser tritt dieser Dissens zu Tage. Wir haben nie wirklich zusammengelebt. Wir hatten Sex, wir haben Kinder großgezogen, wir haben uns beruflich etabliert, so daß nie Zeit blieb, unser Verhältnis zu hinterfragen. Wir haben mehr oder weniger unbeschwert nebeneinander hergewurstelt und uns eine harmonische Ehe vorgegaukelt. Aber jetzt werden die Defizite immer belastender, jedenfalls bei mir."

„Und wenn es so wäre, Ellen, gehören solche Krisen nicht zu einer Ehe dazu?"

„Du weichst schon wieder aus. Du sagst mit anderen Worten: das geht jedem Ehepaar mal so, das muß man nicht weiter ernst nehmen."

„Ich will ja nur, daß wir auf dem Teppich bleiben."

„Und ich will das nicht. Ich will, daß wir an die Wurzeln gehen. Und wenn wir dann erkennen, daß wir uns grundsätzlich ineinander getäuscht haben, müssen wir die Konsequenzen ziehen."

„Willst du dich von mir trennen?"

„Notfalls auch das." Nachdem das ausgesprochen war, lief es ihr kalt den Rücken runter. In einer ersten Reaktion wollte sie es sofort rückgängig machen, aber eine stärkere Kraft in ihr verschloß ihr den Mund. Mit Genugtuung sah sie, wie alles Blut aus Bennos Gesicht wich.

„Weißt du was, Ellen?" flüsterte er. „Mir ist unerklärlich, was hier zur Zeit passiert. Ich kann nur feststellen, daß dich irgendwie der Teufel reitet. Du beschwörst dauernd unerträgliche Szenen herauf, du setzt Menschen unaufhörlich zu, und jetzt stellst du auch noch unsere Ehe in Frage. Dabei bist du von einer Egomanie, die durch nichts gerechtfertigt ist!" Jetzt wurde auch er laut. „Du bist von einer Abgehobenheit und Selbstgefälligkeit, die zum Himmel stinkt. Du bist groß darin, anderen Vorwürfe zu machen, ohne dich je zu fragen, ob du nicht selbst schuld bist an dem, was du anderen vorhältst. Ich gebe zu, ich habe mich in letzter Zeit mehr und mehr zurückgezogen, aber doch nur, weil ich mich von dir ständig unter Druck gesetzt fühle. Vor einem Menschen, der so rücksichtslos vorprescht wie du, muß man sich eben in Sicherheit bringen."

„Noch mehr? Oder reicht das? Ein hübscher Katalog: egoman, abgehoben, selbstgefällig und rücksichtslos. Da kannst du doch nur jubeln, wenn du von diesem Unmenschen befreit wirst."

„Entschuldige. Ich hab nicht genau bedacht, was ich sage."

„Und wieder ein Rückzieher. Jetzt bleib verdammt noch mal bei dem, was du mir vorwirfst, denn jetzt mache ich den Gegenkatalog auf: du bist ein Versager auf der ganzen Linie. Du hast nicht den Mut aufgebracht, als freier Schriftsteller zu leben, oder als Studienrat zu arbeiten, du hast dir einen Job gesucht, bei dem nicht das geringste Durchsetzungsvermögen erwartet wird, du hast bei der Kindererziehung in allen kritischen Momenten gekniffen, wenn Strenge gefordert war, hast du nur Nachgiebigkeit demonstriert und mir damit den lieben Frank total entfremdet. Aber wenn du denkst, daß Frank dir deine Weichei-Haltung dankt, irrst du gewaltig. Ich weiß von Susi, daß er sich heimlich über dich lustig macht!"

„Hör auf!" schrie Benno. „Willst du jetzt wirklich alles kaputt machen zwischen uns?"

„Lieber das, als so verlogen weiterleben. Du hast ja nur Angst um deine Bequemlichkeit. Müßtest auf das bisherige Luxusleben verzichten, dir eine eigene Wohnung suchen, mit deinen bescheidenen eigenen Einkünften auskommen."

„Das Haus gehört uns beiden", fauchte er.

„Aber ich hab es bezahlt. Willst du da ehrlich Ansprüche geltend machen, nur weil wir mal so blauäugig waren, Gütergemeinschaft zu vereinbaren? Damit zeigst du dein wahres Gesicht. Es geht dir nicht um irgendwelche ideellen Werte, auf die du immer pochst, sondern schlicht um Kohle. Der Schöngeist Benno Peters entpuppt sich als platter Materialist." Während sie sprach bemerkte sie, wie Benno rot anlief und am ganzen Körper zitterte. Deshalb wunderte es sie nicht, daß er aufsprang und ihr quer über den Tisch mit aller Kraft zweimal mitten ins Gesicht schlug. Danach rannte er aus der Küche.

„Das war's dann wohl", sagte sie laut und preßte die Serviette gegen die Nase, aus der Blut tropfte. Sie war einerseits erleichtert, denn nun war etwas endgültig entschieden, nun gab es kein Zurück mehr, und spürte andererseits schmerzhaft Ängste in sich aufsteigen.

Mit einer Hand räumte sie die Küche auf und machte das Licht aus. Im Bad studierte sie ihr verquollenes Gesicht. Das Nasenbluten hatte aufgehört, aber das Hämatom auf der rechten Wange, wo sie sein Handrücken getroffen hatte, war unübersehbar. Sie schminkte und puderte und mußte an Kirsten denken. So weit war sie gekommen.

Aus dem Keller holte sie eine Reisetasche, packte Wäsche, Hosen und Pullover ein, legte den Kulturbeutel mit den wichtigsten Kosmetika, Seife und Zahnbürste obenauf und schlich in die Diele. Aus dem Wohnzimmer hörte man den Fernseher. Na also, dachte sie, ein Mann weiß sich immer zu helfen. Sie überlegte, ob sie Frank eine Nachricht hinterlassen sollte, entschied sich aber dagegen. Benno würde schon dafür sorgen, daß dem Jungen das Ende der Ehe seiner Eltern auf schonende Weise beigebracht würde, auch wenn sie dabei mit Sicherheit den schwarzen Peter zugeschoben bekäme. Es war ihr egal. Da war Hopfen und Malz verloren.

Sie hatte sich so weit beruhigt, daß sie das Auto über die Parkallee zum Hotel Munte steuern konnte, wo sie sich ein Zimmer auf unbestimmte Zeit mietete. Ihr letzter Gedanke war, daß sie sofort am nächsten Morgen zum Anwalt gehen und die Scheidung beantragen würde. Wider Erwarten schlief sie sofort ein.

Nach dem Termin beim Anwalt, der auch ihre finanziellen Angelegenheiten regelte, fuhr sie am späteren Vormittag in die Thomas-Mann-Straße, um noch einige Sachen, vor allem Bücher zu holen. Nichts im Haus wies darauf hin, daß man sie vermißte. Alles war aufgeräumt, und den ,Weser Kurier' hatte Benno mitgenommen. Sie schrieb einen Zettel, daß man sie im Hotel Munte erreichen könnte und legte ihn auf den Küchentisch.

Sie ging durch alle Räume wie durch ein Museum. Die Möbel und Bilder waren Ausstellungsstücke, die sie an eine Vergangenheit erinnerten, mit der sie nichts mehr zu tun haben wollte. Nie würde sie hierher zurückkehren. Sollte Benno das Haus behalten und selig damit werden. Sie würde sich eine Wohnung mieten und komplett neu einrichten. Sie würde ganz in die Zukunft leben und sich eine eigene Welt nur nach ihren Bedürfnissen einrichten. Die Kinder brauchten sie nicht mehr, allenfalls noch ihr Geld, und das sollten sie in Gottes Namen auch erhalten. Selbst Benno würde sie großzügig abfinden, indem sie auf ihren Anteil am Haus verzichtete.

Als sie vom Grundstück fuhr, drehte sie sich nicht mehr nach dem Haus um. Sie war ein freier Mensch, auch wenn es weh tat.

Sie stürzte sich in die Arbeit, gönnte sich keine Pause, rief alle möglichen Immobilienmakler an wegen einer Wohnung in Schwachhausen und machte gleich Besichtigungstermine fest. Sie erzählte Kirsten von ihrer Trennung, weil der Freundin die Spuren in Ellens Gesicht nicht entgingen, und Kirsten lächelte nachdenklich. „Irgendwie beneide ich dich darum, wie es dir gelingt, für klare Verhältnisse zu sorgen. Bei mir herrscht immer nur Kuddelmuddel, und niemand hilft mir da raus, am wenigsten ich selbst."

Am Nachmittag erreichte sie auch endlich Lutz, der wegen einer Klausur sein Handy ausgeschaltet hatte. Der Sohn schien nicht sehr überrascht von den Neuigkeiten zu sein. „War ja irgendwie zu erwarten. Hatte schon lange das Gefühl, daß bei euch der Haussegen schief hängt. Trotzdem schade, denn auch wenn man nun sein eigenes Leben lebt, ist es ein gutes Gefühl, im Hintergrund ein funktionierendes Elternhaus zu wissen. Aber mein geliebtes Mütterchen bleibt mir ja erhalten und wird mir Wohlwollen und Unterstützung nicht versagen. Hab ich recht?"

„Hast du, mein Schatz. Und ebenso darf ich auf deine Hilfe hoffen, sollte ich merken, daß ich mich mit meiner Entscheidung übernommen habe."

„Natürlich. Doch keine Sorge, du packst das schon. Wie ich mein Mütterchen kenne, bist du nach kurzer Zeit wieder oben auf. Trübsal blasen war nie dein Ding."

Ein wenig störte es sie, wie unberührt der Sohn reagierte und sofort die richtigen und dennoch irgendwie falschen Worte fand, beschloß aber, ihrem Unbehagen keinen Wert beizumessen und die Äußerungen des Sohnes als Ermunterung und Bestätigung zu sehen.

Als sie gegen sieben Uhr ins Hotel kam, wurde ihr die Nachricht übermittelt, daß ein Herr in der Bar auf sie warte. Benno, war ihr erster Gedanke, und sie hatte sich nicht getäuscht. Er erhob sich und küßte sie auf die rechte Wange, ehe sie sich dagegen wehren konnte.

„Du hast ziemlich genau die richtige Stelle getroffen", sagte sie und zeigte auf das zugeschminkte Hämatom. „Was willst du?"

„Noch einmal mit dir reden. Vor allem aber mich bei dir entschuldigen. Setz dich doch bitte." Er deutete auf einen Stuhl an seinem Tischchen.

Seufzend setzte sie sich und bestellte beim herbeigeeilten Kellner einen Gin Tonic. „Ich weiß nicht, was du dir davon versprichst. Ich war heute bei Doktor Horstmann und habe alles in die Wege geleitet."

„Warum so überstürzt? Eine derart wichtige Entscheidung darf man nicht übers Knie brechen. Du kannst doch nicht ein halbes Leben mit einem Federstrich annullieren. Laß es uns erst einmal eine Weile mit einer Trennung versuchen, damit wir zur Besinnung kommen können und in Ruhe prüfen, ob es nicht doch noch eine Chance für uns gibt."

Er wirkte unausgeschlafen und kläglich. Seine gebückte Haltung und devote Stimme riefen in ihr nur Ekel und Überdruß hervor. Alles an diesem Mann bestätigte sie in ihrem Glauben, richtig zu handeln. Das war nicht mehr der Benno, den sie vor dreißig Jahren unbedingt für sich erobern wollte. Er hatte keinerlei erotische Ausstrahlung mehr, war ein belangloser Kerl, dem alles abhanden gekommen war, was sie einmal fasziniert hatte: Phantasie, Kreativität und menschliche Wärme. Ein Trauerkloß, der nur noch in Verkehrsregeln dachte und seine innere Leere mit Fernsehkonsum und Küchendienst kompensierte.

„Manche Entscheidungen muß man schnell fällen, für die gibt es nur einen richtigen Zeitpunkt. Für mich war das der gestrige Abend. Mal abgesehen davon, daß ich nie mit einem Mann zusammenleben könnte, der sich an mir vergriffen hat ..."

„Das tut mir unendlich leid. Ich weiß, daß ich mich nie so hätte vergessen dürfen!" unterbrach er sie.

„Davon abgesehen ist mir gestern klar geworden, daß ich dich nicht mehr liebe, daß du mich anwiderst."

Der Kellner brachte das Getränk. Sie schüttete nur wenig Tonic auf den Gin und nahm einen kräftigen Schluck.

„Wie kannst du nur so herzlos sein", flüsterte er. „Steckt ein anderer Mann dahinter?"

„Diese Frage mußte ja kommen, weil Männer einfach nicht akzeptieren können, wenn sie ausschließlich wegen ihres eigenen Versagens verlassen werden. Ein Rivale ist immer noch das kleinere Übel. Da kann man sich trösten mit der Ausrede, daß es sich um höhere Gewalt handelt, nach dem Motto: wo die Liebe eben hinfällt. Nein, mein Lieber, es ist kein anderer Mann im Spiel. Du mußt die bittere Pille schlucken: ich verlasse dich, weil ich dich satt habe. Und da brauche ich keine Bedenkzeit und weitere überflüssige Diskussionen, es ist ein unwiderrufliches Faktum: ich will dich nicht mehr."

„Und ich bin sicher, daß du dich da in etwas hineinsteigerst, das du in kürzester Zeit schrecklich bedauern wirst. Es ist erst ein paar Tage her, daß wir zusammen geschlafen haben. Was hat sich seitdem so dramatisch verändert?"

„Alles. Außerdem hatte dieser Beischlaf nichts mit Liebe zu tun. Ich habe mich schlicht und einfach von dir befriedigen lassen. Das hätte ebenso gut ein bezahlter Lover oder ein Vibrator besorgen können."

„Ellen, aus dir spricht eine Frau, die ich nicht kenne, mit der ich mich nie eingelassen hätte."

„Siehst du es endlich ein? Gott sei Dank." Sie atmete tief aus, leerte das Glas und knallte es auf den Tisch. „Kann ich jetzt auf mein Zimmer gehen?" Sie winkte dem Kellner und bat ihn, die Getränke auf ihre Zimmerrechnung zu setzen.

„Ellen, so können wir nicht auseinandergehen. Es muß doch auch bei dir noch etwas von dem geben, was uns damals zusammengeführt hat. Ich will gar nicht von Liebe reden, eher von Freundschaft und gegenseitigem Respekt. Das kann ja nicht alles verschwunden sein."

„Ist es auch nicht. Und genau das möchte ich für mich retten, ehe auch das in unserer Eheödnis versickert. Ich möchte nicht eines Tages dastehen mit leeren Händen, und nur darauf hoffen, daß du endlich abkratzt, damit ich noch ein paar unbeschwerte Jahre verbringen kann. Vergiß mich und kümmere dich um Frank. Der braucht sicher Hilfe, die er von mir ja sowieso nicht mehr annimmt."

„Frank hat überhaupt kein Verständnis für deinen Auszug."

„Hab ich auch nicht erwartet. Ist doch schön, daß du ihn jetzt ganz für dich hast. Die Rabenmutter erhebt keine Ansprüche mehr. Lutz hat übrigens Verständnis."

„Wenn man uns so reden hört, kann man nur den Kopf schütteln."

„Ich hab dieses Gespräch nicht gewollt, Benno, und wäre froh, wenn wir es jetzt beenden würden. Laß uns in Frieden auseinandergehen. Natürlich werde ich vieles vermissen von unserem früheren Leben, natürlich werde ich in einer Notsituation auch weiterhin für dich da sein …"

„Ich bin in einer Notsituation", unterbrach er.

„Das bezweifle ich. Du willst nicht als Verlierer dastehen, okay. Aber wenn du ganz ehrlich mit dir selbst bist, mußt du zugeben, daß eine Scheidung dir endlich das Leben erlaubt, das sich in den letzten Jahren als das angenehmste für dich herauskristallisiert hat, du kannst dich ausschließlich mit dir selbst beschäftigen, du kannst ungestört kochen und fernsehen und dir schöne italienische Schuhe kaufen. Mach's gut, mein Lieber. Ich bin jetzt müde." Sie ließ ihn am Tischchen sitzen und holte sich ihren Zimmerschlüssel.

Susi wartete wie verabredet an der Straßenecke und stieg vor Aufregung zitternd zu ihr in den Wagen. Ellen sprach beruhigend auf sie ein, während sie den Wagen über die Kurfürstenallee Richtung Autobahn lenkte.

Sie fragte sich, weshalb sie diese Strapaze noch auf sich nahm, nachdem die Familie sowieso nicht mehr existierte. Warum ließ sie den Dingen nicht einfach ihren Lauf? Sollten doch Susi und Frank selber sehen, wie sie das Problem lösten. Ihr Engagement in dieser

Angelegenheit würde ihr sowieso niemand danken. Womöglich würde man ihr nur wieder Vorwürfe machen, ihr unerlaubte Einmischung vorwerfen. Aber nun gab es kein Zurück mehr, und dieses hilflose, ängstliche Geschöpf neben ihr brauchte ihre Unterstützung.

Nachdem alle Formalitäten erledigt waren und Susi ihr Einverständnis mit dem Abbruch schriftlich erklärt hatte, verließ Ellen die Praxis und machte einen großen Spaziergang zur Weser, lief auf der Strandpromenade hin und her und beobachtete die Fähre, die unaufhörlich Autos zwischen Vegesack und Lemwerder über das Wasser transportierte. Diese Betriebsamkeit machte ihr Mut, stimmte sie fröhlich.

Um zwei Uhr holte sie Susi in der Praxis ab, umarmte sie und führte sie behutsam zum Auto. „Geht's Ihnen einigermaßen?" fragte sie.

Susi nickte. Ihr Gesicht war blaß und klein geworden. Für den Moment hatte sie allen Jungmädchenreiz verloren, verkörperte altersloses Unglück. Ellen streichelte Susis gefaltete Hände, die sie in den Schoß gepreßt hatte, und startete den Wagen.

Im Hotel Strandlust hatte sie ein Zimmer gemietet, in dem das Mädchen sich noch ein paar Stunden ausruhen konnte. Ellen stellte ihr Obst und Gebäck, das sie besorgte hatte, neben das Bett und setzte sich ans Fenster. Es herrschte Stille zwischen den beiden, irgendwelche Worte wären jetzt immer die falschen gewesen.

Ellen wurde geweckt vom Geräusch der Wasserspülung. Susi kam aus dem Bad. „Haben Sie Schmerzen?" fragte Ellen besorgt.

Susi schüttelte den Kopf. „Ich möchte nach Hause."

„Aber es ist erst halb vier."

„Trotzdem. Es geht mir gut, und um fünf kommt Frank."

„Wollen Sie nicht ein bißchen was essen? Würde Ihnen jetzt helfen. Damit Sie wieder ein wenig Farbe kriegen. Damit Frank nicht mißtrauisch wird."

„Okay." Susi aß mit Mühe ein paar Kekse und Weintrauben, dann brachen sie auf.

Ein paar Tage später wurde ihr abends an der Rezeption ihres Hotels ein Brief ausgehändigt, der ihr von der Thomas-Mann-Straße aus nachgeschickt worden war. Benno hatte ihn neu adressiert. Auf dem Umschlag befand sich kein Absender. Sie ahnte, das es sich abermals um eine Drohung handelte.

Erst in ihrem Zimmer öffnete sie den Brief. Auf weißem Blatt stand in Riesenbuchstaben: DENKE IMMER AN DAS ENDE VON GESCHE GOTTFRIED. Sie wußte, wer Gesche Gottfried war, eine berühmte Bremer Giftmörderin, die fast ihre ganze Familie mit Arsen ausgerottet hatte. Ihr Ende: sie wurde auf dem Domshof enthauptet.

Mit dem Anruf bei Hauptkommissar Spengler hatte sie Glück, er hielt sich noch im Präsidium auf, war aber nicht am Platz. Man versprach ihr, ihn sofort zu informieren. Nach ein paar Minuten meldete er sich. „Klingt ein bißchen dubios. Was haben Sie mit Gesche Gottfried zu tun?" Er bat sie, den Brief möglichst gleich am nächsten Morgen im Präsidium vorbeizubringen, weil man durch ihn möglicherweise dem immer noch flüchtigen Daniel auf die Spur kommen könnte, wenn er denn der Autor wäre.

Nach einem Abendessen im Restaurant des Hotels saß sie allein auf ihrem Zimmer und spürte zum erstenmal, wie bedrohlich Einsamkeit war, wenn man sein inneres Gleichgewicht verloren hatte. Sie mußte unter Menschen, nur wohin? Die sogenannten Freunde waren eher bessere Bekannte und alle paarweise sortiert, die mit ihr als Single noch nie zu tun gehabt hatten. Sie hätte lange Erklärungen abgeben und geheucheltes Mitleid anhören müssen, obwohl diese sogenannten Freundinnen in ihr als alleinstehender Frau sofort eine Gefahr wittern und ihre Gatten am liebsten wegsperren würden. Also blieb nur Kirsten. Die hatte zwar für ein paar Tage Urlaub genommen, war aber nicht verreist und um diese Zeit sicher zu Hause.

Es empfing sie mit einem strahlenden Lächeln Freddy Glaser, und sie spürte sofort, daß er im Gegensatz zu weiblichen Bekannten ihre neue Existenz als Single nicht als Gefahr, sondern als Ermunterung empfand. Er bat sie herein, ohne auf ihre Frage, ob Kirsten da sei, zu antworten.

„Ist sie nun da oder nicht?" wiederholte sie ungeduldig.

„Mehr oder weniger. Jedenfalls muß sie jeden Moment kommen. Sie ist bei ihrer Mutter in Brake und wollte rechtzeitig zurück sein."

„Was heißt rechtzeitig?"

„Na, bestimmt bis zehn."

„Jetzt ist es halb neun."

„Nun mach es nicht so spannend, Ellen. Ich beiße nicht. Und betrunken bin ich auch nicht. Ich habe mir fest vorgenommen, vor zehn Uhr abends keinen Alkohol mehr anzurühren. Nur noch einen kleinen Absacker für die Nacht. Na, was sagst du dazu?" Er zog sie in den Flur und nahm ihr den Anorak ab.

„Die Botschaft hör ich wohl …"

„Ich will doch Ellen nicht verlieren."

„Bitte? Wen willst du nicht verlieren?"

„Was hab ich gesagt? Ach!" Er schlug sich lachend vor die Stirn. „Kirsten natürlich. Aber dich ebensowenig. Immerhin bist du ihre beste Freundin."

Sie hatten das Wohnzimmer betreten, wo der Fernseher lief. Freddy stellte ihn aus. „Setz dich." Er zeigte auf die Polstergarnitur. Sie ließ sich in einen Sessel fallen. Sie wußte, daß es leichtsinnig war, mit diesem Mann allein zu bleiben, aber da die Alternative Alleinsein in einem sterilen Hotelzimmer bedeutete, fügte sie sich, nahm sich aber vor, bei jedem Anzeichen von Zudringlichkeiten sofort die Flucht zu ergreifen.

Er fragte sie nach einem Getränkewunsch, und sie bat um Tee, da sie noch fahren mußte und ihm keine Gelegenheit bieten wollte, seinen neuen Prinzipien untreu zu werden.

Sie schlürften das aromatische Getränk, und Ellen spürte seine Blicke heiß auf der Haut.

Er fragte nach Benno und wie er die neue Situation verkrafte. Sie spielte die Trennung herunter, sprach von beiderseitigem Einverständnis und merkte bald, daß er sich nur aus Höflichkeit erkundigte, im Grunde jedoch ausloten wollte, ob die neue Lage ihm spezielle Chancen eröffnete.

Um vom Thema abzulenken, erzählte sie von dem neuen Drohbrief. Er versicherte ihr sein Mitgefühl. „Du und Gesche Gottfried. In was für einen Topf wirst du da geworfen?"

„Keine Ahnung. Auf jeden Fall macht das einem das Leben nicht leichter."

„Du weißt, daß du bei Kirsten und mir jederzeit Unterstützung finden kannst."

„Deshalb sitze ich hier."

„Und ich freue mich, daß du das tust, auch wenn Kirsten gerade nicht dabei sein kann." Alles klang irgendwie zweideutig aus seinem Mund. Es hat keinen Zweck, dachte sie. Er benutzt jede Gelegenheit, um sich an mich ranzuschmeißen. Ich muß hier weg. Sie stand auf.

„Freddy, sei mir nicht böse, aber ich möchte lieber gehen. Ich hab auch noch einen Termin in der Stadt."

„Und wenn ich dich nicht gehen lasse?"

„Ich bin sicher, das wirst du."

Er lachte. Sie wandte sich zur Tür.

VI

Spengler hatte keinen guten Tag. Man hatte ihn um halb sechs aus dem Bett geholt und gezwungen, ungeduscht und ohne Frühstück auf dem Domshof seinen Dienst zu beginnen, sich im Nieselregen mit einer Frauenleiche zu befassen, die jemand in eine grüne Plane gepackt und neben dem ‚Spuckstein‘ abgelegt hatte. Er hatte Ellen Peters sofort erkannt und sich daran erinnert, daß sie ihn wegen eines zweiten Drohbriefes, in dem von Gesche Gottfried die Rede war, angerufen hatte.

Ellen Peters war mit zwei Messerstichen getötet und Stunden später in die Plane gewickelt an den symbolträchtigen Ort, an dem die Giftmörderin den Tod fand, transportiert worden. In der Umhängetasche, die man der Toten in die Plane gelegt hatte, fand man neben persönlichen Utensilien ein Handy, Ausweis, Scheckkarten und Geld auch den Brief, von dem sie Spengler berichtet hatte.

Friedberg, der mit Spengler die Leiche untersucht hatte, machte ihn darauf aufmerksam, daß Ellen Peters schon einmal von einem gewissen Daniel Schneider mit dem Messer bedroht worden war, und daß dieser Jugendliche seitdem untergetaucht sei. Spengler ordnete an, sofort eine intensive Fahndung nach dem Verschwundenen einzuleiten.

Bei jedem neuen Mordfall spürte Spengler seinen Magen und ein Schwächegefühl im Gedärm. Er würde nie der ausgebuffte Routinier werden, auch wenn er sich allmählich der Pensionsgrenze näherte. Dieser Fall jedoch setzte ihm besonders zu, weil er das Opfer persönlich gekannt hatte und weil er sich den Vorwurf nicht ersparen konnte, womöglich leichtfertig mit den Drohbriefen umgegangen zu sein. Zwar hatte er keine konkrete Vorstellung, wie er die Frau hätte beschützen sollen, doch er hatte die Sache nicht sonderlich ernst genommen, und zumindest das wäre er ihr schuldig gewesen, selbst wenn der Polizei in solchen Fällen die Hände gebunden waren. Natürlich konnte ihm niemand ein Versäumnis vorwerfen, aber dennoch blieb ein ungutes Gefühl.

„Schade. Ein so attraktive Frau", sagte Friedberg und trug damit nicht gerade dazu bei, seinen Kollegen aufzumuntern. Sie waren unterwegs nach Schwachhausen, um die Familie von Ellen Peters zu informieren und erste Ermittlungen durchzuführen. Der Regen hatte sich verstärkt, und der Scheibenwischer fuchtelte wie toll auf der schmierigen Windschutzscheibe hin und her.

„Glaubst du, daß dieser Daniel aus der Jugendgruppe damit zu tun hat?" wollte Friedberg wissen.

„Erstmal glaub ich gar nichts", grummelte Spengler. „Bei so einem Scheißwetter und mit leerem Magen und bei der Aussicht, schlechte Nachrichten zu überbringen, weigert sich mein Grips, über den Moment hinaus zu denken."

„Wollen wir uns schnell ein paar belegte Brötchen holen? Ich weiß einen Bäcker auf dem Weg."

„Nee. Würde jetzt keinen Bissen runterkriegen."

„Aber ich."

„Später. Wir müssen uns beeilen, damit wir den Peters noch zu Haus erwischen. Wenn der erst mal mit seinen Fahrschülern unterwegs ist, verlieren wir viel Zeit."

„Jawohl, Herr Kollege. Nett, daß du dir alle Mühe gibst, mich mit deiner schlechten Laune anzustecken."

„Ich kann mir auch'n Taxi nehmen. Dann fährst du schön frühstücken und erholst dich von mir."

„Mir macht das auch keinen Spaß, bei Leuten mit solchen Nachrichten ins Haus zu platzen."

„Sieh mal an. Und ich dachte, daß du nichts lieber tätest. Dein Feingefühl hast du bisher immer gut zu verbergen gewußt."

„Du kannst mich mal."

Sie schwiegen für den Rest der Fahrt. Die Dunkelheit ging allmählich in ein trübes Grau über. Daß jetzt hinter dieser tristen Wolkenwand zartes Sonnenlicht über den Horizont kroch, war unvorstellbar.

Gegen halb acht erreichten sie das Haus in der Thomas-Mann-Straße. Es dauerte eine Weile, bis sich drinnen etwas rührte, nachdem sie geklingelt hatten.

„Ja, was ist?" wurde schließlich hinter der Tür gefragt.

„Kriminalpolizei. Können wir Sie einen Moment sprechen!?" rief Friedberg.

Spengler seufzte. Das nennt man ,mit der Tür ins Haus fallen', dachte er.

Man hörte, wie aufgeschlossen wurde. Die Tür öffnete sich nur einen Spalt. Benno Peters schaute mißtrauisch auf die Männer, die beide ihre Ausweise gezückt hatten und sich vorstellten.

„Was wollen Sie?"

„Sie sind Herr Benno Peters?" fragte Spengler behutsam.

Peters nickte.

„Wir müssen Sie wegen Ihrer Frau sprechen."

„Die wohnt nicht mehr hier. Die finden Sie im Hotel Munte am Stadtwald."

„Aber Sie sind noch verheiratet?" fragte Friedberg.

„Wir haben uns getrennt."

„Dann haben Sie Ihre Frau heute nacht auch gar nicht vermißt?" Friedberg trat näher an die Tür heran, und Peters wich aus, forderte sie mit einer Handbewegung auf, ins Haus zu kommen.

„Ist sie verschwunden?" fragte er besorgt.

„Können wir uns irgendwo hinsetzen?" fragte Spengler.

„Vielleicht im Wohnzimmer? Ich geh mal voraus." Er stieß die Wohnzimmertür auf und ließ die Beamten eintreten. „Nehmen Sie Platz. Ich bin sofort zurück. Ich muß schnell den Herd abstellen." Er rannte wie gehetzt aus dem Raum. Friedberg warf Spengler einen bedeutsamen Blick zu, aber der putzte sich umständlich die Nase und nahm einen Sessel. Friedberg trat ans Fenster und schaute in den triefenden Garten.

Benno Peters war blaß, als er zurückkehrte. „Was ist passiert?" fragte er heiser und hockte sich auf den Rand des Sofas.

„Wir bringen keine gute Nachricht", sagte Spengler leise. „Ihrer Frau ist etwas zugestoßen."

Benno Peters preßte die Hände zwischen die Knie und schluckte nervös. „Und was?"

„Sie ist tot."

Benno Peters atmete tief ein und krümmte sich zusammen. Seine Lippen zitterten, und die Pupillen hatten sich extrem geweitet. „Wie tot?" fragte er.

„Sie wurde Opfer eines Verbrechens. Sie wurde erstochen. Wir haben sie heute morgen auf dem Domshof gefunden."

„Mein Gott." Benno schüttelte den Kopf.

„Ich darf Ihnen auch im Namen meines Kollegen unser Mitgefühl aussprechen. Wir werden alles tun, um den Mord so schnell wie möglich aufzuklären. Natürlich sind wir dabei auch auf Ihre Mithilfe angewiesen." Spengler gab sich größte Mühe, diese hundertfach gesprochenen Sätze nicht nach Routine klingen zu lassen.

Benno Peters stand auf. „Entschuldigen Sie mich einen Moment. Ich will schnell meinen Sohn wecken. Er muß zur zweiten Stunde in die Schule."

„Daraus wird heute wohl nichts", sagte Friedberg und setzte sich breitbeinig in einen Sessel. „Wir müssen auch mit Ihrem Sohn sprechen."

„Natürlich. Trotzdem möchte ich ihn unter diesen Umständen nicht länger schlafen lassen. Das werden Sie verstehen. Es ist sicher das Beste, wenn ich ihn unter vier Augen über den Tod seiner Mutter informiere."

Friedberg warf Spengler einen fragenden Blick zu. Der nickte und sagte: „Da haben Sie recht, Herr Peters. Wir werden hier warten."

Benno Peters sprang auf und stürzte aus dem Zimmer.

Friedberg streckte die Beine weit aus und verschränkte die Arme hinter dem Kopf. „Komisch, wie der auf die Nachricht reagiert hat."

„Macht eben jeder anders." Spengler putzte sich erneut die Nase.

„Sehr betroffen wirkt er jedenfalls nicht."

„Weiß ich nicht. Scheint eher der introvertierte Typ zu sein, bei dem alles nach innen schlägt. Außerdem darfst du nicht vergessen, daß er von seiner Frau getrennt lebt."

„Wenn sie im Hotel gewohnt hat, dürfte die Trennung erst vor kurzem erfolgt sein, denn normalerweise sucht man sich als erstes eine Wohnung. Mal angenommen, daß sie ihn verlassen hat, womöglich wegen eines anderen, hätten wir das klassische Motiv für die Tat: Eifersucht."

„Gemach, Herr Kollege, gemach. Du vergißt den Drohbrief und die Verbringung der Leiche an den Fundort. Ein Eifersüchtiger handelt in der Regel im Affekt, das heißt, er schreibt vorher keine Briefe und denkt sich nicht so einen Tüdelkram wie das mit Gesche Gottfried aus."

„Das ist eine Temperamentsfrage. Wenn es stimmt, daß Peters introvertiert ist, wie du sagst, dann wäre eine sorgfältig geplante und raffiniert eingefädelte Tat durchaus denkbar."

Spengler grinste. „Ich weiß, du magst solche Zeitgenossen nicht. Entweder den Affekt-Täter oder den eiskalten Killer, wenn du es dir aussuchen kannst. Diese Heimlichtuer, diese Psycho-Fritzen liegen dir nicht. Und den Peters mochtest du auf Anhieb nicht. Das ist mir nicht entgangen. Aber wir wollen doch immer hübsch objektiv bleiben, Herr Kollege."

„Wie schön, daß du so über den Dingen stehst. Auf diese Weise kann ich noch ständig von dir lernen. Weißt du, wovon ich manchmal träume? Daß du mal ein Verbrechen begehst und ich dich dann so richtig in die Mangel nehmen kann."

Benno Peters stand in der Tür, und es schien, als zögerte er, den Raum zu betreten. „Mein Sohn kommt sofort."

„Danke. Setzen Sie sich zu uns, damit wir Ihnen schon mal ein paar Routinefragen stellen können", sagte Spengler väterlich beruhigend.

Benno folgte gehorsam wie ein Schüler und hockte sich wieder aufs Sofa, die Hände zwischen den Knien. „Soll ich Ihnen einen Tee oder Kaffee kochen?" fragte er devot.

Spengler bedankte sich, und Friedberg schüttelte den Kopf. „Wie lange sind Sie mit Ellen Peters verheiratet?"

„Fast fünfundzwanzig Jahre. Wir haben uns in der Uni kennengelernt. Wir stammen beide aus Bremen, wir haben zwei Söhne, Lutz studiert, und Frank geht noch zur Schule. Die Mutter von Ellen und mein Vater leben hier vor Ort, aber die Schwestern von Ellen sind weggezogen." Benno redete wie aufgedreht, und Friedberg machte sich Notizen.

Spengler schaltete sich ein. „Wann haben Sie sich von Ihrer Frau getrennt?"

„Erst vor kurzem. Vor gut einer Woche. Und nicht ich hab mich von ihr, sondern sie hat sich von mir getrennt."

„Darf ich fragen, weshalb?"

„Ach, das ist schwer zu sagen. Konkreter Anlaß war ein Streit wegen meines Vaters, der mehr und mehr zum Pflegefall wird. Dabei traten dann grundsätzliche Probleme zutage, die schließlich dazu führten, daß sie ausgezogen ist."

„Kam es bei dem Streit auch zu Gewaltanwendung?" fragte Friedberg.

„Ja, leider", stammelte Peters. „Für einen Moment hab ich mich vergessen und sie geschlagen."

„Haben Sie die Trennung letztlich akzeptiert?" fuhr Friedberg fort.

„Natürlich nicht."

„Kommt es öfter vor, daß Sie sich vergessen und Gewalt anwenden?"

Benno Peters machte sich klein auf dem Sofa. Er zog den Kopf zwischen die Schultern und ließ den Kopf hängen. „Ich liebe meine Frau und könnte ihr nie etwas antun", flüsterte er.

„Sie haben eine Fahrschule, wenn ich mich richtig erinnere", schaltete sich Spengler behutsam ein.

Benno nickte.

„Sie sprachen davon, daß Sie Ihre Frau auf der Uni kennen gelernt haben. Wieso dann Fahrlehrer?"

„Ich habe mein Philologiestudium abgebrochen und eine Ausbildung zum Fahrlehrer gemacht."

„Warum?"

„Ich wollte praktisches Wissen vermitteln, glaube ich. Ich konnte mir nicht vorstellen, mein Leben mit reiner Theorie zuzubringen. Irgendwie war ich den akademischen Betrieb leid. Das war mir alles zu abgehoben. Aber was hat das mit dem Tod meiner Frau zu tun?"

„Wir möchten Sie nur etwas näher kennenlernen. Sie und Ihre Familie."

„Der überwiegend größte Teil aller Tötungsdelikte hat seine Ursachen im familiären Umfeld", warf Friedberg ein.

„Es ist wenig rücksichtsvoll, daß Sie mir nach dieser schrecklichen Eröffnung keine Gelegenheit geben, mich irgendwie darauf einzustellen, sondern mir ununterbrochen mit unangenehmen Fragen zusetzen, so als hätte ich selbst zum Messer gegriffen."

„Von einem Messer war bisher nicht die Rede", sagte Friedberg schnell.

„Womit ersticht man denn sonst einen Menschen?" fragte Benno Peters irritiert.

„Mit einer Schere, einem Schraubenzieher oder einer Stricknadel zum Beispiel. Hatten wir alles schon."

„Entschuldigen Sie mich einen Moment." Peters würgte, hielt sich die Hand vor den Mund und rannte aus dem Zimmer.

„Jetzt kotzt er", meinte Friedberg trocken.

„Armer Kerl. Manchmal ist unser Job auch wirklich zum Kotzen."

„Der macht uns was vor." Friedberg verzog angewidert den Mund.

„Sagte der große Menschenkenner", ergänzte Spengler und befühlte seine Bartstoppeln. Nicht mal die Zähne hatte er sich putzen und diesen bitteren Geschmack beseitigen können. Vermutlich roch er aus dem Hals.

Ein junger Mann schlich herein. Er war blaß und ungekämmt. Er setzte sich auf einen Stuhl in der Eßecke und schaffte somit viel Raum zwischen sich und den Polizisten.

„Guten Morgen", sagte Spengler.

„Reden Sie keinen Scheiß. Was wird an diesem Morgen gut sein!?" blaffte der junge Mann.

„Frank Peters?" fragte Spengler und stellte sich und Friedberg vor. „Es tut uns sehr leid, was mit Ihrer Mutter passiert ist."

„Sparen Sie sich Ihre Sprüche. Stellen Sie Ihre Fragen und dann lassen Sie mich in Ruhe, ich muß in die Schule."

„Sie wollen trotz der Ereignisse in die Schule?" fragte Friedberg.

„Macht es meine Mutter wieder lebendig, wenn ich schwänze?"

„Klingt ganz schön kaltschnäuzig."

„Sie wissen doch, wie junge Leute heutzutage sind. Herz- und gewissenlos, nur auf ihren Vorteil bedacht und voller Aggressionen gegenüber den älteren Generationen."

„Lieber Frank Peters, ich verstehe ja, daß Sie Ihren Schmerz, Ihre Betroffenheit hinter rüdem Gerede verbergen wollen, aber wir sind die falsche Adresse für solche Mätzchen", sagte Spengler sanft. „Wir haben einen Mord aufzuklären und sind auf Ihre Mithilfe angewiesen."

„Wo ist mein Vater?"

„Vermutlich auf der Toilette. Ihm war nicht wohl."

„Was haben Sie mit ihm gemacht?"

Spengler schüttelte lächelnd den Kopf. „Wir sind nicht hier, um irgendwas mit irgendwem zu machen. Wir sind hier, weil der Mensch, der Ihnen beiden am nächsten steht, ums Leben gekommen ist. Aber statt auf Trauer und Bestürzung stoßen wir bei Ihnen beiden auf eine Abwehrhaltung, die uns unerklärlich ist."

Als Friedberg etwas sagen wollte, winkte Spengler ab, so daß eine quälende Stille im Zimmer entstand. Frank Peters rutschte auf seinem Stuhl hin und her, schluckte mehrmals, malte Kringel mit dem Zeigefinger auf die Tischplatte. „Entschuldigung", flüsterte er schließlich.

„Haben Sie irgendeine Vorstellung, wer Ihrer Mutter das angetan haben könnte?" fragte Spengler.

Frank schüttelte den Kopf. „Vielleicht dieser Typ aus dem Jugendheim, der sie schon mal bedroht hat."

„Kennen Sie ihn?"

„Nein. Meine Mutter hat uns aus solchen Sachen völlig rausgehalten."

„Haben Sie das bedauert?"

„Nee. Wir hatten ja selber Probleme genug."

„Sie und Ihre Mutter?" fragte Friedberg.

„Nein", sagte Frank Peters gequält. „Ich meine überhaupt. Wo gibt's keine Probleme? Ich hab's ihr oft nicht leicht gemacht, zugegeben, aber Mütter sind manchmal so …" Er zögerte.

„So?" setzte Friedberg nach.

„Ich weiß auch nicht." Frank Peters stand auf. „Darf ich jetzt ins Bad gehen? Ich muß gleich los. Wir schreiben heute eine wichtige Klausur. Ich will da nicht fehlen."

„Okay, wir können uns ja ein andermal weiterunterhalten. Schikken Sie uns bitte Ihren Vater, wenn Sie ihn irgendwo finden." Spengler seufzte und reckte sich. Er spürte wieder mal seinen Rücken.

Der junge Mann schlich aus dem Zimmer.

„Familienbande", schimpfte Friedberg, nachdem die Tür geschlossen worden war. „Ich brauch jetzt bald Frühstück. Bei solch verdrucksten Typen kriege ich Hunger. Die ticken doch beide nicht richtig."

„Die Frau kam mir immer sehr patent vor. Diese Männer passen irgendwie nicht zu der. Selbst wenn man berücksichtigt, welche Verwirrung so ein Ereignis auslöst, verhalten die beiden sich schon sehr merkwürdig." Spengler sehnte sich nach einem Kaffee.

Benno Peters kehrte zurück, noch blasser und fahriger in seinen Bewegungen. „Ich stehe Ihnen jetzt wieder zur Verfügung", sagte er devot.

„Erklären Sie uns bitte, weshalb Ihr Sohn an so einem Tag unbedingt in die Schule will." Friedberg kratzte sich zwischen den Beinen.

„Er nimmt die Schule überaus ernst. Aber er wird dort vor allem seine Freundin Susi treffen wollen, vermute ich. Die beiden hängen sehr aneinander."

„An seiner Mutter hat er wohl nicht so gehangen?" fragte Friedberg.

„Wie kommen Sie darauf?" fragte Benno Peters erschrocken.

„Wir hatten nicht den Eindruck, daß ihn der Tod seiner Mutter sehr erschüttert hätte." Friedberg zupfte an seiner Nase.

„Wie können Sie so etwas behaupten?" empörte sich Benno Peters. „Sie waren ja nicht dabei, als ich ihn informiert habe. Er war völlig außer sich. Aber natürlich wird er seinen Schmerz vor Ihnen verbergen. Er ist überhaupt sehr verschlossen und zeigt seine Gefühle nicht."

„Mag sein. Wir wollen niemandem unrecht tun", versuchte Spengler zu vermitteln. „Jedenfalls werden wir Sie noch öfter belästigen müssen, und da wäre es für alle Beteiligten von Vorteil, wenn mit offenen Karten gespielt würde. Beantworten Sie mir bitte noch eine Frage: gab es in letzter Zeit abgesehen von dem Vorfall im Jugendheim und dem ersten Drohbrief irgendwelche Ereignisse, die einen Hinweis geben könnten?"

Benno schüttelte den Kopf.

„Hatte Ihre Frau Probleme mit Kollegen, Nachbarn, Freunden oder Verwandten?"

„Mit meinem Vater. Das sagte ich ja schon. Deshalb auch der Streit. Aber mein Vater ist alt und gebrechlich."

„Könnte es einen anderen Mann im Leben Ihrer Frau gegeben haben?"

„Das hab ich sie gefragt, nachdem sie ausgezogen war. Sie hat es vehement bestritten."

„Wollte Ihre Frau die Scheidung?"

„Ja."

„Ist Ihre Frau vermögend?"

„Ja."

„Haben Sie in Gütergemeinschaft gelebt?"

„Ja."

„Hat Ihre Frau die Scheidung schon eingeleitet? Und wenn ja, wie heißt ihr Anwalt?"

„Doktor Horstmann in der Knochenhauerstraße."

Friedberg machte sich Notizen. Spengler streichelte seine Bartstoppeln. Peters schluckte mehrmals, richtete sich auf und gab sich einen Ruck. „Man muß kein Gedankenleser sein, um zu wissen, was jetzt in Ihren Köpfen vor sich geht, meine Herren. Mord aus Eifersucht, Mord aus Geldgier, ich weiß, daß vieles gegen mich spricht. Natürlich hätte ich bei einer Scheidung meinen Anspruch auf ihr Barvermögen verloren, und das mußte ich natürlich verhindern. Außerdem konnte ich die Demütigung durch die Scheidung nicht verwinden und mußte auch deshalb zum Messer greifen. Schließlich zur Abrundung des Bildes: ich habe für die vergangene Nacht kein Alibi. Ich war die ganze Zeit zu Hause. Ich bin nicht mal sicher, ob mein Sohn mir ein Alibi geben kann, denn der schläft sehr fest und hätte es nicht bemerkt, wenn ich mich nachts aus dem Haus geschlichen hätte. Aber bevor Sie mich nun festnehmen, lassen Sie sich gesagt sein, daß Sie den Falschen einsperren. Wie ich Ihnen vorhin schon sagte, liebe ich meine Frau und könnte ihr niemals etwas antun."

„Wer redet von festnehmen?" Spengler lächelt. „Es ist zwar nett von Ihnen, daß Sie sich unseren Kopf zerbrechen, aber wir sind durchaus in der Lage, solche scheinbaren Motive richtig einzuordnen. Bis jetzt fehlt jeglicher Beweis für Ihre Täterschaft."

„So was läßt sich schnell finden. Haare von meiner Frau in meinem Auto, Blutflecken von ihr, die es wirklich geben könnte, weil sich Ellen kürzlich an einer Limo-Dose geschnitten hat, und so weiter."

„Sagt Ihnen der Name Gesche Gottfried etwas?" fragte Spengler

„Natürlich. Wer in Bremen kennt Gesche Gottfried nicht. Wieso fragen Sie?"

„Ihre Frau hat gestern einen weiteren Drohbrief erhalten. Darin stand, sie möge an das Ende von Gesche Gottfried denken. Und heute früh wurde sie direkt neben dem ‚Spuckstein‘ auf dem Domshof gefunden, also an der Stelle, wo die Giftmörderin hingerichtet wurde.“

„O mein Gott“, flüsterte Peters.

„Können Sie sich irgendeinen Reim darauf machen?“

„Nein. Was hatte Ellen mit diesem Scheusal zu schaffen?“

„Das fragen wir uns auch. Der Mörder jedenfalls bringt Ihre Frau mit Gesche Gottfried in Verbindung.“

„Ist mir rätselhaft. Absolut rätselhaft. Meine Herren, darf ich fragen, wie es nun weitergeht? Ich müßte jetzt entweder aufbrechen und meine Fahrstunden geben oder den Schülern schnell telefonisch absagen.“

„Lassen Sie sich nicht aufhalten. Wie hoch ist eigentlich Ihre Erfolgsquote bei den Fahrprüfungen?“

„Sehr hoch. Fast alle schaffen es auf Anhieb.“

„Gratuliere. Das hört man gerne. Und Sie sind sicher, daß Sie heute die Nerven haben, Ihre Schüler sicher durch den Verkehr zu führen?“ fragte Spengler jovial.

„Wenn Sie mir noch länger zusetzen, vermutlich nicht mehr.“ Peters stand auf und ging langsam zur Zimmertür.

„Also gut, vertagen wir uns. Um eines muß ich Sie allerdings noch bitten. Können Sie heute nachmittag oder abend zu uns kommen und Ihre Frau identifizieren?“

Peters fuhr zusammen, sein Körper erstarrte. „Ich soll sie mir in ihrem Zustand ansehen?“ fragte er mit zittriger Stimme.

„Nur das Gesicht. Leider kann ich Ihnen das nicht ersparen. Bitte geben Sie meinem Kollegen die Adressen und Telefonnummern von Ihrem Sohn Lutz und den anderen Verwandten. Mit Frau Lange, der Freundin Ihrer Frau, werden wir uns über den Sozialdienst in Verbindung setzen. Lassen Sie mich währenddessen bitte einen Blick in das Arbeitszimmer Ihrer Frau werfen, wenn sie eins hatte.“

„Selbstverständlich. Die Kellertreppe hinunter und gleich die erste Tür rechts."

Spengler atmete auf, als er das Zimmer verlassen hatte. Irgendwie stickig da drin, dachte er. Und das liegt nicht nur am Sauerstoffmangel. Der Mann hat Angst.

Das kleine Arbeitszimmer enthielt außer einem Notebook und einem Kalender nichts, was von Interesse sein konnte. Spengler klemmte sich die Sachen unter den Arm.

In der Diele erwartete ihn Friedberg. „Er kommt um vier in die Pathologie."

„Okay. Und wo ist er jetzt?"

„Wahrscheinlich wieder auf dem Klo." Friedberg grinste schief.

„Herr Peters!" brüllte Spengler.

„Sofort", tönte es aus der Küche, deren Tür offen stand. Kurze Zeit später erschien Peters mit einem Marmeladenbrot in der Hand. „Ich muß ein bißchen was im Magen haben, sonst halte ich den Vormittag nicht durch", erklärte er kauend und verdeckte das Brot mit der linken Hand.

„Guten Appetit", sagte Spengler trocken. „Ich nehme das Notebook und den Kalender Ihrer Frau mit. Einverstanden?"

„Selbstverständlich. Also bis heute um vier." Er verschwand wieder in der Küche.

„Es geht doch nichts über ein anständiges Frühstück." Friedberg rannte in den Regen. Spengler zögerte noch, sah sich um, als erwarte er etwas. Wie konnte eine Frau aus so gepflegter Umgebung derart in Gefahr geraten? fragte er sich. Wer sich in einem Viertel wie Schwachhausen ein prächtiges Haus wie dieses leisten konnte, hatte verdammt nochmal die Pflicht und Schuldigkeit, zufrieden und problemlos sein Dasein zu genießen. Eine Frau wie Ellen Peters gehörte nicht als Mordopfer in die Pathologie. Solche perfekten Wesen schienen unverletzlich zu sein, waren Günstlinge des Schicksals, standen unter dem besonderen Schutz höherer Mächte. Offensichtlich ein Fehler im System, der dieser Frau zum Verhängnis wurde.

Oder ein Kurzschluß? Jedenfalls hatte Spengler noch nie einen frisch gebackenen Witwer mit einem Marmeladenbrot in der Hand gesehen.

Sie frühstückten ausgiebig in einem Café in der Sögestraße, nachdem sie den Wagen im Parkhaus Mitte abgestellt hatten. Friedberg versuchte mehrmals, Spengler in ein Gespräch über Peters und Sohn zu ziehen, aber der widmete sich ganz und gar seinen Brötchen und dem weichen Ei und brummte Unverständliches, wenn der Kollege seinem Widerwillen gegenüber den beiden allzu eifrig Ausdruck verlieh.

Sie waren in die Innenstadt gefahren, um den Anwalt der Familie Peters aufzusuchen, konnten ihn jedoch erst in einer Stunde sprechen, so daß sie die Zeit mit Nahrungsaufnahme überbrücken mußten.

„Du glaubst also, daß mit den beiden alles in Ordnung ist?" ließ Friedberg nicht locker.

„Nee. Merkwürdige Burschen sind das schon. Aber diese Erkenntnis hilft uns wenig weiter." Spengler hatte sein Mahl beendet und wischte sich den Mund, wobei Flusen der weichen Serviette in seinen Bartstoppeln hängen blieben.

Friedberg grinste. „So kannst du aber nicht unter die Leute", flüsterte er.

„Was ist denn?" fragte Spengler unwillig.

„Die halbe Serviette klebt dir im Gesicht."

„Mach dich nur lustig über einen alten Mann. Ich hasse es, unrasiert Dienst tun zu müssen." Er zog ein Stofftaschentuch aus der Hose und polierte seine Wangen. "Alles weg?" fragte er.

Friedberg nickte. „Ist bei mir auch was?"

„In deinem Pennälerbart bleibt nichts hängen."

„Danke, Kollege. Du verstehst es einfach meisterhaft, immer die richtigen Worte zu finden. Und das schon den ganzen Morgen. Bloß weil du früh aufstehen mußtest. Wird Zeit für dich, an deine Pensionierung zu denken. Ich geh jetzt raus und rauche eine, dann kannst du andere Leute mit deiner schlechten Laune erfreuen."

„Okay, aber du hast sicher nichts dagegen, wenn ich für dich mitbezahle. Und daß du dir das Rauchen wieder angewöhnt hast, paßt überhaupt nicht in die heutige Zeit."

„Das ist eben meine Art von Protest gegen Bevormundung."

Das Büro des Anwalts in der Knochenhauerstraße war mit schweren Eichenmöbeln und einer alten Ledergarnitur ausgestattet und genau die richtige Umgebung für den weißhaarigen älteren Herrn, der sie mit Handschlag begrüßte und ihnen Kaffee anbot. Eine ebenfalls weißhaarige Sekretärin erhielt den Auftrag, ‚die Kaffeemaschine anzuwerfen', wie sich Doktor Horstmann auszudrücken beliebte.

Die gediegene Atmosphäre mit den Folianten im Bücherregal und den kostbaren Kupferstichen mit altbremischen Stadtansichten an den Wänden sorgte für Entspannung. Man fühlte sich geborgen und zurückversetzt in eine Zeit, in der Traditionen noch etwas wert waren. Spengler wurden die Augenlider schwer.

Aber die Betroffenheit des Anwalts, als er vom Mord an Ellen Peters hörte, riß ihn aus seiner Schläfrigkeit. Der Mann war wirklich erschüttert. Er wischte sich die Augen hinter seinen dicken Brillengläsern. Seine riesigen Altmännerohren hingen traurig herab.

„Entschuldigen Sie bitte", sagte er mit einem gequälten Lächeln, „aber Sie müssen wissen, daß ich Ellen Peters schon als junges Mädchen gekannt habe. Ich bin seit Jahrzehnten Anwalt und Freund der Familie Vollmer, habe die Töchter heranwachsen sehen und gerade zu Ellen ein besonders herzliches Verhältnis gehabt. Eine überaus schöne und intelligente Frau. Wer bringt so einen ungewöhnlichen Menschen um?"

„Das fragen wir uns auch", sagte Spengler.

„Das hat doch nicht etwa familiäre Hintergründe? Haben Sie schon mit Ellens Mann gesprochen?"

„Natürlich. Uns ist bekannt, daß sich das Ehepaar getrennt hat, daß Frau Peters die Scheidung wollte."

„Ja, eine traurige Geschichte. Ehrlich gesagt, hab ich nicht verstanden, worauf dieser plötzliche Entschluß gründete."

„Es war also ein plötzlicher Entschluß?" wiederholte Spengler.

„Den Eindruck hatte ich, ja. Aber sie wollte sich mir gegenüber nicht näher erklären. Wirkte nur irgendwie verstört."

„Wäre ein Ehebruch denkbar?" fragte Friedberg ungewöhnlich höflich. Die großbürgerliche Atmosphäre hatte ihn offensichtlich eingeschüchtert.

Der alte Herr zuckte die Achseln. „Entzieht sich meiner Kenntnis. Bei einer Frau wie Ellen Peters verbieten sich jedoch Spekulationen in dieser Hinsicht. Und über ihren Ehemann steht mir kein Urteil zu. Ich kenne ihn eher flüchtig, habe ihn allerdings immer als einen bescheidenen, sehr zuvorkommenden Herrn erlebt. Daß Ellen sich aus Sicht ihrer Eltern unter ihrem Standesniveau verehelicht hat, war nach heutigen Maßstäben durchaus akzeptabel und läßt keinerlei Rückschlüsse auf eventuelle Konflikte zu."

„Wie hat sie denn Ihnen gegenüber ihre Scheidungsabsicht begründet?" fragte Spengler.

„Eher vage. Man habe sich auseinander gelebt, es hätten sich über die Jahre unüberbrückbare Gegensätze herausgebildet und so weiter."

„Daß Benno Peters sie geschlagen hat, kam nicht zur Sprache?"

„Nein. Davon höre ich zum erstenmal. Bei Ellen Peters auch kaum vorstellbar, daß jemand die Hand gegen sie erhebt. Degoutant, wenn Sie mich fragen."

„Wie sieht es denn mit den Besitzverhältnissen aus?" fragte Friedberg.

„Dazu kann ich im Moment nur sagen, daß sie eine einvernehmliche Lösung mit ihrem Mann beabsichtigte. Zum Beispiel wollte sie ihm das Haus in der Thomas-Mann-Straße überlassen."

„Und das Barvermögen, das ja vermutlich nicht unbeträchtlich ist?"

„Darauf hätte Herr Peters nach einer Scheidung und Aufhebung der Gütergemeinschaft keinen Anspruch mehr gehabt."

„Aber nach dem heutigen Stand?" hakte Friedberg nach.

„Nun ja, rein rechtlich gesehen ist die Ehe noch gültig, und somit tritt das Testament in Kraft, nach dem das Barvermögen zu gleichen Teilen an den Ehemann und die Söhne geht."

„Da hätten wir ja ein wunderbares Motiv", konnte Friedmann sich nicht verkneifen.

„Ich rate zur Vorsicht, Herr Friedberg. Zu eilfertige Schlußfolgerungen haben schon oft Unheil angerichtet. Aber da kommt unser Kaffee. Sie sind ein Engel, Frau Kunze. Vielen Dank. Stellen Sie sich vor, meine Liebe, unsere so überaus geschätzte Frau Peters ist heute nacht einem Mord zum Opfer gefallen."

„Wie schrecklich." Frau Kunze schenkte Kaffee ein. „Was sind das nur für Zeiten, in denen Frauen so wenig respektiert werden? Möchte einer der Herren Zucker oder Milch? Es wäre auch Gebäck da, wenn es gewünscht wird." Sie schenkte jedem der Anwesenden einen freundlichen Blick und verließ mit kleinen, festen Schritten das Büro, als wollte sie mit dem Stakkato auf dem Parkett demonstrieren, wieviel Leben noch in ihr steckte.

Man trank eine Weile Kaffee, wobei Herr Doktor Horstmann mit immer neuen wohlgesetzten Worten sein Bedauern über den unverdienten Tod seiner Mandantin zum Ausdruck brachte. Während Spengler die Ruhepause in anheimelnder Atmosphäre genoß, rutschte Friedberg nervös in seinem Sessel hin und her. Als die Sekretärin schließlich einen weiteren Besucher ankündigte, verabschiedete man sich schnell.

Im Präsidium wurden sie mit ersten Untersuchungsergebnissen konfrontiert. Aus dem Bericht des Polizeiarztes ging hervor, daß Ellen Peters gegen 22 Uhr getötet wurde, und zwar mit zwei Messerstichen, von denen einer das Herz voll getroffen hatte. Tatwaffe war vermutlich ein größeres Messer mit einseitig geschliffener Klinge. Es war durch die Kleidung gestoßen worden. Den Anorak mußte man ihr später übergezogen haben. Die Tat war also in einem Innenraum verübt worden. Die Leiche mußte einige Stunden gelegen haben, bevor sie verpackt und transportiert worden war. Ellen Peters hatte vor ihrem Tod Alkohol zu sich genommen. Ein Sexualverbrechen konnte nicht nachgewiesen werden, aber normaler Geschlechtsverkehr mit Kondom war nicht auszuschließen. Spuren eines Hämatoms auf der rechten Wange deuteten auf eine Schlagverletzung hin, die aber schon ein paar Tage zurückliegen mußte.

Den Wagen der Ermordeten, für den man den KFZ-Schein und den Zündschlüssel in der Handtasche von Ellen Peters gefunden hatte, hatte man auf dem Parkplatz an der Bürgerweide entdeckt. Erste Untersuchungen ergaben keine Hinweise, Näheres könne erst nach eingehender Überprüfung gesagt werden. Da sie den Zündschlüssel mit sich geführt habe, sei nicht auszuschließen, daß Ellen Peters den Wagen selbst dort abgestellt habe.

Die Spurensuche am Fundort habe keine verwertbaren Ergebnisse erbracht. Eventuelle Reifenspuren oder Fußabdrücke, sofern es sie auf dem glatten Pflaster überhaupt gegeben haben sollte, seien durch den Regen weggewaschen worden. Und weggeworfene Zigarettenkippen oder Papiertaschentücher seien an einem derart intensiv frequentierten Platz ohne Aussagekraft.

Die Anrufe, die vom Handy aus geführt worden waren, würden noch überprüft.

„Kann man alles vergessen", knurrte Spengler. „Vielleicht bringt ja die Laboruntersuchung von der Plane etwas, aber meine Nase sagt mir, daß wir nur über die Leute aus dem Umfeld der Peters weiterkommen."

„Wie schön für dich. Du liebst ja diesen Psycho-Scheiß. Mir würde ein bißchen action besser gefallen als dieses ewige Rumgelaber." Friedberg heftete die Fotos von der Toten und vom Fundort an die Pinwand.

„Das Notebook von der Peters soll sich mal der Wegener anschauen. Falls ein Paßwort notwendig ist, weiß der am besten Bescheid. Und wir sollten uns als nächstes mit dieser Kirsten Lange unterhalten. Die ist ja nicht nur Kollegin, sondern auch Freundin von der Peters."

„Man zu. Mit hübschen Frauen zu reden ist immer ersprießlicher als mit solchen Typen wie dem Ehemann, der uns ja nachher auch noch ins Haus steht. Rufst du an?" Friedberg nahm das Notebook von Spenglers Schreibtisch. „Bin gleich wieder da." Er verließ das Büro.

Spengler erreichte Kirsten Lange im Büro in der Wilhelm-Leuschner-Straße. Sie habe den Anruf schon erwartet, sagte sie mit kläglicher Stimme, denn Benno Peters habe sie über das Furchtbare informiert. Sie habe ihr Auto dabei und könne in fünf Minuten im Präsidium sein.

Sie war blaß und hatte dicke Augen, aus denen gleich wieder Tränen tropften, als sie sich auf dem angebotenen Stuhl niederließ. Das Haar hatte jeden Glanz verloren, und das fleischige Gesicht wirkte formlos, als hätten sich die Schädelknochen aufgelöst. Sie faltete ihre Hände im Schoß und atmete kurz und schnell.

„Ich bin völlig fertig", flüsterte sie. „Sie war meine einzige Freundin. Kein Mensch stand mir so nah außer meiner Mutter. Mein Vater ist ja schon lange tot, und verheiratet bin ich auch nicht."

„Aber Sie leben nicht allein?" fragte Friedberg.

„Wie man's nimmt", seufzte sie. „Mein Freund ist nicht gerade eine große Stütze. Jedenfalls gibt es zwischen uns nicht diese Vertrautheit, die es zwischen Ellen und mir gab. Frauenfreundschaften können schon etwas ganz Besonderes sein. Und jetzt stehe ich mit leeren Händen da." Sie weinte heftiger. „Auch beruflich haben wir uns wunderbar ergänzt. Bei ihr lief alles mehr über den Kopf und bei mir über den Bauch, und mit dieser Mischung waren wir unschlagbar."

„Eigenartig", sagte Spengler nachdenklich. „Obwohl Sie nicht mit Ellen Peters verwandt sind, scheinen Sie mehr um diesen Menschen zu trauern als die nächsten Angehörigen. Benno Peters zum Beispiel …"

„Ach, Benno. Ja, da vermißt man einiges. Er ist schon ein verschrobener Kerl. Ich habe Ellen immer bewundert dafür, daß sie zu ihm gehalten hat, obwohl er sie ständig frustriert hat."

„Wodurch frustriert?" fragte Friedberg.

„Nun ja, wie soll ich sagen? Er war ihr vielleicht kein ebenbürtiger Partner, in geistiger Hinsicht, meine ich. Sie war so interessiert an allem Kulturellen. Wie oft sind wir zusammen ins Kino gegangen oder ins Theater oder in die Glocke. Er hat uns dabei nie begleitet. Seine Fahrschule und sein Fernsehen sind ihm genug. Ganz gut kochen kann er, aber das ist ja auch nicht gerade abendfüllend."

„Also hat Frau Peters mehr mit Ihnen gelebt als mit ihrem Mann?"

„Rein zeitlich gesehen schon. Allein durch unseren Job. Aber ich will hier nicht schlecht über ihre Ehe reden. Immerhin sind die beiden fast dreißig Jahre zusammengeblieben."

„Und warum haben sie sich jetzt getrennt?" fragte Friedberg schnell.

„Schwer zu sagen. Es gab Streit und Handgreiflichkeiten seinerseits, doch was genau der Grund war, weiß ich nicht."

„Gab es sexuelle Schwierigkeiten?"

„Glaub ich nicht. Ellen hat einmal davon gesprochen, daß er ..." Sie zögerte.

„Daß er was?" setzte Friedberg nach.

„Na ja, um es auf gut deutsch auszudrücken, daß er nicht schlecht im Bett war." Sie lächelte verlegen und wischte sich mit dem Handrücken Tränen von den Wangen.

„Sie halten es also für ausgeschlossen, daß ein anderer Mann in Frau Peters Leben eine Rolle gespielt haben könnte."

„Das will ich damit nicht gesagt haben. Sie wissen ja selbst, wie attraktiv Ellen war. Da gab es sicher entsprechende Angebote. Ob sie allerdings darauf eingegangen ist, entzieht sich meiner Kenntnis. Obwohl ..." Wieder zögerte sie.

„Obwohl?"

„Ach, ich will hier nichts in die Welt setzen. Dies ist ja nun wirklich nicht der geeignete Zeitpunkt für irgendwelche Spekulationen. Wie schnell entstehen Gerüchte, die andere Menschen in Schwierigkeiten bringen."

„Frau Lange, spannen Sie uns bitte nicht auf die Folter", sagte Spengler leise. „Jeder auch noch so kleine Hinweis kann uns weiterhelfen."

Kirsten Lange zog ein Papiertaschentuch aus ihrem Anorak und wischte sich das Gesicht ab. Offensichtlich versuchte sie, Zeit zu gewinnen. Sie räusperte sich, ehe sie sagte: „Sie hat mir von einem jungen Mann erzählt, der ihr nachgestellt hat, einem Mitglied unserer Jugendgruppe. Wladimir Groenefeld heißt er."

„War der nicht bei der Messerattacke dabei? Hat er nicht als Zeuge ausgesagt?" fragte Friedberg.

„Ja, richtig." Sie nickte eifrig.

„Und Sie meinen, daß zwischen den beiden etwas gewesen sein könnte?"

„Um Gottes Willen, nein! Ich habe keine Ahnung. Sie war zwar bei ihm in der Wohnung, doch bestimmt nur, um ihn zurechtzuweisen."

„Und was ist mit Benno Peters?" fragte Friedberg. „Als Fahrlehrer kommt er ja viel mit anderen Menschen zusammen, auch mit weiblichen. Könnte er mal außerehelich aktiv geworden sein?"

„Kann ich mir nicht vorstellen. Benno sieht zwar recht gut aus, aber er war so auf Ellen fixiert, daß er bestimmt nicht auf dumme Gedanken gekommen ist. Warum auch? Bei Ellen hatte er alles, was sich ein Mann nur wünschen kann." Sie fing wieder an zu weinen. „Haben Sie gemerkt, daß ich von Ellen schon in der Vergangenheit spreche? Ist das nicht schrecklich? Dabei habe ich andererseits das Gefühl, daß sie jeden Moment quicklebendig hier zur Tür hereinspazieren und mich in den Arm nehmen könnte. Sie war immer so voller Kraft und Lebensmut. Ein Mensch, an den man sich anlehnen konnte. Das hat mir über vieles hinweggeholfen."

„Wie meinen Sie das?" fragte Spengler.

„Nun ja, jeder hat Momente in seinem Leben, in denen er sich schwach und hilflos findet, und dann braucht man eben eine Frau wie Ellen, die einem heraushilft aus dem Loch, in das man gefallen ist."

„Mit anderen Worten: Ellen Peters war eine sehr dominante Person, der man sich gern unterordnete?" fuhr Spengler fort.

„Das klingt so negativ. Wir haben uns gegenseitig gestützt und ergänzt, wie es bei guten Freundinnen eben sein sollte."

„Aber Sie bestreiten nicht, daß Frau Peters sehr dominant war?"

„Ich weiß nicht, worauf Sie hinaus wollen?" Kirsten Lange lächelte unsicher.

„Ich versuche in Erfahrung zu bringen, ob vielleicht Menschen aus dem Umfeld von Ellen Peters unter ihrer Dominanz gelitten haben könnten. Der letzte Drohbrief, der sie mit Gesche Gottfried in Verbindung gebracht hat, könnte ein Hinweis darauf sein."

„Ach, diese Sache. Richtig. Mein Freund hat mir davon erzählt. Ellen war ja gestern abend noch kurz bei uns, aber leider hab ich sie verpaßt, weil ich bei meiner Mutter in Brake war."

„Frau Peters war gestern abend bei Ihnen?" fragte Friedberg wie elektrisiert. „Wann war das?"

„Zwischen acht und neun, glaube ich. Bei der Gelegenheit hat sie von dem Brief erzählt. Mein Freund hat sie eingeladen, auf mich zu warten, aber sie ist wieder gegangen."

„Hat sie bei Ihnen Alkohol getrunken?" fragte Spengler.

„Das weiß ich nicht. Könnte aber sein, weil mein Freund ..." Sie zögerte.

„Ja, was ist mit Ihrem Freund?" Friedberg wurde ungeduldig.

„Er trinkt oft ein bißchen viel", sagte sie verlegen.

„Ist er Alkoholiker?"

Sie nickte.

„Hat Frau Peters Ihrem Freund gesagt, ob sie noch was vor hatte an dem Abend?"

„Ich glaube ja. Sie hat von einem Termin gesprochen, weshalb sie auch nicht auf mich warten wollte."

„Aber Näheres zu diesem ‚Termin', wie Sie sagen, hat sie nicht verlauten lassen?"

„Nicht daß ich wüßte."

„Wo können wir Ihren Freund erreichen?"

„Bei mir zu Hause. Er ist im Moment arbeitslos und fast immer daheim. Soll ich ihn vorbeischicken?"

„Nein. Wir werden ihn in etwa einer Stunde bei Ihnen besuchen. Geben Sie uns bitte Ihre Adresse."

Benno Peters zeigte keinerlei Reaktion beim Anblick seiner toten Frau. Er nickte nur mit dem Kopf und flüsterte: „Sie ist es."

Spengler begleitete ihn aus der Pathologie zurück ins Büro, wo Friedberg inzwischen Kaffee gekocht hatte. Auch Peters ließ sich einen heißen Plastikbecher in die Hand drücken und trank mit kleinen Schlucken.

„Herr Peters, sehen Sie sich in der Lage, uns noch ein paar Fragen zu beantworten?" eröffnete Spengler behutsam das Gespräch.

Peters nickte.

„Wann haben Sie Ihre Frau zuletzt gesehen?"

„Vor ein paar Tagen im Hotel Munte. Ich habe versucht, sie zur Rückkehr zu mir zu bewegen."

„Haben Sie bei der Gelegenheit erfahren, daß sie sich von Ihnen scheiden lassen wollte?"

„Ja."

„Haben Sie sich damit einverstanden erklärt?"

„Natürlich nicht. Ich hatte ja die Hoffnung, daß sie sich besinnen würde."

„Kam Ihnen der Entschluß Ihrer Frau unverhältnismäßig vor als Reaktion auf einen normalen Ehestreit?"

„Unbedingt."

„Sie haben also weiterhin auf Aussöhnung gesetzt?"

„Selbstverständlich."

„Und sich gestern Abend noch einmal mit ihr treffen wollen, um sich mit ihr auszusprechen", schaltete sich Friedberg ein.

„Wie kommen Sie darauf?"

„Für wann und wo hatten hatten Sie sich mit ihr verabredet?"

„Wovon reden Sie?"

„Herr Peters, wir wissen aus zuverlässiger Quelle, daß sich Ihre Frau gestern abend mit jemandem in der Stadt treffen wollte. Nach unseren bisherigen Recherchen kommt niemand außer Ihnen dafür in Frage. Sie mußten doch alles daran setzen, Ihre Frau umzustimmen, denn es ging für Sie ja nicht nur darum, Ihre Ehe zu retten, sondern auch um erhebliche finanzielle Ansprüche."

Peters schüttelte den Kopf. „Ich sagte ja schon heute morgen, daß alles gegen mich spricht. Ich kann nur wiederholen, daß ich zu so einer Tat nicht fähig bin. Auch wenn mich Ellen sehr gedemütigt hat, auch wenn eine Scheidung finanzielle Einbußen mit sich gebracht hätte, ich tauge nicht zum Mörder. Ich bin ein Weichei, wie man heute Männer wie mich nennt. Früher sprach man von Softies, und das war noch fast ein Kompliment."

„Und gerade solche Männer können in Extremsituationen zum Äußersten getrieben werden", behauptete Friedberg. „Haben Sie Beziehungen zu anderen Männern?"

„Was wollen Sie von mir? Irgendein Geständnis? Ich habe meine Frau getötet, um mit einem Mann zusammenleben zu können? Von mir aus. Sie haben die freie Wahl. Sperren Sie mich ein. Machen Sie mir den Prozeß. Mein Leben hat sowieso jeden Sinn verloren."

„Aber Sie haben Kinder, Herr Peters. Haben die keine Bedeutung mehr für Sie?"

„Kinder gehen aus dem Haus. Mein Ältester hat nur noch Verachtung für mich übrig, und mein Jüngster belächelt mich. Unsere Familie hat sich überlebt, fällt auseinander, eigentlich Grund genug, daß die Eheleute enger zusammen rücken. Bei uns passiert genau das Gegenteil. Mit der Auflösung der Familie platzt auch die Ehe. Ich sitze auf einem Scherbenhaufen, und Sie wundern sich, daß ich die Schnauze voll habe. Ich stehe Ihnen für alles zur Verfügung, meine Herren, aber lassen Sie mich endlich in Ruhe." Das Schluchzen überfiel ihn mit solcher Heftigkeit, daß er es nicht zurückhalten konnte.

Spengler legte ihm die Hand auf den Arm, und Friedberg goß Kaffee nach.

Kirsten Lange öffnete ihnen die Wohnungstür und bat sie ins Wohnzimmer, wo sie ein Mann in den Fünfzigern erwartete, der sich als Friedrich Glaser vorstellte, genannt Freddy, wie er mit einem gewissen Stolz hervorhob. Obwohl sein Gesicht vom Alkoholmißbrauch gezeichnet war, konnte man ihm, trotz der schlaffen Haut und der trüben Augen, eine gewisse Attraktivität nicht absprechen. Sein sympathisches Lächeln entblößte relativ intakte Zähne, und sein Händedruck war betont männlich.

Man setzte sich, und Kirsten Lange bot Wasser und Obstsäfte an. Gläser und Flaschen waren schon bereit gestellt. Die Polizisten lehnten dankend ab.

„Herr Glaser, Sie wissen sicher von Frau Lange, weshalb wir gekommen sind", eröffnete Spengler das Gespräch. „Es geht um Ellen Peters, die gestern abend hier gewesen ist."

„Ja, das stimmt. Sie wollte Kirsten besuchen und ihr von dem neuen Drohbrief berichten. Wir haben uns kurz unterhalten, und dann ist sie wieder gegangen, weil Kirsten bei ihrer Mutter in Brake war."

„Wann war das genau?"

„Ich habe nicht auf die Uhr geschaut. Ich schätze, es war gegen viertel vor neun. Denn ab neun habe ich einen Film auf Arte gesehen. Einen alten Hitchcock. ‚Verdacht' hieß er, glaube ich." Er lachte.

„Frau Peters hat Ihnen gegenüber von einem Termin in der Stadt gesprochen. Hat sie sich irgendwie näher dazu geäußert?"

„Nein. Aber er schien ihr sehr wichtig zu sein. Ich hatte das Gefühl, daß sie irgendwie unter Druck stand."

„Unter Zeitdruck?"

„Weniger. Sie wirkte deprimiert und fahrig. Sie schien Angst zu haben. Ich hatte jedenfalls nicht den Eindruck, daß sie sich auf den Termin freute."

„Sie kannten Frau Peters offensichtlich sehr genau, wenn Sie ihren Zustand so exakt beschreiben können", warf Friedberg ein.

„Nun ja, wenn man befreundet ist, bleibt einem so etwas nicht verborgen." Glaser lachte.

„Das war also keine reine Frauenfreundschaft?"

„Nein", beeilte sich Kirsten Lange zu sagen, „wir waren auch als Paare befreundet, haben uns oft gesehen, zum Beispiel erst vor kurzem auf Bennos Geburtstag."

„Und wie ist Ihr Verhältnis zu Benno Peters, Herr Glaser?" fragte Friedberg.

„Völlig normal, würde ich sagen. Wir sind zwar nicht unbedingt aus dem gleichen Holz geschnitzt, aber gegenseitige Sympathie ist durchaus vorhanden."

„Das klingt eher nach einer distanzierten Beziehung", meinte Spengler.

„Bei vielen befreundeten Paaren kommt es ja durchaus zu sexuellen Irritationen, kleinen Flirts über Kreuz, Eifersüchteleien und manchmal auch zu handfestem Partnertausch." Friedberg schaute blitzschnell zwischen beiden hin und her. Kirsten Lange biß sich auf die Unterlippe, während Glaser in lautes Lachen ausbrach.

„Na, Sie machen mir Spaß. Benno und meine Kirsten? Eher würde er mit einem dicken Klotz am Bein in die Weser springen. Der hat doch Angst vor Frauen. Der wäre bis heute unverheiratet, wenn Ellen nicht damals die Initiative ergriffen hätte."

„Woher wissen Sie das so genau?"

„Von Ellen. Beziehungsweise von Kirsten, die ja damals schon befreundet war mit Ellen."

„Und wie war Ihre Beziehung zu Ellen?"

„Ich mochte sie, klar. Sie war ja eine Frau, die auf jeden Mann wirkte. Ich meine nicht nur sexuell. Sie war einfach eine faszinierende Person. Aber näher an sich heran ließ sie keinen."

„Das klingt, als ob Sie das bedauern."

„Freunde sind doch tabu", warf Kirsten Lange ein.

„Das können sich Polizisten schlecht vorstellen, Schatz. Wer ständig mit Abschaum zu tun hat, verliert den Respekt vor menschlichen Werten wie Freundschaft und Treue. Wenn Sie unterstellen, meine Herren, da sei etwas zwischen Ellen und mir gewesen, liegen Sie gründlich falsch."

„Nichts für ungut, Herr Glaser. Aber wir wissen nun mal, daß Sie Probleme mit dem Alkohol haben …"

„Von wem?" unterbrach Glaser Spengler.

„Von mir", gestand Kirsten Lange kleinlaut.

„Na, prima. Dann wäre ja alles klar. Einer der säuft, baggert auch die Freundinnen seiner Lebensgefährtin an. So einer ist haltlos und moralisch verkommen. So einer schreckt vor nichts zurück, auch nicht vor …"

„Freddy, bitte. Du wolltest dich doch nicht aufregen", flehte Kirsten Lange.

„Ich laß mir hier nichts andichten. Auch wenn ich Alkoholiker bin, habe ich Anspruch auf mehr Respekt." Er lief aus dem Wohnzimmer und kehrte gleich darauf mit einer Bierflasche in der Hand zurück. Noch im Gehen nahm er den ersten Schluck.

„Freddy, was soll das?" Kirsten Lange versuchte, ihm die Flasche zu entwinden, aber er stieß seine Freundin unsanft zurück.

„Nun wo alle Schranken gefallen sind, muß ich mir ja auch keinen Zwang mehr antun. Fahren Sie nur fort, meine Herren, mich zum Sündenbock zu erklären. Ich bin gespannt, wie Sie es hindrehen werden, mir auch noch den Mord an Ellen in die Schuhe zu schieben. Prost!" Er hielt die Flasche in die Höhe.

„Hat Frau Peters gestern Abend hier bei Ihnen Alkohol zu sich genommen?" fragte Spengler.

„Nein. Aber ich!" rief Glaser triumphierend.

„Ich denke, wir wissen fürs erste genug", sagte Spengler und richtete sich auf.

„Das tun Sie nicht. Sie haben zwar ständig mit menschlichem Elend zu tun, aber Sie sehen nur die Oberfläche. Sie überführen Mörder mit Fingerabdrücken, DNS-Untersuchungen, Schmauchspuren oder Phantomzeichnungen. Die wirklichen Hintergründe bleiben Ihnen verborgen. Die Abgründe der menschlichen Kreatur sind Ihnen ein Buch mit sieben Siegeln." Glaser leerte die Flasche.

„Freddy, ich denke, wir sollten die Herren jetzt gehen lassen", sagte Kirsten Lange leise.

„Halte ich sie etwa auf? Nur eins zum Schluß, geehrte Herren. Ich habe früher, als ich noch bei der Zeitung war, viele Gerichtsreportagen geschrieben und mich immer wieder gewundert über das fehlende Einfühlungsvermögen der Polizisten und Richter. Ich habe mich oft geschämt vor den armen Schweinen auf der Anklagebank. Das deutsche Polizei- und Justizwesen beruft sich nicht zufällig auf viele Gesetze, die noch aus der Nazi-Zeit oder dem Kaiserreich stammen. Wenn das kein Grund zum Saufen ist, was dann?!"

VII

Bei der Frühbesprechung im großen Kreis konnte noch kein Fahndungserfolg in Bezug auf Daniel Schneider gemeldet werden, aber in anderer Hinsicht gab zwei neue Anhaltspunkte. Der Kriminaltechniker Wegener hatte auf dem Notebook von Ellen Peters einen Brief gefunden, den die Ermordete an ihren Mann und ihren Sohn Frank gerichtet hatte. Darin bat sie um Hilfe, weil sie sich bedroht fühlte, auch von ihren engsten Angehörigen. Sie beklagte mangelnde Kommunikation und die ihr unerklärlichen Veränderungen im Verhalten der beiden und bot an, sich wieder füreinander zu öffnen. Ob der Brief auch ausgedruckt und weitergegeben worden war, ließ sich allerdings nicht feststellen.

Einen zweiten interessanten Hinweis ergab die Auswertung der Handydaten der letzten Tage. Außer einigen Anrufen zu Hause und im Amt war ein Gespräch mit einer Frauenärztin in Vegesack geführt worden, in deren Praxis vorwiegend Schwangerschaftsabbrüche vorgenommen wurden.

Ärztliche Schweigepflicht, dachte Spengler mißmutig, als er mit Friedberg in sein Büro zurückkehrte. Natürlich konnte man die Praxis aufsuchen, aber man würde ihnen mit Sicherheit mündliche Auskünfte verweigern und sie garantiert keinen Blick in die Kartei werfen lassen.

„Du guckst schon wieder so mies aus der Wäsche", sagte Friedberg. „Was hab ich diesmal verbrochen?"

„Ausnahmsweise mal nichts. Ich hab irgendwie in der Nase, daß die Sache mit der Frauenärztin wichtig sein könnte. Aber wir haben keine Handhabe, sie zum Reden zu bringen."

„Kommt auf einen Versuch an."

„Mediziner und katholische Beichtväter sind nicht mein Fall. Da beißt man sich die Zähne aus. Ich schlage vor, wir knöpfen uns erstmal diesen Wladimir Groenefeld vor."

„Jetzt ist der bestimmt in der Schule."

„Dann holen wir ihn da raus. Wir müssen dem gewaltig Dampf machen. Ich glaube zwar nicht, daß der was mit der Peters hatte, aber ich bin mir ziemlich sicher, daß er uns wegen Daniel Schneider weiterhelfen kann. Daß der Bursche immer noch frei rumläuft, ist ein dicker Hund und nicht gerade ein Ruhmesblatt für unsere Fahndung."

„Okay, bis jetzt hatten wir auch keinen Grund, dafür extra Personal freizustellen, aber seit gestern wird richtig rangeklotzt. Sie haben ja auch schon den Wladimir vernommen."

„Ohne Erfolg, wie wir gehört haben."

„Du wirst ihn natürlich zum Reden bringen."

„Verarschen kann ich mich selber. Unsere Jungs sind zwar alle sehr tüchtig, doch das richtige Fingerspitzengefühl ist nicht jedem in die Wiege gelegt worden."

„Da hast du recht. Was Lebenserfahrung und Altersweisheit anbetrifft, ist unser Chef einfach nicht zu überbieten. Also krall' dir das Bürschchen."

„Vielen Dank für deine Einsicht."

Sie hatten Glück, Wladimir Groenefeld befand sich nicht in der Schule, sondern wegen einer angeblichen Halsentzündung zu Hause. Allerdings war ihm davon nichts anzumerken. Er sprach völlig normal, als er die Beamten ins Wohnzimmer bat, wo der Fernseher lief. Wladimir stellte das Gerät ab und zeigte auf zwei einfache Sessel, während er sich auf eine gepolsterte Fußbank setzte. Die Wohnung war sauber, aber fast primitiv eingerichtet. Nur ein paar gerahmte Fotos mit Bildern aus der russischen Heimat und ein Samowar sorgten für eine gewisse Atmosphäre.

„Meine Eltern sind beide arbeiten", erklärte Wladimir höflich. „Die Sache mit Frau Peters tut mir sehr leid. Sie war eine ganz besondere Frau." Sein Gesicht blieb völlig ausdruckslos, als er sein Bedauern aussprach.

„Sie haben durch unsere Kollegen davon erfahren?" fragte Spengler.

Wladimir nickte. „Sie waren gestern hier wegen Daniel. Natürlich glaubt jetzt jeder, daß er das war. Aber warum sollte er das getan haben? Damals im Jugendheim ist er ausgerastet, ja, doch danach hat er das sehr bedauert."

„Woher wissen Sie das? Haben Sie noch Kontakt zu ihm?" fragte Friedberg.

„Nein. Er hat mich mal angerufen und mir das erzählt."

„Von wo aus angerufen?"

„Was weiß ich. Ich habe nicht danach gefragt. Er war nicht gut drauf. Brauchte Geld."

„Haben Sie ihm was gegeben?"

„Wie denn? Hab doch selber nichts."

„Wie war Ihr Verhältnis zu Frau Peters?" schaltete Spengler sich ein.

„Sehr gut. Sie hat einen super Job gemacht im Heim."

„Und darüber hinaus? Sie war doch mal hier bei Ihnen in der Wohnung."

„Woher wissen Sie das?" Wladimir war irritiert.

„Wohin haben Sie das Geld für Daniel Schneider gebracht?" fragte Friedberg.

„Ich hab … ach, Unsinn. Frau Peters war mal hier, ja. Nachdem das mit Daniel passiert war. Wir waren beide völlig durcheinander."

„Und da haben Sie sich gegenseitig getröstet?" Spengler lächelte verständnisvoll.

„Ist Daniel noch hier in Bremen oder versteckt er sich außerhalb?" setzte Friedberg nach.

„Was soll er denn außerhalb? Ich meine, nur hier in Bremen kennt er sich aus."

„Aber in Großstädten wie Hamburg oder Berlin kann man besser untertauchen."

„Frau Lange hat uns erzählt, daß Sie bei Frau Peters zudringlich geworden sind."

„Das ist nicht wahr", jammerte Wladimir. „Wir haben uns immer gut verstanden. Ich hätte es nie gewagt, sie anzufassen."

„Aber Sie hätten es gern getan. Immerhin war sie eine sehr schöne Frau."

„Lassen Sie mich doch in Frieden. Sie war so alt wie meine Mutter."

„Ja, und? Gerade das kann doch sehr reizvoll sein. Waren Sie vorgestern abend mit ihr in der Stadt verabredet?"

„Nein! Ich hatte nichts mit ihr, das müssen Sie mir glauben."

„Deshalb hätten Sie sich ja trotzdem mit ihr treffen können. Frau Peters war in der letzten Zeit nicht sehr glücklich und hat sicher Hilfe bei Freunden gesucht. Und gut befreundet waren Sie doch mit ihr?" Spengler beugte sich vor und lächelte väterlich.

„Genau wie mit Daniel Schneider. Und gute Freunde läßt man nicht einfach im Stich. Die unterstützt man mit Geld oder auch wie bei Frau Peters mit männlichem Beistand."

„Ich hatte nichts mit Ellen, ich schwör's."

„Ach, Sie nennen sie mit Vornamen."

„Das haben wir alle getan in der Gruppe", beteuerte Wladimir verzweifelt.

„Aber nicht alle in der Gruppe haben sie mit in die Wohnung genommen. Das zeigt doch, daß Sie eine besondere Rolle bei ihr gespielt haben."

„Ich habe sie manchmal unterstützt, wenn es Probleme in der Gruppe gab, wie zum Beispiel mit Daniel."

„Sie waren also so ein bißchen der gute Geist der Gruppe. So was schafft Vertrauen oder auch Zuneigung. Es gibt viele Frauen, die Halt bei jüngeren Männern suchen. Vielleicht ist ja die Initiative in Bezug auf Sie beide von ihr ausgegangen, vielleicht wollte sie mehr als ein freundschaftliches Verhältnis." Spengler redete wie ein Beichtvater.

„So eine war Ellen nicht!" erregte sich Wladimir.

„Ich denke mal, Sie sind ein Mensch, der schlecht nein sagen kann. Sie konnten bei Ellen nicht nein sagen und auch bei Daniel Schneider nicht, als der Sie um Hilfe und Geld bat. Niemand macht Ihnen deswegen einen Vorwurf, im Gegenteil, wir verstehen nur zu gut, daß Sie Menschen beistehen. Ellen Peters war in Not. Wer will es ihr verdenken, wenn sie sich einem guten Freund in die Arme wirft und es dabei sogar zu Intimitäten kommt, die ihr ein Gefühl von Geborgenheit geben?"

„Nein, nein", stammelte Wladimir, „so war es nicht. Ich wollte ihr ja helfen, aber sie hat mich zurückgewiesen."

„Sie wollten mit ihr schlafen?" fragte Friedberg.

„Weiß ich nicht. Ich wollte sie einfach anfassen, ihr nahe sein, aber sie ist weggelaufen."

„Wie bitter für Sie. In Ihrem Alter steckt man dergleichen nicht leicht weg. So eine Demütigung macht einem zu schaffen, stimmt's? Da kann man schon mal ein wenig böse werden, vielleicht sogar Haß empfinden. Ich jedenfalls wäre ausgerastet, wenn man mich derart brüskiert hätte." Friedberg nickte bestätigend.

„Ihr Freund Daniel ist ja auch von ihr ziemlich rüde abgefertigt worden. Da liegt es doch auf der Hand, daß ihr euch zusammengetan und überlegt habt, wie man diese arrogante Frau von ihrem hohen Roß herunterholt."

„Haben Sie schon mal von Gesche Gottfried gehört?" fragte Friedberg.

„Ja, in der Schule."

„Und da habt ihr euch gedacht, die Peters legen wir da hin, wo Gesche ihr Leben lassen mußte."

Wladimir schüttelte verzweifelt den Kopf. „Ich weiß nicht, was das alles soll. Ich habe ihr nichts angetan, und Daniel auch nicht." Er hatte Tränen in den Augen.

„Und Daniel auch nicht?" hakte Friedberg nach. „Woher wissen Sie das?"

„Ach, ist doch egal." Wladimir ließ den Kopf sinken und starrte auf den Boden.

„Woher wissen Sie das?"

„Weil ich gestern mit ihm telefoniert habe."

„Hat er ein Handy?"

„Das benutzt er nicht. Damit ihr Scheißbullen ihn nicht findet!" schrie Wladimir. „Laßt mich endlich in Ruhe! Macht, daß ihr hier raus kommt! Ich kann euer Gelaber nicht mehr ertragen!" Wladimir warf den Kopf in den Nacken und streckte seine Arme aus. „Und jetzt könnt ihr mich festnehmen wegen Beamtenbeleidigung."

Spengler lächelte. „So weit sind wir noch nicht, mein Junge. Wenn du mit Daniel übers Festnetz gesprochen hast, wirst du ja auch wissen, von wo aus Daniel telefoniert hat."

„Seit wann duzen wir uns?" fragte Wladimir aggressiv.

„Seit du damit angefangen hast. Aber wie Sie wollen, junger Mann. Wir möchten jetzt wissen, von wo aus Daniel telefoniert hat."

„Ich sag nichts mehr."

„Auch gut." Friedberg stand auf und ging im Zimmer hin und her. „Dann sag ich jetzt mal, wie die Sache gelaufen ist. Ihr beide, Daniel und du, hattet eine Mordswut auf die Peters, Daniel wegen der Blamage im Heim und du, weil die Peters dich hat abblitzen lassen. Ihr habt gemeinsam überlegt, wie ihr der feinen Dame eins reinwürgen könntet. Ihr habt ihr einen zweiten Brief geschrieben mit Hinweis auf Gesche Gottfried und sie dann angerufen und zu einer Aussprache in das Versteck von Daniel eingeladen. Wir wissen aus sicherer Quelle, daß Ellen Peters für den Mordabend eine Verabredung hatte, und zwar, da bin ich sicher, mit euch beiden Galgenvögeln. Die Peters ist euch auf den Leim gegangen, und ihr habt die Gelegenheit genutzt, sie nach Strich und Faden fertig zu machen. Dabei ist dann was aus dem Ruder gelaufen, denn ich will nicht unterstellen, daß ihr von vornherein die Absicht hattet, sie abzustechen. Vermutlich wart ihr dieser couragierten Frau einfach nicht gewachsen, womöglich habt ihr euch auch vorher Mut angetrunken, jedenfalls hat sie euch derart abserviert, daß ihr in einer Mischung aus Wut und Ohnmacht durchgedreht seid. Wer von euch zugestochen hat, sei dahingestellt, aber das kriegen wir auch noch raus. Ich will für dich hoffen, daß du es nicht warst."

Wladimir zitterte am ganzen Körper. „Nein, nein, nein", stammelte er und raufte sich die Haare. „Das ist alles nicht wahr. Ich schwöre es. Daniel und ich, das müssen Sie mir glauben, haben nichts mit dem Mord zu tun."

„Wo ist Daniel Schneider?" fragte Spengler leise.

„Sie werden uns erst los, wenn Sie uns sein Versteck gesagt haben. Sollte er wirklich unschuldig sein, müßte es doch auch in seinem Interesse sein, die Sache aufzuklären und wieder normal zu leben", ergänzte Friedberg.

„Er würde es mir nie verzeihen, wenn ich ihn verrate."

„Das muß er ja nicht erfahren. Wir verbürgen uns dafür, daß Ihr Name nicht genannt wird, wenn wir ihn uns schnappen."

„Sie wollen ihn also verhaften?" fragte Wladimir entsetzt.

„Erstmal mit ihm reden. Wenn sich herausstellt, daß er eine saubere Weste hat, kann er nach Hause zurückkehren." Spengler lächelte zuversichtlich.

„Und die Sache im Heim? Seine Morddrohung?"

„Wenn er mit uns kooperiert, läßt sich da sicher was machen."

„Sie müssen mir versprechen, daß er in Ruhe gelassen wird deswegen."

„Okay." Spengler seufzte.

„Okay ist zu wenig. Schwören Sie es."

„Junger Mann, wir sind hier nicht vor Gericht. Das Okay eines Polizisten muß Ihnen genügen. Und jetzt die Adresse, bitte."

„Wenn er das rauskriegt, bringt er mich um. Er wohnt bei einem Kumpel in der Columbusstraße in Walle." Er nannte Namen und Hausnummer. „Ich muß jetzt aufs Klo." Er rannte aus dem Zimmer.

Sie mußten mehrmals klingeln, bis ihnen die Tür des unscheinbaren Reihenhauses geöffnet wurde. Ein unrasierter älterer Mann in T-Shirt, das über einem monströsen Hängebauch spannte, Trainingshose und Filzpantoffeln versperrte den Eingang demonstrativ.

„Was wollen Sie?" knurrte er mürrisch, ohne den Gruß der Polizisten zu erwidern.

Sie stellten sich vor, zeigten ihre Ausweise und fragten, ob sie hereinkommen dürften.

„Nein", war die Antwort. Der Mann wollte die Tür wieder schließen.

„Moment!" rief Friedberg. „Wenn Sie uns nicht ins Haus lassen, müssen wir eben hier draußen reden. Dürfte interessant für die Nachbarn sein."

„Ich hab nix verbrochen, das wissen alle hier. Also, was liegt an?" Der Mann wich nicht vom Platz.

„Wir suchen Daniel Schneider, der sich bei ihrem Sohn Kevin versteckt hält."

„Weiß ich nix von."

„Also hier im Haus ist er nicht?"

„Nee. Kenn keinen Daniel Schneider."

„Herr Jahn, so ist doch Ihr Name?" schaltete sich Spengler ein.

„Jau, wie der olle Turnvadder."

„Herr Jahn, Daniel Schneider steht unter Verdacht, ein Verbrechen begangen zu haben. Wenn Sie ihm Unterschlupf gewähren, machen Sie sich strafbar. Sehen Sie, wir könnten uns in kürzester Zeit mit einem großen Polizeiaufgebot bei Ihnen Einlaß verschaffen, auch gegen Ihren Willen. Was meinen Sie, was dann hier los ist."

„Bin ich gespannt drauf. Ist ja sonst nix los hier inne Gegend. Wär's das? Tach auch, die Herren." Er zog sich zurück und verriegelte die Tür.

„Prost Mahlzeit!" schimpfte Friedberg.

„Keine Sorge, Herr Kollege. Laß uns den Wagen wegbringen und dann drüben hinter der Hecke warten. Ich wette mit dir, daß der Schneider sofort das Weite suchen wird. Und vergiß die Handschellen nicht, dem Kerl ist nicht zu trauen."

„Wie du meinst."

Nachdem sie eine halbe Stunde vergeblich hinter der Hecke gehockt und sich kalte Füße geholt hatten, gestand Spengler seufzend: „Die Wette hab ich wohl verloren."

„Du sagst es. Kostet dich ein kleines Mittagessen."

„Du und dein Materialismus. Wünsch dir doch mal ein gutes Buch oder eine Theaterkarte."

„Ja ja, demnächst. Und wie geht's nun weiter, Chef?"

„Ruf Paulsen an, er soll einen Wagen schicken und das Haus observieren lassen. Ich vermute, da tut sich was im Laufe des Tages. Ich glaube nicht, daß der Schneider noch im Haus ist. Wahrscheinlich hat unser Freund Wladimir kalte Füße gekriegt und seinen Freund gewarnt. Der ist dann Hals über Kopf abgehauen. Wenn wir Glück haben, kommt er zurück, um seine Sachen zu holen, wenn nicht, nehmen wir uns Wladimir wieder zur Brust. Die ganze Sache stinkt mir allmählich."

„Was ist, wenn dieser Kevin Jahn das Haus verläßt?"

„Auf jeden Fall verfolgen. Vielleicht führt der uns zu Schneider."

„Und woran erkennt man den?"

„Daß er jung ist und nicht aussieht wie Schneider. Und von dem sind ja genug Fotos da. Paulsen soll sie seinen Leuten mitgeben."

Während Friedberg telefonierte, lief Spengler auf und ab, um seine lahmen Beine wieder in Schwung zu bringen. Scheiße, wenn man alt wird, dachte er und empfand einen Horror vor der Aussicht, bald nur noch für den Bürodienst zu taugen. Und wenn ich dann eines Tages auch mein Boot nicht mehr beherrsche, spring ich vom Weserwehr.

„Ich bin soweit!" rief Friedberg aus dem Wagen.

Spengler ließ sich in den Sitz fallen. „Wir müssen noch warten, bis die Kollegen da sind."

„Klar. Und dann?"

„Wo wir sowieso schon halb in Vegesack sind, sollten wir mal bei der Frauenärztin vorbeischauen."

„Gerne. Ein Frust kommt selten allein."

Sie wurden in einen Nebenraum geführt, der mit Aktenschränken, Karteikästen und Kartons vollgestellt war. Auf einfachen weißen Holzstühlen, deren Farbe schon abblätterte, mußten sie Platz nehmen. Zum Zeitvertreib legte ihnen die Sprechstundenhilfe Lesemappen auf einen Hocker. Spengler durchblätterte einen älteren ‚Spiegel', während sich Friedberg daran machte, Kreuzworträtsel in der ‚Freizeit Revue' zu lösen.

Spengler stellte wieder einmal fest, daß die Warterei in Arztpraxen einem das Selbstwertgefühl raubte, auch wenn man wie in diesem Fall nicht als Patient kam. Das mußte mit der speziellen Atmosphäre der Praxen zusammenhängen. Die Geschäftigkeit des Personals, dessen weiße Kleidung schon Überlegenheit und Unerreichbarkeit signalisierte, und der Fachjargon, mit dem quasi Geheimnisse ausgetauscht wurden, reduzierten den Hilfesuchenden auf seine Kreatürlichkeit und nahmen ihm jegliche Individualität. Im Extremfall war man wie in den Kliniken nur noch der ‚Infarkt' von Zimmer hundertsiebenundzwanzig.

Die Ärztin empfing sie in ihrem spartanisch eingerichteten Sprechzimmer. Alles in dieser Praxis wirkte steril und unpersönlich, als wollte man um jeden Preis vertuschen, daß hier menschliches Leben in einem Frühstadium ausgelöscht wurde.

Sie war eine gepflegte, damenhafte Erscheinung um die Fünfzig. Eine randlose Brille vergrößerte die ausdrucksvollen Augen, die das feine Gesicht bestimmten. Eine gewisse Melancholie prägte ihre Züge.

„Sie kommen sicher wegen Ellen Peters. Was für eine schreckliche Geschichte", sagte sie leise.

„Ja, wir konnten feststellen, daß Sie vor kurzem noch Kontakt zu ihr hatten", sagte Spengler.

„Das ist richtig." Sie wischte sich mit der rechten Hand über die Wangen. „Wir kennen uns seit vielen Jahren."

„Hatte das mit ihrer Arbeit als Sozialpädagogin zu tun?"

„Ja. Ich habe sie manchmal beraten."

„Auch im Zusammenhang mit Schwangerschaftsabbrüchen?"

„Auch das", bestätigte sie.

„Und der letzte Kontakt?"

„Es handelte sich um einen Abbruch, ja."

„Können Sie uns Näheres dazu sagen?"

„Sie wissen genau, daß ich das nicht kann."

„Es geht um Mord, Frau Doktor. Und wir haben Grund zu der Annahme, daß das Verbrechen mit dem Abbruch zusammenhängen könnte."

„Tut mir leid, meine Herren. Ich kann Ihnen nur sagen, daß alles mit rechten Dingen zugegangen ist. Die Patientin war über achtzehn und im Vollbesitz ihrer geistigen und körperlichen Kräfte. Der Abbruch erfolgte auf ihren ausdrücklichen Wunsch hin. Frau Peters war in diesem Fall lediglich Vermittlerin."

„Wir könnten natürlich einen Gerichtsbeschluß herbeiführen, der Sie dazu zwingt, uns den Namen der Patientin zu nennen."

„Das bleibt Ihnen unbenommen. Ich fühle mich an meine Schweigepflicht gebunden, solange es irgend geht. Gerade bei Schwangerschaftsabbrüchen ist Diskretion unerläßlich."

„Aber die Patientin kommt aus dem Kreis von Jugendlichen, mit denen Frau Peters beruflich zu tun hatte?" fragte Friedberg.

„Das entzieht sich meiner Kenntnis. Ich nehme es jedoch an."

„Die persönlichen Hintergründe und Motivationen Ihrer Patientinnen spielen für Sie also nur eine untergeordnete Rolle?"

„Überhaupt nicht. Aber Frau Peters besaß mein uneingeschränktes Vertrauen. Wenn sie sich für eine Patientin einsetzte, konnte ich absolut sicher sein, daß eine Notsituation vorlag, die schnelle Hilfe unumgänglich machte. Ich konnte immer davon ausgehen, daß vor meiner Beratung der Patientin auch schon eine eingehende Erörterung mit Frau Peters erfolgt war. Wir waren uns immer der Tragweite eines solchen Eingriffs bewußt und haben uns nie leichtfertig unserer Aufgabe unterzogen. Meine Herren, ich danke Ihnen für Ihr Verständnis, muß Sie aber leider jetzt bitten, mich zu entschuldigen. Es wartet eine Menge Arbeit auf mich." Sie stand auf und öffnete demonstrativ die Tür.

Als sie zum Wagen gingen, zündete sich Friedberg eine Zigarette an. Spengler grinste. „Hat dich wohl mitgenommen, dieser Besuch?"

„Quatsch. Ich bin einfach sauer wegen der vertanen Zeit. War doch klar, daß wir uns da die Zähne ausbeißen."

„Immerhin wissen wir jetzt, daß die Peters ein Mädchen hierher gebracht hat. Wenn das berufliche Hintergründe hat, kann uns bestimmt Kirsten Lange weiterhelfen, und steckt was Privates dahinter, sollte man bei den Söhnen nachforschen. Ich denke, wir werden uns zuerst diesen Lutz vorknöpfen. Dem sind wir ohnehin einen Besuch schuldig."

„Zunächst einmal bist du mir ein Mittagessen schuldig", erinnerte ihn Friedberg an die verlorene Wette.

„Gut. Wenn ich mich richtig erinnere, gibt es unten an der Weser einen Bratwurststand."

„Geizhals."

„Ich muß sparen. Bald ist Weihnachten. Hast du schon Geschenke gekauft?"

„Mach ich immer in der letzten Woche vorm Fest. Vater kriegt ein Oberhemd, Mutter den neuesten Pilcher-Roman, meine Schwester einen Pulli, mein Schwager Pfeifentabak und deren Blagen Einkaufsgutscheine für Media Markt. Ende der Durchsage."

„Und deine Freundin?"

„Nix. Wir haben Krach. Ich fürchte, für immer."

Spengler lachte. „Endlich weiß ich, weshalb du wieder rauchst."

Sie trafen Kirsten Lange im Amt in der Wilhelm-Leuschner-Straße. Mit Tränen in den Augen zeigte sie auf den verwaisten Schreibtisch von Ellen Peters. „Das war ihr Arbeitsplatz. Ich kann mir gar nicht vorstellen, daß dort demnächst jemand anders sitzt. Alles hier erinnert mich an sie. Ich weiß nicht, wie ich das durchhalten soll. Wahrscheinlich wäre es am besten, wenn ich mich von hier weg bewerben würde. Am liebsten würde ich sowieso alles hinschmeißen. Nur kann ich mir das leider finanziell nicht leisten. Was kann ich für Sie tun, meine Herren? Möchten Sie vielleicht einen Kaffee?"

„Da sag ich nicht nein", beeilte sich Friedberg und kam seinem Kollegen zuvor, der gerade ablehnen wollte.

„Dann nehme ich auch einen", murmelte Spengler und beobachtete die Frau, wie sie mit flinken Fingern die Kaffeemaschine in

Gang setzte. Enge Jeans und ein noch engerer Pullover betonten die üppigen, aber durchaus ansehnlichen Rundungen. Auch das Gesicht hatte sich wieder gefestigt, das Haar war frisch gewaschen, die Augen dezent geschminkt und die Wimpern getuscht. Alles in allem eine Frau, die einen auf dumme Gedanken bringen konnte. Ihre propere Aufmachung und ihre erotische Ausstrahlung standen in einem gewissen Widerspruch zu ihrer verbal geäußerten Trauer.

Sie tranken Kaffee und betrachteten sich schweigend. Das Schweigen versetzte die hübsche Frau in Unruhe.

„Ich wollte mich bei Ihnen noch mal entschuldigen wegen des Benehmens von meinem Freund. Wir waren gestern sehr durcheinander, und jeder zeigt seine Trauer eben anders. Im Grunde ist Freddy ein gutmütiger Mensch, aber manchmal verliert er ein wenig die Kontrolle."

„Der Alkohol tut jedenfalls gerade solchen labilen Menschen wie Ihrem Freund nicht gut", sagte Spengler.

„Da mögen Sie recht haben. Ich rede schon seit Wochen auf ihn ein, daß er einen Entzug machen soll. Vielleicht wird ihn das mit Ellen ja jetzt dazu bewegen."

„Wie meinen Sie das?" fragte Spengler überrascht.

„Ach, war nur so ein Gedanke", sagte Kirsten Lange verunsichert. „Ich meine, so ein plötzlicher Tod läßt einen ja auch an das eigene Ende denken. Und Freddy ist auf dem besten Wege, sich zu Tode zu saufen."

„Warum trennen Sie sich nicht von ihm, wenn er es so schlimm treibt?" fragte Friedberg.

„Das sagt sich so leicht." Sie lächelte hilflos wie ein Kind, was ihren Reiz noch erhöhte. „Aber Sie sind bestimmt nicht gekommen, um mit mir über Freddy zu reden."

„Das stimmt. Hat es in der letzten Zeit bei Ihrer Arbeit Probleme mit einem schwangeren Mädchen gegeben?"

„Nein. Wie kommen Sie darauf?"

„Frau Peters hat vor kurzem einen Schwangerschaftsabbruch in Vegesack organisiert."

„Ach, bei Vera. Komisch, daß ich davon nichts weiß. Sind Sie sicher, daß Ellen damit zu tun hatte?"

„Die Ärztin hat es uns bestätigt."

„Seltsam. Also ich habe keine Ahnung. Wenn es sich um etwas gehandelt hat, daß mit unserer Arbeit in Verbindung steht, wüßte ich hundertprozentig davon. In dieser Hinsicht hatten Ellen und ich keinerlei Geheimnisse voreinander. Nein, da muß es sich um etwas Privates gehandelt haben, obwohl ich mir das auch nicht vorstellen kann. Wir haben uns ja in jeder Beziehung ausgetauscht."

„Dann werden wir uns mal mit den Söhnen der Toten unterhalten müssen. Immerhin wäre es ja denkbar, daß einer von denen ein Mädchen in Schwierigkeiten gebracht hat."

„Unwahrscheinlich. Das sind doch intelligente Burschen, die sich mit Verhütung auskennen. Aber wie auch immer, ich muß da leider passen."

„Gut, dann wollen wir Sie nicht länger von der Arbeit abhalten." Spengler stellte die Kaffeetasse ab.

„Ach, das tun Sie nicht. Wenn ich hier allein herumsitze, komme ich doch nur wieder ins Grübeln. Wissen Sie, im Moment tut mir ein wenig Ablenkung ganz gut. Ich wollte Sie sowieso noch fragen, ob Sie inzwischen mit Wladimir gesprochen haben."

„Das haben wir."

„Ein eigenartiger Bursche, nicht wahr?"

„Wie man's nimmt", sagte Spengler ausweichend.

„Ich habe gestern vergessen, Ihnen zu erzählen, daß sich Wladi Ellen gegenüber sehr auffällig verhalten hat. Nachdem sie ihn hatte abblitzen lassen, war er oft unverschämt zu ihr. Der sonst so liebenswürdige Wladi hatte sich völlig verändert in seinem Verhalten, so daß sich Ellen direkt bedroht gefühlt hat."

„Hat sie Ihnen das gesagt?"

„Ja, sie war in großer Sorge deswegen. Und ich habe es ja auch selbst beobachten können. Wirklich schade um den Jungen."

„Wollen Sie damit andeuten, daß nach Ihrer Meinung Wladimir Groenefeld als Täter in Frage kommt?" fragte Friedberg.

„Um Gottes Willen! Was legen Sie mir da in den Mund? Ich wollte nur wissen, ob Sie mit ihm gesprochen haben, in der Hoffnung, daß sich jeder eventuelle Verdacht in Bezug auf ihn erledigt hätte. Ich mag den Jungen viel zu sehr, als daß ich ihm irgendwas anhängen könnte. Nein, da haben Sie mich völlig mißverstanden."

„Okay, dann werden wir uns jetzt mal auf den Weg machen." Spengler erhob sich schwerfällig.

„Ja, lassen Sie sich nicht aufhalten. Nur eins noch. Jungen im Alter von Wladimir sind sehr empfindlich und leicht verletzbar. Es wäre immerhin denkbar, daß Ellens Zurückweisung von Wladi als Mißachtung seiner männlichen Ehre aufgefaßt wurde. Gerade junge Männer aus den Ostgebieten sind da besonders heikel, speziell natürlich Muslime, aber auch die anderen legen oft ein völlig antiquiertes Macho-Gehabe an den Tag."

Sie trafen Lutz Peters in seiner Wohnung in Horn an. Sein Computer lief, als er sie ins Wohnzimmer bat, und wurde auch nicht abgestellt. Er will uns schnell wieder loswerden, dachte Spengler und setzte sich, während Friedberg interessiert auf den Monitor schaute. Lutz Peters drückte eine Taste, und die Datei verschwand. „Sie haben schon Windows 7", sagte Friedberg anerkennend.

„O ja. Mit Vista war ich gar nicht zufrieden. Aber setzen Sie sich doch." Lutz Peters war elegant wie immer, der Verlust seiner Mutter war ihm äußerlich nicht anzumerken. „Ich habe mit Ihrem Besuch gerechnet, nachdem Sie ja gestern bereits mit meinem Vater und meinem Bruder gesprochen haben. Darf ich fragen, ob Sie schon irgendeinen konkreten Verdacht hinsichtlich des Täters haben? Ich muß wohl nicht betonen, wie wichtig mir das ist, denn der Tod meiner Mutter geht mir sehr nahe, und es würde mir den Schmerz erträglicher machen, wenn ich den Kerl hinter Schloß und Riegel wüßte."

„Sie gehen also davon aus, daß Ihre Mutter von einem Mann getötet wurde?"

„Sie etwa nicht? Welche Frau wäre zu so einer Tat fähig? Nein, ich an Ihrer Stelle würde mir mal die Jugendgruppe, die meine Mutter geleitet hat, näher ansehen. Ich habe sie immer vor dem Umgang mit solchen Rabauken gewarnt. Darüber hinaus war sie ja auch für die Viertel Tenever und Blockdiek zuständig. Und dort wimmelt es nur so von potentiellen Straftätern, besonders bei Jugendlichen mit Migrationshintergrund. Ich weiß, das klingt sehr klischeehaft, aber leider bestätigen ja einschlägige Statistiken diesen Trend."

„Es gibt auch andere Statistiken. Es kommt immer auf den Blickwinkel an. Für jede These, und sei sie noch so abwegig, lassen sich statistische Belege herbeizaubern", sagte Spengler bedächtig.

„Sie halten meine Hinweise für abwegig?" fragte Lutz Peters konsterniert.

„Keineswegs. Ich habe nur die Erfahrung gemacht, daß sich derart naheliegende Schlußfolgerungen meistens als falsch erwiesen haben. Das Leben ist sehr viel komplizierter, als sich durch Statistiken ermitteln läßt."

„Danke für die Belehrung", sagte Lutz Peters arrogant.

„Wissen Sie eigentlich, daß Sie eine Menge Geld erben durch den Tod Ihrer Mutter?" fragte Friedberg.

„Natürlich. Meine Mutter hat nie ein Geheimnis daraus gemacht. Und es könnte noch viel mehr sein, wenn sie nicht so großzügig mit ihrem Geld umgegangen wäre. Nicht nur die Familie hat davon profitiert, sondern auch ihre ‚Schäfchen‘, wie sie sie nannte, Sozialfälle, bei denen eine schnelle Geldspritze einiges an Elend verhindert hat. Und vor allem ihre Freundin Kirsten, die noch nie mit ihrem Geld ausgekommen ist, und in den letzten Jahren schon überhaupt nicht, weil ihr sauberer Freund Freddy alles durchgebracht hat. Ich möchte nicht wissen, wie hoch Kirsten bei uns, äh, bei meiner Mutter verschuldet ist. Ist auch egal, sie kann es eh nicht zurückzahlen."

„Interessant. Gesetzt den Fall, Ihre Mutter hätte das Geld zurückgefordert, wäre Frau Lange in ernste Schwierigkeiten geraten?" wollte Friedberg wissen.

„Aber hallo! Vor allem ihr Schätzchen. Allerdings hätte Mütterchen das nie fertig gebracht. Sie hatte die Kohle längst abgeschrieben."

„Mal eine andere Frage, Herr Peters", schaltete sich Spengler ein. „Ihre Mutter hat kurz vor ihrem Tod eine Abtreibung organisiert. Wissen Sie irgendetwas darüber?"

„Eine Abtreibung? Meine Mutter? Soviel ich weiß, hatte sie das Klimakterium schon hinter sich."

„Nicht für sich selbst. Für jemand anders."

„Dann womöglich für eins ihrer Schäfchen. Aber ich kann mir das nicht vorstellen. Meine Mutter war immer sehr korrekt. Kann es sein, daß ihr da jemand was anhängen will?"

„Haben Sie eine Freundin?" fragte Friedberg.

„Ach, daher weht der Wind. Glauben Sie im Ernst, ich würde meine Mutter damit behelligen, wenn ich ein Mädchen in Schwierigkeiten gebracht hätte?"

„Vielleicht nicht Sie, sondern das Mädchen."

„Ich habe keine feste Beziehung, und ich bin alt genug, um mich mit Verhütung auszukennen."

„Trotzdem wüßten wir gern den Namen Ihrer letzten Freundin."

„Ich denke nicht daran, solche Auskünfte zu geben. Ich muß gestehen, meine Herren, daß ich über den Verlauf des Gesprächs einigermaßen erstaunt bin. Sie scheinen völlig zu vergessen, daß ich vor zwei Tagen meine Mutter verloren habe, daß ich in Trauer bin. Erst fragen Sie mich nach dem Geld meiner Mutter, als machte mich die Erbschaft irgendwie verdächtig, und jetzt tun Sie so, als sei meine Mutter in irgendwelche obskuren Abtreibungsgeschichten verwickelt. Ich studiere neben BWL auch ein wenig Jura und kenne mich durchaus mit der rechtlichen Situation bei Schwangerschaftsabbrüchen aus. Ihre Versuche, meine Familie zu kriminalisieren, entbehren jeglichen Taktgefühls."

„Das tut mir leid, Herr Peters", sagte Spengler verständnisvoll. „Vielleicht mangelt es uns nur deshalb ein wenig an Taktgefühl, weil wir bei unseren Begegnungen mit Mitgliedern Ihrer Familie bisher nicht den Eindruck hatten, daß der Tod Ihrer Mutter besonders große Betroffenheit ausgelöst hätte. Und auch das Gespräch mit Ihnen könnte man in diesem Sinne interpretieren. Könnte es sein, daß sich eine gewisse Erleichterung in die Trauer der Familie Peters mischt?"

„Das ist unerhört. Das lasse ich mir nicht gefallen. Ich werde mich bei Ihren Vorgesetzten beschweren!"

„Tun Sie das. Aber für den Moment wäre ich Ihnen dankbar, wenn Sie mir verraten würden, was Sie vorgestern abend gemacht haben, in der Zeit von neun Uhr bis Mitternacht."

„Es wird ja immer bunter. Jetzt brauche ich sogar schon ein Alibi für die Mordnacht. Glauben Sie, ich habe meine Mutter umgebracht, um schneller an ihr Geld zu kommen? Und das nur, weil ich hier nicht in Tränen aufgelöst herumsitze? Wie hat man nach Meinung der Polizei angemessen zu trauern? Gibt es da feste Regeln? Woher wollen Sie wissen, wie es wirklich in mir aussieht? Wir Peters tragen unsere Gefühle nicht vor uns her. Wir haben immer Wert auf eine gewisse Haltung gelegt."

„Das ehrt Sie und erschwert uns die Arbeit, denn bei soviel Fassade fragen wir uns natürlich: was haben diese Leute zu verbergen?" Spengler lächelte mild.

„Ich erlaube Ihnen nicht, mir so auf die Pelle zu rücken. Dazu haben Sie nicht das Recht. Nehmen Sie einfach zur Kenntnis, daß mir die Worte fehlen, um das auszudrücken, was der Tod meiner Mutter in mir ausgelöst hat. Wenn ein Mensch, der einem so viel bedeutet hat, plötzlich verschwindet, steht man nur fassungslos da, sprach- und gefühllos. Man erstarrt und rettet sich in alltägliche Verrichtungen, um diese unerträgliche Leere nicht unentwegt zu spüren. Ich habe noch nie in meinem Leben so verrückt im Internet gesurft oder ferngesehen wie in den letzten zwei Tagen und Nächten." Lutz Peters liefen Tränen über die Wangen. „Reicht das jetzt an Trauer?"

„Haben Sie nun ein Alibi oder nicht?" fragte Friedberg ungerührt.

„Nein, verdammt nochmal!" schrie Lutz Peters. „Ich war den ganzen Abend zu Hause und habe gearbeitet!"

„Was regen Sie sich auf? Ich habe doch ganz höflich gefragt."

„Sie haben …! Sie haben …!" schrie Lutz Peters. „Ach, Sie haben mich reingelegt. Und ich Idiot lasse das mit mir machen", sagte

er resigniert. „Hat Ihnen der Blick hinter die Fassade weitergeholfen?"

„Jedenfalls wissen wir nun, daß Sie nichts mit der Abtreibung zu
tun haben", sagte Spengler versöhnlich.

„Aber den Mord trauen Sie mir immer noch zu?"

„Ich traue jedem Menschen einen Mord zu, auch mir. Doch gott-
lob haben wir uns bestimmte Grenzen gesetzt, wie Sie ja aus Ihrem
Studium wissen, und ich denke mal, daß Sie sich innerhalb dieser
Grenzen bewegen."

„Warum sagen Sie nicht einfach: wir halten Sie für unschuldig?"

„Wäre das nicht ein bißchen zu platt für Ihren Sprachgebrauch?"

„Sicher. Aber es würde mir gut tun."

„Was machen wir jetzt?" fragte Friedberg, als sie wieder im Auto
saßen.

„Uns um die Burschen in Walle kümmern", sagte Spengler mißmutig. Das Gespräch mit Lutz Peters hatte ihm die Laune endgültig
verdorben, und er konnte nicht mal sagen, was der eigentliche Grund
dafür war. Und das ärgerte ihn erst recht.

„Da hat sich die ganze Zeit nichts gerührt. Ich habe vorhin noch
mal nachgefragt. Nur der alte Jahn ist mal einkaufen gegangen. Ich
bin sicher, die Vögel sind ausgeflogen, weil sie rechtzeitig gewarnt
wurden."

„Von diesem Wladimir. Und deshalb knöpfen wir uns den noch
mal vor."

„Auch Kirsten Lange ist uns einige Auskünfte schuldig. Daß die
bei Ellen Peters so tief in der Kreide stand, stimmt mich nachdenklich."

„Davon war ja nicht die Rede. Die Peters hat das Geld wohl verschenkt."

„Mir schenkt nie jemand Geld."

„Mußt du dir eben die richtigen Freunde suchen."

„Du sagst es. Und die findet man normalerweise nicht. Es muß
doch einen Grund dafür geben, daß die Peters ihre Freundin so be-

glückt hat. In der Regel erwartet man dafür eine Gegenleistung. Oder glaubst du, daß jemand aus reinem Edelmut Geld verschenkt?"

„Man übt damit Macht aus, macht andere von sich abhängig. Das erhöht das Selbstwertgefühl nicht unerheblich. Aber du hast recht, wir müssen der Dame noch mal auf den Zahn fühlen."

„Ich hab das dumpfe Gefühl, daß die Peters der Lange für irgendwas verpflichtet war, daß da irgendwas nicht ganz koscher ist."

„Warum glaubst du eigentlich nie an das Gute im Menschen?" Spengler lachte.

„Weil ich Polizist bin. Und den Frank Peters müssen wir uns auch noch mal zur Brust nehmen wegen der Abtreibung. Der hat doch eine feste Freundin."

„Susi heißt sie. Machen wir morgen. Jetzt erstmal ab in die Neue Vahr."

Wladimir war nicht zu Hause. Seine Eltern wußten nicht, wohin er gegangen war. Sie wirkten besorgt, besonders die Mutter, eine kleine, kräftige Frau mit blondem Haar und einem breiten Gesicht mit hohen Wangenknochen. Obwohl sie deutscher Abstammung war, hätte man sie für eine Russin halten können. Ihr Mann, groß und hager mit schütterem Haar, das mit ein paar Resträhnen in die Stirn hing, schaute mit melancholischen Augen aus einem Netz von Falten, die bis in den Kragen hinein die Gesichtshaut zerschnitten. Seine riesigen Hände hingen furchterregend an langen Armen.

„Das ist überhaupt nicht Wladimirs Art, einfach zu verschwinden, ohne eine Nachricht zu hinterlassen", sagte Frau Groenefeld und wischte sich die Hände in der Schürze ab.

„Nee, überhaupt nicht," ergänzte der Mann. Beide sprachen mit starkem Akzent.

Sie hatten die Polizisten ins Wohnzimmer gebeten und ihnen Tee aus dem Samowar angeboten. Spengler, der um seine Nachtruhe fürchtete, hatte abgelehnt, während Friedberg das duftende Getränk schlürfte.

„Vermutlich hängt sein Verschwinden mit unserem Besuch hier zusammen." Spengler schilderte kurz, was vorgefallen war.

„Frau Peters ermordet? Das ist ja schrecklich!" rief die Mutter.

„Ja, schrecklich", ergänzte der Vater.

„Und Wladimir hat uns nichts davon erzählt. Seit gestern weiß er davon? Nicht zu fassen!" Sie nahm ein Taschentuch aus der Schürze und tupfte sich die Augen.

„Nicht zu fassen", ergänzte der Mann.

„Ich habe ihn immer vor dem Umgang mit diesem Daniel gewarnt, aber er wollte nicht hören."

„Nee, wollte er nicht."

„Und Sie glauben wirklich, daß Daniel mit dem Mord zu tun hat? Ein so junger Mann? Männer in dem Alter verstecken sich doch oft hinter ihrem lauten Betragen, aber sie würden nie ernst machen mit ihren Drohungen."

„Nee, das würden sie nicht."

„Unser Wladimir ist die Sanftmut in Person. Der kann ja nicht mal eine Spinne töten. Wenn er eine in der Wohnung findet, fängt er sie und setzt sie auf den Balkon."

„Auf den Balkon. Ja, das stimmt."

„Immerhin ist er Frau Peters zu nahe getreten und hat sehr ungezogen reagiert, als sie ihn zurückgewiesen hat", sagte Friedberg.

„Wladimir ist nicht ungezogen. Niemals. Und daß er Frau Peters … Nein, ausgeschlossen. Eine Frau in meinem Alter. Wladimir hat viel zu viel Respekt vor älteren Frauen, als daß er … Niemals!"

„Niemals!" wiederholte der Mann.

„Aber so denkt die deutsche Polizei. Wenn etwas schief läuft, sind immer die Ausländer schuld. Zuerst natürlich die Türken, und dann gleich danach wir Rußlanddeutschen. Daß dieser Daniel etwas angestellt hat, kann ich mir vorstellen, und er ist einer von hier. Ist Ihnen das klar? Einer von hier!"

„Einer von hier!" schimpfte der Mann.

„Sperren Sie ihn ein, dann sind wir alle froh. Aber lassen Sie meinen Wladimir in Ruhe. Er hat mit der Sache nichts zu tun. Und daß er jetzt gerade mal nicht zu Hause ist, besagt gar nichts, das kommt öfter vor. Er ist ja schließlich schon siebzehn. Da gehen junge Männer ihre eigenen Wege. Das muß man akzeptieren."

„Ja, ak …ak … akzeptieren", stotterte der Mann.

„Ich habe mir große Mühe gegeben, meinen Sohn so zu erziehen, daß er in diesem Land zurechtkommt, daß er das hier als seine Heimat empfindet und nicht Rußland wie wir. Trotzdem hat man ihm immer wieder Schwierigkeiten gemacht, in der Schule, auf der Straße, überall. Ich habe gesagt, du mußt das schlucken, du mußt dich anpassen, und er hat sich gefügt bis zur, wie sagt man, Selbst …, Selbstverleugnung. Ich war so froh, daß sich Frau Peters um ihn gekümmert hat. Das hat ihm geholfen, hat ihn mit Stolz erfüllt, und da denken Sie, er könnte ihr etwas getan haben. Sie sollten sich schämen." Sie ließ ihren Tränen freien Lauf.

„Ja, schämen sollen Sie sich."

„Wir suchen nach Daniel Schneider und wollten Wladimir nur fragen, ob er weiß, wo er sich versteckt hält. Auf Wladimirs jetziges Verhalten können wir uns keinen Reim machen", erklärte Spengler sanft.

„Ach, reden Sie doch nicht. Sie wollen Wladimir was anhängen, weil er aus Rußland kommt. Selbst wenn Sie den Daniel finden, werden Sie ihn bestimmt wieder laufen lassen, weil er einer von hier ist. Und Wladimir muß die Sache ausbaden. Wenn Sie ihn einsperren, wird er sterben, das weiß ich. Er ist viel zu sensibel für das Gefängnis."

„Viel zu sensibel."

„Frau Groenefeld, Sie steigern sich da in etwas hinein, das jeder Grundlage entbehrt. Wladimir soll uns nur Auskunft geben, sonst nichts", versuchte Spengler sie zu besänftigen.

„Sie wollen mich beruhigen, damit ich meinen Mund halte, damit Sie die Wahrheit nicht hören müssen. Die Wahrheit darüber, wie Ausländer in diesem Land dis …dis … schlecht behandelt werden. Wenn Sie das, was dieser Daniel getan hat, meinem Wladimir in die Schuhe schieben, werden wir eigenhändig dafür sorgen, daß Daniel seine Strafe findet. Mein Mann wird ihn sich vornehmen, das verspreche ich Ihnen."

„Das werde ich." Der Mann hob drohend seine riesigen Hände.

Es wurde still im Zimmer. Spengler seufzte und nickte Friedberg zu, der schnell seinen Tee austrank.

„Ach, du Scheiße!" tönte es von der Tür her. Wladimir stand wie erstarrt, als er die Beamten sah. Dann drehte er sich blitzschnell um. Noch in der Bewegung ließ ihn die Stimme seiner Mutter erneut erstarren. „Bleib, Sohn!" schrie sie.

„Ja, bleib!" wurde auch der Vater laut.

„Setz dich!" Sie wies auf einen leeren Schemel.

„Ja, setz dich." Der Vater streckte seinen Arm aus und zeigte seine Pranke.

Wladimir gehorchte. Sein mißtrauischer Blick wanderte zwischen den vier Personen hin und her.

„Wo warst du?" fragte die Mutter streng.

„Ja, wo?" echote der Vater.

„Draußen."

„Das ist keine Antwort."

„Nee, isses nicht."

„Sie haben uns ganz schön verladen, junger Mann. Sie haben Daniel Schneider heute morgen vorgewarnt, daß wir kommen", sagte Friedberg.

„Überlassen Sie mir das!" fuhr die Mutter den Polizisten an. „Das ist jetzt eine Familienangelegenheit. Stimmt es, daß du Daniel gewarnt hast?"

Wladimir zuckte die Achseln.

„Rede, Sohn, hier wird nun reiner Tisch gemacht."

„So ist es." Der Vater nickte so heftig, daß die wenigen Haare flogen. „Reiner Tisch."

„Ich habe den Bullen seine Adresse gegeben, das ist alles", sagte Wladimir mürrisch.

„Da sehen Sie!" triumphierte die Mutter. „Er hat seine Pflicht getan. Was wollen Sie mehr?!"

„Ja, was?"

„Aber anschließend hat er kalte Füße gekriegt und Schneider informiert." Friedberg schüttelte den Kopf.

„War es so?"

Wladimir zuckte die Achseln.

„Wenn es so war, dann rede endlich!" erhob der Vater drohend die Stimme.

Wladimir zog den Kopf zwischen die Schultern. „Man verpfeift keinen Freund. Es war gemein von mir, sein Versteck zu verraten. Deshalb mußte ich es wiedergutmachen."

„Du hast die Polizei reingelegt, nur um diesen Übeltäter zu schützen?" fragte die Mutter entsetzt.

Dem Vater fiel die Kinnlade herunter, und er vergaß, das Echo zu spielen.

„Er ist kein Übeltäter."

„Du sagst uns sofort, wo sich Daniel jetzt aufhält." Die Mutter knetete die Schürze in den Händen.

„Nein."

„Junge, du weißt nicht, was du tust. Hast du völlig vergessen, was man dir alles angetan hat hier im Westen? Hörst du es nicht mehr, wie sie dir nachgerufen haben, ‚Stinktier-Wladimir'? Wie sie sich lustig gemacht haben über deine Sprache? ‚Iwan der Schreckliche' haben sie dich genannt."

„Was hat das mit Daniel zu tun?"

„Er ist einer von hier."

„Er hat immer zu mir gehalten."

„Trotzdem. Womöglich hat er was Schlimmes angestellt. Und gerade bei Frau Peters, die dir soviel bedeutet hat. Du mußt der Polizei helfen, Junge", flehte sie.

„Ja, das mußt du", ergänzte der Vater.

„Das ist doch alles Unsinn. Daniel hat mit dem Mord nichts zu tun. Er wußte nicht mal davon", sagte Wladimir trotzig.

„Und warum versteckt er sich dann?" fragte Friedberg.

„Weil er Angst hat vor der Polizei. Man weiß ja, wie schnell Leute eingesperrt werden in diesem Land. Und wenn er erstmal im Gefängnis sitzt, kommt er nie wieder raus, weil man ihm den Mord in die Schuhe schieben wird."

„Na, ihr habt ja merkwürdige Vorstellungen von unserem Rechtsstaat," sagte Spengler kopfschüttelnd. „Ehe man in diesem Land einen Jugendlichen einsperrt, muß er schon viel auf dem Kerbholz haben. Daß Daniel neulich Frau Peters mit einem Messer bedroht hat, reicht allenfalls für eine kleine Bewährungsstrafe. Deshalb muß er doch nicht untertauchen."

„Heute morgen haben Sie versprochen, daß Daniel nichts passiert, wenn er sich stellt. Und jetzt reden Sie von Strafe. Daniel hat schon recht, daß er niemandem traut. Mir traut er auch nicht mehr, seit ich ihn verpfiffen habe."

„Und wieso waren Sie dann jetzt gerade bei ihm?" fragte Friedberg.

„Weil er mir leid tut."

„Sie kennen also sein neues Versteck?"

„Ach, lassen Sie mich doch in Ruhe. Mir ist schlecht. Ich muß mich hinlegen."

„Du bleibst, Junge, bis die Polizei alles weiß!" befahl die Mutter.

„Ja, du bleibst", wiederholte der Vater.

„Lieber Wladimir, ich verstehe ja, daß Sie sich schützend vor Ihren Freund stellen", sagte Spengler und lächelte verständnisvoll. „Ich finde das absolut ehrenwert. Sicher hat Ihr Freund einiges durchgemacht. Aus unseren Unterlagen geht hervor, daß er von dieser Verena in der Gruppe bloßgestellt wurde. Die Sache mit dem Mädchen muß ihn sehr mitgenommen haben."

„Er wird damit einfach nicht fertig. Er kann es nicht kapieren, daß sie sich erst an ihn ranschmeißt, um ihn dann abzuservieren und auch noch zu beschimpfen. ‚Hinterwäldler' hat sie ihn genannt."

„Na, ich hab schon schlimmere Beschimpfungen gehört", sagte Spengler lächelnd.

„Was sie damit meint, ist schon heftig. Sie findet, daß Daniel geistig minderbemittelt ist und primitiv in seinen Ansichten, bloß weil er manchmal etwas zu viel trinkt."

„Kann es sein, daß Daniel depressiv ist?"

„Keine Ahnung."

„Hat er schon mal davon gesprochen, daß er sich am liebsten umbringen würde?"

„Ja ..." Wladimir zögerte. „Ja, schon öfter. Erst Verena und dann sich selbst. Ja, so was geht in seinem Kopf rum."

„Mein Gott, wie schrecklich", flüsterte die Mutter.

„Ja, schrecklich", ergänzte der Vater.

„Wissen Sie, Wladimir, wenn Sie Ihre Verantwortung für Daniel ernst nehmen, müssen Sie ihn nicht so sehr vor uns schützen als vielmehr vor sich selbst. Nach allem, was Sie erzählen, ist Ihr Freund hochgradig selbstmordgefährdet. Deshalb tun Sie ihm überhaupt keinen Gefallen, wenn Sie uns sein Versteck verheimlichen, im Gegenteil, Sie haben jetzt die verdammte Pflicht, uns über seinen Verbleib zu informieren."

„Sie wollen mich bloß reinlegen", sagte Wladimir mißtrauisch. „Ich werde ihm das ausreden mit Verena."

„Junger Mann, Sie übernehmen sich", sagte Friedberg. „Wie stehen Sie da, wenn Daniel wirklich ernst macht? Wollen Sie das Mädchen und Ihren Freund auf dem Gewissen haben?"

„Junge, du redest jetzt!" befahl die Mutter.

„Ja, du redest! Sonst ..." Der Vater stand langsam auf und streckte seine schaufelartigen Hände nach seinem Sohn aus.

Wladimir sprang auf, stürzte zum Wohnzimmerfenster und riß es auf. „Wenn ihr mich nicht in Ruhe laßt, spring ich raus!" schrie er.

Der Vater ging langsam auf ihn zu. „Na, spring", sagte er ruhig.

„Wladimir, nimm Vernunft an!" schrie die Mutter.

„Worauf wartest du?" fragte der Vater. „Besser du springst, als daß du uns weiter zum Narren hältst."

„Bleib stehen, Papa!" keuchte der Junge.

„Ich denke nicht daran." Wie ein Roboter näherte er sich seinem Sohn.

„Bitte nicht schlagen!" wimmerte der Junge und fiel auf die Knie.

Der Vater schloß mit einer Hand das Fenster, packte mit der anderen den Sohn am Kragen und schlug ihm zweimal kräftig ins Gesicht. „Wo ist dieser Daniel?"

„Ich weiß es nicht."

„Wo ist der Kerl?" Der Vater hob die Rechte, um erneut zuzuschlagen.

„Im Keller!"

„In welchem Keller?"

„In unserem", jammerte Wladimir.

„Bist du wahnsinnig?" keifte die Mutter.

„Nur für eine Nacht. Er wußte doch nicht, wo er bleiben sollte, nachdem ich sein Versteck in Walle verraten habe. Das war ich ihm schuldig."

VIII

Am nächsten Morgen fand Spengler auf seinem Schreibtisch den Laborbericht, aus dem unter anderem hervorging, daß Ellen Peters vermutlich auf einem roten Teppich oder Teppichboden umgebracht worden war. Sowohl an ihrer Kleidung als auch an der Schnur, mit der die Leiche in der Plane verschnürt worden war, hatte man entsprechende Fasern gefunden.

Das könnte uns weiterhelfen, dachte Spengler und schaute auf die Uhr. Friedberg verspätete sich, hatte auch an der Frühbesprechung nicht teilgenommen, was ungewöhnlich war. Wenn er im Stau steckt, hätte er längst angerufen, sagte sich Spengler, vermutlich hat er verpennt.

Sollte er schon allein mit der Vernehmung von Schneider beginnen? Sie hatten den Jungen abends im Untersuchungsgefängnis abgeliefert, nachdem ein erstes kurzes Verhör keinerlei Ergebnis gebracht hatte. Der Junge hatte beharrlich geschwiegen oder nur Verwünschungen gegen Gott und die Welt ausgestoßen. Eine Nacht in der Zelle, so Spenglers Überlegung, würde ihn vielleicht gesprächiger machen. Für elf Uhr hatte er die Mutter ins Präsidium bestellt. Bis dahin wollte er Daniel Schneider auf jeden Fall die Zunge gelöst haben.

Er stand auf und wandte sich zur Tür, als diese aufgestoßen wurde und ein rotgesichtiger Friedberg hereinstürzte. „Um es gleich zu sagen: ich hab nicht verpennt!" keuchte er. „In Lilienthal und auf dem langen Jammer war wieder mal alles dicht."

„Und warum rufst du nicht an?"

„Der Akku vom Handy ist leer."

„Das kann jedem passieren, nur einem Bullen nicht."

„Leck mich. Erst der Stress und nun noch deine Häme. Kann ich mir schnell einen Kaffee holen?"

„Zu spät. Unser Freund wartet."

„Sadist."

Spengler rief im UG an und bat, den Häftling Schneider ins Vernehmungszimmer zu bringen. „Nun hol dir deinen Kaffee. Bring mir auch einen mit und für den Jungen eine Cola. Ich gehe schon vor."

Im Vernehmungsraum wartete Schneider bereits. Ein Wachmann zog sich zurück, als Spengler gegenüber von dem Jungen Platz nahm.

„Guten Morgen, Herr Schneider. Gut geschlafen?"

Schneider schnaubte nur verächtlich durch die Nase.

„Es liegt an Ihnen, ob Sie noch weitere Nächte hier bei uns zubringen oder heute abend wieder zu Hause sind. Ich habe jedenfalls Ihre Mutter gebeten, Wäsche und Kulturbeutel vorbeizubringen für den Fall, daß wir Sie für längere Zeit bei uns beherbergen müssen. Sie kommt um elf."

„Ich will sie nicht sehen!" schnauzte der Junge.

„Das entscheiden nicht Sie. Sie war jedenfalls sehr erschüttert, als sie erfuhr, daß wir Sie festgenommen haben."

„Dann war sie wieder mal breit. Wenn die nüchtern ist, kann die nichts erschüttern."

Friedberg erschien mit den Getränken in Plastikbechern. „Hallo, Herr Schneider. Mögen Sie eine Cola?"

Schneider zuckte die Achseln.

„Sie können es sich ja überlegen. Hier wird niemand zu seinem Glück gezwungen."

„Reden Sie kein' Scheiß." Schneider nahm einen Schluck.

„Na also." Friedberg setzte sich.

Spengler stellte das Tonbandgerät an und nannte Datum und Teilnehmer des Verhörs.

„Wenn das läuft, sag ich kein Wort." Schneider zeigte auf das Gerät, lehnte sich zurück, verschränkte die Arme vor der Brust und streckte die Beine aus, so daß Spengler und Friedberg beiseite rücken mußten.

„Gut. Zunächst die Formalien. Sie heißen Daniel Schneider, sind geboren am 3. März 1993 in Bremen und wohnen bei Ihrer Mutter in der Franz-Mehring-Straße 11. Ihre Mutter ist geschieden, und Ihr Vater lebt inzwischen in München. Sie haben einen Hauptschulabschluß und zur Zeit keine Lehrstelle, weil Sie sowohl eine Ausbildung zum KFZ-Mechaniker als auch eine zum Elektro-Techniker abgebrochen haben. Sie haben am 18. November diesen Jahres die Betreuerin der Jugendgruppe in der August-Bebel-Allee, Frau Ellen Peters, mit einem Messer bedroht und sind danach untergetaucht, um sich einem Zugriff durch die Polizei zu entziehen. Das sind die Fakten. Als nun vor drei Tagen ebendiese Ellen Peters erstochen wurde, haben wir die Fahndung nach Ihnen intensiviert und Sie gestern Abend festnehmen können. Ich sage Ihnen unumwunden, daß Sie für uns der Hauptverdächtige sind. Sie haben Frau Peters schriftlich mit Mord gedroht und Sie haben im Jugendheim mit dem Messer nach ihr geworfen. Daß Sie untergetaucht sind, legt die Vermutung nahe, daß Sie weitere Angriffe auf Frau Peters planten. Wir möchten nun von Ihnen wissen, was der Grund ist für Ihren Haß auf Frau Peters."

Daniel Schneider rührte sich nicht, schaute gelangweilt an die Decke.

„Wie sind Sie auf die Idee mit Gesche Gottfried gekommen?" fragte Friedberg. „Haben Sie von der Gottfried in der Schule gehört?"

Daniel Schneider verzog keine Miene.

„Würden Sie mit uns reden, wenn wir das Tonband stoppen?" fragte Spengler.

Daniel Schneider zuckte die Achseln.

„Gut, versuchen wir es." Spengler drückte einen Knopf am Gerät, ein Zeichen für einen Beamten im Nebenraum, einen anderen Apparat einzuschalten. „So, jetzt sind wir ganz unter uns." Spengler lächelte.

„Was hat Sie an Frau Peters provoziert?" fragte Friedberg.

„Alles."

„Was alles?"

„Alles eben."

„Sie war eine attraktive Frau, sehr engagiert und interessiert an Problemen von Jugendlichen. Was ist daran provozierend?"

Schneider zuckte die Achseln.

„Hatten Sie das Gefühl, daß sie sich zu sehr in Ihre Angelegenheiten gemischt hat?" fragte Spengler.

„Kann schon sein."

„Auch in die Sache mit Verena?"

„Was geht Sie das an?!" Schneider richtete sich auf und trank von der Cola. „Mit der verdammten Nutte bin ich durch."

„Den Eindruck habe ich nicht." Spengler lächelte.

„Das Grinsen wird Ihnen noch vergehen. Über die beschissenen Tussis kriegen Sie von mir nichts mehr zu hören."

„Gut. Reden wir über Ihre berufliche Situation. Weshalb haben Sie beide Lehren geschmissen?" fragte Friedberg.

„Kein' Bock."

„Wir haben uns ein bißchen umgehört. In der einen Firma wurden Sie wegen ständiger Fehlzeiten gekündigt, in der anderen, weil Sie in betrunkenem Zustand den Meister angegriffen haben."

„Wenn man dauernd schikaniert wird, hat man eben irgendwann die Schnauze voll. Wenn mir der Martens noch mal über'n Weg läuft, kriegt er wieder eins in die Fresse."

„War das der Meister?"

„Meister! Daß ich nicht lache. Was der alles verbockt hat, aber schuld waren immer die anderen, besonders die Azubis."

„Kann es sein, daß Sie ein wenig überempfindlich sind? Daß es Ihnen schwer fällt, Kritik anzunehmen?" fragte Spengler behutsam.

„Ist das Kritik, wenn einem dauernd gesagt wird, daß man der letzte Arsch ist? Nee, Alter, such nicht die Schuld bei mir, wenn andere Mist verzapfen."

„Sie haben also in beiden Firmen unter mangelnder Anerkennung und Motivation gelitten?" fragte Friedberg.

„Red nicht so geschwollen, Alter."

„Finden Sie es nicht merkwürdig, daß so etwas gleich zweimal hintereinander passiert?"

„Nee. Blöde Typen rennen überall rum."

„Sie haben finanzielle Schwierigkeiten."

„Geht Sie'n Dreck an."

„Wovon haben Sie in den letzten Wochen gelebt?"

„Geht Sie'n Dreck an."

„Haben Sie mit Drogen gedealt?"

„Was ist das denn?"

„Wladimir hat gesagt, daß Sie ihn um Geld gebeten haben."

„Der Wichser kann viel sagen, zu viel für meinen Geschmack. Zweimal hat der mich verpfiffen. Wenn ich hier rauskomme, mach ich den platt."

„Herr Schneider, so kommen wir nicht weiter!" sagte Friedberg aggressiv.

„Nicht mein Problem. Ich hab Zeit. Die Zelle ist ganz schön, wenigstens geheizt. Und das Frühstück war auch nicht schlecht."

„Dann müssen wir uns ja keine Sorgen machen, wenn wir Sie für längere Zeit hier behalten." Spengler lachte. „Sie sagten, es laufen überall blöde Typen rum. Sie meinen wahrscheinlich damit Menschen, die Sie nicht verstehen, zu denen Sie keinen Kontakt haben, deren Verhalten Ihnen fremd ist."

„Laberlaber", sagte Schneider gelangweilt.

„Und Frauen sind Ihnen besonders fremd. Sie finden sie zwar reizvoll und begehrenswert, aber letztlich mißtrauen Sie ihnen, fürchten, von ihnen verletzt und gedemütigt zu werden. Das war bei Verena so, und die hat ja auch alles getan, um Ihre geheimen Ängste zu bestätigen, und das war bei Frau Peters so, deren Überlegenheit und Unnahbarkeit Sie völlig verunsichert hat. Beide Frauen haben in Ihnen Haß auf das weibliche Geschlecht hervorgerufen, wobei Sie Ihren Haß auf Verena, in die Sie immer noch verliebt sind, auch auf Frau Peters fokussiert haben."

„Häh?" fragte Schneider. „Können Sie nicht deutsch mit mir reden? Außerdem bleibt es dabei, daß ich zu den Weibern nichts sage."

„Ich meine damit, daß Frau Peters für Sie all das an Frauen verkörperte, was Sie verunsichert, was Ihr Selbstwertgefühl verletzt hat.

Sie wollten von der Frau geliebt und anerkannt werden, und waren doch nur ein Problemfall für sie, einer unter vielen, mit denen sich Frau Peters aus beruflichen Gründen beschäftigen mußte."

„Ich will jetzt zurück in meine Zelle. Mir gefällt es hier nicht mehr." Schneider wollte aufstehen, Friedberg drückte ihn zurück auf den Stuhl.

„Wir entscheiden hier, wann eine Vernehmung beendet ist", sagte er.

„Was hat das mit Vernehmung zu tun, wenn Sie mir hier langweilige Vorträge halten. Ich habe Frau Peters nichts getan. Und das neulich mit dem Messer, das hatte sie verdient."

„Womit?"

„Mit ihrer Scheißarroganz."

„Womit wir wieder beim Thema wären", fuhr Spengler fort. „Die Arroganz von Frau Peters. Und umgekehrt Ihr Wissen, daß Sie niemals im Leben von so einer Frau als gleichberechtigt anerkannt würden, daß sich niemals solch eine Frau zu Ihnen herablassen, Gefühle für Sie entwickeln, sich mit Ihnen ins Bett legen würde. Sie konnten diese Frau nur mit einem Gewaltakt bezwingen, sie sich untertan machen. Sie konnten diese Frau nur besitzen, indem Sie ihr ein Messer zwischen die Rippen jagten."

Daniel Schneider schüttelte den Kopf. „Sind Sie krank im Kopf, Alter? Was soll dieser Scheiß? Okay, ich habe der Tussi einen Brief geschrieben, um ihr ein bißchen Feuer unterm Arsch zu machen. Ich hab ihr im Heim das Messer gezeigt, damit sie mal'n bißchen überlegt, was sie sagt, aber das war's dann."

„Und warum haben Sie sich versteckt, wenn alles so harmlos war?" fragte Friedberg.

„Um die Bullerei zu verarschen. Was sonst?"

Spengler seufzte. „Wie schade, daß Sie uns nicht vertrauen, daß Sie uns nicht helfen, die Verdachtsmomente, die ja nun mal da sind, zu entkräften. Sie glauben nicht, wie froh ich wäre, Sie nach diesem Gespräch nach Hause schicken zu können, weil ich fest von Ihrer

Unschuld überzeugt bin. Aber Sie tun alles, um in mir die Gewißheit entstehen zu lassen, daß Sie der Täter sind."

„Wozu dann noch reden? Buchten Sie mich ein, wenn's Ihnen Spaß macht. Ich nehme Ihnen das nicht übel. Ich kann gut auf das Leben draußen verzichten. Meinen Sie, es ist ein Vergnügen, bei meiner Mutter zu wohnen? Wenn eine mir die Lust auf Weiber für alle Zeiten vermiest hat, dann ist es die Alte, die sich meine Mutter nennt. Wenn ich überhaupt mal daran gedacht habe, eine Frau alle zu machen, dann bei meiner Mutter. Nun wissen Sie alles, was Sie wissen müssen. Jetzt sage ich kein Wort mehr."

Spengler und Friedberg bemühten sich vergeblich, noch etwas aus dem Jungen herauszubekommen.

Schließlich brachen sie die Vernehmung ab.

„Na, großer Meisterpsychologe, was denkst du? Schuldig oder nicht schuldig?" fragte Friedberg, als sie wieder im Büro saßen.

„Vielleicht beides", sagte Spengler nachdenklich. „Selbst wenn er es getan hat, ist er eigentlich nicht schuldig."

„Komm mir jetzt nicht mit dieser Sechzigerjahrethese, daß die Gesellschaft an allem schuld ist."

„Warum nicht? Daß sich eigentlich sympathische Jungen wie Daniel so verquer entwickeln, ist ja wohl ohne Einflüsse von außen kaum erklärbar. Mir tut er jedenfalls leid, wie auch immer die Sache ausgeht. Wir müssen unbedingt sein Versteck in Walle nach roten Teppichen durchsuchen. Hier, lies." Spengler reichte dem Kollegen den Laborbericht.

Friedberg war noch in die Lektüre vertieft, als es an der Tür klopfte. Spengler ließ eine Frau herein, die sich als Frau Schneider vorstellte. Sie trug einen wattierten, hellblauen Anorak, eine Jogginghose, verdreckte Turnschuhe und in der linken Hand eine Plastiktüte. Das halblange aschblonde Haar klebte fettig am Kopf, die zurückliegenden blauen Augen wurden vom aufgedunsenen Fleisch der Wangen fast verdeckt. Es kostete Spengler ein wenig Überwindung, ihr die Hand zu geben.

Mit einem Seufzer ließ sie sich auf den Stuhl fallen, den Spengler ihr anbot. „Da bin ich", sagte sie und unterdrückte ein Aufstoßen. „Bloß gut, daß Sie ihn endlich geschnappt haben. Konnte schon gar nicht mehr ruhig schlafen wegen dem. Hat er's zugegeben?"

„Die Vernehmung ist noch nicht abgeschlossen", erklärte Spengler.

„Macht wieder'n Breiten, was? Kenn ich nur zu gut. Wenn er was ausgefressen hat, gibt er nie was zu. Da nützt auch nix'n paar hinter die Löffel. Stur wie'n Panzer. Hat er von sein Vater. Bei dem is auch Hopfen und Malz verloren."

„Wenn ich Sie richtig verstehe, trauen Sie Ihrem Sohn also ein Verbrechen zu", sagte Spengler.

„Allemal. Ich weiß nich, was ich bei den falsch gemacht hab. Is'n mißratenes Früchtchen, wie man so sagt. Ich hab mir jedenfalls alle Mühe gegeben. Aber man steckt nich drin, sag ich immer. Man sollt ja nun denken, daß das eigene Kind es ehrlich mit einen meint, doch da haste dich geschnitten. Was der mir die Hucke voll gelogen hat, das geht auf keine Kuhhaut. Da macht man was durch als Mutter heutzutage. Wenn Sie mich fragen, ich bin ratlos. Ich kenn mein eigen Fleisch und Blut nich mehr." Sie zog ein zerknautschtes Papiertaschentuch aus der Jackentasche und wischte sich die Augen.

„Frau Schneider, es ist ja wohl nun so, daß Ihr Sohn erhebliche Alkoholprobleme hat …"

„Dafür kann ich nix", unterbrach sie Spengler hastig. „Ich trink ja auch mal'n Gläschen, aber immer in Maßen. Von mir hat er das nich. Sein Vater is'n Suffkopp, wie er im Buche steht, doch mir kann da keiner was nachsagen."

„Das tut ja auch niemand. Ich wollte nur von Ihnen wissen, ob Daniel unter Alkoholeinfluß zur Gewalttätigkeit neigt", erklärte Spengler.

„Können Sie laut sagen. Sogar seine eigene Mutter hat er schon mal angegriffen. Quer durchs Zimmer bin ich geflogen, so hat er mich geschubst. Und das bloß, weil ich ihm kein Geld geben konnte. War kurz vor Ultimo, und ich war total blank. Die blauen Flecken hatte ich tagelang. Meine Oma hat immer gesagt, daß ein' die Hand aus 'm Grab wächst, wenn man sie gegen die Mutter erhebt. Er hat das getan, und das ist so wahr, wie ich hier sitze. Was geht bloß in so'n Jungen vor? Ich würd ja alles für ihn tun, aber er läßt mich nicht an sich ran. Ich kann reden, wie ich will, er guckt einfach durch mich durch. Wenn er überhaupt was sagt, denn nur Schimpfworte. Von Respekt keine Spur. Nee, ich bin mit mein'n Latein am Ende. Ich kann nur sagen, ich wasche meine Hände in Unschuld." Inzwischen vergoß sie reichlich Tränen.

„Frau Schneider, es macht Ihnen niemand einen Vorwurf", sagte Spengler begütigend. „Es gibt heute leider viele Eltern, die von ihren Kindern nicht respektiert werden. Sie sind da nicht allein. Dadurch, daß die traditionellen Familienstrukturen oft nicht mehr funktionieren, trifft man immer häufiger auf orientierungslose Kinder und überforderte Eltern."

„Mag ja sein, aber da weiß ich nix von ab. Kann ich nix zu sagen."

„Besonders alleinerziehende Mütter wie Sie haben es da schwer."

„Was soll ich denn machen, wenn der Mistkerl einfach mit 'ner anderen abhaut? Was meinen Sie, was ich kämpfen mußte, damit der überhaupt Unterhalt gezahlt hat für Daniel? Nee, bleiben Sie mir mit den vom Acker. Bin froh, daß ich ihn nich mehr seh'n muß."

„Frau Schneider, könnte es sein, daß Sie heute morgen schon Alkohol zu sich genommen haben?" fragte Friedberg.

„Geht Sie das was an, junger Mann? Muß ich Sie vorher um Erlaubnis fragen? Meinen Sie, es fällt ein leicht, zur Polizei zu gehen, weil der Sohn wieder mal Mist gebaut hat? Nee, da muß man sich ganz schön Mut machen."

„Gut, Frau Schneider. Ich glaube, das wär's dann erst mal. Sie haben uns sehr geholfen." Spengler erhob sich.

„Und was mach ich mit die Sachen für Daniel?" Sie hielt die Plastiktüte in die Höhe.

„Die geben Sie am besten mir."

„Nee, möcht ich ihm lieber selbst bringen. Hab auch'n paar Sü-
ßigkeiten rein getan. Freut er sich bestimmt über."

„Halten Sie es für eine gute Idee, ihn zu besuchen?"

„Warum nich? Bin ja schließlich seine Mutter."

„Gut, wenn Sie unbedingt wollen. Ich lasse dann Daniel ins Be-
sucherzimmer bringen." Spengler griff zum Telefon.

„Warten Sie 'n Moment. Vielleicht ham Sie recht. Is wirklich keine gute Idee. Was soll ich ihn auch sagen? Hört ja sowieso nich auf
mich. Da!" Sie hielt Spengler die Plastiktüte hin.

Nach dem Mittagessen fuhren sie in die Thomas-Mann-Straße. Benno Peters hatten sie über Handy erreicht, und er hatte ihnen versprochen, da zu sein und auch für die Anwesenheit von Frank Peters zu
sorgen.

Der Mann schien um Jahre gealtert, seit sie ihn zum letzten Mal
gesehen hatten. Tiefe Falten durchfurchten das Gesicht, und die
Schultern waren nach vorn gekrümmt, als trügen sie eine schwere
Last. Die Trauer war, wenn auch verspätet, offensichtlich bei Benno
Peters angekommen. Oder war es etwas anderes, das ihn nieder-
drückte?

Spengler und Friedberg betraten das Wohnzimmer, in dem peni-
belste Ordnung herrschte. Der Couchtisch war gedeckt mit Kaffeege-
schirr. Die vier Tassen waren sorgfältig aufeinander ausgerichtet, und
genau in der Mitte thronte die Kanne. Milchkännchen und Zuckerdo-
se bildeten eine Diagonale.

Kaum hatte man Platz genommen, erschien Frank, grüßte knapp
und setzte sich zu seinem Vater auf das Sofa. Benno Peters goß, ohne
zu fragen, Kaffee ein, während Spengler ein Papier aus der Tasche
zog und es entfaltete. „Ich möchte Ihnen etwas zeigen, das wir auf
dem Computer Ihrer Frau gefunden haben, Herr Peters." Er reichte
ihm den Brief an Vater und Sohn.

Benno las mit wachsender Betroffenheit. Schließlich lehnte er
sich seufzend zurück. „Ich hatte ja keine Ahnung, wie einsam sie
war", sagte er leise.

„Lassen Sie auch Ihren Sohn lesen. Der Brief ist ja an Sie beide gerichtet."

Peters gab das Papier an Frank weiter. Der verzog keine Miene, während er las, legte dann den Brief auf den Tisch und griff nach der Kaffeetasse.

„Warum hat sie das geschrieben, statt mit uns zu reden?" fragte Benno Peters.

„Ja, das wüßten wir auch gern", sagte Spengler.

„Und wenn sie schon schreibt, warum schickt sie den Brief nicht ab?" fuhr Peters fort.

„Manchmal muß man sich einfach was von der Seele schreiben. Da reicht es vielleicht, wenn man es formuliert hat und schwarz auf weiß vor sich sieht."

„Trotzdem merkwürdig." Peters schüttelte den Kopf.

„Und was meint der Sohn dazu?" wandte sich Spengler an Frank. Der zuckte die Achseln.

„Sonst nichts?" hakte Spengler nach.

„Typisch Mama. Wenn sie mal Gefühle zeigt, dann ihrem Notebook."

„Sie meinen, Ihre Mutter hätte das Gespräch mit Ihnen und Ihrem Vater nicht gesucht, weil sie sich vor Ihnen nicht schwach und hilfebedürftig zeigen wollte?"

„Kann sein, kann auch nicht sein. Ist mir sowieso egal."

„Frank, bitte." Benno Peters schüttelte den Kopf. „Wir tun uns nach wie vor sehr schwer, uns mit dem Tod von Ellen abzufinden", erklärte er.

„Wer hätte dafür kein Verständnis. Trotzdem müssen wir alle uns weiterhin damit auseinandersetzen. Eine Frage an Sie, Frank. Wußten Sie, daß Ihre Mutter kurz vor ihrem Tod einen Schwangerschaftsabbruch organisiert hat?"

„Nee, wie sollte ich?" sagte Frank patzig. „So was hat sie einfach gemacht, ohne andere darüber zu informieren. Meine Mutter hatte ja das Recht, über die Köpfe anderer hinweg zu entscheiden. Jedenfalls glaubte sie das."

„Warum sind Sie so verbittert?"

„Warum? Warum? Ich verstehe nicht, weshalb wir uns schon wieder unterhalten müssen. Es ist doch alles gesagt. Alle Welt trauert um Ellen Peters, nur Sohn Frank nicht. Was steckt wohl dahinter, fragen sich die schlauen Polizisten?"

„Sagen Sie's uns einfach. Dann lassen wir Sie auch in Ruhe." Friedberg setzte die Kaffeetasse klirrend ab.

„Sie wissen also nichts über die Abtreibung?" wiederholte Spengler.

„Nein."

„Sicher handelt sich dabei um eine Angelegenheit im Zusammenhang mit dem Jugendamt", schaltete sich Benno Peters ein.

„Das haben wir schon überprüft. Fehlanzeige. Frank, Ihre Freundin Susi …"

„Lassen Sie die aus dem Spiel", unterbrach ihn der junge Mann grob.

„Warum?" fragte Spengler leise.

„Weil ich es will. Reicht Ihnen das?"

Spengler wiegte den Kopf hin und her. „Ihre Art, das Thema abzublocken, legt die Vermutung nahe, daß Sie etwas vor uns verbergen. Wenn Ihre Freundin mit der Abtreibung nichts zu tun hat, können Sie das doch ganz offen sagen."

„Offenheit ist in diesem Haus noch nie praktiziert worden. Warum soll ich da eine Ausnahme machen?"

„Frank, du vergreifst dich im Ton. Du baust hier Fronten auf, die völlig absurd sind. Die Herren tun doch nur ihre Pflicht, wenn sie versuchen, diese Sache mit der Abtreibung aufzuklären. Hat das was mit Susi zu tun?"

„Ich finde es zum Kotzen, wie hier im Dreck herumgewühlt wird. Haben Sie schon mal was von Privatsphäre gehört? Darf ich jetzt auf mein Zimmer gehen?" Frank sprang auf.

„Frank, ich bitte dich. Dein Benehmen ist unmöglich! Du stehst jetzt hier Rede und Antwort!" erregte sich der Vater.

„Papa, übernimm dich nicht. Dieser Kasernenhofton paßt nicht zu dir. Soll ich nun den gehorsamen Sohn spielen, oder was erwartest du? Wollen wir vor den Polizisten eine Show abziehen? Wenn ich gehen will, dann gehe ich." Er wandte sich zur Tür.

„Junger Mann, wenn sich hier jemand übernimmt, dann sind Sie es. Natürlich können wir Sie nicht daran hindern, das Gespräch mit uns in Ihrem Haus abzubrechen, aber wir werden Sie dann ganz offiziell ins Präsidium vorladen und notfalls auch mit Polizeibegleitung dort hinbringen lassen. Wenn Sie das bevorzugen, okay." Spengler lächelte nachsichtig.

„Ja, das bevorzuge ich. Guten Tag, die Herren." Frank deutete eine Verbeugung an und verschwand.

Benno Peters schüttelte den Kopf und hob hilflos die Hände. „Ich weiß nicht, was in den Jungen gefahren ist", stammelte er.

„Machen Sie sich keine Sorgen. Ich bin sicher, er läßt es nicht zum Äußersten kommen. Vielleicht braucht er eine kleine Besinnungspause. Halten Sie es für denkbar, daß diese Susi eine Abtreibung hat machen lassen?"

„Keine Ahnung. Sex hatten sie schon, fürchte ich."

„Wieso fürchten Sie das?"

„Na ja, ich denke da etwas altmodisch. Ich finde, die jungen Leute, die ja heutzutage meistens gleich nach der Pubertät mit dem Sex anfangen, bringen sich um vieles, zumal die Sache oft rein mechanisch ohne emotionale Beteiligung abläuft."

„Sie sind ein Romantiker, Herr Peters." Friedberg grinste.

„Und das halten Sie für eine Schwäche, nicht wahr? Wie auch immer, ich glaube, daß Susi und Frank eine sehr ernsthafte Beziehung haben und der Sex bei ihnen durchaus noch im altmodischen Sinn emotionsgesteuert ist."

„Das würde ich auch so sehen", bestätigte Spengler. „Das Bedürfnis von Frank, die Beziehung zu seiner Freundin total abzuschotten, zeigt, wie emotionsgeladen das Verhältnis ist. Sein Bemühen, sich uns auf möglichst ruppige Art zu entziehen, weist darauf hin, wie verletzlich und erregbar der Junge ist. Könnte es sein, daß er sich gerade in emotionaler Hinsicht von seiner Mutter vernachlässigt gefühlt hat?"

„Ach, das ist ein zu weites Feld, um mit Fontane zu reden", seufzte Benno Peters.

„Das sagt er immer, wenn er nicht weiter weiß." Frank Peters kehrte zurück und nahm seinen Platz wieder ein. „Ich stehe Ihnen zur Verfügung. Stellen Sie Ihre Fragen."

„Ich bewundere Ihren Mut", sagte Spengler anerkennend.

„Wieso Mut?" Frank Peters lächelte überheblich.

„Weil es jetzt womöglich ungemütlich wird. Also falle ich gleich mit der Tür ins Haus. Hatte Ihre Freundin Susi eine Abtreibung?"

„Ja."

„Um Gottes Willen", flüsterte Benno Peters.

„Hatte sie die durch Vermittlung Ihrer Mutter?"

„Ja."

„Ihre Freundin hat sich also Hilfe suchend an Ihre Mutter gewandt?"

„Nein. Meine Mutter ist ihr mehr oder weniger zufällig drauf gekommen."

„Aber Susi hatte vorher schon mit Ihnen darüber gesprochen?"

„Nennen Sie sie bitte Susanne. Nein, Susanne hatte noch nicht mit mir darüber gesprochen."

„Doch sicher dann, nachdem Ihre Mutter davon erfahren hatte."

„Nein, meine Mutter hatte sie dazu überredet, mir die Sache zu verheimlichen."

„Warum?"

„Ich vermute mal, um den Familienfrieden nicht zu stören, um mir Unannehmlichkeiten zu ersparen. Wer weiß."

„Das ist ja entsetzlich", flüsterte der kreidebleiche Vater.

„Wollte denn Ihre Freundin die Abtreibung?"

„Sie ist nicht mehr meine Freundin. Wir haben uns getrennt. Reden wir von ihr als von Susanne."

„Aber das wußte ich ja gar nicht", stotterte der Vater.

„Ach, was weißt du schon, Papa. Du willst doch schon seit Jahren nichts mehr mitkriegen. Nichts sehen, nichts hören, nur Auto fahren, kochen und fernsehen."

„Du hättest doch jederzeit mit mir darüber sprechen können."

„Hätte ich, wollte ich aber nicht."

„Kommen wir noch mal auf die Abtreibung zurück. Wollte Ihre Freundin den Abbruch?" fragte Spengler.

„Sie war unentschlossen. Aber meine Mutter hat solange auf sie eingeredet, bis sie sich gefügt hat. In aller Heimlichkeit haben die beiden die Sache durchgezogen. Und Susanne mußte versprechen, mir nie davon zu erzählen."

„Das kann ich mir nicht vorstellen. Nein, Frank, so war deine Mutter nicht." Benno Peters zitterte vor Erregung.

„Du mußt es ja wissen, hast ja lange genug mit ihr gelebt."

„Susanne hat doch mit dir gesprochen, sonst wüßtest du ja nichts davon."

„Weil sie es nicht ausgehalten hat. Was Mama dem Mädchen abverlangt hat, konnte Susanne nicht verkraften. Sie kann eben nicht lügen wie deine Frau. Sie ist schließlich zu mir gekommen und hat alles gebeichtet."

„Wieso hast du dich dann von ihr getrennt?"

„Hast du schon mal was von Vertrauensbruch gehört? Daß sich Susanne hinter meinem Rücken dieser Prozedur unterzogen hat, kann ich ihr nicht verzeihen. Und selbst wenn ich es könnte, wie sollte ich je wieder Vertrauen haben zu einem Menschen, der mich so hintergangen hat? Schließlich war das ja auch mein Kind, das da hat dran glauben müssen. Susanne hätte zunächst mit mir reden müssen. Gemeinsam, Papa, gemeinsam hätten wir überlegen müssen, was zu tun ist. Stattdessen unterwirft sich das Mädchen dem Diktat dieser grausamen und herrschsüchtigen Person, die sich meine Mutter nennt!" Frank Peters war laut geworden.

„So darfst du nicht reden, Frank", flehte Benno Peters kläglich.

„So darf und so muß ich reden! Ich habe vieles für möglich gehalten, aber daß meine Mutter ein solches Scheusal ist, eine eiskalte Killerin, das sprengt einfach meine Vorstellungskraft."

„Du versündigst dich, Frank, du versündigst dich, mein Junge", stammelte der Vater.

„Ach, hör auf mit deinem Gejammer! Werd endlich erwachsen!"

Benno Peters schlug die Hände vors Gesicht. „So darf ein Sohn mit seinem Vater nicht umgehen", flüsterte er.

„Wenn du Mama einmal in deinem Leben Widerstand geleistet hättest, würde ich dich anders behandeln. Du kannst nicht Respekt einfordern, wenn du dich immer unterworfen hast."

„Ich wollte doch nur vermitteln, damit der Familienfrieden gewahrt blieb."

„Du bist jedem Konflikt aus dem Weg gegangen. Das ist die Wahrheit."

„Das ist sie nicht. Du weißt ja nicht, wie oft ich mit deiner Mutter gestritten habe, vor allem deinetwegen. Doch lassen wir das, denn ich finde es höchst unangebracht, uns auf diese Weise in Gegenwart von Fremden auseinanderzusetzen."

„Da magst du recht haben. Tut mir leid."

Es wurde für einen Augenblick still im Wohnzimmer. Alle vier Männer griffen fast gleichzeitig nach ihren Kaffeetassen und tranken.

„Haben Sie Ihrer Mutter den Brief mit dem Hinweis auf Gesche Gottfried geschrieben?" fragte Spengler nach einer Weile.

Frank zuckte zusammen.

Benno Peters schaute irritiert in die Runde. „Gesche Gottfried? Ach ja, der Brief."

„Ihr Sohn weiß, wovon ich spreche, nicht wahr?" Spengler nickte Frank zu.

„Ja, ich hab ihn geschrieben", gestand der Junge und wischte sich Haare aus der Stirn.

„Warum?"

„Das fragen Sie noch nach allem, was Sie jetzt wissen?"

„Sagen Sie es mir trotzdem."

„Du hast Mama bedroht?" Benno Peters schaute seinen Sohn ratlos an.

„Ja, ich habe Mama geschrieben, daß sie an das Ende von Gesche Gottfried denken soll."

„Die Frau wurde hingerichtet!" Benno Peters schlug die Fäuste aneinander.

„Eben."

„Haben Sie Henker gespielt?" fragte Spengler lächelnd.

Frank schüttelte den Kopf.

„Warum hast du so was geschrieben?" fragte Peters fassungslos.

„Schade, daß du nicht selber darauf kommst. Mama hat zwar nicht mit Arsen getötet wie Gesche, aber man kann Menschen auch vergiften, ohne ihnen Mäusebutter aufs Brot zu schmieren, man vergiftet ihre Seele, ihren Verstand. Diese Familie besteht doch nur aus Psycho-Krüppeln, und Susanne wird für ihr Leben eine Gezeichnete sein, ganz zu schweigen von dem realen Mord an meinem Kind."

„Was wollten Sie mit dem Brief bezwecken?" fragte Spengler.

„Ihr Angst machen, dieses verlogene Geflecht aus Eitelkeit, Selbstgefälligkeit und Herrschsucht zerreißen. Ich wollte sie leiden sehen."

„Und? Hat sie gelitten?"

„Woher soll ich das wissen?"

„Sie haben sich doch an dem Abend des Verbrechens mit ihr in der Stadt getroffen."

„Wie bitte? Ich hab meine Mutter nicht mehr gesehen, nachdem ich den Brief abgeschickt hatte."

„Ach ja, Sie waren ja beide in der Mordnacht zu Hause und können sich trotzdem kein Alibi geben, weil sich jeder in seinem Zimmer verkrochen hatte und jeder das Haus hätte unbemerkt verlassen können."

„Ich gebe zu, ich habe mich mit dem Gedanken getragen, meine Mutter umzubringen, nachdem ich von der Abtreibung erfahren habe. Ihr Verhalten Susanne und mir gegenüber war so infam, daß ein Mord eine angemessene Strafe gewesen wäre. Aber ich muß gestehen, ich hatte den Mut nicht, und darauf bin ich keineswegs stolz.

Der Brief war nur eine klägliche Ersatzhandlung, und dafür schäme ich mich. Es mag abgeschmackt klingen, aber ich wäre froh, wenn ich sie getötet hätte. Dann herrschten jetzt klare Verhältnisse."

Spengler seufzte. „Das Problem ist nur, daß jemand der Mörder ist, der von diesem Brief wußte, denn sonst hätte er die Leiche nicht auf dem Domshof deponiert. Außer Ihnen waren nur Frau Lange und ihr Freund informiert und eben der große Unbekannte, mit dem Ihre Mutter verabredet war. Obwohl Sie die Tat leugnen, hätten Sie das einleuchtendste Motiv."

„Und die Art und Weise, wie Sie sich herausreden, verstärkt für mich eher den Verdacht", schaltete Friedberg sich ein. „Sie sind ein sehr intelligenter Junge, Frank Peters, und haben sich natürlich genau überlegt, wie Sie am besten den Kopf aus der Schlinge ziehen können. Sie mußten damit rechnen, daß die Laboruntersuchungen des Briefes einen Hinweis auf Sie ergeben könnten, und haben sich deshalb lieber gleich zu Ihrer Autorenschaft bekannt. Sie wußten, daß man Sie verstärkt verdächtigen würde, wenn die Sache mit Susanne ans Tageslicht kommen würde. Also haben Sie sich gesagt: es hat überhaupt keinen Zweck, alles das, was gegen mich spricht, zu leugnen, du mußt im Gegenteil nicht nur alles zugeben, sondern noch einen drauf tun, indem du sagst, jawohl, ich wollte sie umbringen, ich war nur zu feige. Sie denken, daß wir es gemeinhin mit Tätern zu tun haben, die alles abstreiten, auch wenn die Beweislast noch so erdrückend ist, daß wir hingegen bei einem Verdächtigen, der sich so kooperativ und offen verhält wie Sie gerade, angenehm überrascht sind und gewillt, ihn für unschuldig zu halten."

Frank Peters zuckte die Achseln. „Das ist mir zu hoch. Ich habe ja durchaus Verständnis dafür, wenn Sie mich jetzt festnehmen und vor Gericht bringen. Ich bin bereit, für ein Verbrechen zu büßen, das ich nur gedacht habe. Wenn Sie es wünschen, lege ich auch ein Geständnis ab. Nur den Ablauf des Verbrechens müssen Sie sich schon selber ausdenken, dafür reicht meine Phantasie nicht. Auch den Verbleib der Tatwaffe müssen Sie erfinden. Nehmen Sie doch unsere Küchenmesser mit und lassen Sie Ihren Gerichtsmediziner entscheiden, welches es sein könnte."

„Ihr Zynismus ist völlig unangebracht", sagte Friedberg.

„Macht der mich noch verdächtiger?" fragte Frank Peters.

„Sie treiben hier ein übles Verwirrspiel, um uns zu bluffen. Aber um uns an der Nase herumzuführen, mußt du früher aufstehen, mein Junge."

„Aha, der Herr wird plump vertraulich. Vielleicht würde es Ihnen ja auch weiterhelfen, mir ein paar runterzuhauen. Bitte, bedienen Sie sich." Frank Peters zeigte auf seine rechte Wange.

„Schluß jetzt!" sagte Spengler energisch. „Diese Zankerei bringt uns nicht weiter."

„Das finde ich allerdings auch", schaltete sich Benno Peters ein, dessen Blässe noch zugenommen hatte. „Frank, du redest dich um Kopf und Kragen."

„Vielleicht will ich das ja, Papa."

„Es ist schon schlimm genug, was mit Mama passiert ist. Da mußt du jetzt nicht alles noch auf die Spitze treiben. Ich finde, ein wenig mehr Respekt vor dem Schicksal deiner Mutter wäre angebracht."

„Papa, hast du nicht zugehört? Wieso Respekt? Mama hat ihr trauriges Ende selbst zu verantworten. Sie hat es ja provoziert. Ich weiß nicht, wer der Mörder ist, aber ich weiß, daß es ein Mensch sein muß, der ebenso empfindet wie ich, der von ihr auf die gleiche Weise verletzt und gedemütigt worden ist wie ich oder wie du."

„Laß mich da raus. Mein Verhältnis zu Mama läßt sich so simpel nicht definieren. Wenn überhaupt, hat es Verletzungen auf beiden Seiten gegeben. Ich habe in den letzten Tagen viel nachgedacht und bin zu dem Ergebnis gekommen, daß auch ich große Fehler gemacht habe. Kein Mensch hat nur negative Seiten. Mama hatte Charme und Humor, sie war großzügig gerade in finanzieller Hinsicht. Sie konnte ganz offen auf Menschen zugehen und sie für sich einnehmen. Sie liebte die Menschen. Wie sonst wäre sie auf die Idee gekommen, als Sozialpädagogin zu arbeiten? Auch die Abtreibung bei Susi hat nicht nur negative Aspekte. Du hast das Mädchen in eine Notlage gebracht und dich gleichzeitig so verhalten, daß das Mädchen nicht gewagt hat, sich dir anzuvertrauen. Sie hat sich stattdessen an deine Mutter gewandt, was ja darauf schließen läßt, daß sie in Mama eine vertrauenswürdige Person gesehen hat, die Erfahrung mit solchen Problemen hat. So grausam diese Entscheidung auch gewesen sein mag, sie war die einzig Vernünftige. Deine Sicht der Dinge ist nachvollziehbar, die von Mama jedoch ebenso. Ich finde, Mamas Handeln sogar ausgesprochen mutig. Sie hat alles riskiert, um ihrem Sohn eine Entscheidung abzunehmen, die ihn vermutlich überfordert hätte."

„Sie hat wieder mal lieber Gott gespielt, Herrin über Leben und Tod. Natürlich hatte sie Charme, natürlich konnte sie Menschen gewinnen, natürlich konnte sie großzügig sein. Aber dies alles doch nur zu dem einzigen Zweck, Menschen von sich abhängig zu machen, Menschen zu beherrschen. Die Fassade, da hast du völlig recht, war blendend. Was für eine tolle Frau! Hübsch, intelligent, sozial engagiert, großzügig und so weiter, und so weiter! Aber hinter der Fassade? Krankhafter Ehrgeiz, Herrschsucht und Unfähigkeit zur Selbstkritik."

„Du redest über deine Mutter wie über eine Fremde."

„Das war sie auch für mich. Fremd und unheimlich. Sie hat es geschafft, das blinde Vertrauen, das man als Kind zu seiner Mutter hat, zu zerstören, weil ich schon sehr früh gespürt habe, daß hinter all der mütterlichen Fürsorge keine echte Zuneigung steckte. Ich habe mich einsam gefühlt in ihrer Gegenwart. Das ist mir allerdings erst in der letzten Zeit bewußt geworden, vor allem natürlich durch Susanne, aber auch durch eine Frau wie Kirsten Lange, Menschen, die zu echten Empfindungen fähig sind."

„Und trotzdem trennst du dich von Susi."

„Ich brauche klare Verhältnisse. Ich möchte nie ein Mann werden wie du, der unter einer Partnerschaft leidet, sie sich aber so zurecht lügt, daß er irgendwie in Ruhe damit leben kann. Wenn ich dich über Mama reden höre, dreht sich mir der Magen um. Wenn du aus dieser

miesen Abtreibungsgeschichte eine Heldentat machst, könnte ich ...
Ach, ich sag's lieber nicht."

„Zum Messer greifen?" fragte Friedberg schnell.

„Vielleicht so was ähnliches. Jedenfalls hätte sich Susanne nie
darauf einlassen dürfen. Ich liebe sie, aber ich könnte nach diesem
Verrat nicht ein Leben lang mit ihr zusammenbleiben. Es würde immer etwas zwischen uns stehen."

„Du wirfst deiner Mutter Gefühlskälte und Egozentrik vor und
zeigst genau diese beiden Eigenschaften in Bezug auf Susanne. Deine moralische Radikalität ist egoistisch und grausam. Du läßt einen
Menschen leiden, weil er deinen hehren ethischen Prinzipien nicht
gerecht wird. Was maßt du dir da an?"

„Vielleicht bin ich radikal. Vielleicht bin ich anmaßend. Aber ehe
ich mich im Dauerkompromiß häuslich einrichte wie du, oder meine
Gefühlsarmut und innere Verödung durch ständig zelebriertes Gut-
menschentum kaschiere wie meine Mutter, bleibe ich lieber allein."

„Du bist deiner Mutter viel ähnlicher, als du denkst!" Benno Peters wurde laut.

„Sag das nicht, Papa. Mach mir Vorwürfe, soviel du willst, aber
tu mich nicht in einen Topf mit Mama!" rief Frank Peters.

„Doch das tue ich. Du hast nicht das Recht, unser Leben, unsere
Ehe so gnadenlos zu verurteilen. Wir haben Fehler gemacht, zugegeben, aber wir haben immer das Beste gewollt!"

„Nein, Papa, nein!" schrie Frank. „Jetzt nicht solche unerträgli-
chen Klischees! Das ist unter deinem Niveau! Verspiel nicht den
letzten Rest von Sympathie, den ich noch für dich empfinde. Und
nimm das zurück, diesen perfiden Vergleich mit Mama. Ich bin nicht
wie Mama!"

„Doch, das bist du! Man könnte fast glauben, du hättest sie ..."
Peters verstummte.

„Sprechen Sie weiter, Herr Peters", drängte Spengler.

„Nein, ich kann das nicht sagen." Peters schlug die Hände vors
Gesicht.

„Soll ich es für Sie tun?"

„Ich kann Sie nicht daran hindern."

„Man könnte fast glauben, du hättest sie getötet, um diese Veranlagung in dir zu beseitigen. Mit ihr hast du all das in dir umgebracht, was du mit ihr gemein hattest. Dieser Mord war eine Art Selbstmord."

„O Gott", flüsterte Benno Peters.

„Ja, dann hätten wir's doch", sagte Frank Peters. Ein eigenartiges, befremdliches Lächeln hatte sich auf seinem Gesicht ausgebreitet. „Ich vermute, ich muß Sie jetzt aufs Präsidium begleiten. Ich bin bereit."

„Heißt das, daß Sie gestehen?"

„Warum nicht? Ich hatte Ihnen ja vorhin schon ein Geständnis angeboten. Sie können über mich verfügen."

„Und Sie schildern uns dann auch den Tathergang?"

„Wir werden uns gemeinsam sicher was Hübsches ausdenken."

„Herr Peters, dieses alberne Geplänkel bringt uns nicht weiter", schimpfte Friedberg. „Wenn Sie uns verarschen wollen, werden wir andere Saiten aufziehen."

„Das klingt aber bedrohlich. Jetzt mache ich mir gleich in die Hose vor Angst."

„Schluß jetzt!"sagte Spengler energisch. „Wir werden einen Streifenwagen rufen, der Sie ins Präsidium bringt. Wir unterhalten uns dann heute Abend weiter. Wir haben jetzt noch einen anderen Termin. Damit ist Ihnen Zeit gegeben, sich auf das spätere Verhör vorzubereiten. Wenn Sie einen Anwalt hinzuziehen möchten, ist das Ihr gutes Recht. Auf jeden Fall sind Sie hiermit vorläufig festgenommen."

„O Gott", flüsterte der Vater.

„Da ich ja vermutlich bei Ihnen übernachten werde, darf ich mir wohl ein paar Sachen und Bücher einpacken."

„Selbstverständlich. Mein Kollege Friedberg wird Ihnen dabei Gesellschaft leisten."

Frank und Friedberg verschwanden.

Benno Peters schüttelte verzweifelt den Kopf. „Glauben Sie wirklich, daß er es war?" fragte er heiser.

„Was ich glaube, spielt keine Rolle. Das Verhalten Ihres Sohnes ist so widersprüchlich und provokant, daß wir uns auf jeden Fall näher mit ihm befassen müssen."

„Passen Sie gut auf ihn auf. Ich habe Frank noch nie so erlebt wie heute. Ich erkenne ihn nicht mehr. Ich habe ein ungutes Gefühl bei alldem. Der Junge ist in Gefahr."

„Worauf wollen Sie hinaus? Halten Sie ihn für suizidgefährdet?"

„Sie etwa nicht?"

„Wir werden ihn nicht aus den Augen lassen." Spengler zog ein Plastiktütchen aus seiner Jacke, wischte mit dem Taschentuch über den Orientteppich zu seinen Füßen, in dem das Rot dominierte, und steckte das Tuch vorsichtig in die Hülle.

Im Wagen fragte Friedberg: „Warum nehmen wir ihn uns nicht gleich vor?"

Spengler wiegte den Kopf hin und her. „Ich denke, ein paar Stunden in der Zelle werden ihn nicht unbeeindruckt lassen. Außerdem möchte ich erst noch mal mit Frau Lange reden. Daß sie bei der Peters so hoch verschuldet war, hätte sie zumindest mal erwähnen können."

„Du glaubst also nicht, daß dieses Schätzchen Frank Peters der Täter ist?"

„Ich habe schon zu seinem Vater gesagt, daß es keine Rolle spielt, was ich glaube. Möglich ist alles. Jedenfalls ist der Knabe ein harter Brocken. Hochintelligent und unglaublich beredt. Ich habe selten einen Jungen in seinem Alter erlebt, der sich so brillant äußern kann. Das hat er bestimmt von seiner Mutter. Andererseits ist der völlig kaputt und psychisch gestört, wie mir scheint. Seine ganzen Äußerungen wirkten einstudiert, keineswegs spontan. Der hat sich innerlich lange auf dieses Gespräch vorbereitet. Man hat das Gefühl, er zitiert aus irgendwelchen Schriften. Was er letztlich damit beabsichtigt, ist mir im Moment noch rätselhaft."

„Mal abgesehen von seinem Gerede sprechen doch alle Fakten gegen ihn."

„Okay. Aber wir haben keinerlei Beweis. Wir haben keine Mordwaffe, wir haben keine besonderen Spuren im Wagen des Opfers gefunden. Ein Nachweis, daß Frank Peters den Wagen benutzt hat, hilft uns sowieso nicht, weil selbstverständlich alle Familienmitglieder damit gefahren sein können. Vielleicht bringt uns eine Probe vom Teppich weiter. Ich hab sie in der Tasche. Aber ich bin skeptisch. Sollte Frank seine Mutter getötet haben, bestimmt nicht zu Hause im Wohnzimmer, zumal ja auch der Vater anwesend war."

„Du magst den Jungen."

„Ja. Doch das tut nichts zur Sache. Ein derart sensibler, hochintelligenter, überaus differenziert denkender Junge paßt nicht in irgendein übliches Täterschema. Einen wie Daniel Schneider, den wir übrigens sofort nach Hause schicken müssen, kann man sich gut als Gewalttäter vorstellen. Soviel dumpfe unreflektierte Aggressivität kann durchaus zu einem Mord befähigen."

„So einer als Täter wäre mir auch lieber. Aber man soll die Hoffnung nicht aufgeben. Der steht ja erst am Anfang seiner kriminellen Karriere. Ich bin fast sicher, daß wir mit dem noch öfter zu tun haben werden. Dein Faible für Frank Peters teile ich übrigens nicht. Er ist zwar ein ungewöhnlicher Bursche, aber unberechenbar und extrem labil. Dem trau ich keinen Schritt über'n Weg."

„Ja ja, deine altbekannte Abneigung gegen jeden, der intellektuell daherkommt. Du mußt ein schrecklich schlechter Schüler gewesen sein, daß du diesen Komplex hast."

„Irrtum. Ich war durchaus Mittelmaß. Doch ich habe nie vergessen, daß einem Typen wie Frank Peters ständig die eigene Herkunft aus der Unterschicht bewußt machten. Bei so einem fällt mir sofort ein, daß mein Alter sich als Ungelernter auf dem Bau abgeschunden hat."

Spenglers Handy klingelte. Er meldete sich und flüsterte gleich darauf: „Ach du Scheiße." Kurze Zeit später schrie er: „Wie konnte das passieren?!" Schließlich sagte er kopfschüttelnd: „Wie kann man auf so einen plumpen Trick hereinfallen?" Er beendete das Gespräch.

„Was ist los?" wollte Friedberg wissen.

„Kehr um. Wir müssen sofort nach Bremen-Ost. Frank Peters liegt schwer verletzt auf der Intensivstation. Er schwebt in Lebensgefahr."

„Heiliger Strohsack! Wie das?"

„Beim Aussteigen am Präsidium hat er einen Ohnmachtsanfall simuliert. Daraufhin hat ihm ein Kollege die Handschellen abgenommen, um ihn zu reanimieren. Er ist aufgesprungen, hat die Kollegen beiseite gestoßen und ist getürmt – direkt auf die Straße und vor das nächste Auto."

„Zauberhaft. Damit dürften sich ja wohl all deine Zweifel an seiner Täterschaft erledigt haben. Warum will sich einer umbringen, wenn er unschuldig ist?"

Spengler seufzte. „Der arme Junge. Hoffentlich kommt er durch."

„Damit er uns weiter an der Nase herum führen kann?"

„Halt die Klappe, verdammt."

„Was bist du denn so gereizt?"

„Ach, wir haben da richtig Scheiße gebaut. Der Vater hatte schon so eine Ahnung und hat mir ans Herz gelegt, gut auf den Jungen aufzupassen. Und jetzt das? Wie stehen wir denn nun da? Fallen auf so einen uralten Trick herein."

„Vielleicht waren die Kollegen genauso beeindruckt von dem Burschen wie du und haben ihn für harmlos gehalten."

„Manchmal könnte ich dir …" Spengler zögerte.

„Ja, spuck's aus."

„Ach, ich muß ja noch weiter mit dir zusammen arbeiten."

„Kannst ja deine vorzeitige Pensionierung beantragen."

„Du mich auch."

Die Ärzte ließen sie nicht zu dem Jungen. Er liege im Koma und sei nicht ansprechbar. Ob man irgendwelche Verwandten des Jungen benachrichtigen müsse?

„Das übernehmen wir", sagte Spengler gequält. „Bitte informieren Sie uns sofort, wenn wir mit dem Jungen reden können. Ein Kollege von uns wird hier Posten beziehen."

„Warum das?" wollte der Stationsarzt wissen. „Fluchtgefahr besteht ja wohl kaum. Die große Frage ist, ob der Junge überhaupt je wieder richtig laufen kann, wenn er denn durchkommt. Abgesehen von den inneren Verletzungen hat er mehrere komplizierte Beinbrüche, und das Becken ist auch angeknackt."

„Trotzdem möchten wir einen Kontaktmann vor Ort haben."

Benno Peters empfing sie mit blutunterlaufenen Augen und zitterndem Kinn. „Sie schon wieder?" lallte er, in der Hand ein Rotweinglas. Er war betrunken.

„Dürfen wir noch mal hereinkommen?" fragte Spengler.

„Warum nicht? Sie sind hier ja schon fast zu Hause. Hat mein Sohn ein Geständnis abgelegt?"

„Ihrem Sohn ist leider was passiert."

„Ist er tot?" Peters versperrte mit seinem Körper die Wohnzimmertür. So blieben sie in der Diele stehen. Während Spengler erzählte, verstärkte sich das Zittern von Peters' Kinn, und Tränen rollten aus seinen roten Augen.

„Sie haben ihn umgebracht", sagte er, nachdem Spengler seinen Bericht beendet hatte. „Ich habe Sie angefleht, auf den Jungen aufzupassen, und so haben Sie Wort gehalten. Sie wußten, daß er in einer extremen innerlichen Verfassung war, und überlassen ihn einfach irgendwelchen Streifenpolizisten."

„Wir werden den Vorfall genauestens untersuchen und gegebenenfalls disziplinarische Maßnahmen ergreifen", versprach Spengler.

„Und was hat mein Junge davon?"

„Herr Peters, so bedauerlich dieser Unfall auch ist, wir dürfen nicht aus den Augen verlieren, daß Ihr Sohn letztlich dafür die Verantwortung trägt. Ihr Sohn wollte Selbstmord begehen, und das sicher nicht ohne Grund", sagte Friedberg kühl.

„Aber er ist noch ein Kind!" schrie Peters.

„Ein Kind, das Mädchen schwängert und vermutlich seine Mutter getötet hat."

„Wie kann man nur so herzlos sein!" jammerte Peters. „Möchten Sie ein Glas Wein? Ich muß noch eine Flasche aufmachen."

„Vielen Dank, Herr Peters, aber wir sind im Dienst."

„Verstehe. Sie können sich nicht mal dazu aufraffen, den Schmerz mit mir zu teilen, mir in dieser schweren Stunde ein wenig beizustehen. Was sind Sie nur für Menschen!" lallte er.

IX

Am nächsten Morgen hieß es aus Bremen-Ost, der Zustand von Frank Peters habe sich stabilisiert, aber er sei noch nicht aus dem Koma erwacht. Spengler schaute mißmutig auf die Pinwand mit den Fotos der Ermordeten und wartete auf den Kaffee, den Friedberg holen gegangen war. Er hatte schlecht geschlafen. Obwohl er nicht dabei gewesen war, hatte er doch deutlich das Bild vor Augen, wie der junge Peters vor das Auto gesprungen war. Er sah ihn durch die Luft fliegen und zerschmettert am Boden liegen bleiben. Sein Verstand sagte ihm zwar, daß ihn an diesem Vorfall keine Schuld traf, doch sein Bauch sprach anders, verweigerte die Nahrungsaufnahme und hatte ihm böse Bilder in die Träume geschickt, so daß er immer wieder hochgeschreckt war, wenn ihm der Schlaf für kurze Momente das Gehirn abgeschaltet hatte. An ein normales Frühstück war nicht zu denken. Er hatte zwei Butterkekse heruntergewürgt und ein Glas Wasser getrunken.

Friedberg kam mit zwei Kaffeebechern und zwei Mettwurstbrötchen. Seine unverschämt gute Laune war schwer zu ertragen. Für ihn war der Fall Ellen Peters abgeschlossen. Deshalb schaute er verblüfft, als Spengler ihm sagte, die Ermittlungen würden wie vorgesehen weitergeführt.

„Zunächst besuchen wir die Mutter von Ellen Peters und dann ihren Schwiegervater. Anschließend fahren wir ins Krankenhaus, und heute Abend will ich mit Kirsten Lange reden."

„Das verstehe ein anderer", seufzte Friedberg und biß in sein Wurstbrötchen. „Glaubst du wirklich, der Junge schmeißt sich vor ein Auto, wenn er unschuldig ist? Ich wette mit dir um eine Kiste Barolo, daß er es war. Wir vergeuden unnötig Zeit, wenn wir jetzt weitermachen, als sei nichts geschehen, nur weil ein Mörder wie Frank Peters nicht in dein Weltbild paßt."

„Wir haben kein Geständnis, wir haben keine Beweise. Die Fasern vom Teppich bei Peters stimmen mit den bei der Leiche gefundenen nicht überein. Der Selbstmordversuch reicht für eine Anklageerhebung nicht aus. Selbst der blödeste Verteidiger würde die Sache erfolgreich als normalen Unfall interpretieren und den Fluchtversuch als Überreaktion eines verwirrten jungen Mannes. Bei Lichte besehen haben wir nichts in den Händen. Wir müssen wenigstens mehr über den Jungen in Erfahrung bringen. Deshalb will ich mit den Großeltern reden und natürlich auch weiter mit dem Vater. Jedenfalls gibt es keinen Grund, die Hände in den Schoß zu legen."

„Okay. Du bist der Chef."

Frau Vollmer empfing sie würdevoll. Von den grauen, wohlondulierten Haaren über das graue Twinset, den grauen Wollrock, die grauen Strümpfe bis zu den grauen Schuhen war sie ganz Dame, leicht geschminkt und dezent mit edelstem Schmuck verziert.

Sie führte die Polizisten in ein luxuriöses Wohnzimmer, das vollgestellt war mit teuersten Antiquitäten. Antike Orientteppiche und romantische Ölgemälde taten das ihre, den Eindruck zu vermitteln, man sei im neunzehnten Jahrhundert bei einer Altbremer Patrizierfamilie gelandet.

Frau Vollmer wies auf eine Biedermeiersitzgruppe, und die Polizisten trauten sich kaum, die edlen Möbel mit ihren ordinären Beamtengesäßen zu belasten.

Ob die Herren etwas zu sich nehmen wollten, wurden sie gefragt. Eine Zugehefrau, wie die Dame sich auszudrücken beliebte, würde gern etwas herrichten, Tee und Gebäck zum Beispiel.

Die beiden lehnten dankend ab. Spengler fand das Sesselchen, in dem zu sitzen er die Ehre hatte, ziemlich unbequem. Vor allem die hohen Seitenlehnen machten es unmöglich, die Arme entspannt aufzustützen.

„Was führt Sie zu mir?" fragte sie förmlich und zog den Rock über die Knie, als sie sich setzte. „Ach, was für eine dumme Frage", fuhr sie fort. „Natürlich der Tod meiner Tochter. Wir sind alle schrecklich mitgenommen. Meine anderen beiden Töchter haben ihr Kommen schon angekündigt für den Fall, daß wir meine arme Ellen endlich zu Grabe tragen können. Meinen Sie, daß man ihren Leichnam bald freigeben wird?"

„Davon gehe ich aus. Die gerichtsmedizinischen Untersuchungen sind weitgehend abgeschlossen."

„Das ist eine gute Nachricht." Frau Vollmer schenkte den beiden ein kleines Lächeln. „Ich bin gern bereit, bei der organisatorischen Abwicklung mitzuwirken, wenn es denn von meinem Schwiegersohn und den Enkeln gewünscht wird. Auch an den Kosten würde ich mich gern beteiligen, damit für einen angemessenen Rahmen gesorgt ist."

„Frau Vollmer, wir möchten Sie fragen, ob Sie schon von dem Unfall gehört haben, in den Ihr Enkel Frank verwickelt ist."

„Nein, darüber hat mich bisher niemand informiert. Etwas Ernstes?"

„Allerdings. Er wurde von einem Auto überfahren und schwer verletzt."

„Das ist keine gute Nachricht", sagte sie und faßte sich mit beiden Händen ans Haar. „Aber bei dem Verkehr heutzutage muß man ja immer mit so was rechnen. Deshalb habe ich auch meinen Führerschein abgegeben und benutze nur noch Taxis. Kann ich Frank besuchen?"

„Im Moment nicht. Er liegt noch im Koma", erklärte Spengler.

„Ach ja. Da muß man sehr viel Geduld haben. Manche Patienten werden erst nach Wochen oder Monaten wieder wach. Ich denke mal, Benno wird mich diesbezüglich auf dem Laufenden halten."

„Wie ist Ihr Verhältnis zu Ihrem Enkel?"

„Normal, würde ich sagen. Mein Enkel Lutz ist zwar umgänglicher und somit auch weniger anstrengend, aber wenn man drei Töchter großgezogen hat, lernt man es, auch mit schwierigen Menschen zurechtzukommen. Gemessen an den Problemen, die ich mit seiner Mutter hatte, war es relativ leicht, sich auf Franks Launen und Ungezogenheiten einzustellen."

„Mit Ihrer Tochter Ellen hatten Sie größere Probleme?"

„Das will ich meinen. Sie war ein außerordentlich strapaziöses Kind." Sie nickte bestätigend und faßte erneut nach ihrem Haar.

„Wie äußerte sich das, wenn ich fragen darf?" Spengler beugte sich vor und stützte die Ellbogen auf die Oberschenkel.

„Sie mußte immer im Mittelpunkt stehen. Sie ließ keine Gelegenheit aus, sich mit ihren Schwestern zu streiten, wobei ihr jedes Mittel recht war, um über die anderen zu triumphieren. Doch ich weiß nicht, ob ich fortfahren soll. So etwas klingt wenig angemessen, wenn man über eine Tote spricht. ,De mortuis nihil nisi bene' sagt der Lateiner."

„Wir wären sehr dankbar, wenn Sie fortfahren würden. Solche Hinweise können überaus hilfreich sein für unsere Ermittlungen hinsichtlich des Tatmotivs und des Täterprofils."

„Aber nicht, daß es hinterher heißt, ich sei eine Rabenmutter. Ich habe meine Töchter wirklich geliebt, auch Ellen, selbst wenn sie es mir schwer gemacht hat. Ihr ständiger Vorwurf, ich würde ihre Schwestern bevorzugen, hat mich oft an den Rand der Verzweiflung gebracht. Das führte zu den absurdesten Situationen. Sie behauptete zum Beispiel, immer das kleinste Stück Kuchen, das kleinste Stück Fleisch zugeteilt zu bekommen, und nahm sich schließlich freiwillig die kleinste Portion mit dem Hinweis, daß ihr ja mehr nicht zustehe. Jedes Geschenk, jede Anschaffung für sie wurde negativ kommentiert. Zu mehr hat das Geld wohl nicht gereicht, was Häßlicheres konntest du wohl nicht finden. Am schlimmsten verhielt sie sich in Bezug auf meinen Mann. Eigentlich führten wir eine gute Ehe, doch Ellen gelang es häufig, durch Sticheleien und kleine Intrigen für Verstimmungen zwischen mir und meinem Mann zu sorgen. Sie war völlig auf den Vater fixiert und versuchte mit allen Mitteln, seine Aufmerksamkeit möglichst ungeteilt auf sich zu lenken, mit guten Schulnoten zum Beispiel, mit Geschenken, Schmeicheleien und Zärtlichkeiten, die für mein Empfinden gelegentlich die Grenze des Erlaubten erreichten. Ihre körperlichen Vorzüge sind Ihnen ja bekannt, deshalb kann man es meinem Mann auch gar nicht verdenken, daß er

dem intensiven Werben seiner hübschen Tochter wenig entgegenzu-
setzen hatte."

„Wollen Sie damit andeuten, daß es zwischen den beiden inze-
stuöse Verwicklungen gab?" fragte Friedberg.

„Um Gottes Willen, nein! So was käme mir nie über die Lippen.
Mein Mann als Jurist! Wo denken Sie hin. Verfehlungen solcher Art
wären bei ihm undenkbar gewesen. Nein, ich verbürge mich für seine tadellose Gesinnung. Ich meine etwas anderes. Ich fand es erstaunlich, wie dieser Mann, der als Anwalt überaus erfolgreich tätig
war, der in Wirtschaftsfragen den besten Ruf hatte, der in wenigen
Jahren ein Vermögen verdient hat, zum kleinen Jungen wurde, wenn
sein Töchterchen Ellen ihn umgarnte. Ihr Verhältnis war ein ständiger Flirt, wohlgemerkt auf einer Ebene, die jeden Gesetzesverstoß
ausschloß. Trotzdem haben sich Schwestern und Ehefrau oft ausgeschlossen und vernachlässigt gefühlt."

„Das deutet alles auf eine starke Egozentrik Ihrer Tochter hin, eine Veranlagung, die Menschen in ihrer Umgebung verletzen und
demütigen konnte", sagte Spengler.

„So ist es. Weshalb wohl sind beide Schwestern weggezogen und
hatten kaum noch Kontakt mit ihr? Weshalb wohl ist ihr Mann Benno so ein Trauerkloß geworden? Weshalb wohl ist Frank so verschlossen? Nur Lutz, der den fröhlichen Egoismus von ihr geerbt hat,
konnte sich in der Familie behaupten."

„Ihr Verhältnis zu Frank ist also nicht unproblematisch?"

„Ich habe mir immer Mühe gegeben, ihm eine gute Großmutter
zu sein, aber über eine distanziert freundliche Beziehung sind wir
nicht hinausgekommen, jedenfalls in den letzten Jahren. Als kleine-
rer Junge war er sehr zutraulich und hat mich oft besucht, nach der
Pubertät allerdings ist das leider unterblieben."

„Würden Sie ihm ein Verbrechen zutrauen?" fragte Friedberg.

„Wie bitte? Was für ein Verbrechen? Sie meinen doch nicht etwa …? Nein, so etwas können Sie ihm nicht im Ernst unterstellen.
Wir sind eine Familie, in der Probleme gab und gibt, aber wir sind
keine Asozialen. Mein Enkel als Muttermörder! Das ist ebenso ab-

surd wie ungeheuerlich. Meine Herren, ich fühle mich von Ihnen hinters Licht geführt und mißbraucht. Ich gebe Ihnen unvoreingenommen und voller Vertrauen Einblicke in unser Familienleben, um nun mit einer Unterstellung konfrontiert zu werden, die jeder Beschreibung spottet. Ich bin eine alte Frau und habe viel durchgemacht in meinem Leben, aber ich weiß immer noch, was Anstand ist. Betrachten Sie alles, was ich über meine Tochter angedeutet habe, als nicht gesagt. Sie müßten als Polizisten wissen, daß man in unseren Kreisen Probleme nicht auf kriminelle Weise löst. Wir haben unsere eigenen Methoden, uns miteinander zu arrangieren."

„Indem Sie Psychokrüppel produzieren", sagte Friedberg genervt.

„Junger Mann, ich verbitte mir diesen Ton. Ich halte unser Gespräch für beendet und möchte Sie bitten zu gehen. Den Weg hinaus finden Sie sicher selbst." Sie schritt erhobenen Hauptes aus dem Wohnzimmer und ließ die Tür offen.

„Arrogante Ziege", schimpfte Friedberg im Auto. „Wenn man die erlebt hat, wundert einen nichts mehr in dieser sauberen Sippschaft. Schwärzt ihre Tochter an bis zum Gehtnichtmehr, um dann hinterher der ganzen Saubande Generalabsolution zu erteilen."

„Was hast du erwartet? Letzten Endes halten solche Leute immer zusammen. Aber irgendwie kann man auch Mitleid haben mit Frauen wie Ellen Peters, die eindeutig von ihrer Mutter vernachlässigt wurde. Wer so um Anerkennung kämpfen muß, ist schon ein armes Schwein. Die Alte war schlicht eifersüchtig auf die hübsche Tochter und hat ihr das Leben zur Hölle gemacht."

„Aber bei der feinen Dame klang das ja nun genau umgekehrt."

„Logisch. Die Frage ist immer, wer angefangen hat. Ein Kind ist naiv und arglos und reagiert auf die Angebote seiner Eltern. Nur ein Kind, das sich zurückgesetzt und unterdrückt fühlt, entwickelt solche Selbstbehauptungsstrategien wie Ellen Peters."

„Vielen Dank für die Nachhilfe in Psychologie. Was machen wir nun?"

„Ab ins Krankenhaus."

Im Besucherraum der Intensivstation trafen sie auf Benno Peters und ein junges Mädchen, das er ihnen als Susanne Weber vorstellte.

„Gibt es was Neues?" fragte Spengler und setzte sich neben Susanne.

„Nein. Sein Allgemeinzustand hat sich weiter stabilisiert, aber er ist immer noch im Koma."

„Und was meinen die Ärzte, wann er ansprechbar sein wird?"

„Dazu äußern sie sich nicht. Man müsse Geduld haben, hört man nur."

„Und wie kommen Sie hierher?" wandte sich Spengler leise an Susanne.

„Herr Peters war so lieb, mich zu informieren und mitzunehmen."

„Und die Schule?"

„Muß warten."

„Glauben Sie denn, daß Frank Sie sehen will?"

„Das ist jetzt nicht wichtig. Ich finde, es ist meine Pflicht, hier zu sein. Schließlich bin ich schuld an seinem Unfall."

„Ich verstehe Sie nicht."

„Das müssen Sie auch nicht. Frank wird es schon verstehen."

„Er hat Sie doch ziemlich grausam behandelt."

„Das habe ich so nicht empfunden. Ich hatte Strafe verdient. Hat Frank Sie über die Abtreibung informiert?"

„Ja. Und nicht nur das. Er hat auch quasi den Mord an seiner Mutter gestanden."

Susanne schüttelte den Kopf. Ihr bleiches Gesicht wirkte maskenhaft starr. Die langbewimperten großen Kinderaugen waren blicklos auf den Boden gerichtet.

Benno Peters mischte sich ein. „Finden Sie es richtig, hier und jetzt Ihr Verhör fortzusetzen? Susanne hat genug durchgemacht. Etwas mehr Rücksichtnahme wäre wohl angebracht."

„Ach, lassen Sie nur, Herr Peters." Sie lächelte ein wenig, was das hübsche Gesicht regelrecht aufblühen ließ. „Es macht mir nichts aus. Es tut mir sogar ganz gut, darüber zu reden. Sie sprachen von dem Geständnis", wandte sie sich wieder an Spengler. „Das ist natürlich reiner Unsinn. Frank neigt dazu, sich in etwas hineinzusteigern, und kennt dann kein Maß und kein Ziel mehr."

„Sie halten ihn also für unschuldig?"

„Selbstverständlich. Er hatte zwar Probleme mit seiner Mutter, aber er hätte ihr nie etwas antun können."

„Er hat ihr immerhin eine Art Drohbrief geschrieben mit Hinweis auf Gesche Gottfried."

„Ich weiß. Ich habe ihm davon abgeraten. Aber als er mir unterstellte, ich würde mich mit seiner Mutter solidarisieren, sie gar in Schutz nehmen, hab ich es mir anders überlegt. Schließlich hatte sie eine Zurechtweisung verdient."

„Haben Sie die Berichterstattung in der Zeitung über den Mordfall verfolgt?"

„Natürlich."

„Sie wußten also die ganze Zeit, daß dieser Brief existierte und daß der Mörder auch eine Verbindung zu Gesche Gottfried hergestellt hat. Hat Sie das nicht beunruhigt?"

„Warum sollte es?"

„Weil jeder normale Mensch sich da so seine Gedanken gemacht hätte."

„Mag sein. Aber Frank besitzt mein uneingeschränktes Vertrauen. Ich fände es abwegig, da irgendwelche Zusammenhänge zu konstruieren. Für mich steht fest, daß Frank absolut unfähig ist, ein Gewaltverbrechen zu begehen. Was soll ich mir darüber hinaus noch meinen Kopf zerbrechen? Mir liegt nur daran, Frank zurückzuholen in die Wirklichkeit, ihn von seinen verrückten Ideen und Ängsten zu befreien. Deshalb bin ich hier, deshalb will ich mit ihm sprechen, sobald das möglich ist."

„Und wenn er sich Ihnen verweigert?"

„Das wird er nicht. Ich habe ihn vielleicht ein wenig enttäuscht, aber die Bindung zwischen uns ist so stark, daß er letztlich keine andere Wahl hat, als mir zu vergeben. Wir wissen beide nur zu gut, daß wir uns brauchen. Er wird einlenken, das verspreche ich Ihnen."

„Machen Sie sich eigentlich klar, daß das ein Selbstmordversuch war, als er vor das Auto gelaufen ist?"

„Das glaube ich nicht. Und selbst wenn es so war, ändert das nichts an der Tatsache, daß er mich braucht. Im Gegenteil, er wäre dann mehr denn je auf mich angewiesen. Seine Depressionen haben ja auch mit mir zu tun, und deshalb kann auch nur ich ihn davon befreien. Ich werde jedenfalls alles dafür tun."

„Die Ärzte halten es für denkbar, daß er nur als Krüppel überlebt."

„Umso mehr muß ich für ihn da sein."

„Und wenn sich herausstellen sollte, daß er doch der Mörder ist?"

„Das kann es nicht. Aber gesetzt den Fall, daß man ihn einsperrt, wäre das ein Grund mehr für mich, ihm zur Seite zu stehen und auf ihn zu warten. Es gibt einfach Menschen, die für einander bestimmt sind, und dagegen seid selbst ihr Polizisten machtlos."

Der schwärmerische Gesichtsausdruck und die riesigen Augen mit geweiteten Pupillen, die sich gleichsam an ihm festsaugten, zwangen Spengler, ihrem Blick auszuweichen. Da haben sich zwei gesucht und gefunden, dachte er und stand auf. Da reden alle davon, wie abgestumpft und gefühlsarm Jugendliche heutzutage sind, und da kommen zwei daher, die einem Roman von Dostojewski entsprungen sein könnten. Als Chaoten kann man sie schlecht abtun, dazu ist ihre Absonderlichkeit viel zu beeindruckend. Aber mein Kollege Friedberg wird mir sicher gleich sagen, wie man das Pärchen richtig einzuschätzen hat.

„Ich denke, wir sollten jetzt aufbrechen. Es wartet eine Menge Arbeit auf uns. Ich hoffe, daß Frank bald ansprechbar sein wird und uns davon überzeugen kann, daß er unschuldig ist. Für Sie beide, Herr Peters und Fräulein Weber, wünsche ich mir das von ganzem Herzen."

Friedberg murmelte ein „Wiedersehen" und folgte Spengler kopfschüttelnd. Kaum hatte sich die Tür hinter ihnen geschlossen, fuhr er seinen Kollegen an: „Sag mal, bist du jetzt völlig übergeschnappt?! Wie kannst du denen so falsche Hoffnungen machen? Du wünschst denen das von ganzem Herzen! Was denn noch? Haben die dich angesteckt mit ihrer Spinnerei. Das Mädchen tickt doch nicht ganz richtig, und den Vater haben wir ja gestern auch entsprechend erlebt. Ich krieg Zustände, wenn wir diesen Fall nicht bald abschließen können."

„Reg dich ab, Kollege. Demnächst bekommst du wieder deinen Bankräuber oder deinen Mafia-Killer, und dann kannst du dich von diesen Psychosen erholen. Jetzt machen wir erst mal weiter mit Familienforschung. Hast du die Adresse vom alten Peters?"

„Klar. Ich kann es kaum erwarten, einen weiteren Peters kennenzulernen. Was versprichst du dir eigentlich davon, nun auch noch den Opa aufzusuchen?"

„Ich lerne eben gern interessante Menschen kennen." Spengler lachte.

„Deinen Humor möchte ich haben."

„Normalerweise lasse ich keinen in meine Wohnung, aber bei der Polizei mache ich natürlich eine Ausnahme. Allerdings hättet ihr euch vorher anmelden können, damit ich'n bißchen für Ordnung sorgen könnte. Na ja, muß eben so gehen." Der alte Peters stieß einen mit Abfall gefüllten Karton, der gleich neben der Eingangstür stand, mit dem Fuß beiseite. Überall in dem kleinen Flur standen Kartons und Plastiktüten.

Im engen Wohnzimmer sah es nicht viel anders aus. Die zerschlissene Polstergarnitur, der Couchtisch, der Eßtisch, Schränke und Stühle waren übersät mit Geschirr, Wäschestücken, Papierstapeln, Lebensmitteln und Flaschen, leer, halb leer oder ungeöffnet. Neben Säften vor allem Bier und Schnaps. Und über dem Chaos schwebte ein süßlich modriger Geruch.

„Wartet, ich mache euch Stühle frei", sagte der Alte und stieß alles Gerümpel von zwei wackligen Stühlen. „Setzt euch."

Die Polizisten nahmen vorsichtig Platz und brauchten eine Weile, bis sie ihre Füße auf dem zugemüllten Teppichboden untergebracht hatten. Der Alte setzte sich in den einzigen freien Sessel vor dem

Fernseher, griff nach der Bierflasche, die auf dem Boden stand und ließ sich den halben Inhalt in die Kehle laufen.

„Für mich ist das wie Medizin", sagte er, wischte sich den Mund mit dem Pulloverärmel und hielt die Flasche in die Höhe. „Ich hab's 'n büschen am Herzen. Kommt von der Schinderei beim ‚Vulkan'. Und mein Kari ... mein Karli ... mein Herzarzt sagt, daß Alkohol gut für mich ist. Hält die Gefäße sauber, sagt er. Und denn sag ich mir, wenn schon, denn schon. Gegen so'ne Medizin ist nichts einzuwenden. Stimmt's?"

Spengler nickte lächelnd. „Herr Peters, wir sind gekommen, um mit Ihnen ..."

„Wegen meine Schwiegertochter. Weiß doch Bescheid. Benno hat mir alles erzählt. Kann nicht sagen, daß ich besonders unglücklich darüber bin, nee, wirklich nicht. War'n ganz schönes Aas, die Ellen. Wißt ihr, was die mit mir vorhatte? In 'nen Heim wollte die mich stecken. Einfach so. Egal, was ich dazu gesagt habe. Nee, einfach so. Hauptsache, die konnte immer ihren Willen durchsetzen. Wenn überhaupt wäre das ja wohl Bennos Angelegenheit gewesen, aber nee, Madam sagt, wo's langgeht. Wißt ihr schon, wer das getan hat? Wahrscheinlich einer von diesen Typen aus Tenever oder Blockdiek. Steht ja dauernd was von inne Zeitung. Bei sone Rabauken, da sitzt das Messer eben locker."

„Unsere Ermittlungen in diese Richtung haben bisher kein Ergebnis gebracht. Deshalb müssen wir auch im Familien- und Freundeskreis Untersuchungen durchführen."

„Denn man zu. Ich war's nicht. Obwohl ich das fast bedaure. Ich hab dieses Weib verflucht, ob ihr's glaubt oder nicht. Wollte mich in ein Heim stecken ohne jeden Grund. Wie ihr selbst seht, bin ich noch völlig klar im Kopf und überhaupt gut beieinander. Auch wenn's hier 'n büschen aussieht wie bei Hempels unterm Sofa, kann ich gut für mich selbst sorgen. Das Bier jedenfalls ist mir noch nie ausgegangen." Er lachte meckernd. „Nichts für ungut. Sollte 'n Scherz sein. Humor hatte die überhaupt nicht, die Ellen. Wenn die lachte, lief es einem kalt den Rücken runter."

„Herr Peters, wir wollten vor allem mit Ihnen über Ihren Enkel Frank reden", sagte Spengler.

„Was ist mit dem?"

„Wir müssen Sie leider informieren, daß er einen schweren Unfall hatte."

„Unfall?" fragte der Alte irritiert. „Der hat doch noch gar keinen Führerschein."

„Er wurde von einem Auto angefahren."

„Und? Ist er tot?" Der Alte griff nach der Bierflasche.

„Nein, er liegt seit gestern im Koma."

„Seit gestern. Und das erfahre ich erst jetzt? Hat Benno meine Telefonnummer vergessen? Wo liegt Frank?"

„In Bremen-Ost."

„Muß ich sofort hin."

„Das hat wenig Sinn. Er ist nicht ansprechbar."

„Trotzdem. Auch wenn er ohnmächtig ist, spürt der Junge, ob wer da ist oder nicht. Sie müssen wissen, daß Frank mein Lieblingsenkel ist. Lutz ist mir zu aufgeblasen, aber Frank ist ein feiner Kerl. Mit dem kann man Pferde stehlen, sag ich immer. Der fand das überhaupt nicht lustig, daß seine Mutter mich wegsperren wollte."

„Herr Peters, Ihr Enkel Frank wird verdächtigt, seine Mutter getötet zu haben", sagte Friedberg.

„Was sagst du da?" Der Alte richtete sich auf.

„Es spricht leider vieles dafür, daß Ihr Enkel der Täter ist."

„Habt ihr noch alle Tassen im Schrank?!" schrie der Alte.

„Frau Peters hat die Freundin von Frank, Susanne Weber, mehr oder weniger genötigt, eine Abtreibung machen zu lassen. Wir müssen davon ausgehen, daß dies der Anlaß war für Franks Tat."

„Ihr spinnt wirklich total. Ihr wollt 'n alten Mann verscheißern, oder? Ihr nehmt das sofort zurück, oder ich schmeiß euch achtkantig raus."

„Bitte beruhigen Sie sich, Herr Peters", sagte Spengler. „Es handelt sich ja nur um einen vorläufigen Verdacht. Vielleicht stellt sich ja noch heraus, daß Ihr Enkel unschuldig ist."

„Jetzt willst du mir bloß Sand in die Augen streuen. Ich kenn doch die Polizei. Wenn die einen mal am Wickel hat, dann gibt sie erst Ruhe, wenn man gestanden hat, egal, ob man was ausgefressen hat oder nicht. Nee, mir macht ihr nichts vor. Ihr seid hergekommen, um von mir zu hören, daß ich Frank für einen Galgenvogel halte. Ich soll euch noch helfen, den armen Kerl hinter Gitter zu bringen. Aber da kennt ihr den alten Peters nicht. Wenn ich was Schlechtes über den Jungen sage, soll mich der Schlag treffen. Ist sowieso nicht mehr schade um mich. Wenn ihr wollt, könnt ihr von mir ein Geständnis haben. Ich hatte weiß Gott mehr Grund, das Miststück aus der Welt zu schaffen, als der arme Frank. Aber was rede ich. Macht, daß ihr raus kommt!!" schrie er, nahm die leere Bierflasche und warf sie nach Friedberg.

„Herr Peters, seien Sie vernünftig. Wir tun nur unsere Pflicht", sagte Spengler betont ruhig.

„Eure Pflicht? Daß ich nicht lache! Raus, sage ich, raus!" Er schleuderte einen Pantoffel in Richtung Spengler.

„Wir können Sie auch festnehmen, wenn Ihnen das lieber ist!" Friedberg zückte seine Handschellen.

„Nur über meine Leiche!" Er hob ein Küchenmesser vom Boden auf, das unter einer Zeitung gelegen hatte. „Ich steche zu. Das hab ich bei Ellen getan, das tue ich auch bei euch. Kommt ja nun auf einen Toten mehr oder weniger nicht an. Hier habt ihr euren Mörder! Verhaftet mich doch, wenn ihr euch traut! Braucht ihr noch Beweise? So einer wie ich bringt Schwiegertöchter mit Wonne um!"

„Sie bedrohen Polizisten mit einer Waffe. Sie riskieren eine Gefängnisstrafe." Friedberg ging auf den Alten zu.

„Das will ich doch. Ob im Heim oder in Oslebshausen – kommt ja aufs selbe raus. Aber erst mal müßt ihr mich kriegen."

„Laß uns gehen", sagte Spengler leise. „Hier gibt's für uns nichts zu holen."

„Ach nee, hast du plötzlich genug von Familienforschung? Gerade jetzt, wo es anfängt, mir Spaß zu machen, streichst du die Segel?"

„Redet nicht so, als wäre ich nicht mehr da!" polterte der Alte. „Ich hab immer noch ein Messer in der Hand! Vergeßt das nicht!"

„Es ist gut, Herr Peters. Es war nett von Ihnen, daß Sie uns empfangen haben. Wir danken Ihnen für Ihre Offenheit und Ihre Hilfsbereitschaft. Auf Wiedersehen." Spengler stand auf und wandte sich zur Tür.

„Sie haben Glück, daß wir heute unseren großzügigen Tag haben. Ihre Beleidigungen haben wir überhört und ein Messer haben wir bei Ihnen nicht gesehen. Tschüß." Auch Friedberg wandte sich zur Tür und steckte die Handschellen in die Tasche.

„Aber ihr könnt doch jetzt nicht einfach abhauen! Wir sind überhaupt nicht fertig miteinander! Von wegen kein Messer gesehen! Und was ist das hier?" Er hielt das Messer über den Kopf und warf es nach Friedberg.

Der duckte sich und schüttelte den Kopf. „Sie sollten wirklich nicht so viel trinken, Herr Peters. Ihre Schwiegertochter hatte schon recht. Sie gehören unter Aufsicht."

„Wußte ich's doch. Ihr steckt alle unter einer Decke. Wenn's nach euch ginge, würde man alle Leute über fünfundsechzig mit einem Zementklotz am Bein in die Weser schmeißen. Habt ihr denn überhaupt kein Mitleid? Ihr könnt mich doch jetzt nicht einfach so sitzen lassen. Ellen ist tot, und Frank liegt ohnmächtig im Krankenhaus. Wie soll es denn nun weitergehen mit mir? Mein Sohn Benno hatte noch nie viel mit mir im Sinn, mein Enkel Lutz erst recht nicht. Ellen war zwar ein Biest, aber sie hat sich wenigstens um mich gekümmert. Nun ist sie hin. Und Frank landet, wenn er wieder zu sich kommt, womöglich in Oslebshausen. Was soll dann aus mir werden? Habt ihr euch darüber mal Gedanken gemacht? Natürlich nicht. Ihr schnüffelt nur im Leben von andern rum, aber wenn es darum geht, Menschen zu helfen, seid ihr nicht zuständig."

„Ich verspreche Ihnen, daß wir mit Ihrem Sohn gemeinsam überlegen, was man für Sie tun kann. Doch jetzt müssen Sie uns entschuldigen." Spengler ließ Friedberg den Vortritt und zog langsam die Wohnzimmertür hinter sich zu.

„Frank ist kein Mörder!" schrie der Alte hinter ihnen her. „Frank ist meine ganze Hoffnung", fügte er jammernd hinzu.

Spengler sog die kühle Winterluft begierig in sich hinein, als sie zum Auto gingen. Von der Weser her wehte ein kräftiger Wind, und leichtes Gewölk schob sich über den Himmel, das sich an einigen Stellen dem Sonnenlicht öffnete. Wenn man der Unterwelt entronnen war, frei atmen konnte und grenzenlose Weite über sich sah, wurde einem bewußt, welch ein Genuß es war, lebendig zu sein.

Friedbergs Handy klingelte. „Ja?" meldete er sich. „Okay. Wir sind hier in Hastedt und fahren sofort los." Er stellte das Handy aus und steckte es in die Tasche. „Frank Peters ist aufgewacht und ansprechbar. Mann, bin ich froh. Vielleicht können wir den Fall heute noch abschließen."

„Optimist."

Der Stationsarzt bat sie in sein Zimmer. Frank Peters sei zwar ansprechbar, aber einem längeren Verhör keineswegs gewachsen, verkündete er. Nur die Familienangehörigen hätten bisher ganz kurz zu ihm gedurft.

„Das Mädchen auch?" fragte Friedberg.

„Ja. Auf seinen ausdrücklichen Wunsch hin."

„Erstaunlich", sagte er.

Spengler lächelte.

Frank Peters lächelte ebenfalls, als sie in ihren grünen Schutzmänteln an sein Bett traten. Er hob die rechte Hand einige Zentimeter zum Gruß. Die linke war eingegipst wie die beiden Beine. Eine Halsstütze und ein Kopfverband vervollständigten das Bild eines Schwerkranken.

Umso überraschender war die klare Stimme, mit der er sagte: „Ich war ein Idiot in jeder Beziehung. Und das Ergebnis sehen Sie nun. Wissen Sie, wer gerade bei mir war? Susanne Weber. Sie ist einfach gekommen, obwohl ich ...na ja, Idiot eben. Und Sie wollen nun ein Geständnis. Kann ich leider nicht mit dienen. Es ist, als hätte der Unfall in meinem Kopf aufgeräumt. Der ganze düstere Spuk ist wie verflogen."

„Interessant", sagte Friedberg. „Und wie erklären Sie sich das?"

„Keine Ahnung." Frank lächelte zufrieden.

„Medikamente", flüsterte Spengler dem Kollegen ins Ohr. „Die haben ihn ruhig gestellt."

„Dann wäre seine Aussage sowieso nicht viel wert", murmelte Friedberg.

Spengler nickte.

„Was flüstern Sie? Haben Sie etwa Geheimnisse vor mir?" Frank grinste. „Na gut. Geheimnisse sollten auch Geheimnisse bleiben. Es bringt nur Unglück, wenn man alles wissen will. Ich bin so froh, daß Susi mir verziehen hat. Warum soll ich dann meiner Mutter nicht verzeihen? Ist doch viel besser, zumal sie jetzt tot ist. Nein, meine Herren, aus unserm Deal wird nichts. Sie müssen sich jemand anders suchen. Und jetzt sollten Sie, glaube ich, gehen, ich … kann … nicht … mehr." Ihm fielen die Augen zu, und gleich darauf entspannte der Schlaf sein Gesicht.

Als sie am Besucherraum vorbeigingen, sahen sie Benno Peters und Susanne Weber eng nebeneinander auf einer Bank sitzen.

„Moment", sagte Spengler und betrat das Zimmer. Friedberg schaute genervt an die Decke.

Benno Peters sprang auf und drückte beiden die Hände. „Waren Sie bei ihm?" fragte er eifrig.

„Ganz kurz. Wir wollten ihn nicht unnötig anstrengen", sagte Spengler.

„Das ist gut. Ist es nicht erstaunlich, wie fröhlich er ist? Und wie er sich gefreut hat, Susi zu sehen, nicht wahr?" Er wandte sich an das Mädchen.

„Er wirkte wie erlöst. Ich habe gewußt, daß er zur Vernunft kommen würde."

„Ja ja, die Segnungen der Pharmaindustrie", konnte sich Friedberg nicht verkneifen.

„Was wollen Sie damit sagen?" fragte Benno Peters beunruhigt.

„Daß Ihr Sohn unter Drogen steht, und man nicht ganz ernst nehmen kann, was er so von sich gibt. Für uns ist der Fall noch nicht erledigt."

„Aber für mich", sagte Susanne bestimmt.

Spengler seufzte, und Friedberg rückte sein Jackett zurecht, als der alte Peters herein stürzte. Beim Anblick der Polizisten blieb er wie angewurzelt stehen. „Da gibt man das viele Geld für ein Taxi aus, und trotzdem sind Sie vor mir hier. Sie lassen einem keine Chance!" schimpfte er.

„Wir wollten uns sowieso gerade verabschieden", sagte Spengler lächelnd.

„Nee, so geht das nicht. Wenn Sie hier schon rumschnüffeln, müssen Sie auch bleiben, bis ich meinen Sohn und Susi informiert habe über das, was Sie Frank anhängen wollen. Moin, Benno, moin, Susi! Ihr könnt euch nicht vorstellen, was diese sogenannten Ordnungshüter behaupten. Daß nämlich unser Frank seine Mutter umgebracht hat. So was kann doch nur einem kranken Hirn entspringen, oder?"

„Hallo, Papa." Benno Peters wirkte unangenehm berührt, als ihn sein Vater umarmte.

„Guten Morgen, Herr Peters." Susanne drehte den Kopf zur Seite, als sie der Alte auf die Wange küssen wollte.

„Wie geht es meinem Enkel?" Er ließ sich schwer atmend auf einen Stuhl fallen.

„Er ist Gott sei Dank aufgewacht", sagte Benno Peters.

„Na also. War ja zu erwarten. Einen Peters bringt so leicht nichts um. Nun sind Sie platt, meine Herren, oder? Wäre doch so schön bequem gewesen, dem armen Jungen den Mord anzuhängen, wenn er sich nicht wehren kann. Am besten für Sie, er gibt den Löffel ab, und Sie haben leichtes Spiel. Aber jetzt können Sie was erleben. Drei Peters gegen sich zu haben, ist kein Pappenstiel. Wir werden Ihre Verdächtigungen in der Luft zerfetzen, daß es nur so heult und brummt. Da müssen Sie sich warm anziehen." Der Alte lachte höhnisch.

Friedberg trat nervös von einem Fuß auf den anderen, während Spengler den alten Mann mit einer gewissen Neugier beobachtete. Wenn man auf die Sechzig zuging, überlegte man sich schon gelegentlich, wie man selbst in einigen Jahren existieren würde. Was ihn besonders beunruhigte, war die Infantilität vieler älterer Menschen, die man nicht nur mit Demenz erklären konnte. Man kehrte in einen Zustand alberner Hilflosigkeit zurück, wurde quasi wieder Kind, ohne allerdings schützende Eltern zur Seite zu haben. Vielleicht war der Altersschwachsinn eine Art Selbstschutz, denn den Verfall mit vollem Bewußtsein zu ertragen, erforderte fast übermenschliche Kräfte.

„Können wir?" fragte Friedberg.

„Ja." Spengler gab sich einen Ruck. „Wir ziehen uns jetzt zurück. Wenn Franks Zustand es erlaubt, werden wir ein weiteres Gespräch mit ihm führen. Auf Wiedersehen."

„Sie können wohl nie genug kriegen!" schimpfte der Alte.

Benno Peters erhob sich. „Ich begleite Sie noch ein Stück."

Sie verließen das Zimmer. Draußen auf dem Flur meinte Peters seufzend: „Sie dürfen ihm das nicht übelnehmen. Er weiß nicht immer, was er redet."

„Außerdem hat er ein Alkoholproblem," sagte Friedberg hart.

„Leider. Ich muß mit meinen Söhnen überlegen, was wir mit ihm machen."

„Auf jeden Fall gehört er unter Aufsicht. Seine Wohnung ist eine einzige Mülldeponie."

„Das war schon immer so. Er kann nichts wegwerfen. Darunter hatte meine Mutter damals sehr zu leiden. Was sie morgens, wenn er auf der Arbeit war, von seinen Sachen in die Mülltonne warf, holte er abends wieder ins Haus, nicht ohne sie fürchterlich zu beschimpfen."

„Von uns aus haben Sie seinetwegen nichts zu befürchten", sagte Spengler lächelnd. „Man wird ja selber mal alt."

„Aber Frank muß weiter mit Ihnen rechnen. Und das erfüllt mich mit Sorge."

„Er macht es uns ja auch wirklich nicht leicht. Seine momentane Euphorie ist ebensowenig nachvollziehbar wie seine zynischen Selbstbezichtigungen vor dem Unfall. Warum springt der Junge vor ein Auto, wenn er unschuldig ist? Auf diese Frage fehlt bisher jede schlüssige Antwort. Und deshalb bleibt er verdächtig", sagte Spengler bedauernd.

„Er neigt zu extremen Reaktionen und Gefühlsschwankungen. Himmelhoch jauchzend, zu Tode betrübt, wie es so schön heißt."

„Dann ist er vielleicht ein Fall für den Psychiater. Das ändert jedoch nichts daran, daß auch wir uns weiter mit ihm beschäftigen müssen." Spengler drehte sich zu Friedberg um, der schon zum Ausgang strebte.

„Wie soll man das nur alles verkraften?" fragte Benno Peters kläglich.

Als Spengler vom Ausgang her noch einmal zurückschaute, stand Peters unverändert allein im Flur, den Kopf gesenkt, die Schultern herabhängend, im kalten Neonlicht der Klinik.

Kirsten Lange war nur über ihr Handy zu erreichen, weil sie gerade mit einem Kollegen einen Hausbesuch machte. Da sie am Nachmittag im Büro zu tun hätte, könnte sie die Herren dort gegen vier Uhr empfangen, bot sie an.

Sie vertrieben sich die Zeit in einem Schnellimbiß in der Berliner Freiheit. Danach verschwand Friedberg in einem Schuhgeschäft, und Spengler setzte sich in die Wandelhalle, um Leute zu beobachten. Jetzt in der Vorweihnachtszeit wirkten die Vorübergehenden sehr geschäftig. Sie waren auf der Jagd nach Beute. Selbst wenn sie Geschenke für andere erwerben wollten, war ihre Existenz reduziert auf Kaufgier. Dabei ging es vielen darum, ihre Lust mit möglichst günstigen Angeboten zu befriedigen. Überall wurde mit Sonderaktionen und Rabatten geworben, und am meisten Gedränge gab es dort, wo man mit einem Schnäppchen rechnen konnte. Von Weltwirtschaftskrise war hier nichts zu spüren. Auch Friedberg schien vom Kaufrausch angesteckt worden zu sein. Er hielt gleich zwei Schuhkartons in Händen, als er zurückkehrte. Aller Ärger über die Peters-Chaoten war aus seinem Gesicht gewichen und hatte einem Ausdruck von innigem Kinderglück Platz gemacht.

Kirsten Lange war nicht allein im Büro. Ein jüngerer Mann saß am Schreibtisch von Ellen Peters und arbeitete an einem PC. Sie stellte ihn als ihren neuen Kollegen Wolfgang Becker vor. Mit dem Hinweis, daß er noch was besorgen müsse, verabschiedete er sich sogleich, warf sich in seine Pelzjacke und verschwand.

„Ich bin so froh, daß ich hier nicht mehr allein sitzen muß. Der leere Platz von Ellen hat mich völlig geschafft. Es wird lange dauern, bis ich diesen Verlust verkraftet habe. Umso hilfreicher ist es, wenn ich durch viel Arbeit auf andere Gedanken komme. Und Wolfgang sorgt schon dafür, daß ich hier nicht einroste und Trübsal blase." Sie hatte Tränen in den Augen und suchte umständlich nach einem Taschentuch, während Spengler und Friedberg zwei Stühle neben ihren Schreibtisch rückten und sich setzten. Den Kaffee, den sie ihnen anbot, lehnten sie ab.

„Haben Sie denn schon irgendeinen Hinweis auf den Täter?" fragte sie schluchzend.

„Wir gehen verschiedenen Spuren nach. Es haben sich einige interessante Aspekte ergeben", sagte Spengler ausweichend.

„Ach ja? Aber sicher dürfen Sie darüber nicht reden." Sie lächelte unter Tränen.

„Dafür ist die Zeit noch nicht reif."

„Und was ist mit Wladimir und Daniel? Ich kenne die beiden ja sehr gut und bin ihretwegen ein bißchen in Sorge."

„Die sind aus dem Schneider. Seit wir wissen, daß der zweite Drohbrief mit dem Gesche-Gottfried-Hinweis von Frank Peters stammt, fehlt uns jede Handhabe gegen die beiden, denn nur wer von dem Brief gewußt hat, kommt als Täter in Frage."

„Das schränkt den Kreis der Verdächtigen ja sehr ein", sagte sie nachdenklich.

„Allerdings. Außer Franks Freundin Susanne wissen nur Sie und Ihr Lebensgefährte davon", sagte Friedberg.

„Wieso hat Frank denn überhaupt den Brief geschrieben?"

„Um seine Mutter einzuschüchtern. Ellen Peters hat seine Freundin Susanne Weber quasi genötigt, eine Abtreibung machen zu lassen."

„Um Susi und Frank ging es also. Mein Gott, das ist ja furchtbar."

„Wieso? Eine Schwangerschaft ist doch kein Unglück."

„Aber in dem Alter! Ich bitte Sie! Wir haben hier dauernd mit minderjährigen Müttern und Kinderehen zu tun. Was meinen Sie, was in diesem Problemfeld für ein soziales Konfliktpotential steckt. Eine Abtreibung bei Susi. Merkwürdig, daß Ellen nicht mit mir darüber gesprochen hat. Wir hatten nie Geheimnisse voreinander. Warum hat sie mich da nicht ins Vertrauen gezogen? Obwohl ich ihr natürlich nichts anderes hätte raten können."

„Sie finden also auch, daß es das Recht von Ellen Peters war, quasi über den Kopf der jungen Leute hinweg die Abtreibung zu erzwingen?" fragte Friedberg.

„Natürlich nur mit deren Einverständnis."

„Frank hat nicht mal davon gewußt. Weder von der Schwangerschaft noch von dem Abbruch."

„Oh! Das war dann allerdings etwas sehr eigenmächtig von meiner Freundin. Manchmal konnte sie schon ziemlich radikal sein."

„Haben Sie da auch entsprechende Erfahrungen machen müssen?"

„Wie meinen Sie das?"

„Ich meine das in finanzieller Hinsicht. Wir haben gehört, daß Sie erhebliche Schulden bei Frau Peters hatten beziehungsweise jetzt bei den Erben haben."

„Dabei muß es sich um einen Irrtum handeln. Ich hatte und habe keine Schulden. Ich gebe zu, daß mir Ellen gelegentlich finanziell unter die Arme gegriffen hat, aber das waren entweder Geschenke oder kleine Kredite, die ich sofort zurückgezahlt habe."

„Darf man fragen, wofür Sie das Geld benötigten? Sie haben doch ein sicheres Einkommen."

„Muß ich darauf antworten?" wandte sie sich an Spengler, der seit einiger Zeit schwieg.

„Müssen Sie nicht. Aber ich würde Ihnen raten, es trotzdem zu tun", sagte Spengler liebenswürdig.

„Wie Sie ja wissen, ist mein Freund arbeitslos und lebt von Hartz vier."

„Und er hat ein Alkoholproblem", ergänzte Friedberg.

„Da reicht das Geld eben manchmal nicht."

„Nach unseren Informationen ging es um größere Summen und nicht um gelegentliche Zuschüsse zum Haushaltsgeld. Ist Ihr Freund ein Spieler oder zockt er an der Börse?"

„Finden Sie nicht, daß uns sein Alkoholismus schon genug Probleme bereitet? Meine Herren, ich muß gestehen, daß mich dieses Gespräch einigermaßen verwirrt. Ich weiß nicht, worauf Sie eigentlich hinaus wollen."

„Wir fragen uns, weshalb Sie uns die Schulden bei Ihrer Freundin bisher verschwiegen haben."

„Hab ich das? Dann tut es mir leid. Vielleicht hab ich das für nicht so wichtig gehalten."

„Obwohl es dabei um größere Summen geht?"

„Geld war für Ellen nicht wichtig. Sie hat gern anderen damit ausgeholfen."

„Wir wissen aus der Familie Peters, daß das Geld nur geliehen war, daß Sie es eigentlich zurückzahlen müßten."

„Ach ja? Gibt es darüber schriftliche Unterlagen?"

„Schuldscheine sicher nicht. Aber man könnte vermutlich bei genauer Überprüfung der Konten von Frau Peters feststellen, wieviel Geld an Sie geflossen ist."

„Und Benno will das zurückfordern?"

„Davon gehen wir mal aus", bluffte Friedberg.

„Das schaffe ich nie. Dann kann ich mir auch gleich einen Strick nehmen", sagte Kirsten Lange nervös. „Benno weiß genau, wie es finanziell um mich steht. Ich habe das Geld ja nicht für mich verbraucht, ich hab damit die Schulden von Freddy bezahlt."

„Und das, meinen Sie, ist Grund genug für Herrn Peters, auf seine Ansprüche zu verzichten? Wäre es nicht vielmehr logisch, daß die Familie gerade deswegen das Geld zurück haben möchte, weil es letztlich nur Ihrem Freund zugute gekommen ist? Warum sollten die Peters einen Wildfremden alimentieren?"

„Also steckt Benno dahinter", sagte Kirsten Lange leise.

„Wohinter?" hakte Friedberg nach.

„Ach, nichts. War nur so ein Gedanke."

„Wohinter steckt Herr Peters?"

„Und dabei habe ich immer gedacht, daß Benno und Freddy sich mögen. Sie waren zwar nicht direkt Freunde, aber sie konnten gut miteinander. Jedenfalls hatte Benno mehr Respekt vor Freddy als Ellen."

„Aha. Zwischen Ellen und Ihrem Freund gab es also Spannungen?"

„Das kann man wohl sagen. Ständig hat sie ihn kritisiert und versucht, ihn mir auszureden."

„Interessant. Aber wie paßt das zusammen mit ihren finanziellen Zuwendungen, wo sie sich doch im Klaren sein mußte, für wen das Geld verwendet wurde?"

„Weiß ich auch nicht. Ellen hat sich oft widersprüchlich verhalten. Es machte ihr Spaß, mit Menschen zu spielen. O nein, was rede ich für einen Unsinn! Vergessen Sie das bitte. Ich bin immer noch völlig konfus, seit sie ... Ach, ich muß mich jetzt wieder um meine Arbeit kümmern." Sie tupfte sich die Augen, aus denen erneut Tränen liefen.

„Wir wollen Sie auch nicht länger stören", sagte Spengler sanft. „Nur eine Frage noch. Könnte es sein, daß Frau Peters Ihnen oder Ihrem Freund gedroht hat, den Geldhahn zuzudrehen? Oder hat sie sogar mit Rückforderungen gedroht?"

„Ach, nein, das hat sie ja nicht so gemeint. Nein, nein, wenn man so eng befreundet ist, kommt es manchmal zu kleinen Mißverständnissen. Aber letzten Endes haben wir uns immer wieder geeinigt. Tut mir leid, daß ich Ihnen nicht weiterhelfen kann. Ich werde mit Benno über das Geld reden. Vielleicht kann ich es über einen längeren Zeitraum in kleinen Raten zurückzahlen. Obwohl ich davon ausgegangen bin, daß es Geschenke von Ellen waren."

„Und die mochten Sie einfach so annehmen?" fragte Friedberg.

„Warum nicht? Unter Freundinnen muß das doch möglich sein."

„Und es wurden dafür keine Gegenleistungen von Frau Peters verlangt?"

„Was für Gegenleistungen?"

„Kleine Gefälligkeiten, zum Beispiel in sexueller Hinsicht ..."

„Wie bitte?!" fuhr sie ihn an. „Wollen Sie unterstellen, ich hätte ein lesbisches Verhältnis mit Ellen gehabt?"

„Oder daß Ihr Freund sich erkenntlich gezeigt hat."

„Verschonen Sie mich mit solchen Geschmacklosigkeiten!" Kirsten Lange zitterte vor Aufregung.

„Wenn Ellen Peters gern Menschen manipulierte ..."

„Das habe ich nicht gesagt!" schrie sie.

„Mit ihnen spielte, wie Sie sich ausdrückten, dann kann man den sexuellen Bereich nicht ausklammern. Ihre Aufregung zeigt doch, daß wir da einen wunden Punkt getroffen haben", fuhr Friedberg unbekümmert fort.

„Ich habe meine beste Freundin verloren und muß nun obendrein erleben, wie alles, was zwischen uns wichtig und wertvoll war, in den Dreck gezogen wird. Ich bin nicht bereit, mich länger mit Ihnen auf diesem Niveau zu unterhalten. Für mich ist das Gespräch beendet." Heftig atmend nahm sie einen Aktenordner, schlug ihn auf und begann, darin zu blättern.

„Wie werden uns weiter unterhalten müssen", sagte Spengler und nickte Friedberg zu, „aber für heute wollen wir es dabei bewenden lassen. Guten Abend."

„Wir hätten weitermachen müssen", schimpfte Friedberg im Auto. „Ich hatte sie doch schon weich gekocht."

„Was hast du denn erwartet? Ein Geständnis? Daß da etwas nicht koscher ist, sehe ich auch, aber was immer das sein mag, ich fürchte, es hilft uns nicht weiter. Wenn überhaupt, müssen wir uns an diesen Freddy halten. Der war mir von Anfang an suspekt."

„Und du wirst mir allmählich auch suspekt. Warum gehst du die Sache so zögerlich an?"

„Weil mir die Frau eben leid getan hat. Die ist jetzt vollends in der Scheiße gelandet. Ist mit diesem Freddy gesegnet, sitzt auf einem Berg Schulden und hat ihre eigentliche Lebenspartnerin verloren."

„Lebenspartnerin? Also läßt auch für dich Lesbos grüßen?"

„Ich glaube nicht an ein sexuelles Verhältnis, aber auf einer anderen Ebene war es wohl eine Liebesbeziehung. Eigentlich was Schönes."

„Amen."

„Mach dich nur lustig. Komm du erst mal in mein Alter. Dann lernst du auch nicht-sexuelle Liebschaften zu schätzen."

„Okay, Opa."

Sie schwiegen sich eine Weile an. Schließlich sagte Spengler nachdenklich: „Wer mir nicht aus dem Kopf geht, ist diese Susanne Weber. Mit dem Mädchen komme ich nicht klar. Diese Mischung aus Infantilität, Unterwürfigkeit und schwärmerischem Fanatismus ist mir nicht geheuer. Aus diesem Stoff sind Radikale, wenn nicht sogar Terroristinnen gemacht."

„Jetzt übertreibt aber einer."

„Sie hat sich der Autorität der Peters unterworfen, um sich dann um so erbitterter gegen sie aufzulehnen. Sie hat ihr eigenes Versagen umfunktioniert in blinden Haß."

„Du hältst sie für eine potentielle Täterin?"

„Unbedingt."

„Seit wann?"

„Seit etwa einer halben Stunde. Bei deinem Gespräch mit Kirsten Lange ..."

„Du warst auch daran beteiligt", unterbrach Friedberg.

„Ja, so halbwegs. Jedenfalls ist mir dabei einiges über die Radikalität von Frauen bewußt geworden."

„Aber dieses zierliche Mädchen, körperlich angeschlagen von der Abtreibung, schafft doch so eine Tötung nicht. Und die logistischen Probleme! Wie hat sie die Tote zum Domshof geschafft?"

„Natürlich hatte sie Hilfe. Durch Frank Peters. Frank hatte den Einfall mit dem Brief. Damit hat er Susi, die von Ellen Peters zutiefst gedemütigt worden ist, auf die Idee gebracht, ihre Peinigerin zu töten und auf dem Domshof symbolträchtig abzulegen. Sie haben sich mit Ellen Peters verabredet, sie an einen Ort gelockt, wo sie sie erstochen und verpackt und dann mit dem Wagen der Mutter abtransportiert haben. Danach hat Frank kalte Füße bekommen und sich von Susi getrennt. Als wir ihn dann in die Mangel genommen haben, sah er keinen anderen Ausweg, als sich umzubringen, sich damit als Schuldigen zu offerieren und gleichzeitig Susi zu schützen. Bei aller Perfidie auch noch Edelmut, eine echte Original-Peters-Mischung. Du siehst, es paßt alles zusammen. Seine Euphorie heute morgen war nur die Folge von Medikamenten."

„Klingt logisch, aber unbehaglich. Zwei halbe Kinder als eiskalte Schlächter? Das ist selbst einem rüden Bullen wie mir zuviel."

„Wir werden uns Susi für morgen ins Präsidium bestellen."

„Wird gemacht, Chef."

X

Spengler hatte gut geschlafen, ausführlich geduscht, mit Vergnügen das Gesicht glatt rasiert und in Ruhe gefrühstückt. Es kam nicht mehr oft vor, daß er sich so gesund und kräftig fühlte, sein Alter überhaupt nicht spürte. Heute war er ein junger Mann und in der richtigen Stimmung, abends mit seiner Freundin Irmgard auszugehen. Sie hatte sich über seinen Anruf gefreut und sofort zugesagt.

Solche Tage der guten Laune verführten ihn dazu, sich Zeit zu lassen und Dinge zu tun, die oft unerledigt blieben. Er räumte die Spülmaschine ein, putzte die Küchenfliesen und leerte den Mülleimer. Sodann wurden Badewanne und Toilette gereinigt für den Fall, daß Irmgard bei ihm übernachten würde. Und schließlich war es Ehrensache, das Bett frisch zu beziehen.

Erst gegen zehn Uhr betrat er das Büro, wo Friedberg mit finsterer Miene vor dem PC saß und nur ein mürrisches „Moin" von sich gab.

„Ist was passiert?" fragte Spengler, hängte seine Jacke in den Schrank und setzte sich.

„Allerdings. Freddy Glaser ist verschwunden."

„Wie das?" fragte Spengler.

„Die Lange hat angerufen. Er ist gestern Abend noch Bier holen gegangen und nicht zurückgekehrt."

„Dann ist er irgendwo versackt."

„Aber nicht in seiner Stammkneipe. Da ist er gar nicht aufgetaucht. Die Lange hat sich gestern Abend noch beim Wirt erkundigt. Fehlanzeige."

„Und warum bist du so sauer?"

„Weil du die Frühbesprechung geschwänzt hast, und weil ich mir den Glaser heute vorknöpfen wollte."

„Du allein?" Spengler grinste.

„Bitte untertänigst um Verzeihung. Natürlich mit dir zusammen. Immer die Dienstvorschriften beachten, nicht wahr? Bloß keine Alleingänge."

„Bist du heute stinkig, mein Gott. Hast du ihn zur Fahndung ausgeschrieben?"

„Ich warte noch auf das Foto. Die Lange wollte es mir mailen. Und darum sitze ich hier und warte."

„Und verfluchst mich, weil ich gestern das Gespräch mit der Lange abgebrochen habe."

„Allerdings. Wir hätten nicht nur ihr weiter auf den Zahn fühlen sollen, sondern uns gleich anschließend den Glaser zur Brust nehmen müssen. Diese ganze Sache mit den Schulden bei der Peters ist doch oberfaul."

„Da könntest du recht haben."

„Den Konjunktiv kannst du dir sparen. Ich habe recht, wie man jetzt sieht."

„Ich würde das Verschwinden von Glaser nicht überbewerten. Alkoholiker sind unberechenbar. Vielleicht hat der irgendwo eine Frau aufgerissen und liegt noch bei der im Bett."

„Kannst du nicht einfach mal zugeben, daß du einen Fehler gemacht hast?"

„Nee. Ich glaube an meine Unfehlbarkeit, bis das Gegenteil bewiesen ist." Spengler lachte. Daß dieser Glaser jetzt in den Vordergrund rückte, störte ihn empfindlich. Er war noch ganz auf Susanne Weber konzentriert. Ein junges engelhaftes Mädchen als Mörderin, das faszinierte ihn. Das erinnerte ihn an einen Mordfall unter Studenten in Italien. So etwas in Bremen, das würde Schlagzeilen auf der ganzen Welt geben. Was war dagegen ein Alki, der jemanden aus Geldgier ins Jenseits beförderte? Spenglers gute Laune schwand dahin.

„Für wann hast du Susanne Weber bestellt?"

„Für elf. Aber die können wir warten lassen."

„Nein. Laß uns das erstmal erledigen. Danach kümmern wir uns um Glaser."

„Wir verlieren unnötig Zeit. Wir müssen dringend mit der Lange reden, und wir müssen deren Wohnung unter die Lupe nehmen. Der Durchsuchungsbefehl ist schon beantragt und die Spurensicherung vorgewarnt."

„Sieh mal an. Dann kann ich ja wieder nach Hause gehen. Hab heute sowieso keine Lust."

„Ohne deine Lebenserfahrung und Altersweisheit sind wir aufgeschmissen."

Spengler ging Kaffee und eine Schachtel Kekse holen. Als er die Sachen vor Friedberg aufbaute, hellte sich dessen Gesicht auf. „Entschuldigung angenommen", sagte er grinsend.

„Aber erst reden wir mit dem Mädchen."

Susanne Weber erschien mit ihrem Vater, einem weißhaarigen Herrn im Rentenalter. Sein feines Gesicht und die wachen hellen Augen hinter einer randlosen Brille ließen ihn allerdings jünger wirken trotz des faltigen Halses und der Altersflecken auf den Händen.

„Sie haben sicher nichts dagegen, wenn ich meiner Tochter Gesellschaft leiste. Als ehemaliger Pädagoge bin ich nicht ganz unerfahren mit Problemen von Jugendlichen", erklärte er freundlich.

„Dürfen wir voraussetzen, daß Ihre Tochter Sie umfassend informiert hat?" fragte Spengler bemüht, seine Enttäuschung über das Erscheinen des Vaters nicht zu zeigen.

„Das hat sie und sich dabei keineswegs geschont. Meine Frau, die sich entschuldigen läßt, weil die ganze Angelegenheit sie zu sehr mitgenommen hat, und ich reden seit Tagen über nichts anderes mit Susanne als über die Vorgänge bei Familie Peters. So sehr uns der Mord an Frau Peters entsetzt hat, so sehr hat uns andererseits ihr Verhalten im Zusammenhang mit der Schwangerschaft von Susanne empört. Wir haben Susanne angefleht, den Kontakt zu Frank Peters sofort abzubrechen, aber leider kommt sie unserer Bitte nicht nach."

„Warum nicht, Fräulein Weber?" fragte Spengler.

„Weil Frank mich braucht. Jedenfalls mehr, als meine Eltern mich brauchen", sagte Susanne kühl.

„Wissen Sie, Susanne ist unser einziges Kind, und da erfüllt es uns schon mit großer Sorge, daß sie derart abhängig ist von diesem Frank, der zwar ein intelligenter und sympathischer Junge ist, aber letztlich denn doch eher problematisch und gefährdet."

„Teilen Sie diese Ansicht, Susanne?"

„Nein. Ich bin nicht abhängig von Frank. Der ist doch keine Droge. Wir gehören einfach zusammen."

„Dir ist von dieser Familie so viel Leid angetan worden, Susanne, daß man deine Haltung nicht nachvollziehen kann."

„Du bist hierher mitgekommen, um mir beizustehen. Statt dessen greifst du mich an. Wir haben das bis zum Erbrechen durchdiskutiert, aber du kannst einfach nicht akzeptieren, daß ich mich dir nicht unterordne."

„Aber Frau Peters hast du dich untergeordnet. Wissen Sie", wandte sich der Vater an Spengler, „was uns wirklich zutiefst empört hat, ist die Tatsache, daß Frau Peters es nicht für nötig befunden hat, sich mit uns wegen der Schwangerschaft abzusprechen, ganz abgesehen davon, daß es völlig inakzeptabel ist, wenn uns die eigene Tochter die Sache verschweigt. Was müssen Sie als Polizisten von einer Familie halten, in der so etwas möglich ist."

„Nach einem Vertrauensverhältnis von Eltern und Kind sieht das nicht gerade aus. Das verstärkt nur meinen Eindruck, daß sich beide Kinder, Susanne und Frank, als Außenseiter empfunden haben könnten, die in ihren Familien keinen Halt gefunden haben."

„Wie wollen Sie das beurteilen?" fragte der Vater verärgert.

„Ich muß Ihnen beiden doch nur zuhören. Wenn Vater und Tochter vor uns Polizisten ihre familieninternen Differenzen ausbreiten, liegt es nahe, entsprechende Schlüsse zu ziehen. Deshalb würde ich Ihnen zu etwas mehr Zurückhaltung raten. Ich möchte jetzt gern Ihrer Tochter ein paar Fragen stellen. Geben Sie mir recht, Susanne, wenn ich behaupte, daß Sie und Frank sich als Außenseiter empfunden haben?"

„In gewisser Weise schon", sagte sie zögernd.

„In welcher?"

„Nun, das ist nicht leicht zu definieren. Der Lebensstil unserer Eltern ist uns fremd. Mein Vater hat nie aufgehört, den Studienrat zu spielen, alles besser zu wissen, der große Bevormunder zu sein."

„Susanne, ich bitte dich, genau zu überlegen, was du sagst." Der Vater griff nach ihrer Hand. Sie schüttelte seine energisch ab.

„Das tue ich. Er schreibt einem vor, was man zu denken hat. Und meine Mutter ist ausschließlich damit beschäftigt, ihr Heim zu verschönern, wie sie es nennt. Sie putzt, sie stellt Möbel um, sie wälzt unentwegt Kataloge, um weitere überflüssige Sachen anzuschaffen. Mindestens einmal im Jahr werden neue Gardinen aufgehängt, neue Tischdecken gekauft, die Lampen ausgetauscht oder Bilder umgehängt. Man kann nie sicher sein, das Haus abends so anzutreffen, wie man es morgens verlassen hat."

„Du übertreibst, Kind", sagte der Vater seufzend.

„Ihr übertreibt. Ihr habt verlernt zu leben und euch in Scheinwelten gerettet, damit ihr den schrecklichen Leerlauf nicht spürt."

„Wie kann man so undankbar sein. Bieten wir dir nicht alles, was sich ein junges Mädchen nur wünschen kann?"

„Ja. Ich habe genug zu essen, ordentliche Kleidung und ein weiches Bett. Aber daß ich mir immer schon einen Hund gewünscht habe, wurde von euch ignoriert oder wegdiskutiert."

„Ach, das sind doch Kindereien", erboste sich der Vater.

„Eben." Sie nickte.

„Warum haben Sie sich Frau Peters wegen der Schwangerschaft anvertraut und nicht Ihren Eltern?" fragte Spengler.

„Die Frage dürfte doch eigentlich durch das Vorhergehende beantwortet sein. Außerdem habe ich mich Frau Peters nicht anvertraut. Sie ist mir mehr oder weniger zufällig drauf gekommen. Da sie sehr genau weiß, wie man Menschen zum Reden bringt, habe ich es halt zugegeben. Alles andere hatte dann nichts mehr mit mir zu tun."

„Aber es ging doch um Ihre ganz persönliche Schwangerschaft", sagte Spengler.

„Für Frau Peters nicht. Wenn sie sich eine Sache zu eigen macht, zieht sie das erbarmungslos durch. Sie hat so getan, als sei das ausschließlich ihre Angelegenheit."

„Warum haben Sie sich nicht gewehrt?"

„Es war, als hätte mich die Frau hypnotisiert. Ich hab das mit mir machen lassen ohne jede innere Beteiligung. Heute habe ich das Gefühl, es war ein anderer Mensch, der sich da in Vegesack hat verarzten lassen."

„Und danach? Wann sind Sie zur Besinnung gekommen?"

„Noch am selben Tag. Ich war ja mit Frank verabredet, und kurz vor unserem Date bin ich total in Panik geraten. Nicht nur weil ich mich wie ein Schaf habe zur Opferbank führen lassen, sondern vor allem, weil ich Frank hintergangen hatte, weil ich mir das Versprechen habe abnehmen lassen, alles zu verschweigen. Ich kannte mich selbst nicht mehr."

„Sie haben sich dann Frank offenbart?"

„Das mußte ich doch."

„Aber Sie hätten sich und Ihrem Freund viel ersparen können, wenn Sie die Sache für sich behalten hätten."

„Was hätte ich uns ersparen können?" Ihre Pupillen hatten sich wieder geweitet. Ihr saugender Blick heftete sich an Spengler.

„Daß Frank jetzt im Krankenhaus liegt und Sie hier sitzen."

„Sie haben ja keine Ahnung, in welchem Zustand ich war. Ich mußte mit jemandem reden. Und mit wem sonst als mit Frank?" flüsterte sie.

„Wie hat er reagiert?"

„Er wurde ganz still. Ich hatte befürchtet, daß er sich aufregt, daß er mich fertig macht, aber er blieb eine ganze Weile stumm, bis er schließlich nur murmelte: ‚So, jetzt reicht's'." Sie löste ihren Blick von Spengler, schaute zu Boden, schluckte mehrmals.

„Und dann?"

„Ach, ich weiß nicht." Sie sprach sehr langsam. „Es wurde wieder alles so unwirklich. Ich erkannte Frank nicht mehr. Statt mir zu helfen, zog er sich völlig in sich selbst zurück. Wir waren so weit voneinander entfernt, daß es mich nicht wunderte, als er sagte: ‚Dann werden wir uns wohl trennen müssen'."

„Waren Sie bereit dazu?"

„Natürlich nicht. Aber was hätte es genützt zu protestieren, er war ja gar nicht mehr erreichbar. Ich bin einfach nach Hause gegangen."

„Und wann wurde die Idee mit dem Brief entwickelt?"

„Am Tag darauf. Wir sahen uns ja in der Schule. Nach dem Unterricht nahm er mich beiseite und sagte mir, er habe einen Plan, ob ich ihn abends besuchen könnte."

„Also war das nicht ernst gemeint mit der Trennung?"

„Doch. Er meinte nur, man müsse die Sache noch gemeinsam zu Ende bringen."

„Zu Ende bringen?"

„Ja, so hat er sich ausgedrückt."

„Mit dem Brief allein wurde ja noch nichts zu Ende gebracht."

„Es war seine Idee mit Gesche Gottfried. Was genau er damit bezweckte, habe ich nicht verstanden."

„Ihnen war so ein Brief nicht radikal genug?"

„Mir war alles recht, was uns irgendwie wieder zusammenbrachte. Von mir aus auch ein Brief."

„Um sich an Ellen Peters zu rächen, war das also eher ein Kompromiß. Sie suchten verzweifelt nach irgendeiner gemeinsamen Aktion, die sie wieder richtig zusammenschweißen würde. Sie dachten, wenn schon Gesche Gottfried, dann auch konsequent bis zur Hinrichtung."

„Wir hatten in Deutsch das Stück ‚Bremer Freiheit' von Fassbinder gelesen und über Gesche Gottfried diskutiert. Daher kam wohl die Idee."

„Wer von Ihnen beiden hat den Plan entworfen, diese Idee bis zur Hinrichtung weiterzuführen?"

„Kind, du solltest jetzt nichts mehr sagen. Ich fürchte, wir brauchen einen Anwalt", schaltete sich der Vater ein, dessen Gesicht zusammengefallen war und sein wirkliches Alter verriet.

„Ich kann mir selbst helfen", sagte sie aggressiv.

„Wer von Ihnen beiden hatte den Einfall, die Leiche auf dem Domshof abzulegen?"

„War doch kein schlechter Einfall. Direkt neben dem Spuckstein. Genial." Susanne lachte.

„Fräulein Weber, ich bitte Sie, mir die folgenden Fragen nur mit ja oder nein zu beantworten. Haben Sie Ellen Peters getötet?"

„Nein."

„Hat Frank Peters seine Mutter getötet?"

„Nein."

„Haben Sie sie gemeinsam getötet?"

„Nein. Aber lassen Sie mich noch hinzufügen, daß wir es gern getan hätten, daß uns der Gedanke daran wieder zusammengeführt hat. So grausam es vielleicht klingen mag, für uns war ihr Tod eine Genugtuung."

„Susanne, wie kannst du so reden!" fuhr ihr Vater sie an.

„Du hörst ja, ich kann. Ich bin eben ehrlich. Es gibt nun mal Menschen, denen der Tod gut zu Gesicht steht."

„Wenn Sie beide nur in Gedanken getötet haben, warum hat Frank dann versucht, sich umzubringen?"

„Schwer zu erklären. Er weiß es selbst nicht und rettet sich in die Unfallversion. Ich glaube nicht so recht daran. Frank befindet sich oft in einem Zustand, in dem die Welt seiner Träume und Phantasien realer ist als die sogenannte Wirklichkeit. Ich kenne so etwas auch und habe es gerade in den letzten Tagen oft erlebt. Ich vermute, Frank wollte büßen für einen Mord, den er nur in Gedanken begangen hat, der für ihn aber genau so real war wie ein echter. Können Sie das nachvollziehen?"

„Überhaupt nicht", brach Friedberg sein Schweigen.

„Doch, ich kann." Spengler lächelte zufrieden.

Das Foto von Friedrich Glaser war inzwischen eingetroffen, und die Fahndung konnte anlaufen. Spengler tat sich schwer, gleich wieder umschalten zu müssen auf den Fall Glaser. Die Vernehmung von Susanne Weber saß ihm noch in den Knochen. Einerseits war er froh, das Mädchen aus seinen Überlegungen ausklammern zu können, andererseits war er enttäuscht, daß sich das Faszinosum, das diese junge Frau für ihn darstellte, nunmehr erledigt hatte. In Richtung Glaser zu ermitteln, war grauer Alltag, sich mit Susanne Weber zu beschäftigen war Neuland, hatte etwas mit Abenteuer zu tun. Er war noch nie einer jungen Frau begegnet, die so radikal offen und schonungslos mit sich selbst war. Daß sie darüber hinaus von engelhafter Schönheit war, machte die Sensation perfekt. Du alter Knacker bist verknallt in sie, schalt er sich und mußte laut lachen, was ihm einen erstaunten Blick von Friedberg eintrug.

„Was ist komisch?" fragte er.

„Daß du die ganze Zeit nichts gesagt hast. Dieses Mädchen macht dich nicht an, oder?"

„Die gehört in die Klapse. Wie wär's, wenn wir uns gleich auf den nächsten Psycho-Trip begeben. Frau Lange wartet auf unseren Anruf."

„Also auf in den Kampf. Ich schlage vor, daß diesmal du das Gespräch führst. Ich habe mich ein wenig überanstrengt bei Fräulein Weber."

„Wäre nicht nötig gewesen. Ich habe nicht eine Sekunde an deren Täterschaft geglaubt. Aber ich wollte dir den Spaß nicht verderben. Und Spaß hat es dir doch gemacht, oder?"

„Du nun wieder. Darum sei dir jetzt die Lange gegönnt. An Sex hat die jedenfalls sehr viel mehr zu bieten als mein kleiner Engel."

Kaum war das Klingelgeräusch verklungen, riß Kirsten Lange die Tür auf, als hätte sie direkt dahinter gewartet. „Na, endlich," sagte sie kurzatmig. „Gott sei Dank sind Sie allein."

„Nur kurz. Die Kollegen von der Spurensicherung sind schon unterwegs. Hier ist der Durchsuchungsbefehl." Friedberg hielt ihr das Schriftstück unter die Nase.

„Wozu das? Ich habe Sie doch hergebeten. Und Ihre Kollegen dürfen sich hier gern umschauen. Es ist ja in meinem Interesse, daß

das mysteriöse Verschwinden von Freddy möglichst schnell aufge-
klärt wird."

„Nur damit alles seine Ordnung hat", erklärte Friedberg.

„Gut, gehen wir doch ins Wohnzimmer."

Sie folgten ihr. Sie trug einen dunkelroten Hausanzug, der ihre
Figur betonte. Das Haar wirkte frisch gewaschen, und das Gesicht
war sorgfältig geschminkt. Alles in allem bot sie einen überaus ver-
führerischen Anblick. Jedenfalls stand ihr Aussehen in einem merk-
würdigen Widerspruch zu ihrer Nervosität.

„Nehmen Sie Platz." Sie deutete auf die Korbsessel und setzte
sich auf das Sofa. „Darf ich Ihnen was anbieten?"

Sie lehnten ab.

„Weshalb beunruhigt Sie das Verschwinden von Herrn Glaser so
sehr?"

„Weil so etwas bisher noch nicht passiert ist. Wir hatten schon öfter mal Streit, und er ist danach auch manchmal weggegangen, aber
spätestens nach ein paar Stunden wiedergekommen."

„Sie hatten also Streit gestern abend?"

„Ja. Und weil kein Bier mehr da war ..."

„Worüber haben Sie gestritten?" fragte Friedberg.

„Das Übliche. Seine Sauferei, seine Faulheit und so weiter. Er
hatte wieder mal nicht eingekauft, so daß wir Pizza bestellen mußten."

Es klingelte, und Kirsten Lange ließ drei weitere Polizisten herein, die sich sofort an die Arbeit machten. Friedberg hatte mit ihnen
verabredet, daß sie sich das Wohnzimmer erst zum Schluß vornehmen sollten.

Kirsten Lange händigte ihnen die Kellerschlüssel aus und setzte
sich wieder. „Was erhoffen Sie sich von dieser Durchsuchung? Wenn
Freddy irgendeinen Hinweis auf seinen Verbleib hinterlassen hätte,
wäre ich doch darauf gestoßen. Ich habe die ganze Wohnung durch-
stöbert. Wozu also dieser enorme Aufwand?"

„Wir möchten uns nicht hinterher den Vorwurf machen lassen müssen, wir hätten nicht alles Erdenkliche unternommen, um Ihren Freund wiederzufinden", erklärte Friedberg freundlich.

„Nun gut. Es ist kein angenehmes Gefühl, daß Fremde jetzt meinen gesamten Hausstand durchforsten."

„Das verstehe ich. Aber Sie können sich darauf verlassen, daß alles an seinem Platz bleibt. Unsere Kollegen haben viel Routine. Sie werden hinterher gar nicht merken, daß sie da gewesen sind. Kommen wir auf Ihren Streit mit Glaser zurück. Hat dabei auch unser Gespräch am Nachmittag über Ihre Schulden bei Frau Peters eine Rolle gespielt?"

„Natürlich. Ich habe keine Geheimnisse vor ihm. Schließlich geht es dabei ja letztlich um seine Schulden."

„Und wie hat er reagiert?"

„Er hat zum Bier auch noch Schnaps getrunken."

„Also ein Thema, das ihm unangenehm ist."

„Allerdings. Er verdrängt das total. Immer wenn ich darauf zu sprechen komme, weicht er aus, flüchtet sich in den Suff oder haut einfach ab wie gestern."

„Und die Tatsache, daß die Polizei jetzt der Sache nachgeht, dürfte ihm erst recht zusetzen."

„Schon möglich."

„Hat er sich in dieser Hinsicht geäußert?"

„Er hat herumlamentiert und in Selbstmitleid gebadet. Alle Welt habe sich gegen ihn verschworen."

„Wenn man Sie so reden hört, kann man schlecht nachvollziehen, weshalb Sie mit diesem Mann zusammenleben."

„Er hat ja auch andere Seiten. Nur im Moment zeigt er sie selten."

„Worauf führen Sie das zurück?"

„Ich glaube, er macht sich Sorgen, daß man ihn wegen des Mordes an Ellen verdächtigen könnte."

„Weshalb?"

„Er war der letzte, der sie lebend gesehen hat, er war besonders von ihrem Geld abhängig, er hatte wiederholt Streit mit ihr, wobei sie wohl auch damit gedroht hat, ihm den Geldhahn zuzudrehen. Das ging so weit, daß sie von mir verlangt hat, mich von ihm zu trennen."

„Hat sie auch Geld zurückgefordert?"

„Manchmal hatte ich den Eindruck, daß sie ihn richtig gehaßt hat."

„Hat sie auch Geld zurückgefordert?" wiederholte Friedberg.

„Nicht direkt. Sie hat vielleicht mal so Andeutungen gemacht. Aber wer weiß, was sie ihm an dem Abend, als sie allein mit ihm hier war, gesagt hat."

„Haben Sie ihn nicht danach gefragt? Immerhin wurde an demselben Abend Ihre Freundin getötet."

„Hätte ich das tun sollen? Ich war die ganze Zeit so konfus, daß ich nicht mehr klar denken konnte. Ich wäre doch nie auf die Idee gekommen, daß es einen Zusammenhang geben könnte zwischen Ellens Treffen mit Freddy und ihrem Tod."

„Halten Sie es für denkbar, daß Glaser Ihre Freundin getötet haben könnte?"

„Denkbar ist alles. Aber dann müßte ich mich unendlich in Freddy getäuscht haben. Er war zwar jähzornig aber nie über eine gewisse Grenze hinaus."

„Welche gewisse Grenze meinen Sie?"

„Er hat schon mal zugeschlagen, doch artete das nie aus. Mehr als ein paar blaue Flecken trug man nicht davon."

„Sie sprechen aus Erfahrung?"

„Na ja." Sie zog ihren linken Ärmel hoch und zeigte ein Hämatom am Oberarm.

„Nur wäre eine solche Tat aus der Perspektive von Glaser eigentlich sinnlos. Man tötet doch nicht die Kuh, die man melken will."

„Da haben Sie recht. Vermutlich alles Hirngespinste, ausgelöst durch sein rätselhaftes Verschwinden."

„Okay. Gehen wir noch mal die Ereignisse an dem Abend des Mordes durch. Frau Peters ist zwischen halb neun und neun hier in der Wohnung gewesen. So die Aussage von Glaser und so auch das Ergebnis unserer Recherchen im Hotel. Danach verliert sich ihre Spur. Angeblich hatte sie noch eine Verabredung in der Stadt. Aber darüber haben wir nichts Genaueres in Erfahrung bringen können. Wann genau sind Sie von Ihrer Mutter aus Brake zurückgekommen?"

„Gegen elf Uhr."

„Bisher war immer von zehn Uhr die Rede."

„Ich hatte Freddy gesagt, daß ich gegen zehn zurück sein wollte, aber dann ist es doch später geworden, weil meine Mutter und ich uns verquatscht haben."

„Laut Gerichtsmedizin ist die Tat zwischen zehn und elf verübt worden. Wie haben Sie Glaser vorgefunden, als Sie nach Hause kamen?"

„Eigentlich ganz normal. Betrunken natürlich, aber das ist ja bei ihm normal."

„Könnten Sie sich vorstellen, daß Ihre Freundin nicht gegen neun aufgebrochen ist, sondern sich entschlossen hat, auf Sie zu warten?"

„Natürlich. Sie wollte ja unbedingt mit mir über den neuen Drohbrief sprechen."

„Frau Peters hatte Alkohol im Blut und Spuren von Rotwein im Magen. Könnte es sein, daß sie während der Wartezeit Wein getrunken hat?"

„Warum nicht? Obwohl sie sehr vorsichtig war mit Alkohol, wenn sie mit dem Wagen unterwegs war. Aber jetzt, wo Sie es sagen, fällt mir wieder ein, daß eine fast noch volle Rotweinflasche zur Hälfte geleert war an dem Abend. Ich habe mir weiter nichts dabei gedacht, weil ich vermutete, daß Freddy dafür verantwortlich war. Es kommt öfter vor, daß er sich über meinen Wein hermacht, wenn ihm das Bier ausgegangen ist."

„Es könnte also sein, daß Frau Peters und Glaser zusammen getrunken und sich unterhalten haben. Und dabei könnte es zum Streit gekommen sein wegen des Geldes."

„Möglich. Freddy hat mir aber nichts davon erzählt. Ich weiß nur, daß sie noch vor neun gegangen sein soll."

„Frau Lange, Ihr Freund Glaser steht unter dringendem Verdacht, Ellen Peters getötet zu haben. Wir vermuten, daß Ihr gestriges Gespräch über unsere Recherchen bezüglich Ihrer finanziellen Situation ihn in Panik versetzt hat, so daß er vor unserem Zugriff geflohen ist."

„Oh, Gott, wie schrecklich!" Sie schlug die Hände vors Gesicht.

„Sind Sie auch der Meinung?" wandte sie sich an Spengler. „Oder warum schweigen Sie die ganze Zeit?"

„Ja, es sieht schlecht aus für Ihren Freund. Ich frage mich nur, wie der Mann das rein zeitlich geschafft haben soll. Wenn wir davon ausgehen, daß die Tat nach zehn Uhr verübt wurde und Sie gegen elf Uhr zurück waren, bleibt dem Täter maximal eine Stunde für den Mord, die Beseitigung der Leiche und aller Spuren, denn bei Ihrer Rückkehr haben Sie ja nichts Verdächtiges bemerkt, nicht wahr?"

„Bis auf den Teppich. Den hatte er ausgetauscht."

„Wie bitte?" Beide Polizisten richteten sich auf und schauten verblüfft zu Boden.

„Ja, er sagte, er habe sich den roten Kelim übergesehen und zur Abwechslung mal seinen alten Afghanen aus dem Keller geholt. Ich fand nichts dabei, weil wir die Teppiche schon öfter ausgetauscht haben."

Friedberg rief einen Kollegen von der Spurensicherung und bat ihn, sofort im Keller nach einem roten Kelim-Teppich zu suchen.

„Glauben Sie, das mit dem Teppich hat was zu bedeuten?" fragte Kirsten Lange.

„Wenn es ein roter Teppich ist, unter Garantie." Friedberg lachte. „Nehmen wir mal an, Ihr Freund hat Ellen Peters hier im Wohnzimmer getötet. Dann ist es nicht unwahrscheinlich, daß die Tat auf dem roten Teppich verübt wurde. Den in kurzer Zeit zu säubern, ist ein Ding der Unmöglichkeit. Vermutlich hat Glaser zunächst die Leiche in eine grüne Plastikplane gepackt und in den Keller gebracht. Anschließend hat er die Teppiche ausgetauscht und den blutigen Kelim ebenfalls im Keller verstaut. Später in der Nacht, als Sie längst zurück waren und schliefen, hat er die Leiche zum Domshof transportiert und wahrscheinlich den Kelim noch irgendwo entsorgt. Aber das könnte er auch am nächsten Tag getan haben. Jedenfalls bin ich sicher, daß der Teppich nicht mehr im Keller ist."

Das bestätigte sich kurz darauf. Der Polizist kehrte mit der Meldung zurück, daß kein Teppich auffindbar sei. „Aber dafür habe ich das in einer Ecke an einer Kiste, aus der ein Nagel hervorstand, entdeckt. Vermutlich hat eine Plane dieser Art neben der Kiste gelegen, und beim Hochnehmen ist ein Fetzen an dem Nagel hängengeblieben." Er hielt ein kleines Stück grüne Plastikfolie in einem Klarsichtbeutel in die Höhe.

„Gute Arbeit", lobte Friedberg. „Das hilft uns enorm weiter. Wenn ihr jetzt noch im Keller ein paar Flusen von dem Kelim findet, sind wir aus dem Schneider. Konzentriert eure Suche auf den Keller und auf die Küche wegen des Messers."

Der Polizist machte sich wieder an die Arbeit, und Friedberg wandte sich an Kirsten Lange, deren Gesicht jede Attraktivität verloren hatte. „Oh, mein Gott", flüsterte sie.

„Tja, Frau Lange, tut mir schrecklich leid für Sie. Aber ich denke, wir können den Fall jetzt bald abschließen. Wir müssen nur noch Herrn Glaser finden. Haben Sie irgendeine Vorstellung, wo er sich aufhalten könnte?"

Sie schüttelte den Kopf. „Manchmal hat er sich bei Nutten rumgetrieben, aber nicht tagelang."

„Verfügte er über soviel Bargeld, daß er Bremen verlassen konnte?"

„Keine Ahnung. Ich fand es unter meiner Würde, ihm das Geld in der Hosentasche nachzuzählen. Sein Konto hat er immer gleich am Monatsbeginn geleert, und wir haben jetzt Mitte Dezember."

„Hat er noch Verwandte?"

„Sein Vater ist tot, und seine Mutter lebt in einem Altenheim in Meppen, wo auch seine Schwester wohnt. Seit wir uns kennen, hatte er nie mehr Kontakt zu seiner Familie. Seine Schwester ist verheiratet und hat Kinder. Sie wollte wohl nicht, daß die ihren Onkel so erleben: betrunken und aggressiv."

„Gut, Frau Lange. Wir müssen jetzt zurück ins Präsidium und alles weitere veranlassen. Wir wären Ihnen dankbar, wenn Sie sich in nächster Zeit ständig für uns zur Verfügung halten, zum Beispiel Ihr Handy immer in Bereitschaft haben. Sollte sich Glaser bei Ihnen melden oder womöglich hier auftauchen, bitte wir um sofortige Nachricht. Hier auf meiner Karte finden Sie meine Handynummer, unter der ich jederzeit erreichbar bin." Friedberg erhob sich.

Auch Spengler stand seufzend auf. „Sie müssen einen sehr guten Schlaf haben, Frau Lange, wenn Sie von den nächtlichen Aktivitäten Ihres Freundes so gar nichts mitbekommen haben."

„Ich brauche oft eine Schlaftablette. In der fraglichen Nacht auch. Daran erinnere ich mich noch. Daß mit Ellen und dem Drohbrief hatte mich ziemlich aufgeregt. Deshalb mußte ich was einnehmen. Und dann schlafe ich wie ein Stein."

„Ah ja. Das wäre ein Erklärung. Auf Wiedersehen, Frau Lange. Lassen Sie sich von unseren Kollegen nicht weiter stören. Die werden sicher auch gleich fertig sein mit ihrer Arbeit."

Die Fahndung nach Glaser wurde intensiviert. Das Rotlichtmilieu mußte komplett überprüft und die Hotels abgeklappert werden. Alle Nachbarn von der Lange sollten befragt und sämtliche Mülldeponien nach dem Teppich abgesucht werden, obwohl die Spurensicherung Fasern des Teppichs im Keller gefunden hatten, die mit denen an der Kleidung und den Schnüren übereinstimmten. Aber nur der Teppich selbst war ein eindeutiges Beweisstück und gab womöglich auch noch nähere Auskunft über den Tathergang.

Spengler saß mißmutig an seinem Schreibtisch. Die Hektik, die Friedberg um sich verbreitete, ging ihm auf die Nerven. Der Kollege tat gerade so, als hätte er die Leitung der Kommission übernommen. Zwar mußte Spengler einräumen, daß er mit Susanne Weber daneben gelegen hatte, daß er bei dem Mädchen seine sonst gut funktionierende Ratio ein wenig vernachlässigt hatte, aber das gab Friedberg nicht das Recht, jetzt den großen Zampano zu spielen, nur weil dieser Glaser als mutmaßlicher Täter in den Mittelpunkt gerückt war, seit Friedberg die Lange vernommen hatte. Bisher war die Zusammenarbeit mit Friedberg nie problematisch gewesen. Trotz aller kleinen Reibereien hatte der Kollege ihn letztlich als Leiter der Kommission respektiert. Sollte da jetzt ein Machtkampf entbrannt sein?

Er schaute auf die Uhr. Schon sieben vorbei. Wenn er die Verabredung mit seiner Freundin Irmgard einhalten wollte, mußte er allmählich aufbrechen. Oder sollte er absagen? Er hatte weder Lust, Friedberg bei dessen Geschäften weiter zuzuschauen oder zuzuhören, noch stand ihm der Sinn danach, eine Frau zu treffen, deren Erwartungen an einen gemeinsamen Abend sicher sehr hoch waren. Am liebsten hätte er sich allein zu Hause mit ein paar Flaschen Bier vor den Fernseher gehockt.

Nein. Er gab sich einen Ruck. Ein gutes Essen mit einer charmanten Frau war einem trübseligen Bierabend vor der Glotze eindeutig vorzuziehen. Und Friedberg sollte sich nur allein austoben. Das würde ihn am ehesten auf den Boden zurückholen.

Er verabschiedete sich von seinem Kollegen und ordnete in ziemlich autoritärem Ton an, daß er über alle wichtigen Ereignisse sofort informiert werden wolle. Friedberg nickte überrascht und schaute ihm mit großen Augen hinterher.

Er war gerade beim Antipasto misto, als ihn der erste Anruf von Friedberg erreichte. Man hatte Glaser in einem kleinen Hotel in Hemelingen gefunden. Nach dem Genuß von mehreren Flaschen Schnaps war er ins Koma gefallen. Offensichtlich hatte er versucht, sich mit Alkohol umzubringen. Ob er wieder zu Bewußtsein kommen würde, konnten die Ärzte noch nicht sagen.

Spengler bat darum, ihn zu benachrichtigen, wenn man Glaser vernehmen konnte. Er wolle unbedingt dabei sein. Friedberg sagte pampig: „Klar doch."

„Gibt's Ärger?" fragte Irmgard, nachdem Spengler das Handy ausgeschaltet hatte.

„Nur das Übliche. Wir stehen kurz vor der Aufklärung des Mord-
falls Ellen Peters."

„Und da gehst du mit mir essen?"

„Gerade darum. Ein bißchen Ablenkung tut mir gut."

„Seit wann läßt du dich ablenken, wenn du mitten in einem Fall
steckst? War wohl keine so gute Idee, heute mit mir essen zu gehen."

„Ich brauche dich gerade heute. Und ich möchte auch, daß du mit
zu mir kommst und über Nacht bleibst."

„Na, du bist gut. Meinst du, es macht mir Spaß, mit einem Mann
zusammen zu sein, der die ganze Zeit an etwas anderes denkt?"

„Ach, Unsinn! Wir sind bei deinem Lieblingsitaliener, das Essen
ist wie immer erstklassig und der Wein vorzüglich. Prost." Er hob
sein Glas und stieß mit ihr an.

Sie lächelte gequält. „Das mit dem Essen ist okay. Ich meine das,
was du anschließend mit mir vorhast. Aber warten wir es ab. Wahrscheinlich wirst du die Nacht sowieso wieder im Präsidium verbringen."

Sie hatte recht. Beim Tiramisu kam der nächste Anruf. Friedberg
teilte mit, daß ein Nachbar der Lange beobachtet hatte, wie Glaser
und sie gemeinsam einen Teppich im Auto der Lange verstaut hatten.
Friedberg hatte angeordnet, Kirsten Lange sofort festnehmen und
aufs Präsidium bringen zu lassen. „Soll ich mit der Vernehmung auf
dich warten?" fragte er Spengler.

„Ich bitte darum. Ich komme sofort." Spengler versteckte sein
Gesicht hinter der Serviette.

Seine Freundin lachte. „Nimm's nicht so schwer. Ich hatte ohnehin nicht mit einem ungestörten Abend gerechnet, geschweige denn
mit einer entsprechenden Nacht. Als Polizistenliebchen muß man
sich eben bescheiden."

„Und du bist nicht böse?"

„Doch. Nur nützt das nichts."

Kirsten Lange hatte allen Glanz verloren. Das Haar hing traurig herab, und das blasse Gesicht wirkte verquollen. Die hellen Augen waren blicklos ins Leere gerichtet. Sie schaute auch Spengler nicht an, als er das Büro betrat und sich hinter seinen Schreibtisch setzte.

Friedberg stellte den Kassetten-Recorder an und machte Angaben über Datum, Uhrzeit und Namen der Anwesenden.

„Frau Lange, wir haben Sie herbringen lassen, weil sich durch eine Zeugenaussage eine neue Situation ergeben hat. Ihr Nachbar, Herr Hasselmann, hat beobachtet, wie Sie zusammen mit Herrn Glaser einen Teppich in Ihren Wagen gepackt haben. Wir gehen davon aus, daß es sich um den roten Kelim gehandelt hat. Ist es so?" fragte Friedberg.

„Ja. Wenn Herr Hasselmann das behauptet, wird es wohl so gewesen sein", sagte sie unbeteiligt.

„Warum haben Sie uns das heute nachmittag verschwiegen?"

„Es war mir entfallen. Vielleicht wollte ich auch Freddy schützen, denn das mit dem Teppich belastet ihn ja wohl."

„Jetzt belastet es Sie. Denn wenn Sie ihm bei der Beseitigung des Teppichs geholfen haben, liegt der Schluß nahe, daß Sie zumindest Mitwisserin oder sogar Mittäterin sind."

„Er hat mir nur gesagt, daß er das alte Ding schäbig finde und auf die Deponie bringen wolle."

„Welche Deponie? Blockland?"

„Kann sein. Ich habe ihn nicht danach gefragt."

„Frau Lange", schaltete sich Spengler ein, „wie Sie wissen, haben wir Glaser inzwischen gefunden und warten nur darauf, daß er zu sich kommt und aussagen kann. Wäre es nicht besser, Sie würden jetzt reinen Tisch machen, ehe Sie womöglich durch Glaser überführt werden?"

„Wessen überführt? Ich habe mit dem Mord nichts zu tun. Und wenn Freddy etwas anderes behauptet, lügt er. Wessen Wort wiegt mehr, das eines runtergekommenen Alkoholikers oder das einer unbescholtenen Sozialpädagogin?"

„Frau Lange, es wäre Ihrerseits eine riskante Strategie, darauf zu setzen, daß Glaser das Bewußtsein nicht wiedererlangt."

„Das tue ich auch nicht. Ich gönne ihm von ganzem Herzen, daß er wieder gesund wird. Ich verstehe nicht, weshalb Sie mir den Mord anlasten wollen, nur weil ich ihm behilflich war, den Teppich zu entsorgen. Ich selbst habe Sie doch heute Nachmittag auf die Sache mit dem Teppich hingewiesen. Hätte ich das wohl getan, wenn ich mich damit selbst verdächtig mache?"

„Wer von Ihnen beiden hatte die Idee mit dem Domshof?" fragte Friedberg.

„Bitte? Ach so, Sie wollen mich reinlegen." Sie lächelte müde. „Freddy, denke ich. Er wußte ja von dem Brief."

„Und was meinen Sie, warum er sich das ausgedacht hat?"

„Liegt das nicht auf der Hand? Um den Verdacht auf den Briefschreiber zu lenken, vermute ich."

„Also auf Frank Peters?"

„Auf wen auch immer. Zu dem Zeitpunkt wußten wir ja noch nicht, daß Frank dahinter steckt."

„Aber Sie haben mit Glaser darüber gesprochen?"

„Ja, das wissen Sie doch. Er hat mir von Ellens Besuch und dem Brief erzählt, als ich von meiner Mutter nach Hause kam."

„Frau Lange, sind Ihnen an dem Teppich irgendwelche dunklen Stellen aufgefallen, die Blutflecken gewesen sein könnten?" fragte Spengler.

„Wie denn? Der Teppich war ja zusammengerollt."

„So ein Teppich ist nicht ganz billig. Und wenn ich mich recht erinnere, war dieser Kelim noch relativ neu. Wieso haben Sie Glaser erlaubt, so einen Wertgegenstand einfach wegzuwerfen?"

„Ich mochte den nie recht leiden. Außerdem fusselte er fürchterlich."

„Gut, so kommen wir nicht weiter. Ich schlage vor, wir fahren jetzt gemeinsam in die Klinik und warten dort, bis Glaser aufwacht." Spengler stand auf.

„Aber wieso muß ich dabei sein?" fragte sie beunruhigt.

„Wollen Sie ihn denn nicht sehen?" fragte Spengler.

„Schon. Aber lieber erst, wenn er sich ein wenig erholt hat."

„Ich halte es für besser, wenn Sie von Anfang an dabei sind."

Auf der Intensivstation von Bremen-Ost wurden sie wie gute alte Bekannte begrüßt. Der Stationsarzt zeigte sich optimistisch, daß Glaser bald zu sich kommen würde. Der Kreislauf sei inzwischen stabil und auf Reflex-Tests reagiere der Patient positiv.

Sie schickten den Polizisten, der bisher als Kontaktmann gedient hatte, zum Besorgen von belegten Brötchen und Getränken, und machten es sich, soweit das möglich war, im Wartezimmer bequem.

Kirsten Lange bat, auf die Toilette gegen zu dürfen, und Friedberg begleitete sie bis zur Tür. Sie nutzte die Gelegenheit, sich ein wenig aufzufrischen und herzurichten, und hatte ihren alten Glanz fast wiedererlangt, als sie zurückkehrte. Sie war auch wieder in der Lage, Blicke mit den Polizisten zu wechseln, und Spengler fragte sich, was diesen Wandel hervorgerufen hatte. Man konnte glauben, sie fürchte Glasers Aussage nicht, und das würde ja bedeuten, daß sie wirklich unschuldig war.

Sie stärkten sich mit Käsebrötchen und alkoholfreiem Bier. Nach etwa einer Stunde erschien der Stationsarzt und informierte sie, daß Glaser zwar jetzt ansprechbar, aber sehr geschwächt sei. Man möge behutsam mit ihm umgehen.

In sterilen grünen Schutzkitteln und mit Plastikhauben auf dem Kopf betraten sie die Station. Eine Schwester führte sie an das Bett von Glaser, das in einem abgeteilten Raum stand.

„Hallo, mein Schatz, wie geht es dir?" Kirsten Lange war als erste bei ihm, griff nach seiner Hand und kniete sich neben das Bett.

Er lächelte schwach. „Bin wohl ein bißchen abgestürzt", flüsterte er.

„Die Herren von der Polizei kennst du ja schon."

„Allerdings."

„Sie haben ein paar Fragen an dich wegen Ellen."

„Wer hätte das gedacht." Er grinste.

„Fühlst du dich stark genug, mit ihnen zu reden?"

„Ich hab nur einen kleinen Kater. Sonst könnte ich Bäume ausreißen."

Spengler trat hinter Kirsten Lange, faßte sie unter die Schultern, stellte sie auf die Beine und schob sie beiseite.

„Was soll das?" fauchte sie ihn an.

„Wir machen hier keinen Krankenbesuch mit Händchenhalten, Gnädigste. Sie sind auf der falschen Hochzeit. Herr Glaser, wir sind hier, weil Sie verdächtigt werden, Ellen Peters getötet zu haben. Sie können direkt dazu Stellung nehmen oder sich einer ausführlichen Vernehmung stellen. Im Hinblick auf Ihren momentanen Zustand würde ich Ihnen eine direkte Stellungnahme anraten."

„Eine direkte Stellungnahme wäre ein Geständnis, wenn ich Sie richtig verstehe."

„Ja. Das wäre das Einfachste."

„Was meinen Sie, weshalb ich hier liege? Mit einem reinen Gewissen hätte ich mir den Schnaps bestimmt nicht literweise in den Hals geschüttet. Mein Zustand ist ja wohl Geständnis genug."

„Haben Sie Ellen Peters getötet?"

„Ja."

„Oh, mein Schatz!" Kirsten Lange fiel erneut auf die Knie und hob die Hände, als wollte sie beten.

„Können Sie uns schildern, wie es dazu gekommen ist?" fragte Spengler.

„Das ist eine längere Geschichte."

„Wir haben Zeit."

„Gut. Es gab schon seit einiger Zeit starke Spannungen zwischen Ellen und mir. Ellens Interesse an mir war absolut widersprüchlich. Einerseits ist sie über mich hergezogen, hat mich bei Kirsten schlecht gemacht, mir mein Alkoholproblem vorgeworfen und sogar verlangt, daß Kirsten sich von mir trennt, andererseits war sie, um es drastisch auszudrücken, scharf auf mich."

„Oh, Schatz, wie kannst du so was sagen", mischte sich Kirsten Lange ein.

„Du wolltest das ja einfach nicht zur Kenntnis nehmen, weil du Ellen vergöttert hast. Aber sie hatte durchaus irdische Bedürfnisse, und die kamen an jenem Abend zur Geltung. Doch laß mich der Reihe nach erzählen. Ellen wollte an diesem Abend Kirsten von dem neuen Drohbrief berichten, traf sie jedoch nicht an. Daraufhin wollte sie gleich wieder gehen, weil sie angeblich noch einen Termin hatte. Als sie schon im Aufbruch begriffen war, überlegte sie es sich plötzlich anders und beschloß, auf Kirsten zu warten. Ich bot ihr Wein an und sie lehnte nicht ab. Wir tranken beide und unterhielten uns zunächst ganz harmlos über den Brief und die Probleme im Jugendheim. Dabei kamen wir auch irgendwie auf Geld zu sprechen, und damit wurde es ungemütlich. Ellen entwickelte die ziemlich abstruse Theorie, daß der Briefschreiber sie womöglich mit immer neuen Drohungen so weit bringen wollte, daß sie am Ende einer finanziellen Erpressung nachgeben würde, nur um ihre Ruhe zu haben. Und dann war es bloß noch ein kleiner Schritt, mich zu verdächtigen. Vielleicht lag es am Alkohol, daß sie sich immer mehr in diese Idee verrannte und meinen Protest schlicht ignorierte. Das führte letztendlich zu einem grotesken Angebot. Sie wollte mir alle meine beziehungsweise Kirstens Schulden erlassen und noch mal ein hübsches Sümmchen drauflegen, wenn ich ihr ab sofort sexuell zur Verfügung stünde."

„Oh, mein Gott", flüsterte Kirsten Lange, die immer noch kniete.

„Und auf das Angebot sind Sie nicht eingegangen?" fragte Spengler.

„Wie konnte ich? Ich bin doch kein Callboy. Ich habe eine fürchterliche Wut bekommen, denn ich hatte ja schon einiges intus. Ich hab sie für verrückt erklärt, und sie hat mich als nichtsnutzigen Schmarotzer beschimpft. Wir haben uns so wahnsinnig zerstritten, daß ich nur noch rot gesehen habe, und dann ist es eben passiert. Ich habe zugestochen."

„Woher hatten Sie das Messer?" fragte Friedberg

„Aus dem Messerblock in der Küche."

„Sie sind also aus dem Wohnzimmer in die Küche gelaufen und haben das Messer geholt, sind zurück zu Frau Peters und haben dann zugestochen?"

„Nein. Ich habe Ellen im Wohnzimmer geohrfeigt, woraufhin sie in die Küche gestürzt ist und das Messer aus dem Block gerissen hat. Ich habe es ihr aus der Hand geschlagen und aufgehoben. Als sie mich dann einen impotenten Versager genannt hat, sind bei mir alle Sicherungen durchgebrannt."

„Sie haben sie also in der Küche erstochen?"

„Nein. Ich habe ihr zwar einen Stich versetzt, aber sie konnte trotzdem ins Wohnzimmer zurücklaufen. Dort ist sie dann zusammengebrochen."

„Auf dem roten Kelim."

„Genau."

„Aufgrund der Obduktion wissen wir, daß es zwei Stiche gab. Einen harmloseren, jedenfalls nicht tödlichen und einen direkt ins Herz. Der harmlosere erfolgte also in der Küche, der andere im Wohnzimmer?"

„Was sollte ich denn machen? Ich mußte sicher gehen, daß sie tot war. Dann konnte ich sie wegschaffen und den Verdacht auf den Briefschreiber lenken. Wäre sie am Leben geblieben, wäre alles aufgeflogen, und ich wegen Mordversuch im Gefängnis gelandet. Natürlich war das hirnrissig, aber in solchen Momenten denkt man nicht mehr vernünftig. Ich wollte nur alles schnell hinter mich bringen und Ordnung schaffen, bevor Kirsten zurückkehrte."

„Und warum wollten Sie sich dann später umbringen, nachdem Sie so fabelhaft für Ordnung gesorgt hatten?" fragte Friedberg, als eine Schwester erschien und sagte: „Wir haben ein dringenden Anruf für einen Herrn Friedberg im Stationsbüro."

„Okay, danke." Friedberg folgte ihr.

„Warum also der Selbstmordversuch?" setzte Spengler nach.

„Ich war mein beschissenes Leben leid. Meine ständige Sauferei war doch sowieso ein Suizid auf Raten. Warum dann die Sache nicht ein bißchen beschleunigen?"

„Aber mit Frau Peters geschlafen haben Sie nicht?" fragte Spengler.

„Nein."

„Doch", sagte Kirsten Lange, die sich inzwischen erhoben hatte.

„Schatz, mach jetzt keine Dummheit", sagte Glaser und versuchte, sich aufzurichten.

„Doch", wiederholte sie. „Er hat mit ihr geschlafen. Mein Lebensgefährte hat mich mit meiner besten Freundin betrogen. Und sie mich mit ihm. Sie hatten sogar die Geschmacklosigkeit, es in meinem Schlafzimmer zu treiben."

„Schatz, du redest dich um Kopf und Kragen", stammelte er.

Friedberg kehrte aufgeregt zurück. „Bevor wir weiterreden, eine wichtige Mitteilung. Frau Lange, Kollegen von uns haben Ihre Mutter endlich telefonisch in Brake erreicht, nachdem sie es den ganzen Nachmittag über vergeblich versucht haben. Ihre Mutter behauptet, daß Sie schon vor neun Uhr in Brake aufgebrochen sind, also spätestens gegen halb zehn zu Hause gewesen sein müssen, wesentlich früher, als Sie bisher angegeben haben."

„Das kann sein. Ist jetzt sowieso egal. Ich habe lange genug gelogen. Und wofür? Was bleibt mir denn noch? Freddy, du und Ellen, ihr habt alles kaputt gemacht, was mir in meinem Leben wichtig war. Du hast zwar versucht, mit deinem falschen Geständnis ein wenig wiedergutzumachen von all dem, was du angestellt hast, aber ich spüre, daß mein Leben nicht mehr reparabel ist, schon gar nicht mit der Riesenschuld, die ich auf mich geladen habe. Auch wenn mir vielleicht ein gnädiges Gericht mildernde Umstände zubilligen wird, weil ich euch in flagranti erwischt und im Affekt gehandelt habe, entkomme ich keinesfalls der lebenslangen Haft, zu der mich mein Gewissen verurteilt. Ich habe das getötet, was mir am allerwichtigsten auf der Welt war, meine Freundschaft mit Ellen. Von einer höheren Warte aus gesehen mag man den Mord sogar für gerechtfertigt halten, denn Ellen hat meine Gefühle für sie oft mißbraucht, mich gedemütigt, mir meine Abhängigkeit von ihr durch Liebesentzug und Überheblichkeit schmerzhaft deutlich gemacht. An ihre finanzielle

Unterstützung waren zwar keine Bedingungen geknüpft, aber sie hatte mich damit an der Leine, konnte mich manipulieren, Einfluß nehmen auf mein Leben und vor allem auf meine Beziehung zu Freddy. Ja, meine Herren, ich habe Ellen Peters getötet."

„Können Sie uns Einzelheiten berichten?"

Sie lächelte. Ihr Gesicht hatte sich entspannt. „Natürlich. Aber nicht in Gegenwart von Freddy. Wir haben ihn schon genug strapaziert. Schließlich muß er wieder gesund werden, damit er mich im Gefängnis besuchen kann. Lassen Sie uns draußen reden."

Sie hatten das Wartezimmer für sich. Friedberg sagte: „Vielleicht sollten wir besser ins Präsidium fahren und das Geständnis gleich protokollieren."

„Gern. Lassen Sie mich nur ein paar Sätze sagen, solange wir noch in Freddys Nähe sind. Ich bin sicher, daß die Initiative für den Beischlaf von Ellen ausging. Mir war durchaus nicht entgangen, daß ihr Interesse an Freddy über den freundschaftlichen Rahmen weit hinausging. Sie wollte, daß ich mich von ihm trenne, damit sie ihn für sich haben konnte. Das wurde mir an jenem Abend klar, als ich die beiden in meinem Bett fand. Während Freddy sich fürchterlich erschrocken hat, als ich eine halbe Stunde zu früh plötzlich in der Tür stand, blieb Ellen völlig gelassen, zog sich in aller Ruhe an, setzte sich in die Küche und trank ihren Wein, als sei nichts geschehen. Als ich ihr meine ganze Enttäuschung ins Gesicht schrie, sagte sie kalt: ‚Das war ja wohl mein gutes Recht. Schließlich zahle ich ihn ja.' Da habe ich völlig die Beherrschung verloren. Ich sah die Messer im Block und habe mich endlich mal gegen Ellen zur Wehr gesetzt. Ansonsten war der Ablauf so, wie Freddy es geschildert hat. Er hat mit dem Mord nichts zu tun, er hat mir nur hinterher geholfen und die Idee mit dem Domshof gehabt. So, das mußte ich schnell los werden. Nun können wir fahren und alle Formalitäten erledigen."

„Den zweiten, tödlichen Stich haben auch Sie geführt?" fragte Spengler.

„Natürlich. Ich war ja noch völlig außer mir."

„Und nicht Friedrich Glaser?"

„Nein. Ich selbst mußte das zu Ende bringen."

„Sind Sie absolut sicher?"

„Absolut."

Tja, dachte Spengler, das nennt man Überlebensstrategie. Sie geht für ein paar Jahre in den Knast, und Freddy ist fein raus. Nur wer zahlt ihm den Schnaps?

Krimis im Igel Verlag:

in dieser Reihe bisher erschienen:

Jürgen Breest:
Tod auf der Wümme. Bremen-Krimi.
Br., 224 S., 12,- €
ISBN 978-3-89621-219-1.

Jürgen Breest:
Nachstellungen. Bremen-Krimi.
Br., 240 S., 12,- €
ISBN 978-3-86815-010-0.

Bremerhavener Mordsgeschichten:

Band 1:
Johanna Kierberg: Helgoland Express.
Br., 230 S., 12,90 €
ISBN 978-3-86815-002-5.

Band 2:
Johanna Kierberg: Von Autos und Menschen.
Br., 230 S., 12,90 €
ISBN 978-3-86815-009-4.

Igel Verlag *Literatur*